MARC LEVY

Das Geheimnis des Schneemädchens

Buch

1966. Eine indische Passagiermaschine stürzte am Mont Blanc ab, an Bord ein indischer Diplomat mit einer geheimen Botschaft. Fast fünfzig Jahre später sucht die junge Amerikanerin Suzie Baker im Wrack des Flugzeugs nach diesem Brief. Sie findet ihn, doch bei der Besteigung begibt sie sich nicht nur in Lebensgefahr, sondern verliert auch das, was ihr am Liebsten war.

Andrew Stilman, Journalist bei der New York Times, überlebte ein Attentat und wachte erst nach zwei Monaten aus dem Koma auf. Seither wohnt er bei seinem besten Freund Simon und trauert Valerie, der Liebe seines Lebens, nach. Er verlässt das Haus nur, um in die Universitätsbibliothek zu gehen, wo er allein sein kann. Bis er eines Tages eine junge Frau neben sich bemerkt. Es ist Suzie Baker. Als bei ihr eingebrochen wird, bietet er ihr seine Wohnung an. Doch bald fallen ihm Ungereimtheiten auf …

Autor

Marc Levy wurde 1961 in Frankreich geboren. Nach seinem Studium in Paris lebte er in San Francisco. Mit siebenunddreißig Jahren schrieb er für seinen Sohn seinen ersten Roman, Solange du da bist, der von Steven Spielberg verfilmt und auf Anhieb ein Welterfolg wurde. Seitdem wird Marc Levy in fünfundvierzig Sprachen übersetzt, und jeder Roman ist ein internationaler Bestseller. Marc Levy lebt zur Zeit mit seiner Familie in New York.

Weitere Informationen unter: www.marclevy.info

Von Marc Levy bereits erschienen

Solange du da bist · Am ersten Tag · Die erste Nacht · Sieben Tage für die Ewigkeit · Wo bist du? · Wer Schatten küsst · Bis ich dich wiedersehe · Die zwei Leben der Alice Pendelbury · Zurück zu dir · Mit jedem neuen Tag · Er & Sie · Wenn wir zusammen sind

Marc Levy

Das Geheimnis des Schneemädchens

Roman

Aus dem Französischen von
Eliane Hagedorn und Bettina Runge

blanvalet

Die Originalausgabe erschien 2013 unter dem Titel »Un sentiment plus fort que la peur« bei Editions Robert Laffont, Paris.

Verlagsgruppe Random House FSC® N001967

1. Auflage

Redaktion: Gerhard Seidl
Umschlaggestaltung: www.buerosued.de
Umschlagmotiv: Trevillion Images/Elisabeth Ansley
ED · Herstellung: wag
Satz: Vornehm Mediengestaltung GmbH, München
Druck und Bindung: GGP Media GmbH, Pößneck
Printed in Germany
ISBN 978-3-7341-0057-4

www.blanvalet.de

Für meine Kinder,
für meine Frau

Prolog

Flughafen von Bombay, 23. Januar 1966, drei Uhr morgens. Die letzten Passagiere der Maschine Air India 101 überqueren das Rollfeld und steigen die Gangway der Boeing 707 hinauf. In der leeren Abflughalle vor der Fensterfront stehen zwei Männer Seite an Seite.

»Was enthält dieser Umschlag?«

»Mir ist es lieber, Sie wissen nichts davon.«

»Wem soll ich ihn aushändigen?«

»Während Ihres Zwischenstopps in Genf begeben Sie sich an den Tresen der Bar. Ein Mann wird Sie ansprechen und Sie zu einem Gin Tonic einladen.«

»Ich trinke keinen Alkohol, Sir.«

»Dann rühren Sie das Glas einfach nicht an. Ihr Gesprächspartner wird sich Ihnen unter dem Namen Arnold Knopf vorstellen. Der Rest ist nichts weiter als Diskretion, und darauf verstehen Sie sich ja bekanntlich.«

»Es behagt mir gar nicht, für Ihre kleinen Geschäfte benutzt zu werden.«

»Wer sagt Ihnen, dass es sich um *kleine* handelt, mein lieber Adesh?«

George Ashton schlägt einen wenig zuvorkommenden Ton an.

»Mag sein. Aber nach dieser Reise sind wir quitt. Es ist

das letzte Mal, dass Sie indisches Diplomatengepäck für persönliche Zwecke benutzen.«

»Wir sind quitt, wenn ich es beschlossen habe. Und zu Ihrer Information: Der Auftrag, den ich Sie auszuführen bitte, hat nichts Persönliches. Verpassen Sie Ihre Maschine nicht. Ich bekomme gehörig eins auf den Deckel, wenn ich den Abflug verzögere. Nutzen Sie den Flug, um sich ein wenig auszuruhen, ich finde, Sie sehen ziemlich erschöpft aus. In wenigen Tagen sind Sie auf der Konferenz der Vereinten Nationen in New York. Sie haben wirklich Glück; mir hängt das Essen hier zum Hals raus, und ich träume manchmal von einem guten Hotdog auf der Madison Avenue. Genehmigen Sie sich einen auf mein Wohl.«

»Ich esse kein Schweinefleisch, Sir.«

»Sie machen mich rasend, Adesh. Aber trotzdem gute Reise.«

Adesh Shamal sollte seinem Kontaktmann am Airport von Genf nie begegnen. Nach einer Zwischenlandung in Delhi und Beirut war die Maschine um drei Uhr morgens erneut gestartet. Eines der beiden Funknavigationssysteme war defekt.

Um 6 h 58 min 54 s erhielt der Flugkapitän vom Kontrollturm des Flughafens Genf die Erlaubnis, nach Überfliegen des Montblanc auf Flight Level 190 zu sinken.

Um 7 h 00 min 43 s meldete Kapitän d'Souza, das Gebirgsmassiv überflogen zu haben und jetzt zum Landeanflug auf Genf anzusetzen. Der Lotse erwiderte umgehend, seine Position sei falsch, er befinde sich noch fünf Meilen vor dem Montblanc. Flugkapitän d'Souza meldete um 7 h 01 min 06 s, die Nachricht empfangen zu haben.

Um 7 h 02 min 00 s Uhr am Morgen des 24. Januar 1966

verzeichnete das Radar die Maschine Air India 101 eine Minute lang auf einer festen Position, bevor sie vom Schirm verschwand.

Die Boeing 707 mit Namen *Kanchenjunga* war soeben in viertausendsechshundertsiebzig Meter Höhe am Montblanc-Felsmassiv Rocher de la Tournette zerschellt. Keiner der hundertsechs Passagiere und der elf Besatzungsmitglieder überlebte den Absturz.

Sechzehn Jahre nach dem Unglück der *Malabar Princess* war somit erneut eine Maschine der Fluggesellschaft Air India am Montblanc quasi an derselben Stelle verunglückt.

Kapitel 1

24. JANUAR 2013

Der Sturm tobte über dem Gebirgszug, heftige Böen wirbelten den Schnee auf und reduzierten die Sichtweite praktisch auf null. Die beiden angeseilten Bergsteiger konnten kaum die Hand vor Augen sehen. Es war fast unmöglich geworden, in diesem weißen Magma voranzukommen.

Seit zwei Stunden dachte Shamir an nichts anderes als ans Umkehren, aber Suzie hatte sich in den Kopf gesetzt weiterzugehen und nutzte das Heulen des Windes aus, um seine Ermahnungen ganz einfach zu überhören. Sie hätten anhalten und ein Loch graben müssen, um darin Schutz zu suchen. Bei diesem Tempo würden sie die Hütte vor Einbruch der Nacht niemals erreichen. Shamir fror entsetzlich, sein Gesicht war mit Reif überzogen, und die zunehmende Taubheit seiner Glieder bereitete ihm Sorgen. Alpinismus in großer Höhe kann sehr schnell zu einem Versteckspiel mit dem Tod werden. Der Berg kennt keine Freunde, sondern nur Eindringlinge; wenn er einem seine Türen verschließt, muss man ihm bedingungslos gehorchen. Dass Suzie sich nicht daran erinnern wollte, was er sie gelehrt hatte, bevor er sich bereit erklärt hatte, sie zu begleiten, machte ihn wütend.

In viertausendsechshundert Meter Höhe mitten im Schneesturm ist es geboten, einen kühlen Kopf zu bewahren, und so suchte Shamir in seinen Erinnerungen nach etwas, um sich zu beruhigen.

Letzten Sommer hatten Suzie und er begonnen, am Grays Peak im Arapaho Nationalpark zu trainieren. Aber Colorado ist völlig anders, und die klimatischen Bedingungen sind nicht mit denen zu vergleichen, mit denen sie an diesem ausklingenden Tag konfrontiert waren.

Diese Besteigung des Grays Peak hatte eine Wende in ihrer Beziehung eingeleitet. Zurück im Tal, hatten sie in einem kleinen Motel in Georgetown übernachtet und zum ersten Mal ein Zimmer geteilt. Die Unterkunft besaß nicht den geringsten Charme, das Bett aber war so groß, dass sie es zwei Tage lang nicht verließen. Zwei Tage und zwei Nächte, im Laufe derer einer die Wunden am Körper des anderen gepflegt hatte, die der Berg ihnen zugefügt hatte. Es bedarf bisweilen nur einer kleinen Geste, einer Aufmerksamkeit, um sich überzeugen zu lassen, jenen anderen gefunden zu haben, der einem so ähnlich ist. Genau das hatte Shamir im Laufe dieser kleinen Auszeit gespürt.

Ein Jahr zuvor hatte Suzie an seiner Tür geklingelt, mit einem Lächeln, das ihn sofort entwaffnet hatte. In Baltimore sind Menschen, die lächeln, eher eine Seltenheit.

»Wie es scheint, sind Sie der beste Bergführer und -lehrer des ganzen Bundesstaates!«, sagte sie statt einer Begrüßung.

»Selbst wenn das stimmen würde, wäre es keine besondere Leistung, denn Maryland ist so flach wie eine Wüste! Die höchste Erhebung beläuft sich auf tausend Meter und ein paar Zerquetschte. Ein fünfjähriges Kind hätte keine Probleme, sie zu …«

»Ich habe in Ihrem Blog den Bericht über Ihre Expeditionen gelesen.«

»Was kann ich für Sie tun, Miss?«, antwortete Shamir.

»Ich brauche einen Führer und einen geduldigen Lehrer.«

»Ich bin nicht der beste Bergführer des Staates und auch kein Lehrer.«

»Mag sein, aber ich bewundere Ihre Technik und schätze Ihre Einfachheit.«

Suzie trat ungebeten ins Wohnzimmer und erklärte ihm den Grund ihres Besuchs. Sie wollte innerhalb eines Jahres eine erfahrene Alpinistin werden, wobei sie zugab, noch nie geklettert zu sein.

»Warum jetzt und warum so schnell?«, wollte Shamir wissen.

»Manche Leute hören eines Tages den Ruf Gottes – ich höre den des Bergs. Ich habe jede Nacht denselben Traum. Ich sehe mich in totaler Stille die verschneiten Gipfel erklimmen, und das ist überwältigend. Warum also nicht den Traum wahr machen und mir die Fähigkeiten aneignen?«

»Beides schließt sich nicht aus«, gab Shamir zur Antwort. Und angesichts von Suzies fragender Miene fügte er noch hinzu: »Von Gott und vom Berg gerufen zu werden. Aber Gott ist stiller, der Berg ächzt, kracht, und das Heulen des Windes ist manchmal furchterregend.«

»Was die Stille betrifft – kein Thema. Wann können wir anfangen? «

»Miss …«

»Baker. Aber nennen Sie mich Suzie.«

»Wenn ich einen Berg besteige, dann um eben allein zu sein.«

»Man kann auch zu zweit allein sein, ich bin nicht geschwätzig.«

»Man wird innerhalb eines Jahres kein erfahrener Bergsteiger, es sei denn, man widmet dem Training seine ganze Zeit …«

»Sie kennen mich nicht. Wenn ich mir etwas in den Kopf gesetzt habe, bin ich durch nichts aufzuhalten. Eine so motivierte Schülerin wie mich hatten Sie noch nie.«

Klettern zu lernen war für sie zur Obsession geworden. Um Argumente verlegen, bot sie an, ihn zu bezahlen, damit er seinen Lebensstandard verbessern und sein bescheidenes, leicht baufälliges Haus renovieren könnte. Shamir unterbrach ihren Redefluss, um ihr einen Rat zu erteilen, den sie für ihre erste Lektion hielt. An einer Felswand hieß es, still zu sein, sich und jede Bewegung im Griff zu haben. Genau das Gegenteil von ihrem Verhalten.

Er bat sie zu gehen und versprach, über ihr Angebot nachzudenken und sich dann bei ihr zu melden.

Als sie schon auf der Außentreppe war, stellte er ihr eine Frage: Warum er? Und darauf erwartete er eine Antwort, die nicht nur eine Schmeichelei war.

Suzie drehte sich um und musterte ihn lange.

»Wegen des Fotos auf Ihrem Blog. Ihr Gesichtsausdruck hat mir gefallen, und ich habe mich immer auf meinen Instinkt verlassen.«

Sie fügte nichts hinzu und ging.

Schon am nächsten Tag kehrte sie zurück, um seine Antwort zu hören. Sie stellte ihren Wagen in der Werkstatt ab, in der Shamir arbeitete, und eilte nach Befragen des Chefs energisch auf die Grube zu, in der Shamir einen Ölwechsel an einem alten Cadillac vornahm.

»Was haben Sie hier zu suchen?«, fragte er und wischte sich die Hände an seinem Overall ab.

»Raten Sie mal!?«

»Ich habe Ihnen gesagt, ich würde drüber nachdenken und mich dann bei Ihnen melden.«

»Vierzigtausend Dollar für meine Ausbildung. Wenn Sie mich an den Wochenenden trainieren, acht Stunden pro Tag, das wären insgesamt achthundertzweiunddreißig Stunden. Ich kenne Alpinisten, die mit weniger Erfahrung hohe Berge bestiegen haben. Vierzig Dollar die Stunde, das verdient ein Allgemeinmediziner. Und ich werde Sie am Ende einer jeden Woche auszahlen.«

»Was genau machen Sie so im Leben, Miss Baker?«

»Ich habe mehrere überflüssige Studien hinter mir, dann habe ich bei einem Antiquar gearbeitet bis zu dem Tag, als mir seine Avancen zu lästig geworden sind. Seither suche ich meinen Weg.«

»Mit anderen Worten, Sie sind eine verwöhnte Göre und wissen nicht, wie Sie die Zeit totschlagen sollen. Wir haben nicht vieles gemeinsam.«

»Im vergangenen Jahrhundert waren es die Bürgerlichen, die blödsinnige Vorurteile in Sachen Arbeiterklasse hatten, jetzt ist es umgekehrt«, gab sie schlagfertig zurück.

Shamir hatte sein Studium aus finanziellen Gründen abbrechen müssen. Die Summe, die Suzie ihm für ein paar Trainingsstunden im Bergsteigen anbot, konnte so manches in seinem Leben ändern. Aber er hätte nicht sagen können, ob ihre Dreistigkeit und Unverfrorenheit ihn reizten oder aufregten.

»Ich habe keine Vorurteile, Miss Baker. Ich bin Automechaniker, und der Unterschied zwischen uns ist, dass Arbeiten eine tägliche Notwendigkeit ist und ich nicht gern vor die Tür gesetzt werden möchte, weil ich mit einer hübschen jungen Frau plaudere, statt meinen Ölwechsel zu machen.«

»Sie plaudern nicht, aber trotzdem danke für das Kompliment.«

»Ich melde mich bei Ihnen, sobald ich mich entschieden habe«, erklärte Shamir und nahm seine Arbeit wieder auf.

Was er noch am selben Abend tat, während er seinen Teller in dem Fast-Food-Lokal gleich um die Ecke betrachtete, in dem er allabendlich »speiste«. Er rief Suzie Baker an, um sich mit ihr am folgenden Samstag, Punkt acht Uhr, im Sportcenter eines Vororts von Baltimore zu verabreden.

Ein halbes Jahr lang übten sie jedes Wochenende an der Kletterwand aus Beton. Während der folgenden drei Monate trainierte Shamir seine Schülerin an echten Felswänden. Sie hatte nicht gelogen, und ihre Entschlossenheit faszinierte ihn geradezu. Sie gab nie der Erschöpfung nach. Wenn ihre Glieder schon bis zu einem Punkt schmerzten, wo jeder andere aufgegeben hätte, blieb sie mit noch mehr Energie bei der Sache.

Als Shamir ihr ankündigte, dass sie jetzt bereit sei, dem Berg zu trotzen, und er sie zu Beginn des Sommers auf den höchsten Gipfel von Colorado führen würde, war sie so glücklich, dass sie ihn in ein Restaurant einlud.

Abgesehen von einigen Lunchpaketen, die sie bei ihrem Training geteilt hatten, war dies ihr erstes gemeinsames Essen. Im Lauf des Abends erzählte Shamir von seinem Leben – von der Ankunft seiner Eltern in den USA, ihrem bescheidenen Dasein, den Opfern, die sie gebracht hatten, damit er studieren konnte –, während Suzie praktisch nichts von sich preisgab, außer dass sie in Boston lebte und jedes Wochenende eigens anreiste, um mit ihm zu trainieren, und wild entschlossen sei, im kommenden Jahr den Montblanc zu besteigen.

Anlässlich einer Europareise, die er wegen eines gewonnenen Leistungswettbewerbs an der Uni vor einigen Jahren hatte unternehmen können, hatte Shamir diesen Aufstieg schon einmal versucht. Doch der Berg hatte seine Seilschaft nicht gewollt, und er hatte wenige Stunden vor dem Ziel umkehren müssen. Für Shamir war es eine bittere Enttäuschung gewesen, und er hatte sich nur damit trösten können, dass seine Kameraden und er wohlbehalten ins Tal gelangt waren. Der Montblanc hatte oft denen das Leben genommen, die nicht hatten aufgeben können.

»Wenn Sie vom Gebirge sprechen, könnte man meinen, es hätte eine Seele«, sagte sie am Ende des Abends.

»Das glaubt jeder Bergsteiger, und ich hoffe, Sie bald auch.«

»Werden Sie es noch einmal versuchen?«

»Wenn ich eines Tages die Mittel dazu habe, ja.«

»Ich habe Ihnen ein ›unmoralisches‹ Angebot zu unterbreiten, Shamir. Am Ende meiner Ausbildung werde ich Sie mitnehmen.«

Shamir war der Ansicht, Suzie sei längst nicht erfahren genug, das Montblanc-Massiv in Angriff zu nehmen. Außerdem wäre die Reise zu kostspielig. Er bedankte sich und lehnte das Angebot ab.

»In weniger als einem Jahr werde ich den Montblanc besteigen – mit Ihnen oder ohne Sie«, erklärte Suzie, als sie sich vom Tisch erhoben.

Nach ihrem Ausflug in Colorado und ihrem Kuss auf dem Gipfel des Grays Peak weigerte sich Shamir, sich weiterhin bezahlen zu lassen.

Im Lauf der folgenden sechs Monate bedrängte Suzie ihn

mit ihrer neuen Obsession, den höchsten Berg Europas zu bezwingen.

An einem Vormittag im November stritten Shamir und sie das einzige Mal. Als er nach Hause kam, fand er Suzie im Schneidersitz auf dem Wohnzimmerteppich vor, eine Karte vor sich ausgebreitet. Nur ein flüchtiger Blick, und er erkannte das Bergrelief, auf dem Suzie mit einem roten Stift die Kletterroute eingezeichnet hatte.

»Du bist noch nicht so weit«, sagte er zum x-ten Mal. »Du musst wohl immer deinen Kopf durchsetzen.«

»Ja!«, erklärte sie stolz und wedelte mit zwei Flugtickets. »Wir fliegen Mitte Januar.«

Schon im Sommer hätte er gezögert, sie mitzunehmen, aber im Januar kam ein solches Unternehmen überhaupt nicht infrage!

Suzie machte geltend, der Montblanc sei in der Hochsaison ein »Massenberg« geworden. Sie aber wolle ihn allein mit ihm besteigen. Sie hatte Wochen damit zugebracht, die Route zu studieren, bis sie diese von A bis Z kannte.

Shamir wurde zornig. Der in viertausendachthundert Meter Höhe auf die Hälfte reduzierte Sauerstoffpartialdruck könne Migräne, Schwächeanfälle, Übelkeit und Bewusstseinsstörungen bei all denen hervorrufen, die solche Gipfel erklimmen wollten, ohne entsprechend darauf vorbereitet zu sein. Im Winter kämen dafür nur erfahrene Bergsteiger infrage, und davon sei Suzie weit entfernt.

Wie besessen trug sie ihre Lektion vor: »Wir nehmen den Weg über die Aiguille du Goûter, um zur Arête des Bosses zu gelangen. Am ersten Tag steigen wir vom Nid d'Aigle auf. Sechs, maximal acht Stunden brauchen wir, um zur Schutzhütte Tête Rousse zu gelangen. Wir erreichen den Col du Dôme bei Tagesanbruch und steigen weiter zum

Refuge Vallot. In viertausenddreihundertzweiundsechzig Metern haben wir eine Höhe erreicht, die der des Grays Peak entspricht.« Dort versprach sie im Fall schlechter Wetterverhältnisse umzukehren. »Dann die Deux Bosses«, fügte sie aufgeregt hinzu und zeigte dabei auf ein rotes Kreuz auf der Karte, »und das Felsmassiv Rocher de la Tournette, bevor wir den Gipfel in Angriff nehmen. Oben angelangt, fotografieren wir uns und beginnen den Abstieg. Dann hast du endlich den Berg bezwungen, von dem du immer schon geträumt hast.«

»Nicht so, Suzie, nicht indem du derartige Risiken eingehst. Wir nehmen den Montblanc in Angriff, wenn ich die Mittel habe, dich dorthin zu begleiten. Ich verspreche es dir. Aber nicht im Winter, das wäre Selbstmord.«

Doch Suzie gab nicht nach: »Und wenn ich seit unserem ersten Kuss auf dem Grays Peak davon träumen würde, dass du auf dem Gipfel des Montblanc um meine Hand anhältst? Und wenn der Monat Januar für mich, was dieses Unternehmen betrifft, mehr als alles andere zählt – ist das nicht wichtiger als deine verdammten Wetterängste? Du verdirbst alles, Shamir. Ich wollte …«

»Ich habe überhaupt nichts verdorben«, murmelte er. »Aber du erreichst ja sowieso immer alles, was du dir in den Kopf setzt. Einverstanden, aber bis dahin lasse ich dir keine Atempause. Jeder freie Augenblick wird der Vorbereitung dieses Wahnsinns gewidmet. Du musst körperlich total fit sein, nicht nur, um einen Berg zu erklimmen, der hinterlistiger ist, als er erscheint, sondern um dich seinem Klima zu stellen. Und du hast noch nie ein Unwetter im Hochgebirge erlebt.«

Shamir erinnerte sich an jedes seiner Worte, die er in seinem wohlig geheizten Haus in Baltimore ausgesprochen hatte, während jetzt Graupel unerbittlich sein Gesicht peitschte.

Der Wind nahm noch an Stärke zu. Suzie, nur ein Dutzend Meter von ihm entfernt, war bloß noch ein Schatten in dem Orkan, der ihnen zusetzte.

Man durfte nicht der Angst nachgeben, nicht schwitzen; Schweiß ist fatal im Hochgebirge. Er klebt einem an der Haut und kristallisiert, sobald die Körpertemperatur sinkt.

Die Tatsache, dass Suzie die Seilschaft anführte, beunruhigte ihn noch mehr. Er war der Führer und sie die Schülerin. Aber sie weigerte sich, das Tempo zu reduzieren, und lief schon seit gut einer Stunde vorneweg. Das Refuge Vallot war nur noch eine ferne Erinnerung. Sie hätten dort umkehren müssen. Das Tageslicht vermochte kaum, die dichte Wolkendecke zu durchdringen, als sie beschlossen, den Weg fortzusetzen und sich in diesem schwindelerregenden Korridor voranzubewegen.

Hinter dem windgepeitschten Schneevorhang meinte er, Suzie winken zu sehen. Es ist üblich, einen Sicherheitsabstand von mindestens fünfzehn Metern zwischen den einzelnen Mitgliedern einer Seilschaft zu halten, aber Suzie verlangsamte endlich das Tempo, und Shamir beschloss, diese Regel zu brechen, um sich ihr zu nähern. Als er auf ihrer Höhe angelangt war, beugte sie sich vor und rief ihm ins Ohr, sie sei sicher, Rocher de la Tournette gesehen zu haben. Wenn es ihnen gelänge, sich bis dorthin vorzukämpfen, könnten sie an seinen felsigen Wänden Schutz finden.

»Wir schaffen es aber nicht, es ist viel zu weit entfernt«, brüllte Shamir zurück.

»Hast du eine bessere Idee?«, rief Suzie und zog an dem Seil.

Shamir zuckte die Achseln und ergriff die Initiative, um erneut die Führung zu übernehmen.

»Nicht so nahe hinter mir«, befahl er und setzte seinen Eispickel ein.

Als er spürte, dass der Boden nachgab, und ahnte, dass es zu spät war, drehte er sich zu Suzie um und wollte sie vor der Gefahr warnen.

Das Seil spannte sich urplötzlich. Suzie wurde nach vorn gerissen und versank mit Shamir in der Spalte, die sich zu ihren Füßen auftat.

Außerstande, irgendwo Halt zu finden, stürzten sie mit schwindelerregendem Tempo in die Tiefe. Shamirs Schneeanzug zerriss, und eine Felsspitze bohrte sich in seinen Oberkörper. Sein Kopf schlug auf das Eis, und er hatte den Eindruck, einen Uppercut mitten ins Gesicht zu bekommen. Das Blut, das aus seinen geplatzten Augenbrauen floss, machte ihn nahezu blind. Die Luft drang nur schwer in seine Lunge. Bergsteiger, die den Sturz in eine Gletscherspalte überlebt haben, sprechen von Untergang, dem Eindruck zu ertrinken. Und genau das empfand er jetzt.

Da sie sich nirgends festhalten konnten, rutschten sie weiter in die Tiefe. Shamir brüllte Suzies Namen, bekam aber keine Antwort.

Er schlug am Boden auf. Es war ein dumpfer, brutaler Aufprall, so als hätte der ihn verschlingende Berg ihn k.o. schlagen wollen.

Er hob den Kopf und sah eine weiße Masse auf sich herabstürzen. Danach herrschte nur noch Stille.

Kapitel 2

Eine Hand wischte den Schnee von seinem Gesicht. Aus der Ferne flehte ihn eine Stimme an, die Augen zu öffnen. In einem Lichtkreis sah er Suzie mit totenbleichem Gesicht über sich gebeugt. Sie schlotterte vor Kälte, zog jedoch ihre Handschuhe aus und säuberte ihm Mund und Nasenlöcher.

»Kannst du dich bewegen?«

Shamir nickte. Er sammelte all seine Kräfte und Sinne und versuchte, sich aufzurichten. »Ich habe Schmerzen an Rippen und Schulter«, sagte er und stöhnte auf. »Und du?«

»Als wäre ich unter eine Dampfwalze geraten, aber es ist nichts gebrochen. Ich habe beim Sturz in die Gletscherspalte das Bewusstsein verloren und keine Vorstellung davon, wie viel Zeit seither vergangen ist.«

»Deine Uhr?«

»Ist kaputt.«

»Und meine?«

»Ist nicht mehr an deinem Handgelenk.«

»Wir werden an Unterkühlung sterben, wenn wir nichts tun. Hilf mir, mich aus dem Schnee zu befreien.«

Suzie buddelte den Schnee weg, unter dem Shamir bis zum Becken vergraben war.

»Das ist alles meine Schuld«, jammerte sie, während sie ihre Anstrengungen verstärkte, ihn zu befreien.

»Konntest du den Himmel sehen?«, fragte Shamir, der versuchte aufzustehen.

»Ein kleines Stück, aber ich bin nicht sicher. Das Wetter müsste aufhellen.«

»Öffne meinen Schneeanzug und reib mich trocken. Beeil dich, ich bin kurz davor zu erfrieren. Und zieh sofort deine Handschuhe wieder an. Wenn deine Finger abfrieren, sind wir verloren.«

Suzie griff nach ihrem Rucksack, der sie bei dem Sturz geschützt hatte. Sie zog ein T-Shirt heraus und öffnete den Reißverschluss von Shamirs Schneeanzug. Sie rubbelte ihn ohne Unterlass ab, während Shamir einem Schmerz standhielt, der unerträglich zu werden drohte. Als er einigermaßen trocken war, legte Suzie ihm einen Behelfsverband um den Oberkörper, schloss den Schneeanzug und entrollte ihren Schlafsack.

»Schlüpf mit mir zusammen hinein«, forderte er sie auf. »Wir müssen uns warm halten. Das ist unsere einzige Chance.«

Dieses eine Mal gehorchte Suzie. Sie wühlte noch etwas in ihrem Rucksack und überprüfte auf gut Glück das Display ihres Handys, bevor sie es ausschaltete. Dann half sie Shamir in den Schlafsack und kuschelte sich an ihn.

»Ich bin todmüde«, gestand sie.

»Wir müssen dagegen ankämpfen. Wenn wir einschlafen, wachen wir nicht mehr auf.«

»Glaubst du, man wird uns finden?«

»Vor morgen wird niemand unser Verschwinden bemerken. Und ich bezweifle, dass die Rettungsmannschaften uns hier suchen werden. Wir müssen hinaufklettern.«

»Wie willst du das machen?«

»Wir sammeln neue Kraft, und wenn uns der Tagesanbruch etwas Licht bringt, suchen wir unsere Eispickel. Mit etwas Glück …«

So verharrten sie viele lange Stunden und blickten prüfend ins Halbdunkel. Als ihre Augen sich daran gewöhnt hatten, entdeckten sie, dass es am Ende der Gletscherspalte zu einer unterirdischen Höhle weiterging.

Schließlich drang etwa dreißig Meter über der Stelle, an der sie sich befanden, ein Lichtstrahl durch das Dunkel. Shamir schüttelte Suzie.

»Aufstehen!«, befahl er.

Suzie blickte auf das Schauspiel, das sich plötzlich vor ihnen bot und so schön wie erschreckend war. Wenige Meter entfernt überspannte ein Eisgewölbe eine Höhle mit funkelnden Wänden.

»Das ist eine Karsthöhle«, flüsterte Shamir und deutete mit dem Finger nach oben. »Ein natürlicher Schacht, der eine Doline mit einer unterirdischen Höhle verbindet. Der Umfang ist gering, vielleicht könnten wir in diesem Kamin aufsteigen.«

Er zeigte ihr den Weg, der ihm machbar erschien. Das Gefälle war stark, aber in ein bis zwei Stunden würde die Sonne das Eis etwas aufgeweicht haben, und ihre Steigeisen könnten Halt finden. Fünfzig Meter, vielleicht sechzig, es war schwer abzuschätzen, welche Höhe sie von der Oberfläche trennte. Aber wenn es ihnen gelänge, den Vorsprung zu erreichen, den sie von unten sehen konnten, war der weitere Verbindungsgraben schmal genug, um sich dort mit dem Rücken an der Wand und durch Abstoßen mit den Beinen hinaufzukämpfen.

»Und deine Schulter?«, fragte Suzie.

»Der Schmerz ist erträglich. Es ist jedenfalls unsere

einzige Chance. Die Gletscherspalte hinaufzuklettern ist unmöglich. Aber zuerst müssen wir unsere Eispickel finden.«

»Und wenn wir in der Höhle weitergehen, vielleicht gibt es einen anderen Ausgang?«

»Nicht zu dieser Jahreszeit. Selbst wenn ein unterirdischer Fluss hindurchfließen würde, wäre er gefroren. Die einzige Möglichkeit ist der Aufstieg in dieser Karsthöhle. Heute können wir das nicht mehr in Angriff nehmen. Wir brauchen mindestens fünf Stunden zum Klettern, ich gebe uns höchstens noch zwei, bis die Sonne auf der anderen Hangseite steht, und im Dunkeln ist es nicht machbar. Wir sammeln erst einmal neue Kräfte und suchen unsere Ausrüstung. Die Temperatur in der Höhle ist weniger eisig, als ich dachte. Wir können sogar versuchen, uns im Schlafsack ein wenig auszuruhen.«

»Glaubst du wirklich, dass wir hier rauskommen?«

»Du hast das Können, um diesen Kamin aufzusteigen, du kletterst voraus.«

»Nein, du«, bat Suzie inständig.

»Meine Schmerzen in den Rippen sind zu stark, als dass ich dich hochziehen könnte, und sollte ich abstürzen, würde ich dich mitreißen.«

Shamir ging an die Stelle zurück, wo sie aufgeschlagen waren. Der Schmerz nahm ihm den Atem, aber er bemühte sich, es Suzie nicht zu zeigen. Während er mit seinen Handschuhen den Schnee umgrub, in der Hoffnung, die Eispickel zu finden, entfernte sie sich zum Ende der Höhle.

Plötzlich hörte er sie rufen. Shamir wandte sich um und lief zurück.

»Hilf mir, unsere Ausrüstung zu suchen, Suzie!«

»Vergiss deine Eispickel und schau dir das an!«

Hinten in der Höhle erstreckte sich ein Eisteppich, so glatt, als sei er von einer Maschine präpariert worden, und verschwand weiter hinten im Dunkeln.

»Ich hole die Taschenlampe.«

»Komm mit mir«, befahl Shamir. »Wir erkunden das später.«

Suzie machte widerwillig kehrt und ging an die Stelle zurück, wo Shamir mit seinen Ausgrabungen begonnen hatte.

Eine Stunde lang wühlten sie im Schnee. Shamir entdeckte einen Träger des Rucksacks, den er beim Sturz verloren hatte, und seufzte vor Erleichterung. Dieser Fund gab ihm neue Hoffnung. Keine Spur jedoch von den Eispickeln.

»Wir haben zwei Taschenlampen, zwei Kocher, eine doppelte Ration Essen und zwei fünfundvierzig Meter lange Seile. Schau dir die Wand an, auf die jetzt der Sonnenstrahl fällt«, sagte er. »Das Eis schmilzt, wir müssen das Wasser auffangen. Wir werden sehr schnell dehydrieren.«

Erst jetzt wurde Suzie bewusst, dass sie vor Durst fast umkam. Sie griff nach ihrem Blechnapf und versuchte, ihn dort, wo das Eis herabtropfte, schön gerade zu halten.

Shamir hatte sich nicht getäuscht, das Licht verblasste und war bald verschwunden, als habe eine unheilvolle Präsenz das Himmelsloch über ihren Köpfen geschlossen.

Suzie schaltete ihre Stirnlampe ein. Sie sammelte ihre Sachen zusammen, öffnete den Schlafsack und schlüpfte hinein.

Shamir hatte seine verloren. Er nahm die Taschenlampe und fuhr fort, den Schnee zu durchwühlen, doch ohne Erfolg. Am Ende seiner Kräfte, kurzatmig und mit brennender Lunge, beschloss er, sich etwas auszuruhen. Als er bei Suzie ankam, brach sie ihren Müsliriegel durch und reichte ihm eine Hälfte.

Shamir konnte nichts essen, das Schlucken löste einen Brechreiz aus.

»Wie lange?«, fragte Suzie.

»Wenn wir das Essen rationieren, genügend Wasser auffangen können und keine Lawine die Karsthöhle zuschüttet, vielleicht sechs Tage.«

»Ich habe dich gefragt, wann wir sterben werden, aber wahrscheinlich war das die Antwort.«

»Die Rettungskräfte werden nicht ewig brauchen, bis sie anfangen, uns zu suchen.«

»Du hast selbst gesagt, dass sie uns nicht finden werden. Nicht hier unten in diesem Loch. Es wird mir niemals gelingen, den Vorsprung zu erreichen, den du mir vorhin gezeigt hast, aber selbst wenn ich bis dorthin kommen würde, ginge es über meine Kräfte, den Kamin sechzig Meter hinaufzuklettern.«

Shamir seufzte. »Mein Vater hat immer gesagt, wenn du dir nicht vorstellen kannst, eine Gesamtaufgabe zu bewältigen, gehe sie etappenweise an. Jede einzelne Etappe wird dir machbar erscheinen, und die Addition kleiner Erfolge wird dich bis zum gesetzten Ziel führen. Morgen früh, sobald das Tageslicht die Spalte ausreichend erhellt, werden wir prüfen, wie der Vorsprung zu erreichen ist. Für den Schacht müssen wir dann den nächsten Tag abwarten. Und jetzt schone deine Batterien und schalte die Lampe aus.«

In dem Dunkel, das sie umhüllte, hörten Shamir und Suzie über sich das Heulen des Windes. Sie legte ihren Kopf an seine Schulter und bat ihn um Verzeihung. Aber Shamir, von den Schmerzen erschöpft, schlief bereits.

Mitten in der Nacht erwachte Suzie von einem Donnergrollen, und zum ersten Mal dachte sie, dass sie hier unten sterben würde. Mehr Entsetzen als bei dem Gedanken zu sterben empfand sie bei der Überlegung, wie lange es bis dahin wohl dauern würde. Eine Gletscherspalte ist kein Ort für Lebende, hatte sie einmal in einem Bergsteigerbericht gelesen.

»Das ist kein Gewitter«, flüsterte Shamir, »das ist eine Lawine. Schlaf weiter und hör auf, an den Tod zu denken. Daran darf man nie denken.«

»Ich habe nicht daran gedacht.«

»Du hast dich so fest an mich gepresst, dass du mich geweckt hast. Wir haben noch Zeit.«

»Ich habe es satt zu warten«, sagte Suzie.

Sie verließ den Schlafsack und schaltete ihre Stirnlampe ein.

»Was hast du vor?«, wollte Shamir wissen.

»Ich werde mir etwas die Beine vertreten. Bleib hier und ruh dich aus, ich gehe nicht weit.«

Shamir hatte keine Kraft, ihr zu folgen. Bei jedem Einatmen drang weniger Luft in seine Lunge, und wenn sich sein Zustand weiter verschlechterte, würde er bald gar keinen Sauerstoff mehr bekommen. Er bat Suzie, vorsichtig zu sein, und schlief wieder ein.

Suzie bewegte sich auf die Höhle zu, wobei sie genau auf die Bodenbeschaffenheit achtete. Man wusste nie, wo bei einer Gletscherspalte tatsächlich der Boden war, der Untergrund konnte immer noch nachgeben. Sie ging unter dem Gewölbe durch und drang in den weiten Stollen ein, den sie bemerkt hatte, bevor Shamir sie zur Umkehr ermahnt hatte. Plötzlich veränderte sich ihr Gesichtsausdruck, und sie lief entschlossen weiter.

»Ich weiß, dass du da bist, ganz nah. Seit Jahren suche ich dich schon«, flüsterte sie.

Sie setzte ihren Weg fort, nahm den geringsten Winkel,

die kleinste Nische um sie herum in Augenschein. Und plötzlich ließ der Lichtstrahl ihrer Stirnlampe eine silbrige Fläche aufblitzen. Suzie griff nach der Taschenlampe und schaltete sie zusätzlich ein. Es war unvernünftig, in so kurzer Zeit so viel Energie zu verbrauchen, aber die Erregung war zu stark, als dass sie daran gedacht hätte. Sie umklammerte den Griff der Taschenlampe und streckte den Arm aus.

»Zeige dich. Ich möchte mir einfach nur holen, was mir gehört, was du uns niemals hättest nehmen dürfen.«

Suzie näherte sich dem Widerschein. An dieser Stelle hatte das Eis eine merkwürdige Form. Sie wischte die dünne Reifschicht darauf ab und war sicher, unter dem beinahe glasklaren Eis ein Metallstück zu erkennen.

Bereits seit Jahren war Suzie von der Existenz dieser Höhle überzeugt. Sie hätte die Anzahl der Stunden nicht benennen können, die sie damit zugebracht hatte, die Berichte von Bergsteigern zu lesen, die sich an den Fuß des Felsmassivs Rocher de la Tournette vorgewagt hatten, die Unfallberichte oder das kleinste Foto zu analysieren, die Berichte über die Gletscherbewegungen der letzten fünfzig Jahre zu studieren, um sicherzugehen, dass ihr kein Hinweis entging. Und diese Sicherheit hatte dazu geführt, dass sie sich – ihr Ziel stets vor Augen – beim Klettertraining ihre Schmerzen nicht hatte anmerken lassen.

Sie warf einen kurzen Blick in die Richtung, wo Shamir schlief, doch er war zu weit entfernt, als dass sie ihn hätte sehen können. Schritt für Schritt bewegte sie sich mit angehaltenem Atem voran.

Der Stollen wurde breiter. Die von der Natur modellierten Wände im Inneren des Bergs hatten Ähnlichkeit mit den Mauern in einer Höhlenwohnung.

Plötzlich beschleunigte sich Suzies Herzschlag.

Die Cockpitzelle einer Boeing 707, überragt von einem Haufen verbogenen Schrotts, tauchte auf und schien diese sonderbare Besucherin mit einer Verzweiflung zu betrachten, welche die Zeit nicht hatte auslöschen können.

Ein Dutzend Schritte weiter lag ein Teilstück der Kabine inmitten von Verkabelungen und Sitzfragmenten, die im Schnee erstarrt waren.

Der Boden war von Trümmern übersät, zumeist abgerissene Metallstücke, die durch die Heftigkeit des Aufpralls verformt waren. Das Bugfahrwerk ragte senkrecht aus einem kleinen Hügel heraus. Ein Stück der Tür, auf dem noch die Aufschriften zu erkennen waren, hatte sich einige Meter über dem Boden im Eisgewölbe verklemmt.

Der vordere Teil der *Kanchenjunga* befand sich hier, erstarrt in diesem Grab, das der Berg über ihm verschlossen hatte.

Langsam näherte sich Suzie, durch ihre Entdeckung wie elektrisiert, aber auch angsterfüllt.

»Da bist du ja endlich«, murmelte sie. »Auf diesen Moment habe ich so lange gehofft.«

Andächtig und schweigend verharrte Suzie vor dem Flugzeugwrack.

Sie hörte Schritte, drehte sich um und sah das Lichtbündel von Shamirs Lampe den Eingang der Höhle abtasten. Sie überlegte einen Moment und zögerte.

»Ich bin hier«, sagte sie schließlich und richtete sich auf.

Sie eilte zu ihm. Shamir sah mitgenommen aus.

»Du solltest liegen bleiben.«

»Ich weiß, aber ich hatte das Gefühl, völlig steif zu werden, und habe mir Sorgen um dich gemacht. Hast du hier einen Ausgang gefunden?«

»Nein, noch nicht.«

»Irgendetwas anderes, das es wert ist, deine Batterien zu vergeuden?«

Suzie sagte nichts und sah Shamir an. Nicht die Schmerzen, sondern das Bewusstsein der Gefahr gab ihm diese düstere Miene. Sein Blick rief ihr den Ernst ihrer Situation wieder in Erinnerung, den sie einige Augenblicke lang beinahe vergessen hatte.

»Geh dich ausruhen, ich erkunde noch ein wenig die Örtlichkeiten und komme dann wieder zu dir.«

Shamir schob sie zur Seite und betrat die Höhle. Als er das Flugzeugwrack entdeckte, riss er die Augen weit auf.

»Beeindruckend, nicht wahr?«, meinte Suzie.

Er betrachtete die Aufschriften in Hindi, die sie mit ihrer Lampe beleuchtete, und zögerte weiterzugehen.

»Das sind wahrscheinlich Wrackteile der *Malabar Princess*«, meinte Shamir.

»Nein, die *Malabar* war ein viermotoriges Propellerflugzeug, das hier ist die *Kanchenjunga*.«

»Und woher weißt du das?«

»Das ist eine lange Geschichte«, antwortete Suzie.

»Du wusstest, dass sie hier ist?«

»Ich hoffte es.«

»Deine verbissene Entschlossenheit, den Montblanc zu besteigen, hatte ausschließlich damit zu tun, dass du dieses Wrack finden wolltest?«

»Ja, aber nicht so … Ich wollte, dass wir uns hierher abseilen.«

»Weil du von der Existenz dieser Höhle wusstest?«

»Ein Bergsteiger hatte den Eingang zu deiner Karsthöhle am Hang des Felsmassivs Rocher de la Tournette vor drei Jahren entdeckt. Das war im Sommer, er hatte das Fließen eines unterirdischen Flusses hinter einer Eismauer gehört. Nachdem er sich einen Durchgang verschafft hatte, wagte er sich bis zum oberen Teil des Schachts vor, ohne jedoch hinabzusteigen.«

»Und du hast mich die ganze Zeit über belogen? Als du mich aufgesucht hast, hattest du diese Idee bereits im Kopf?«

»Ich werde dir alles erklären, Shamir. Wenn du es dann weißt, wirst du verstehen«, sagte Suzie und wollte auf das Wrack zugehen.

Shamir hielt sie am Arm zurück. »Dieser Ort hier ist eine Grabstätte, er ist geheiligt, man soll die Toten nicht stören. Komm, lass uns gehen«, befahl er.

»Ich bitte dich nur um eine Stunde, um die Kabine zu inspizieren. Und außerdem wissen wir nicht, ob dieser Schacht am Ende nicht zu einem Ausgang führt, der besser passierbar ist als dein Kamin.«

Suzie näherte sich dem Wrack, Shamir wagte sich ins Innere der Höhle. Das Schauspiel faszinierte sie. In dem Cockpit war das verkohlte Armaturenbrett von einer Eiszunge bedeckt, die das Blech verdaut zu haben schien. Sie konnte auf dem Pilotensitz eine dunkle Masse erahnen und vertrieb dieses Bild, indem sie dem schrecklichen Anblick den Rücken kehrte. Sie ging zurück und näherte sich dem Teilstück des Flugzeugrumpfs, das auf der Seite lag und dessen Sitze von der Schockwelle hochgedrückt worden waren.

Die Rettungskräfte, die den Ort am Tag nach dem Absturz erreicht hatten, hatten Überreste der Tragflächen, des Leitwerks und unzählige andere identifiziert, die von der Flugzeugkabine stammten. Im Lauf der Jahrzehnte hatte der Bossons-Gletscher die Motoren der *Kanchenjunga*, ihre Hauptfahrwerke und persönliche Gegenstände der Passagiere wieder ausgespuckt. Dem Unfallbericht zufolge, den Suzie auswendig konnte, waren das Cockpit sowie das Erste-Klasse-Abteil jedoch unauffindbar geblieben. Einige Ermittler hatten daraus geschlossen, dass es im Augenblick des Aufpralls explodiert war, andere gingen davon aus, dass es in eine Gletscherspalte gestürzt war, so wie ein Schiff im Meeresgrund verschwindet. Suzies Entdeckung gab Letzteren recht.

Sechs im Eis erstarrte Skelette glichen in ihrer durchlöcherten Kleidung Mumien. Sie kniete sich mitten in das trostlose Bild und betrachtete diese Leben, die wegen ein paar Metern, wegen ein paar Sekunden ausgelöscht worden waren. Dem Sachverständigenbericht zufolge hätte der Pilot, wenn er eine Minute früher verstanden hätte, dass seine Position falsch war, die Maschine noch hochziehen und den Gipfel überfliegen können. Aber am Morgen des 24. Januar 1966 waren einhundertelf Menschen ums Leben gekommen, und die sterblichen Überreste von sechs von ihnen ruhten hier vor Suzie.

Sie ging in der Kabine weiter, als Shamir hinter ihr auftauchte.

»Das solltest du nicht tun«, sagte er ruhig. »Was suchst du?«

»Das, was mir gehört. Wenn ein dir Nahestehender hier ruhen würde, wärst du dann nicht auch glücklich, etwas wiederzubekommen, was ihm gehört hat?«

»Einer der Passagiere ist ein naher Verwandter?«

»Das ist eine lange Geschichte. Ich verspreche dir, dass ich dir alles erzähle, wenn wir hier rauskommen.«

»Warum hast du es nicht vorher getan?«

»Weil du dich sonst geweigert hättest, mich zu begleiten«, sagte Suzie, während sie sich einem Skelett näherte.

Es war offensichtlich das einer Frau. Sie hatte die Arme nach vorn gestreckt wie zu einem letzten Widerstandsversuch, bevor der Tod zugeschlagen hatte. Am Ringfinger der rechten Hand trug sie einen halb geschmolzenen Ehering, und zu ihren Füßen befand sich, eingezwängt zwischen zwei verbogenen Eisenstäben, ein völlig verkohlter Kosmetikkoffer.

»Wer waren Sie?«, flüsterte Suzie und kniete sich hin. »Hatten Sie einen Mann und Kinder, die auf Sie gewartet haben?«

Shamir näherte sich widerstrebend. »Nichts anfassen«, sagte er. »Diese Sachen gehören uns nicht.«

Suzie wandte sich der sterblichen Hülle eines anderen Passagiers zu. Ein Aktenkoffer aus Metall war mit einer Kette und einer Handschelle an seinem Handgelenk befestigt. Sie richtete den Lichtstrahl ihrer Lampe darauf. Man konnte noch eine Aufschrift in Hindi sehen, die in den Deckel eingraviert war.

»Was heißt das?«, fragte Suzie.

»Wie soll ich dir das beantworten, es ist alles so gut wie ausgelöscht.«

»Erkennst du gar nichts?«

Shamir näherte sich dem Aktenkoffer.

»Der Besitzer hieß mit Vornamen Adesh, den Familiennamen kann ich nicht entziffern. Ich glaube, er war Diplomat. Das steht dort. ›Diplomatischer Dienst – Nicht öffnen.‹«

Suzie enthielt sich jeglichen Kommentars. Vorsichtig hob sie das Handgelenk und trennte es mit einer kurzen Bewegung vom restlichen Skelett. Danach ließ sie die Handschelle hinabgleiten und bemächtigte sich des Aktenkoffers.

»Du bist ja völlig verrückt geworden!«, rief Shamir entsetzt.

»Die Dokumente darin sind vielleicht von historischem Wert«, entgegnete Suzie ungerührt.

»Ich kann dir dabei nicht zuschauen und bin viel zu erschöpft, um mit dir zu streiten. Ich gehe jetzt zurück und lege mich wieder hin. Auf jeden Fall vergeudest du deine Zeit. Es wird schon kompliziert genug sein, den Schacht hochzuklettern. Da kannst du dich nicht auch noch mit einem Aktenkoffer belasten.«

Suzie sah ihn herausfordernd an. Sie nahm ein Steigeisen von ihrem Gürtel und schlug damit auf das Eis ein, das den Koffer überzog. Die Schlösser und Scharniere zerbarsten.

Der Kofferinhalt hatte dem Feuer besser standgehalten als der Feuchtigkeit. Sie entdeckte einen Füllfederhalter, dessen Gehäuse teilweise geschmolzen war, die Reste einer Packung Zigaretten, ein silbernes Feuerzeug und eine durch die Kälte hart gewordene Ledermappe. Suzie nahm die Mappe und schob sie in ihren Schneeanzug.

»Hast du einen Durchgang ausfindig gemacht?«, fragte sie Shamir und stand auf.

»Du wirst uns Unglück bringen.«

»Komm«, sagte sie, »schonen wir unsere Batterien und ruhen wir uns aus. Sobald es hell wird in der Gletscherspalte, versuchen wir hinauszukommen.«

Ohne auf eine Antwort von Shamir zu warten, verließ sie den Stollen und ging zurück an die Stelle, wo sich ihr Schlafsack befand.

Als die ersten Sonnenstrahlen in die Höhle drangen, bemerkte sie, wie elend Shamir aussah. Sein Zustand hatte sich während der letzten Stunden deutlich verschlechtert, und seine Blässe war beunruhigend. Wenn er nicht sprach oder sich eine Weile nicht rührte, hatte sie den Eindruck, neben einem Toten zu liegen. Sie wärmte ihn sehr liebevoll und zwang ihn, etwas zu trinken und einen Müsliriegel zu essen.

»Fühlst du dich in der Lage hinaufzuklettern?«, fragte sie.

»Wir haben keine Wahl«, sagte er und seufzte. Und allein dieser Seufzer belebte den Schmerz, der ihn peinigte, aufs Neue.

Shamir machte Suzie ein Zeichen, ihre Sachen zusammenzupacken.

»Vielleicht sollten wir unsere Rucksäcke zurücklassen, um es leichter zu haben?«, schlug sie vor.

»Wenn wir dort oben sind«, sagte Shamir und betrachtete den engen Kamin, »haben wir erst die halbe Strecke geschafft. Wir müssen ins Tal absteigen. Ich will nicht erfrieren, nachdem wir dieser Spalte entronnen sind. Hier, nimm«, sagte er und reichte ihr zwei Eispickel, die er unter dem Schlafsack versteckt hatte.

»Du hast sie wiedergefunden?«, rief sie.

»Darüber machst du dir erst jetzt Gedanken? Ich erkenne dich nicht wieder. Seit unserem Sturz in diese Gletscherspalte habe ich meine Seilschaftpartnerin verloren, und ohne sie komme ich hier nicht heraus.«

Als er auf den Beinen war, bekam Shamir wieder etwas Farbe, und seine Atmung besserte sich. Er erklärte Suzie das weitere Vorgehen. Sie würde als Erste klettern, ihre Position sichern, und anschließend würde er angeseilt folgen.

Die Eiswand, die sich über ihnen erhob, erinnerte an die Orgel einer Kathedrale. Ihren Rucksack fest umgeschnallt, atmete Suzie tief durch und begann den Aufstieg. Shamir ließ sie nicht aus den Augen, gab an, wohin sie die Füße setzen, wo sie sich mit den Händen festhalten, wann sie das Seil spannen oder im Gegenteil locker lassen sollte.

Sie brauchte fast eine Stunde, um die ersten fünfzehn Meter zu erklimmen. Nach zwanzig Metern fand sie eine kleine Nische, in die sie sich setzen konnte. Die Beine gegen die Wand gestemmt, nahm sie eine Eisschraube vom Klettergurt und befestigte sie im Eis. Nachdem sie die Sicherheit der Verankerung überprüft hatte, ließ sie eine Seilrolle einrasten und das Seil durchlaufen – eine Wiederholung all der Handgriffe, die Shamir ihr so oft gezeigt hatte.

»Gut, du kannst kommen«, rief sie und versuchte, nach unten zu blicken. Zusammengekauert, wie sie war, sah sie jedoch nur ihre Knie, ihre Schuhe und Steigeisen.

Shamir kletterte die ersten Meter in Suzies Spuren. Je weiter er sich hochzog, desto stärker wurden die Schmerzen, und mehrmals dachte er, es niemals zu schaffen.

»Eine Etappe nach der nächsten«, befahl ihm eine leise Stimme in seinem Kopf.

Drei Meter über sich entdeckte Shamir eine Aushöhlung. Er gab sich fünfzehn Minuten bis dorthin und gelobte, wenn er dieser Hölle entkommen würde, seinem Vater zu sagen, dass sein Rat ihm das Leben gerettet habe.

Eine andere leise Stimme ignorierend – die ihm einflüstern wollte, seine Anstrengungen seien vergebens und es sei vernünftiger, seinem Leiden ein Ende zu bereiten und unten in der Gletscherspalte die letzte Ruhe zu finden –, zog er sich mit den Armen hoch und kam Zentimeter für Zentimeter, Sekunde für Sekunde weiter hinauf.

Drei Stunden brauchten sie, um den Vorsprung zu erreichen. Wenn es die Situation zuließ, schaute Suzie hinunter, wie Shamir hinter ihr kletterte; sie bewunderte seine sparsamen Gesten, von denen sie auf Grays Peak bereits hingerissen gewesen war.

Das war ein erster Sieg, auch wenn sie beide wussten, dass der gefährlichere Teil noch vor ihnen lag. Eine gute Weile blieben sie dort hocken und sammelten neue Kräfte. Shamir fegte mit seinem Handschuh Pulverschnee zusammen und reichte Suzie eine Handvoll.

»Trink«, sagte er.

Shamir löschte seinerseits seinen Durst, und Suzie bemerkte, dass sich der Schnee in seinen Mundwinkeln rot färbte.

»Du blutest«, murmelte sie.

»Ich weiß, das Atmen fällt mir immer schwerer. Aber wir haben noch einen weiten Weg vor uns.«

»Es wird bald dunkel.«

»Genau deshalb habe ich dich inständig gebeten, unsere Batterien nicht für das Durchsuchen des Wracks zu vergeuden. Ich werde mich hier nicht die ganze Nacht halten können, zu wenig Kraft«, sagte er keuchend. »Wir gehen jetzt weiter, oder du machst es ohne mich.«

»Wir gehen jetzt weiter«, antwortete Suzie.

Shamir erteilte ihr eine letzte Lektion im Klettern, und Suzie hörte ihm mit größter Aufmerksamkeit zu.

»Du schaltest deine Stirnlampe phasenweise ein, um sie bestmöglich zu schonen. Vertraue in der Dunkelheit deinen Händen, sie sind ebenso geschickt wie deine Augen, guten Halt zu erkennen. Wenn du dich hochziehen musst, versichere dich, dass du mit einem Fuß guten Halt hast. Wenn du den Eindruck hast, wirklich verloren zu sein, aber wirklich nur dann, schalte deine Lampe ein und merke dir sofort, was du siehst, bevor du sie wieder ausschaltest.«

Suzie wiederholte in Gedanken seine Instruktionen und griff nach ihrem Eispickel.

»Lass uns nicht trödeln, sondern das wenige Licht noch nutzen«, drängte Shamir.

Suzie richtete sich leicht auf und kauerte sich auf den Vorsprung. Dann erhob sie sich langsam und schlug ihren Eispickel in die Wand. Erster Angriff … anschließend kletterte sie fünf Meter in einem Zug, legte eine kurze Pause ein und machte weiter.

Der Kamin war hier noch recht breit. Auch wenn sie sich dem Engpass näherte, war er doch noch ein gutes Stück entfernt. Zwanzig Meter trennten sie von Shamir. Sie befestigte eine weitere Eisschraube, wiederholte die nötigen Handgriffe, um das Seil zu sichern, und neigte sich, sobald sie sicheren Halt hatte, nach hinten, in der Hoffnung, ihrem Gefährten bei seinem Aufstieg behilflich sein zu können.

Shamir war nichts von Suzies Manövern entgangen. Er richtete sich auf dem Vorsprung auf, trat mit seinen Steigeisen in ihre Spuren, stieß sich mit den Beinen ab und schwang sich seinerseits empor.

Er kletterte ohne Pause. Suzie sprach ihm Mut zu. Als er anhalten musste, um wieder Luft zu bekommen, zählte sie alles auf, was sie zusammen machen würden, sobald sie nach Baltimore zurückgekehrt wären. Aber er hörte nicht zu, sondern konzentrierte sich ganz auf die Handgriffe, die er vollführen musste. Und seine Anstrengungen zahlten sich aus. Bald spürte er Suzies Hand, die ihm über das Haar strich. Er hob den Blick und sah, dass sie mit dem Kopf nach unten hing, den Blick auf ihn geheftet.

»Du solltest dich lieber besser sichern, als solchen Blödsinn zu machen«, schimpfte er.

»Wir werden es schaffen. Zwei Drittel haben wir bereits, und man kann immer noch etwas sehen.«

»Demnach ist draußen gutes Wetter«, stieß Shamir keuchend aus.

»Morgen Vormittag, wenn wir uns auf dem Schnee ausstrecken, werden wir die Sonne sehen, hörst du mich?«

»Ja, ich höre dich …« Er seufzte. »Und nun zieh dich weiter hoch und überlass mir deinen Platz. Ich werde mich abstützen und etwas ausruhen, während du weiterkletterst.«

»Hör zu«, sagte sie. »Der Kamin kann nicht mehr länger als zwanzig Meter sein. Ich habe gerade tatsächlich etwas vom Himmel gesehen. Wir haben genügend Seil. Ich werde in einem Zug hinaufklettern, und wenn ich draußen bin, ziehe ich dich hoch.«

»Du hast dich wohl zu lange kopfüber gehalten und redest Unsinn. Ich bin viel zu schwer.«

»Tu dieses eine Mal, was ich sage, Shamir. Du kannst in deinem Zustand nicht mehr klettern, das weißt du so gut wie ich. Wir werden aus diesem verdammten Loch herauskommen, das schwöre ich dir!«

Shamir wusste, dass Suzie recht hatte. Bei jedem Einatmen hörte er seine Lunge pfeifen, und bei jedem Ausatmen floss etwas Blut in seinen Mund.

»Einverstanden«, sagte er. »Klettere du, und dann sehen wir weiter. Zusammen werden wir es schaffen.«

»Natürlich schaffen wir es«, wiederholte Suzie.

Gerade als sie sich vorbeugte, um sich aufzurichten, hörte sie Shamir fluchen.

»Beim Einschlagen des Eispickels achtet man auf das Geräusch und schaut hin«, hatte er ihr eines Tages beigebracht, als sie auf Grays Peak kletterten. Das war jedoch im Sommer gewesen, an der Oberfläche … Shamirs Eispickel hatte jetzt ein merkwürdiges Geräusch von sich gegeben, das hatte auch Suzie gehört. Er versuchte, ihn an einer anderen Stelle einzuschlagen, um besseren Halt zu finden, aber seine Arme gehorchten ihm nicht mehr. Plötzlich hörte er ein Knacken. Die Orgelpfeifen aus Eis, die durch Suzies Steigeisen an mehreren Stellen durchlöchert waren, drohten auseinanderzubrechen.

Shamir wusste, dass ihm nur wenige Sekunden blieben.

»Sichere mich!«, rief er und versuchte, sich abzustoßen.

Das Eis brach mit einem Schlag. Suzie warf sich nach vorn und versuchte, mit einer Hand die von Shamir zu ergreifen, während sie mit der anderen das Seil hielt, das durch den Klettergurt lief. Sie spürte, wie die Ledermappe in ihrem Schneeanzug rutschte, ihre Konzentration ließ einen Moment nach, und dadurch entglitt ihr Shamirs Hand, die sie gerade zu fassen bekommen hatte.

Sein Gewicht riss heftig an dem Seil, sodass es sie einschnürte und ihr den Atem nahm, aber sie hielt durch.

Shamir hing fünf oder sechs Meter unter ihr. Normalerweise hätte er eine Drehbewegung gemacht, um wieder Halt zu finden. Aber er war am Ende seiner Kräfte.

»Dreh dich um«, schrie Suzie. »Dreh dich um und klammere dich fest!«

Ihr Körper wurde von allen Seiten beansprucht. Sie versuchte, ihren Gefährten durch eine Pendelbewegung bei dem Manöver zu unterstützen, das sie von ihm verlangte.

Shamir sah seine einzige Chance in einem Prusikknoten, und Suzie verstand, was er vorhatte, als sie bemerkte, wie er nach einem der dünnen Seile griff, die an seinem Klettergurt hingen. Die Prusikschlinge ist ein Klemmknoten. Bei Entlastung lässt er sich verschieben, bei Belastung zieht er sich zu. Man befestigt ihn an einem Karabiner, zieht ihn zu und steigt an dem Seil auf.

Shamirs Blick trübte sich, seine Gesten wurden ungeschickt. Während er das dünne Seil um das Hauptseil schlang, entglitt es seinen Fingern und fiel hinunter in die Spalte.

Er hob den Kopf und warf Suzie, mit den Schultern zuckend, einen Blick zu.

Und wie er sie so sah, wie sie über ihm im Leeren hing, begann er, einen Gurt seines Rucksacks zu lösen. Er ließ ihn über seine Schulter gleiten und nahm mit vorbildlicher Sorgfalt das Taschenmesser heraus, das er immer in der oberen Tasche verwahrte.

»Tu das nicht, Shamir!«, bat Suzie inständig.

Sie keuchte und weinte, als sie sah, wie er den zweiten Gurt seines Rucksacks durchtrennte.

»Beruhige dich, wir sind zu schwer, um hochzukommen«, brachte er keuchend hervor.

»Wir werden es schaffen, das schwöre ich dir. Lass mir Zeit, wieder einen Halt zu finden, ich werde dich hinaufziehen«, flehte sie ihn an.

Shamir schnitt den Gurt durch, und beide hörten das Echo des Rucksacks, als er in die Gletscherspalte hinunterpurzelte. Dann herrschte Stille, die nur von ihrem stoßweisen Atem unterbrochen wurde.

»Hattest du wirklich vor, um meine Hand anzuhalten, wenn wir auf dem Gipfel sind?«, fragte Shamir und hob den Kopf.

»Ich wollte dich davon überzeugen, dass du um meine anhältst«, antwortete Suzie. »Und das wirst du auch tun.«

»Wir sollten uns dieses Versprechen jetzt geben«, sagte er mit einem traurigen Lächeln.

»Dort oben, wenn wir hier herausgekommen sind, vorher nicht.«

»Suzie, möchtest du mich zu deinem Mann nehmen?«
»Sei still, Shamir, ich flehe dich an, sei still.«
Und ohne sie nur einen Moment aus den Augen zu lassen, fügte er hinzu: »Ich liebe dich. Ich habe mich an dem Tag in dich verliebt, als du an meine Tür geklopft hast, und diese Liebe ist ständig gewachsen. Ich würde die Braut gern umarmen, aber du bist etwas zu weit weg.«
Shamir drückte einen Kuss auf seinen Handschuh, den er in ihre Richtung pustete. Dann schnitt er mit einer kurzen und präzisen Geste das Seil durch, das ihn mit ihr verband.

Kapitel 3

Nachdem Shamir in der Tiefe der Gletscherspalte verschwunden war, hatte Suzie sich heiser geschrien. Das dumpfe Geräusch, als sein Körper auf dem Eis zerschmetterte, hatte sie nicht gehört. Sie war reglos in der Stille und der Dunkelheit hängen geblieben und hatte gewartet, dass die Kälte sie ebenfalls hinwegraffen würde.

Dann hatte sie bedacht, dass er, der sein Leben gegeben hatte, um ihres zu retten, ihr nie verzeihen würde, wenn sein Opfer vergebens gewesen wäre.

Also entschloss sie sich, ihre Stirnlampe einzuschalten, sah hinauf zum Kraterrand, stützte sich mit den Beinen ab und schlug ihre Steigeisen ein.

Jedes Mal, wenn sie sich in das Eis bissen, hörte sie, wie Schnee nach unten prasselte, und jedes Mal dachte sie daran, dass dieser Schnee Shamirs Körper bedecken würde.

Im Dämmerlicht klettern, die Augen voller Tränen, unermüdlich klettern und die Zähne zusammenbeißen. Auf die Ratschläge hören, mit denen er sie überhäuft hatte, noch den Klang seiner Stimme vernehmen, sein Herz schlagen hören, seine Haut in der Feuchte des Betts auf ihrer spüren. Seine Zunge in ihrem Mund, auf ihren Brüsten, auf ihrem Bauch und in der Wärme ihres Geschlechts. Seine Hände, die sie von sich schoben und wieder an sich zogen, seine Hände spüren und weiterklettern Richtung Himmel. Stundenlang klettern, ohne je nachzulassen – dieser weißen Hölle entkommen.

Um drei Uhr morgens klammerten sich Suzies Finger um den Rand des Schlunds, der sie verschlungen hatte. Sie zog sich nach oben, bis ihr gesamter Körper im Freien war. Und als sie sich auf den Rücken drehte und endlich den Sternenhimmel sah, streckte sie Arme und Beine von sich und stieß einen animalischen Schrei aus, der von allen Seiten widerhallte.

Die Bergeshöhen, die sie umgaben, glitzerten metallisch. Sie erkannte die Gipfel, ihre von verschneiten Bändern gesäumten Pässe. Der Wind stieg pfeifend aus den Schluchten auf und stürzte sich in die Eisorgeln, von denen die Hänge geschmückt wurden. In der Ferne ereignete sich mit einem explosionsartigen Geräusch ein Bergrutsch. Als die Steine auf die Granitfelsen schlugen, führten sie auf ihrem Weg eine Funkengarbe mit. Suzie meinte, sich in einer anderen Welt zu befinden. Sie war aus dem Nichts hervorgekommen, um auf einer makellosen Erde wiedergeboren zu werden. Doch in dieser Welt gab es Shamir nicht mehr.

Er hatte sie gewarnt: »Wenn wir oben sind, haben wir erst den ersten Teil vollbracht. Dann folgt noch der Abstieg.«

Die Zeit war knapp. Ihr Schneeanzug hatte ebenso gelitten wie sie. Suzie fühlte die beißende Kälte in der Taille, an den Waden. Schlimmer noch, ihr wurde bewusst, dass sie ihre Finger nicht mehr spürte. Sie richtete sich auf, griff nach ihrem Rucksack und studierte aufmerksam ihre Route. Bevor sie jedoch aufbrach, kniete sie sich an den Rand der Gletscherspalte. Sie wandte ihren Blick zum Gipfel des Montblanc, beschimpfte den Berg und versprach, eines

Tages zurückzukommen, um ihm Shamir wieder zu nehmen.

Beim Abstieg gehörte ihr Körper ihr nicht mehr. Sie lief wie eine Schlafwandlerin durch die Dunkelheit. Und der Berg war noch nicht fertig mit ihr.

Der Wind nahm an Heftigkeit zu. Suzie bewegte sich in diesem totalen Weiß voran, ohne etwas zu sehen. Bei jedem Schritt hörte sie das unheimliche Krachen des Gletschers.

Erschöpft suchte sie bei Einbruch der Nacht Schutz in einer Felsvertiefung. Obgleich sie ihre rechte Hand zum Wärmen in der Tasche ihres Schneeanzugs vergraben hatte, schmerzte sie furchtbar. Sie nahm ihren Schal ab und wickelte ihn notdürftig zu einem Handschuh. Dabei verwünschte sie sich, als sie die schwarzen Frostbeulen auf ihren Fingergliedern bemerkte. Sie öffnete ihren Rucksack, verkeilte den kleinen Kocher auf einem Stein und beschloss, die letzten Gasreste zu verbrauchen, um etwas Eis zu schmelzen und ihren Durst zu stillen. Im Licht der flackernden Flamme griff sie nach der Ledermappe, die Shamir das Leben gekostet hatte, um ihren Inhalt zu prüfen.

Die Mappe enthielt einen versiegelten Brief in einer Plastikhülle, die zu öffnen sie sich hütete, um ihn nicht zu beschädigen, dazu das verblichene Foto einer Frau und einen roten Schlüssel. Sorgfältig schloss sie die Mappe wieder und schob sie zurück unter ihren Schneeanzug.

In den ersten Morgenstunden machte sich Suzie erneut auf den Weg. Der Himmel war klar. Sie taumelte, fiel ständig hin, stand jedes Mal wieder auf …

Die Bergwacht fand sie, halb bewusstlos ausgestreckt in einer Vertiefung der Moräne. Ihre Wangen waren vom

Eis verbrannt, Blut hatte die Finger ihrer rechten Hand geschwärzt, an der sie keinen Handschuh trug. Was den Bergführer, der sie gefunden hatte, jedoch am meisten bestürzte, war ihr Blick. In ihren Augen spiegelte sich das Drama, das sich abgespielt hatte.

Kapitel 4

Der Leichenwagen fuhr im Schritttempo vor drei Limousinen mit getönten Scheiben. Simon, rechts neben dem Fahrer, sah mit starrem Blick auf die Straße.

Der Trauerzug bog in den Friedhof ein, dann den Hügel hinauf und hielt am Bürgersteig.

Die Angestellten des Beerdigungsunternehmens holten den Sarg aus dem Leichenwagen und legten ihn auf ein Gestell neben dem frisch ausgehobenen Grab. Sie arrangierten zwei Blumenkränze auf dem Deckel. Auf einem stand: »Meinem besten Freund«, auf dem anderen, den die Pressegewerkschaft geschickt hatte, war zu lesen: »Unserem lieben Kollegen, der sein Leben in Ausübung seines Berufs verloren hat.«

Etwa zehn Meter entfernt hielt sich ein Reporter eines lokalen Fernsehsenders im Hintergrund, seine Kamera stand zu seinen Füßen, er wartete auf den Beginn der Beerdigung, um einige Szenen festzuhalten.

Simon ergriff das Wort als Erster und erklärte, der Verstorbene und er seien wie Brüder gewesen, und hinter dem sturen und häufig bärbeißigen Journalisten habe sich ein großherziger, manchmal auch lustiger Mann verborgen. Andrew habe diesen frühen Tod nicht verdient. Er hätte noch so viel zu vollenden gehabt, eine solche Sinnlosigkeit sei unerträglich.

Simon musste eine Pause einlegen, um ein Schluchzen zurückzuhalten, er wischte sich über die Augen und schloss, die Besten gingen immer zuerst.

Nun trat Olivia Stern, die Chefredakteurin der *New York Times*, vor und berichtete mit aufgelöster Miene über die tragischen Umstände, unter denen Andrew Stilman sein Leben verloren hatte.

Der bedeutende Zeitungsreporter war nach Argentinien gereist, um einen einstigen Kriegsverbrecher zu verfolgen. Zurück in New York, nachdem er seine Mission beherzt erfüllt hatte, war Andrew Stilman jedoch ermordet worden, während er am Hudson River joggte, was bewies, dass man nie schnell genug läuft, wenn der Tod einem auf den Fersen ist. Eine schändliche Tat, begangen, um die Wahrheit zu vertuschen. Die schmutzige Rache, verübt von der Tochter des Unmenschen, den Andrew entlarvt hatte. Durch ihren Angriff auf Stilman hatte seine Mörderin auch die Pressefreiheit angegriffen, und ihre Tat setzte die Barbarei fort, die ihr Erzeuger einst begangen hatte. Bevor Andrew Stilman jedoch in ein tiefes Koma gefallen war, aus dem er nie wieder erwachte, war es ihm gelungen, den Sanitätern den Namen seiner Mörderin zu nennen. Das amerikanische Heimatland würde den Mord an einem seiner Söhne nicht ungestraft lassen. Bei den argentinischen Behörden war ein Auslieferungsantrag gestellt worden. »Der Gerechtigkeit wird Genüge getan werden!«, beteuerte Olivia mit Überzeugung.

Anschließend legte sie die Hände auf den Sarg und hob die Augen gen Himmel, bevor sie feierlich erklärte: »Andrew Stilman war ein Mann mit Überzeugungen, er hat sein Leben seinem Beruf gewidmet, unserem Berufsstand, dem letzten Bollwerk unserer Demokratien. Und dabei bist du, Andrew Stilman, gefallen wie ein Soldat auf dem Feld der Ehre … Wir werden dich niemals vergessen. Morgen wird Saal B des Zeitungsarchivs, der sich im ersten Untergeschoss befindet«, fügte sie hinzu und warf dem Leiter der Personalabteilung einen verschwörerischen Blick zu, »zur Erinnerung an dich umgetauft. Er wird nicht mehr Archiv B heißen, sondern ›Saal Andrew Stilman‹. Wir werden dich nicht vergessen!«, wiederholte sie eindringlich.

Andrews Kollegen, die gekommen waren, applaudierten, während Olivia Stern den Sarg küsste und dem lackierten Eichenholz dadurch einen doppelten Strich Coco-Chanel-Lippenstift aufdrückte. Anschließend ging sie auf ihren Platz zurück.

Die Angestellten des Bestattungsunternehmens warteten auf das Zeichen von Simon. Die vier Männer hoben den Sarg auf die Hängevorrichtung über dem Grab. Die Winde wurde betätigt, und Andrew Stilmans sterbliche Hülle verschwand langsam in der Erde.

Diejenigen, die sich den Vormittag freigenommen hatten, um ihn auf den Friedhof zu begleiten, näherten sich nacheinander, um sich an seiner letzten Ruhestätte von ihm zu verabschieden. Gekommen waren Dolores Salazar, die Dokumentationsspezialistin, die Andrew sehr gern gehabt hatte – sie waren sich häufig am Samstagvormittag in den Räumlichkeiten der Anonymen Alkoholiker in der Perry Street begegnet –, Manuel Figera, der Sachbearbeiter der Poststelle – Andrew war der Einzige gewesen, der ihm hin und wieder einen Kaffee spendiert hatte, wenn sie in der Cafeteria aufeinandertrafen –, Tom Cimilio, der Personalchef – der ihm vor zwei Jahren mit seiner Entlassung gedroht hatte, sollte er nicht ein für alle Mal sein Alkoholproblem in den Griff bekommen –, Gary Palmer aus der Rechtsabteilung – er hatte häufig eine gütliche Einigung herbeiführen müssen, wenn Andrew wieder einmal in Ausübung seines Amtes über das Ziel hinausgeschossen war –, Bob Stole, der Leiter der Pressegewerkschaft – er hatte Andrew nie kennengelernt, aber er hatte an diesem Tag Bereitschaftsdienst –, und Freddy Olson, sein direkter Bürokollege – bei dessen verkniffenem Gesichtsausdruck man nicht sicher war, ob er den Tränen nahe war oder einen heftigen Lachkrampf unterdrücken musste.

Olson war der Letzte, der eine weiße Rose auf den Sarg warf. Er beugte sich vor, um zu sehen, wo sie gelandet war, und wäre beinahe in die Grube gefallen, hätte Bob Stole ihn nicht gerade noch am Ärmel gepackt.

Anschließend entfernte sich der Trauerzug und gruppierte sich um die Autos.

Man umarmte einander, Olivia und Dolores wischten sich ein paar Tränen von den Wangen, Simon dankte allen, die gekommen waren, und jeder kehrte still zu seiner Beschäftigung zurück.

Dolores hatte um elf Uhr einen Maniküretermin, Olivia eine Verabredung mit einer Freundin zum Brunch, Manuel Figera hatte seiner Frau versprochen, sie zu einem Baumarkt zu fahren, um einen neuen Wäschetrockner zu kaufen, Tom Cimilio war Trauzeuge bei seinem Neffen, Gary Palmer traf sich mit seinem Partner, der einen Stand auf dem Flohmarkt an der 25th Street hatte, Bob Stole kehrte zur Redaktion zurück, um seinen Bereitschaftsdienst fortzusetzen, und Freddy Olson hatte sich für die Mittagszeit eine Thaimassage in einem Etablissement in Chinatown bestellt, dessen Masseusen wahrscheinlich seit sehr langer Zeit nicht mehr zur Beichte gingen. Jeder kehrte in sein Leben zurück und überließ Andrew Stilman dem Tod.

Die ersten Stunden, die seiner Beerdigung folgten, erschienen ihm schrecklich lang und vor allem einsam, was ziemlich überraschend war für jemanden wie ihn, der immer sehr gern allein gewesen war. Zudem ergriff ihn eine Angst, die ihm dieses Mal weder Lust auf einen Fernet con Coca machte noch einen Schweißausbruch oder Tremor verursachte, nicht einmal eine kleine Pulsbeschleunigung, und zwar aus gutem Grund.

Dann kam die Nacht und mit ihr dieses merkwürdige Phänomen, das ihm sofort bewusst wurde.

Obgleich Andrew sich bis dahin mit der äußersten Beschränktheit seiner »Kammer im Keller, ohne Tür oder Fenster« so weit arrangiert hatte und ihn die Stille, die sechs Fuß unter der Erde herrschte, letztlich nicht sonderlich gestört hatte – ihn, der das Treiben auf den Straßen so liebte, den Lärm der Presslufthämmer, der Motorräder, in denen sich die Männlichkeit und das Dröhnen des Hubraums vermischen, die heulenden Sirenen, die Lastwagen, die beim Rückwärtsfahren piepsen, sodass man den Fahrer am liebsten umbringen würde, die benommenen Nachtschwärmer, die auf dem Heimweg zu jeder Uhrzeit lauthals singen und denen man gerne bis unter ihre Fenster folgen würde, um es ihnen mit gleicher Münze heimzuzahlen –, fand er sich nun zu seinem großen Erstaunen wenige Zentimeter über dem Hügel aus frischer Erde schwebend wieder, die seine sterbliche Hülle bedeckte. So absurd ihm dies auch erscheinen mochte, er saß dort im Schneidersitz und konnte alles sehen, was um ihn herum vorging – mit anderen Worten: nicht wirklich viel.

Mangels eines gedrängten Stundenplans begann er, eine Bestandsaufnahme zu machen.

Der vom Wind flach gedrückte Rasen richtete seine

Halme nach Norden. Die Eibenwäldchen, die Ahornbäume und Eichen an der Ecke bewegten sich in dieselbe Richtung. Die gesamte umgebende Natur schien sich der Autobahn zuzuwenden, die unterhalb des Friedhofs vorbeiführte.

Und plötzlich, während Andrew sich bestürzt fragte, wie viele Stunden er sich noch so würde langweilen müssen, hörte er eine Stimme.

»Du wirst dich daran gewöhnen. Anfangs erscheint es etwas lang, aber irgendwann verliert man den Zeitbegriff. Ich weiß, was dir jetzt gerade durch den Kopf geht. Wenn du früher an deinen Tod gedacht hättest, hättest du dir einen Platz mit Meerblick reserviert. Und damit hättest du einen großen Fehler begangen. Die Wellen werden irgendwann scheißlangweilig! Während auf der Autobahn hin und wieder mal was passiert. Staus, Verfolgungsjagden, Unfälle, das ist viel abwechslungsreicher, als man sich vorstellt.«

Andrew blickte in die Richtung, aus der die Stimme kam. Ein Mann ebenfalls im Schneidersitz, der wie er wenige Zentimeter über dem Nachbargrab schwebte, lächelte ihn an.

»Arnold Knopf«, sagte dieser, ohne seine Position zu ändern. »So hieß ich. Ich beginne hier mein fünfzigstes Jahr. Du wirst schon sehen, du gewöhnst dich daran, man muss das nur lernen.«

»Das also ist der Tod?«, fragte Andrew. »Man bleibt hier, mit dem Hintern über seinem Grab, um auf die Autobahn zu glotzen?«

»Du kannst glotzen, wohin du willst, das steht dir frei. Aber es ist das, was mir am unterhaltsamsten scheint. Bisweilen kommt auch Besuch, vor allem an den Wochenenden. Die Lebenden weinen an unseren Gräbern, allerdings nicht an meinem. Was unsere Nachbarn betrifft, die sind schon so lange hier, dass die, von denen sie früher besucht wurden, ebenfalls unter der Erde sind. Die meisten machen sich nicht einmal mehr die Mühe herauszukommen. Wir sind hier die Jungen im Viertel, wenn ich so sagen darf. Ich hoffe, du wirst welche haben, also Besucher, meine ich. Anfangs kommen immer welche, dann legt sich irgendwann der Kummer, und es ist nicht mehr dasselbe.«

Während seiner langen Agonie hatte Andrew häufig versucht, sich vorzustellen, wie der Tod wohl sein würde, und hatte sogar gehofft, darin eine Form der Befreiung von den Dämonen zu finden, die ihn heimgesucht hatten. Aber was ihm nun widerfuhr, war schlimmer als alles, was sein durchtriebener Geist sich hatte ausmalen können.

»Ich habe so einiges gesehen, weißt du«, fuhr der Mann fort. »Zwei Jahrhunderte und drei Kriege. Wenn ich daran denke, dass mich dann eine verdammte Bronchitis hinweggerafft hat! Und da soll noch einer sagen, dass Lächerlichkeit nicht tötet! Und du?«

Andrew antwortete nicht.

»Hör mal, wir haben keine Eile, und streng dich nicht an, ich hab alles gehört«, fuhr sein Nachbar fort. »Da war ja die bessere Gesellschaft bei deiner Beisetzung versammelt. Sich ermorden zu lassen, das ist wirklich nicht alltäglich.«

»Nein, das ist ziemlich originell, da stimme ich zu«, antwortete Andrew.

»Und dazu noch von einer Frau!«

»Mann oder Frau, das ändert nicht wirklich viel, oder?«

»Vermutlich nicht. Aber letzten Endes doch. Der Herr hatte keine Kinder? Ich habe weder eine Witwe noch irgendwelche Bälger bemerkt.«

Andrew seufzte. »Nein, keine Kinder, und meine Exfrau …«

»Also alleinstehend?«

»Wenn man so will.«

»Schade, aber es ist wahrscheinlich besser für sie.«

»Vermutlich.«

In der Ferne begann das Blaulicht eines Polizeiwagens zu blinken. Der Kombi, dem er folgte, hielt auf der Standspur an.

»Du siehst, auf dieser Autobahn passiert ständig irgendwas. Das ist der Long Island Expressway zum JFK Airport. Die Typen haben es immer eilig und lassen sich dauernd an dieser Stelle schnappen. An guten Tagen ist mal einer dabei, der nicht anhält, dann kannst du die Verfolgung bis zu der Kurve da unten beobachten. Danach versperrt uns leider die Platanenreihe den Blick.«

»Wollen Sie damit sagen, dass wir uns von unseren Gräbern nicht wegbewegen können?«

»Doch, mit der Zeit gelingt es einem nach und nach. Letzte Woche habe ich es geschafft, bis ans Ende der Allee zu kommen, sechzig Schritte auf einen Schlag! Allerdings auch fünfzig Jahre Training! Zum Glück zahlt es sich schließlich aus, wozu wäre es sonst gut?«

Andrew erlag der Verzweiflung. Sein Nachbar näherte sich ihm.

»Keine Sorge, ich schwöre dir, dass es gelingt. Anfangs erscheint es unmöglich, aber du wirst schon sehen, vertrau mir.«

»Würde es Sie stören, wenn wir eine Weile schweigen? Ich brauche wirklich etwas Ruhe.«

»Solange du willst, mein Junge«, gab Arnold Knopf zurück, »ich verstehe, ich habe keine Eile.«

Und so saßen sie im Schneidersitz, Seite an Seite, in der Nacht.

Etwas später beleuchteten die Scheinwerfer eines Autos die Straße, die vom Eingang des Friedhofs auf den Hügel hinaufführte. Dass man dem Wagen das um diese Zeit gewöhnlich verschlossene Tor geöffnet hatte, war ein Rätsel für Arnold, der Andrew sein Erstaunen darüber mitteilte.

Der braune Kombi hielt am Gehsteig, eine Frau stieg aus und kam in ihre Richtung.

Andrew erkannte Valery sofort, seine große Liebe, die er verloren hatte, als er den dümmsten Fehler seines gesamten Lebens begangen hatte. Und seine Situation bescheinigte, welchen Preis er für einen Moment der Verirrung, eine vorübergehende Verrücktheit, bezahlt hatte.

Hatte sie überhaupt gewusst, wie sehr ihn die Reue zerfressen hatte? Dass er den Kampf in dem Moment aufgegeben hatte, als sie aufhörte, ihn im Krankenhaus zu besuchen?

Sie näherte sich dem Grab und verharrte in größter Stille.

Sie so vor sich kauern zu sehen, besänftigte ihn das erste Mal, seit er am Hudson River niedergestochen worden war.

Valery war da, sie war gekommen, und das zählte mehr als alles andere.

Plötzlich hob sie, still und leise, ihren Rock und begann, auf den Grabstein zu pinkeln. Als sie fertig war, richtete sie ihre Kleidung und sagte laut: »Scher dich zum Teufel, Andrew Stilman.«

Daraufhin stieg sie wieder in ihr Auto und fuhr davon, wie sie gekommen war.

»Das, muss ich allerdings zugeben, ist auch nicht alltäglich!«, flüsterte Arnold Knopf.

»Hat sie wirklich auf mein Grab gepinkelt?«

»Ohne Boris Vian zitieren zu wollen, Sie wissen schon: *Ich werde auf eure Gräber spucken,* glaube ich tatsächlich, dass es genau so war. Ich möchte ja nicht indiskret sein, aber was hast du ihr angetan, dass sie mitten in der Nacht kommt, um sich hier zu erleichtern?«

Andrew stieß einen gedehnten Seufzer aus.

»Am Abend unserer Hochzeit habe ich ihr gestanden, dass ich mich in eine andere Frau verliebt habe.«

»Wie zufrieden bin ich doch, dich als Nachbarn zu haben, Andrew Stilman, du kannst gar nicht wissen, wie sehr! Ich fühle, dass ich mich viel weniger langweilen werde, ja sogar überhaupt nicht mehr. Ich habe dich gerade etwas belogen, es ist hier nämlich zum Sterben fad. Und da man das bereits hinter sich hat, gibt es keine Alternative, man ist in einer Sackgasse, mein Bester. Ich will ja nichts sagen, aber ich habe ganz stark den Eindruck, dass dir deine bessere Hälfte noch nicht verziehen hat. Gleichzeitig muss ich sagen, ohne den Schulmeister spielen zu wollen, am Hochzeitsabend auszupacken, ist wirklich der denkbar ungünstigste Moment.«

»Ich bin kein geschickter Lügner …« Andrew seufzte abermals.

»Ach, und der Herr war trotzdem Journalist? Du wirst mir das später erzählen, ich muss jetzt meine Konzentrationsübungen machen. Ich habe mir geschworen, an diesem Wäldchen, das du dort unten siehst, zu sein, ehe das Jahrhundert zu Ende ist. Ich habe diese Platanen satt!«

»Sein« … Das Wort traf Andrew mit der Wucht einer Kanonenkugel, die eine Festungsmauer durchschlägt. Gewesen sein, nun nur noch ein sich zersetzender Körper sein.

Andrew hatte das Gefühl, sein Grab würde ihn ansaugen, er versuchte, sich der Kraft zu widersetzen, die ihn unter die Erde zog, und schrie.

Simon trat an die Couch, zog an der Decke und schüttelte ihn.

»Hör auf mit diesem Geheule, das ist ja unerträglich. Steh auf, es ist zehn Uhr, du müsstest schon bei der Arbeit sein!«

Andrew atmete tief ein wie ein Taucher, der wieder an die Wasseroberfläche kommt, nachdem er lange die Luft angehalten hat.

»Hör auf mit dem Saufen, dann werden deine Nächte auch ruhiger«, fügte Simon hinzu und hob eine leere Flasche Jack Daniel's auf. »Los, steh auf und zieh dich an, sonst schmeiße ich dich im hohen Bogen raus. Mir reicht's, dich dauernd in diesem Zustand zu sehen.«

»Ist ja gut«, meinte Andrew und streckte sich. »Das sind nur die Federn deiner Couch, die mich quälen. Könntest du nicht ein Gästezimmer einrichten?«

»Könntest du nicht zu dir nach Hause gehen? Es sind nun schon drei Monate, seit du aus dem Krankenhaus entlassen worden bist.«

»Bald, das verspreche ich dir. Ich schaffe es noch nicht, nachts allein zu sein. Und außerdem trinke ich hier nicht.«

»Nicht, bevor ich eingeschlafen bin! Du findest Kaffee in der Küche. Geh wieder arbeiten, Andrew, das ist das Beste, was du tun kannst, und es ist wirklich das Einzige, was du gut kannst.«

»›Die Besten gehen immer zuerst‹ … Also wirklich! Hast du nichts anderes gefunden als Abschluss für meine Trauerfeier?«

»Ich darf dich daran erinnern, dass das alles nur in deinem verwirrten Kopf existiert. Du bist es, der in deinen Albträumen den Stift führt, und dein Geschreibsel ist in der Tat erbärmlich.«

Simon verließ das Zimmer und schlug die Tür hinter sich zu.

Andrew ging ins Bad. Er betrachtete prüfend sein Gesicht und fand, dass er eher gut aussah, wenn er bedachte, was er am Vorabend alles geschluckt hatte. Als er näher an den Spiegel herantrat, änderte er allerdings seine Meinung. Seine Augen waren geschwollen, sein dunkler Bart verbarg einen Großteil seiner Wangen. Simon hatte recht, es war an der Zeit, wieder zu den Treffen der Anonymen Alkoholiker in der Perry Street zu gehen. Inzwischen würde er sich kurz bei der Redaktionssitzung blicken lassen und anschließend die Stadtbücherei aufsuchen. Seit drei Monaten verbrachte er dort gern seine Tage.

Im großen Lesesaal befand er sich in Gesellschaft, und doch herrschte Stille. Welcher andere Ort auf der Welt konnte ihm einen ähnlichen Schutzwall gegen das Alleinsein bieten, ohne dass er vom Lärm der anderen gestört wurde?

Geduscht und sauber gekleidet, verließ er die Wohnung, legte einen Zwischenstopp bei Starbucks ein, wo er ein Frühstück zu sich nahm, und eilte dann zur Redaktion. Nach einem Blick auf seine Armbanduhr begab er sich direkt in den Konferenzraum, wo Olivia eben zum Schluss ihrer Lagebesprechung kam.

Die Journalisten erhoben sich und verließen den Raum. Andrew saß neben der Tür, Olivia machte ihm ein Zeichen, noch zu warten. Als der Raum sich geleert hatte, kam sie zu ihm.

»Niemand hat Sie gezwungen, die Arbeit so bald wieder aufzunehmen, Andrew. Aber wenn Sie wiederkommen, dann richtig. Die Redaktionssitzung ist obligatorisch.«

»Ich bin doch da, oder?«

»Sie sind anwesend und abwesend zugleich. Sie haben seit drei Monaten nicht eine Zeile geschrieben.«

»Ich denke über mein nächstes Thema nach.«

»Sie schieben eine ruhige Kugel und haben wieder angefangen zu trinken.«

»Wie kommen Sie darauf?«

»Schauen Sie sich doch im Spiegel an.«

»Ich habe bis spätnachts gearbeitet, ich beschäftige mich mit einer neuen Untersuchung.«

»Freut mich zu hören, darf ich das Thema erfahren?«

»Eine junge Frau, die vor achtzehn Monaten in einer Township von Johannesburg vergewaltigt und totgeschlagen wurde. Die Polizei unternimmt nichts, um die Mörder zu fassen.«

»Aus der Rubrik Vermischtes in Südafrika, das wird unsere Leser fesseln. Geben Sie mir Bescheid, wenn Sie fertig sind, damit ich Ihnen einen Platz auf der Titelseite reservieren kann.«

»War das ironisch gemeint?«

»Absolut.«

»Sie wurde wegen ihrer sexuellen Ausrichtung ermordet. Ihr einziges Verbrechen war, eine andere Frau zu lieben. Und aus diesem Grund tun die Bullen, denen die Schuldigen bekannt sind, nicht mehr, um sie zu verhaften, als wenn ein streunender Hund überfahren worden wäre. Ihre Familie kämpft um Gerechtigkeit, aber die Behörden scheren sich nicht darum. Es fehlt nicht viel, dass sie die geistig Zurückgebliebenen dazu beglückwünschen, diese Frau umgebracht zu haben. Sie war vierundzwanzig Jahre alt.«

»Das ist tragisch, aber Südafrika ist weit und noch viel weiter von den Interessen unserer Leser entfernt.«

»Letzte Woche hat einer unserer brillanten republikanischen Abgeordneten im Fernsehen zum Thema homosexuelle Ehe erklärt, er sehe darin eine offene Tür zu Inzest und Pädophilie. Wir leben in einer merkwürdigen Welt, es gibt für alles Beschränkungen, unser guter Bürgermeister möchte den Konsum von Limonade in Kinos einschränken, aber es wird nichts unternommen, um die Idiotie unserer gewählten Volksvertreter zu bremsen! Es müsste Gesetze geben, die ihnen eine Geldstrafe aufbrummen, wenn sie die tolerierbare Norm der Ignoranz überschreiten.«

»Wollen Sie in die Politik gehen, Stilman?«

Andrew bat seine Chefredakteurin, seine Äußerungen nicht auf die leichte Schulter zu nehmen. Die Worte des Abgeordneten wären eine absolute Unverschämtheit, sie kämen der Anstiftung zum Hass gleich. Andrew wollte durch seinen Artikel zeigen, welche Gewalt eine politische Rede erzeugen könnte, wenn sie eine bestimmte Gruppe stigmatisierte.

»Können Sie mir jetzt folgen? Am Anfang des Artikels steht das Massaker an dieser Unschuldigen, die Passivität der südafrikanischen Behörden, die diesem Mord keinerlei Bedeutung beimessen, und am Ende unser idiotischer Abgeordneter, die Botschaft, die er vermittelt, und die vorhersehbaren Schlussfolgerungen derer, die ihn beim Wort nehmen. Wenn ich es geschickt anstelle, könnte ich seine Partei dadurch zwingen, von ihm Abstand zu nehmen, und letztendlich nötigen, Stellung zu beziehen.«

»Ein nebulöses und gewagtes Projekt, aber wenn es Sie so lange beschäftigen kann, bis Sie wieder Lust bekommen, Themen anzupacken, die …«

»… wichtiger sind als eine Vierundzwanzigjährige, die vergewaltigt, geschlagen und mit Messerstichen ermordet wird, weil sie lesbisch war?«

»Legen Sie mir keine Worte in den Mund, die ich nicht gesagt habe, Stilman.«

Als wolle er damit das Gewicht seiner Äußerungen unterstreichen, legte Andrew seiner Chefredakteurin die Hand auf die Schulter und übte einen leichten Druck aus. »Versprechen Sie mir eines, Olivia. Wenn es einmal wirklich so weit ist, schwören Sie mir, dass Sie sich bei meiner Beisetzung jeglicher Rede enthalten.«

Olivia sah Andrew verunsichert an. »Ja, wenn Sie das wollen, aber warum?«

»›Du bist gefallen wie ein Soldat auf dem Feld der Ehre‹, nein, wirklich! Ich habe mich für Sie geschämt.«

»Wovon sprechen Sie denn, Stilman?«

»Nichts, vergessen Sie es. Lassen wir es dabei, dass Sie mir das versprechen, und damit ist es gut. Ach ja, eine Sache noch: der Archivsaal B. Mal ehrlich, könnten Sie nicht einen noch trübseligeren Platz finden?«

»Hauen Sie ab, Andrew, Sie vergeuden meine Zeit, und ich verstehe kein Wort von Ihren Hirngespinsten. Gehen Sie an die Arbeit, ich wäre bereit, Ihnen ein Flugticket nach Kapstadt zu spendieren, damit Sie die Fliege machen.«

»Johannesburg! Und Sie wollen mir sagen, dass ich unkonzentriert bin. Nein wirklich, ich glaub, ich träume.«

Andrew nahm den Aufzug und ging in sein Büro. Dort herrschte dieselbe Unordnung, die er an dem Tag seines Überfalls zurückgelassen hatte. Freddy Olson, ein Heft mit Kreuzworträtseln vor sich, kaute an einem Bleistift und wippte auf seinem Stuhl.

»›Gespenst‹ mit sieben Buchstaben, hast du eine Idee?«, fragte Olson.

»Und meine Hand in deinem Gesicht mit sieben Fingergliedern, hast du da eine Idee?«

»Ein Mann, der im West Village mit dem Fahrrad unterwegs war, ist von einem Polizisten angefahren worden«, fuhr Olson fort. »Nicht nur, dass der Bulle ihm die Vorfahrt genommen hat, er hat danach auch noch seine Papiere verlangt, und als der Typ sich widersetzt und gesagt hat, das sei ja wohl eine verkehrte Welt, hat er ihm Handschellen angelegt und ihn eingelocht. Willst du dich hinter die Angelegenheit klemmen?«

»Wie hat er sich widersetzt?«

»Der Aussage nach hat der Alte den Polizisten geohrfeigt, weil ihm der Ton nicht gefiel, in dem er mit ihm sprach.«

»Wie alt ist dein Radfahrer?«

»Fünfundachtzig und der Polizist dreißig.«

Andrew seufzte. »Diese Stadt überrascht mich jeden Tag ... Ich lasse dir dein ›Vermischtes‹, auf mich wartet echte Journalistenarbeit.«

»Ein trockener Bourbon oder ein Daiquiri?«

»Willst du, dass wir von deinen Abhängigkeiten sprechen, Olson? Auf meiner Beerdigung hast du gewirkt wie bis obenhin zugekifft.«

»Ich weiß nicht, wovon du sprichst, aber ich habe schon seit ewigen Zeiten nicht mehr gesnifft. An deinem Krankenhausbett habe ich geschworen, keinen Stoff mehr anzurühren, wenn du durchkommst.«

Andrew hütete sich, seinem Kollegen zu antworten, nahm seine Post, ein Exemplar der Morgenausgabe und ging. Der Tag war schön, er lenkte seine Schritte zur New York Public Library, ein paar Blocks von der Zeitung entfernt.

Am Eingang zum Lesesaal zeigte Andrew seinen Ausweis.

Der Angestellte grüßte ihn mit leiser Stimme.

»Guten Tag, Yacine«, erwiderte Andrew und reichte dem Bibliothekar die Hand.

»Haben Sie heute Bücher bestellt?«, fragte dieser und konsultierte seinen Bildschirm.

»Ich habe alles dabei, um sicher zu sein, nichts Sinnvolles zu tun: meine Post und meine Zeitung.«

Yacine drehte sich zu dem Tisch um, an dem Andrew für gewöhnlich saß. »Sie haben eine Nachbarin«, sagte er, immer noch mit leiser Stimme.

»Und unsere kleine Abmachung?«

»Tut mir leid, Mister Stilman, wir haben momentan viele Anfragen, der Saal ist voll, und wir schicken bereits Leute weg. Ich konnte diesen Platz nicht ewig unbesetzt lassen.«

»Bleibt sie lange?«

»Keine Ahnung.«

»Hübsch?«

»Schon.«

»Wer ist es?«

»Sie wissen, dass wir solche Informationen nicht herausgeben dürfen.«

»Nicht einmal mir, Yacine?«

»Mister Stilman, hinter Ihnen warten Leute, wenn Sie bitte Ihren Platz einnehmen wollen.«

Andrew gehorchte und durchquerte den Lesesaal, wobei er sich ein diebisches Vergnügen daraus machte, seine Schritte widerhallen zu lassen. Geräuschvoll zog er seinen Stuhl vor, ließ sich darauf plumpsen und begann, seine Zeitung zu lesen.

Jedes Mal, wenn er eine Seite umblätterte, richtete er es so ein, dass das Papier besonders laut raschelte. Seine Nachbarin hob nicht einmal den Kopf. Verdrossen gab er auf und versuchte, sich auf den Artikel zu konzentrieren, den er las.

Es war vergebens, er ließ seine Zeitung sinken, um erneut die eifrige junge Frau zu beobachten, die ihm gegenübersaß.

Sie hatte einen Haarschnitt und ein Gesicht wie Jean Seberg. Den Blick auf ihre Lektüre geheftet, folgte sie jeder Zeile mit dem Zeigefinger. Von Zeit zu Zeit schrieb sie etwas in ein Heft. Selten hatte Andrew jemanden so konzentriert gesehen.

»Es sind hoffentlich mehrere Bände?«, fragte er.

Die junge Frau hob den Blick.

»Ich weiß nicht, was Sie da lesen, aber es scheint verdammt spannend zu sein«, fuhr er fort.

Sie zog eine Augenbraue hoch, setzte eine konsternierte Miene auf und vertiefte sich erneut in ihr Buch.

Andrew betrachtete sie eine Weile, aber bevor er wieder etwas sagen konnte, schloss die junge Frau ihr Heft und ging. Sie gab das Buch, das sie ausgeliehen gehabt hatte, beim Bibliothekar zurück und verließ den Saal.

Andrew erhob sich seinerseits und eilte zu Yacine.

»Brauchen Sie ein Buch, Mister Stilman?«

»Das hier«, antwortete dieser und starrte auf das Exemplar, das seine Nachbarin auf der Theke zurückgelassen hatte.

Yacine legte die Hand darauf.

»Zuerst muss ich die Rückgabe registrieren, bevor ich einen neuen Leihschein ausgeben kann. Sie kennen unsere Vorschriften schon lange, nicht wahr? Gehen Sie wieder auf Ihren Platz, wir bringen Ihnen das Buch dann.«

Andrew gab dem Bibliothekar zu verstehen, dass sein Pflichteifer äußerst nervig sei.

Er verließ die Bibliothek und stellte draußen überrascht fest, dass er in der Menge, die auf den breiten Treppen des Gebäudes unterwegs war, nach seiner Nachbarin Ausschau hielt. Dann zuckte er die Achseln und beschloss, spazieren zu gehen.

Am nächsten Tag erschien Andrew, seiner Gewohnheit treu, gegen zehn Uhr wieder im Lesesaal. Der Stuhl ihm gegenüber war leer. Er blickte mehrmals suchend durch den Raum und beschloss dann, seine Zeitung aufzuschlagen.

Zur Mittagszeit begab er sich in die Cafeteria. Seine Tischnachbarin näherte sich gerade der Kasse, dabei schob sie ein Tablett auf der Ablage, die an den Kühlvitrinen entlangführte. Andrew schnappte sich ein Sandwich in Klarsichtfolie, wobei er sie aus den Augenwinkeln beobachtete, und stellte sich ebenfalls in die Warteschlange.

Kurz darauf setzte er sich drei Plätze von ihr entfernt und sah ihr beim Essen zu. Zwischen zwei Bissen Apfelkuchen kritzelte sie in ihr Heft, und nichts um sie herum schien sie zu stören.

Andrew war von ihrer Konzentration fasziniert. Ihr Blick ging in einem gleichmäßigen Rhythmus zwischen ihrem Notizheft und dem Kuchen hin und her, den sie genussvoll verzehrte. Ein Detail jedoch, das er bereits am Vortag bemerkt hatte, verblüffte ihn. Während ihr linker Zeigefinger der Zeile folgte, die sie las, schrieb sie ihre Notizen mit derselben Hand in ihr Heft, die rechte Hand blieb immer unter dem Tisch versteckt. Andrew begann sich zu fragen, was sie wohl verbarg.

Die junge Frau hob den Kopf, ließ den Blick durch den Raum schweifen, bedachte ihn mit einem flüchtigen Lächeln und brach Richtung Lesesaal auf, nachdem sie den Rest ihres Essens in einen Abfalleimer geleert hatte.

Andrew warf sein Sandwich ebenfalls hinein und folgte ihr. Er ließ sich auf seinem Platz nieder und entfaltete seine Zeitung.

»Das ist hoffentlich die heutige«, murmelte die junge Frau nach ein paar Augenblicken.

»Wie bitte?«

»Sie sind gar nicht aufdringlich; ich sagte nur, ich hoffe, dass es wenigstens die heutige Ausgabe ist! Nachdem Sie nur so tun, als würden Sie lesen, kommen wir doch direkt zur Sache. Was wollen Sie von mir?«

»Aber überhaupt nichts, ich interessiere mich nicht weiter für Sie, ich habe nachgedacht, das ist alles«, stammelte Andrew, der seine Verlegenheit nur schlecht verbergen konnte.

»Ich beschäftige mich mit der Geschichte Indiens, interessiert Sie das?«

»Geschichtsprofessorin?«

»Nein. Und Sie, Polizist?«

»Auch nicht, Journalist.«

»Im Finanzsektor?«

»Wie kommen Sie denn darauf?«

»Wegen Ihrer Uhr, ich kann mir nur jemanden aus diesen Kreisen vorstellen, der sich ein solches Schmuckstück leisten kann.«

»Ein Geschenk meiner Frau, meiner Exfrau, besser gesagt.«

»Sie hat Sie damit jedenfalls nicht zum Narren gehalten.«

»Nein, das habe eher ich getan.«

»Kann ich jetzt weiterarbeiten?«, fragte die junge Frau.

»Natürlich«, entgegnete Andrew. »Ich wollte Sie nicht unterbrechen.«

Sie bedankte sich und wandte sich erneut ihrer Lektüre zu.

»Reporter«, präzisierte Andrew.

»Ich möchte nicht unhöflich sein«, sagte die junge Frau,

»aber ich würde mich gerne auf das konzentrieren, was ich hier lese.«

»Warum Indien?«

»Ich habe vor, eines Tages dorthin zu reisen.«

»Urlaub?«

Sie seufzte und sagte: »Sie werden mich nicht in Ruhe lassen, stimmt's?«

»Doch, versprochen, ich halte den Mund. Ab jetzt kein Wort mehr. Großes Ehrenwort.«

Und er hielt Wort. Andrew schwieg den ganzen Nachmittag, er grüßte seine Nachbarin kaum, als sie sich eine Stunde vor Schließung der Bibliothek der Tür zuwandte.

Als Andrew ging, griff er nach einem Buch, das ein Leser auf der Theke abgelegt hatte, schob einen Zwanzigdollarschein unter das Cover und reichte es dem Bibliothekar.

»Ich möchte nur wissen, wie sie heißt.«

»Baker«, flüsterte Yacine und nahm das Buch an sich.

Andrew schob die Hand in seine Jeanstasche und zog einen weiteren Geldschein mit dem Konterfei von Andrew Jackson heraus.

»Ihre Adresse?«

»65 Morton Street«, flüsterte Yacine und griff nach der Zwanzigdollarnote.

Andrew verließ die Bibliothek. Auf dem Bürgersteig der 5th Avenue drängte sich die Menge. Um diese Zeit war es unmöglich, ein Taxi zu bekommen. Er entdeckte die junge Frau, die an der Kreuzung zur 42nd Street versuchte, eines heranzuwinken. Eine Limousine hielt vor ihr an, und der Fahrer beugte sich aus dem Fenster, um ihr seine Dienste anzubieten. Andrew näherte sich so weit, dass er den Preis hören konnte, der für die Fahrt ausgehandelt wurde. Sie nahm auf der Rückbank des schwarzen Wagens Platz, und das Taxi reihte sich in den Verkehr ein.

Andrew lief bis zur 6th Avenue, eilte in die Subway, nahm die Linie D und tauchte eine Viertelstunde später an der Station West Fourth Street wieder auf. Von dort begab er sich zur Henrietta Hudson Bar, die er wegen ihrer Cocktailkarte gut kannte. Er bestellte beim Barkeeper ein Ginger-Ale und nahm auf einem Hocker am Fenster Platz. Während er die Kreuzung von Morton und Hudson Street beobachtete, fragte er sich, wie er sicher sein konnte, dass die junge Frau nach dem Verlassen der Bibliothek direkt nach Hause fahren würde, und vor allem, was ihn auf die völlig sinnlose Idee gebracht haben mochte, überhaupt hierherzukommen. Nachdem er die Frage lange genug erwogen hatte, kam er zu dem Schluss, dass er dabei war, der Langeweile zu erliegen. Er bezahlte sein Getränk und brach zu Simon auf, der sich vermutlich gerade anschickte, seine Werkstatt zu verlassen.

Ein paar Minuten nachdem er gegangen war, setzte das Taxi Suzie Baker vor ihrer Haustür ab.

Das Eisengitter war heruntergelassen. Andrew setzte seinen Weg fort und erkannte Simons Gestalt, tief über den Motor eines Studebaker gebeugt, der etwas weiter entfernt am Straßenrand stand.

»Du kommst wie gerufen«, sagte Simon. »Ich schaffe es nicht, ihn anzulassen, und allein kann ich ihn unmöglich in die Werkstatt schieben. Die Vorstellung, ihn über Nacht draußen lassen zu müssen, hat mich schon halb verrückt gemacht.«

»Deine Sorgen möchte ich haben!«

»Das ist mein Broterwerb, verstehst du? Natürlich muss ich da achtsam sein.«

»Hast du den immer noch nicht verkauft?«

»Doch und wieder in Zahlung genommen von einem Sammler, der bei mir einen Oldsmobile von 1950 erworben hat. Auf diese Weise schafft man sich Stammkunden in meinem Beruf. Hilfst du mir jetzt?«

Andrew ging hinter den Studebaker, während Simon ihn, mit einer Hand durch das geöffnete Fenster am Lenkrad, schob.

»Was hat er?«, fragte Andrew.

»Keine Ahnung, das werde ich morgen mit meinem Mechaniker prüfen.«

Nachdem der Wagen untergestellt war, gingen sie in Mary's Fish Camp zum Essen.

»Ich fange wieder an zu arbeiten«, verkündete Andrew, nachdem sie Platz genommen hatten.

»Das wird auch Zeit.«

»Und ich ziehe zurück in meine Wohnung.«

»Dazu zwingt dich nichts.«

»Doch, du.«

Andrew gab bei der Bedienung seine Bestellung auf.

»Hast du etwas gehört von ihr?«

»Von wem?«, fragte Simon zurück.

»Das weißt du ganz genau.«

»Nein, ich habe nichts von ihr gehört, warum sollte ich auch?«

»Ich weiß nicht, ich habe es einfach gehofft, das ist alles.«

»Zieh einen Schlussstrich, sie kommt nicht zurück. Du hast sie zu sehr verletzt.«

»Ein Abend mit zu viel Alkohol und ein dummes Geständnis, glaubst du nicht, dass ich dafür teuer genug bezahlt habe?«

»Das musst du nicht mir, sondern ihr erzählen.«

»Sie ist umgezogen.«

»Das wusste ich nicht, aber woher weißt du es, wenn du von ihr nichts gehört hast?«

»Gelegentlich komme ich an ihrer Wohnung vorbei.«

»Einfach so, zufällig?«

»Ja, zufällig.«

Andrew blickte hinaus auf die dunklen Fenster seiner Wohnung auf der gegenüberliegenden Straßenseite.

»Ich kann nichts dafür, das ist stärker als ich. Es gibt Orte, die die Erinnerung wachrufen. Die Momente, die ich mit ihr erlebt habe, sind die glücklichsten meines Lebens. Ich setze mich auf eine Bank vor ihrem Haus und rufe sie mir ins Gedächtnis zurück. Manchmal sehe ich uns beide wie zwei Schatten abends ihr Haus betreten, beladen mit den Einkäufen, die wir im Lebensmittelladen an der Ecke gemacht haben. Ich höre ihr Lachen, ihre Scherze, ich sehe die Stelle, wo sie fast immer ein Paket fallen ließ, wenn sie ihre Schlüssel suchte. Manchmal verlasse ich sogar meine Bank, als wollte ich es aufheben, mit der absurden Hoffnung, dass sich die Haustür öffnet und das Leben dort weitergeht, wo alles aufgehört hat. Es ist idiotisch, aber es tut mir wahnsinnig gut.«

»Machst du das oft?«

»Ist dein Fisch gut?«, fragte Andrew und stibitzte ein Stück von Simons Teller.

»Wie oft pro Woche gehst du bei ihr vorbei, Andrew?«

»Meiner ist besser, du hast eine schlechte Wahl getroffen.«

»Du kannst nicht ewig über dein Schicksal lamentieren. Es hat nicht geklappt mit euch, das ist traurig, aber es bedeutet auch nicht das Ende der Welt. Du hast das Leben noch vor dir.«

»Ich habe schon viele Plattitüden gehört, aber ›du hast das Leben noch vor dir‹ schießt wirklich den Vogel ab.«

»Willst du mich etwa nach dem, was du mir gerade erzählt hast, zur Ordnung rufen?«

Anschließend fragte Simon ihn, wie sein Tag gewesen war, und um ihn in die Irre zu führen, vertraute Andrew ihm an, in der Bibliothek eine Leserin kennengelernt zu haben.

»Solange du sie nicht von einer Bank aus ausspionierst, ist das eher eine gute Nachricht.«

»Ich habe mich an der Ecke ihrer Straße in eine Bar gesetzt.«

»Du hast was?«

»Du hast mich sehr gut verstanden, und es ist nicht so, wie du glaubst. Irgendetwas an dieser Frau weckt meine Neugier, ich weiß nur noch nicht, was.«

Andrew bezahlte die Rechnung. Die Charles Street war verlassen, ein alter Mann führte seinen Labrador Gassi, der Hund hinkte genauso wie sein Herrchen.

»Wirklich verrückt die Ähnlichkeit zwischen Hunden und ihren Besitzern«, meinte Simon.

»Ja, du solltest dir einen Cocker kaufen. Komm schon, gehen wir nach Hause. Das ist die letzte Nacht, die ich auf deiner ramponierten Couch verbringe. Morgen räume ich das Feld, versprochen. Und ich werde mir nicht mehr unter Valerys Fenstern die Beine in den Bauch stehen, das verspreche ich auch. Ohnehin hat auch sie das Feld geräumt. Aber weißt du, was mich fertigmacht, ist die Vorstellung, dass sie wahrscheinlich ausgezogen ist, um mit einem anderen Mann zu leben.«

»Dabei könntest du ihr ein solches Übel durchaus wünschen.«

»Der Gedanke, dass sie einem anderen ihr Herz ausschüttet, sich um ihn kümmert, fragt, wie sein Tag gewesen ist, dass sie mit ihm die Momente teilt, die uns gehörten … das packe ich einfach nicht.«

»Eifersucht ist hier fehl am Platz, das hat sie nicht verdient.«

»Wie du mir mit deinen Belehrungen auf die Nerven gehst.«

»Vielleicht, aber irgendjemand muss dir die Leviten lesen, schau dich doch an.«

»Möglich, aber nicht du, Simon, vor allem nicht du.«

»Erstens hast du keine Ahnung, ob sie überhaupt mit jemand anderem zusammen ist, und selbst wenn es so wäre, weißt du zweitens nicht, ob sie mit ihm glücklich ist. Man kann mit jemandem zusammen sein, um dem Alleinsein zu entfliehen, man kann den Alltag teilen, um eine Trennung zu überwinden und dabei die Erinnerungen an einen anderen weiter pflegen. Man kann mit jemandem sprechen und dabei die Stimme eines anderen hören, jemandem in die Augen schauen und dabei die Augen eines anderen sehen.«

»Siehst du, mein lieber Simon, das ist genau das, was ich hören wollte. Und woher weißt du all diese Dinge?«

»Weil es mir selbst schon passiert ist, Dummkopf.«

»Mit einer Frau zusammen zu sein, während du an eine andere gedacht hast?«

»Nein, mit einer Frau zusammen zu sein, die einen anderen liebte, den Ersatzmann zu spielen, und wenn man verliebt ist, tut das sehr weh. Man weiß es, ignoriert es aber, bis zu dem Tag, wo es unerträglich wird, oder bis sie einen vor die Tür setzt.«

Die Nacht wurde kälter, Simon durchfuhr ein Frösteln, Andrew legte ihm den Arm um die Schulter.

»Wir beide verstehen uns gut«, flüsterte Simon. »Es zwingt dich morgen nichts, wenn du noch nicht so weit bist. Ich kann hin und wieder auf der Couch schlafen und du in meinem Bett.«

»Ich weiß, ich weiß, aber es wird gehen, da bin ich inzwischen sicher. Trotzdem nehme ich dein Angebot an und schlafe heute Nacht in deinem Bett. Gesagt ist gesagt!«

Daraufhin machten sich die beiden Freunde schweigend auf den Weg zu Simons Wohnung.

Kapitel 5

Der Mann, der an einem Auto lehnte und so tat, als würde er in einem Reiseführer blättern, beobachtete in Wirklichkeit das Haus. Als die Mieterin des dritten Stocks ihren Hund ausführte, steckte er das Buch ein und glitt durch die Tür, ehe sie zufiel.

Im obersten Stock angekommen, wartete er, bis das Geräusch seiner Schritte verhallt war, und überzeugte sich mit einem raschen Blick, dass sich niemand im Treppenhaus befand. Er suchte die Wohnungstür 6B, zog einen Bund Nachschlüssel aus der Tasche und öffnete das Schloss.

Die Eckwohnung hatte sechs Fenster. Die Jalousien waren heruntergelassen, sodass er nicht Gefahr lief, von der anderen Straßenseite aus beobachtet zu werden. Der Mann sah auf seine Uhr und machte sich an die Arbeit. Er schlitzte die Polster von Sessel und Sofa auf, warf die Bilderrahmen auf den Teppich, öffnete die Schreibtischschubladen und machte, nachdem er die ganze Wohnung durchsucht hatte, im Schlafzimmer weiter. Der Matratze wurde dasselbe Schicksal zuteil wie den Polstern, dann kam der Sessel an der Tür zum Badezimmer an die Reihe, und der Inhalt der Kommode landete auf der zerschnittenen Matratze.

Als er Schritte auf dem Gang hörte, lief der Mann schnell ins Wohnzimmer zurück, umklammerte den Griff des Messers, das er in der Tasche hatte, drückte sich an die Wand und hielt den Atem an. Von der anderen Seite der Tür vernahm er eine Stimme. Der Mann zog langsam sein Messer heraus und zwang sich, Ruhe zu bewahren. Die Stimme verstummte, doch er hörte noch immer ein vages Geräusch. Schließlich wurde es wieder still, und Schritte entfernten sich.

Nachdem Ruhe eingekehrt war, kam der Mann zu dem Schluss, es sei zu gefährlich, die Treppe zu nehmen, denn vielleicht hatte derjenige, der Verdacht geschöpft hatte, auch die Polizei gerufen. Das Revier befand sich nur wenige Schritte entfernt.

Er wartete noch eine Weile, bevor er sich entschloss, die Wohnung zu verlassen. Am Ende des Gangs entdeckte er ein halb geöffnetes Fenster, durch das er die Feuerleiter erreichte. Im Dezember gab es, selbst bei noch milden Temperaturen, kein Laub mehr an den Bäumen, das hieß, wenn er bis zur Straße hinunterkletterte, würde man ihn vielleicht entdecken, und für seinen Auftraggeber war es wichtig, dass niemand eine Personenbeschreibung abgeben könnte. Also stieg er im fünften Stock über das Geländer, schlich zum benachbarten Treppenhaus, sah durchs Fenster und schlug dann mit dem Ellenbogen die Scheibe ein. Ohne Schwierigkeiten konnte er den Riegel beiseiteschieben und das Fenster öffnen. Der Mann verrenkte sich, um so ins Nachbarhaus zu gelangen, das er anschließend verließ, ohne irgendjemandem zu begegnen. An der Kreuzung bog er ab und verschwand.

Nachdem seine Nachbarin ihm gegenüber Platz genommen hatte, hatte Andrew es vermieden, sie anzusprechen, und sich mit einem Nicken begnügt, das sie erwidert hatte. Seit zwei Stunden war jeder in seine Lektüre vertieft.

Suzie Bakers Handy, das auf dem Tisch lag, vibrierte. Sie las die SMS, die auf dem Display erschien, und fluchte leise.

»Ein Problem?«, fragte Andrew schließlich.

»Ja, ich glaube schon«, antwortete Suzie und sah ihm in die Augen.

»Kann ich Ihnen helfen?«

»Das bezweifele ich, außer Sie hätten mich belogen und wären in Wirklichkeit bei der Polizei«, antwortete sie und erhob sich.

»Ich kann nicht lügen und wenn, dann nur schlecht. Was ist passiert?«

»Die Tür zu meiner Wohnung ist angelehnt, und der Hausmeister vermutet, dass sich jemand drinnen befindet. Er hat sich nicht hinein getraut und will wissen, ob ich zu Hause bin.«

»Aber das sind Sie nicht«, bemerkte Andrew und verwünschte sich sogleich für die dumme Bemerkung.

Suzie nickte und ging zum Ausgang, ohne ihr Buch mitzunehmen.

Andrew ergriff es und folgte ihr. Ein kleines Heft fiel aus den Seiten auf den Boden. Andrew hob es auf, legte das Buch vor Yacine auf die Theke, beschleunigte den Schritt und erreichte den Vorplatz gerade noch rechtzeitig, um zu sehen, wie Suzie Baker in ein Taxi stieg.

»Und was machst du jetzt, du Trottel?«, brummelte er vor sich hin.

Der Verkehr auf der 5th Avenue war dicht, und die Autos fuhren Stoßstange an Stoßstange. Andrew war sich sicher, dass die 7th und die 9th Avenue nicht besser wären. Mit der Subway würde er vor ihr ankommen.

»Der nächste Blödsinn«, schloss er, als er zur Station hinabstieg.

Und noch als er in der 4th Avenue wieder an die Oberfläche gelangte, fragte er sich, wie er ihr erklären sollte, dass er ihre Adresse kannte. Doch es fiel ihm nichts ein.

Als er sich dem Haus näherte, stieg Suzie Baker gerade aus dem Taxi. Ohne weiter nachzudenken, rief er: »Miss Baker«, und sie wandte sich um.

»Was machen Sie denn hier?«

»Sie haben Ihr Buch vergessen, ich habe es zurückgegeben, und als ich draußen war, habe ich Sie in ein Taxi steigen sehen. Die Vorstellung, dass Sie es allein mit einem Einbrecher aufnehmen müssen, hat mich beunruhigt. Das ist zugegebenermaßen albern, denn Sie haben sicher die Polizei verständigt. Nachdem ich allerdings keinen Streifenwagen vor Ihrem Haus sehe, nehme ich an, dass es sich um einen falschen Alarm handelt und die Polizei schon wieder weg ist. Und ich werde ihrem Beispiel folgen. Auf Wiedersehen«, sagte Andrew und tat so, als wolle er gehen.

»Woher haben Sie meine Adresse?«, rief sie ihm nach.

Andrew drehte sich um.

»Ich habe ein Taxi genommen und dem Fahrer ein gutes Trinkgeld versprochen, wenn er es schafft, Ihnen zu folgen. Ich bin zur gleichen Zeit angekommen wie Sie.«

»Bei dem Tempo hätten Sie aussteigen und bei mir mitfahren können.«

»Daran habe ich gedacht«, sagte Andrew, »habe es aber nicht gewagt.«

Suzie Baker musterte ihn. »Ich habe die Polizei nicht verständigt«, sagte sie schließlich knapp.

»Und Ihr Hausmeister?«

»Ich habe ihm eine SMS geschrieben, ich sei im Badezimmer und hätte die Wohnungstür nicht richtig geschlossen.«

»Warum diese Lüge?«

»Ich wohne erst seit kurzer Zeit und zur Untermiete hier. Eine nicht ganz legale Lösung. Die eigentliche Mieterin ist eine Freundin, die für ein paar Monate nach Europa gereist ist. Bei irgendwelchen Zwischenfällen würde der kleine Geldschein, den ich dem Hausmeister jede Woche zuschiebe, nicht ausreichen, um sein Schweigen zu erkaufen. Man darf mich um Gottes willen nicht vor die Tür setzen. Sie wissen ja, wie schwer es ist, in New York eine Wohnung zu finden.«

»Das brauchen Sie mir nicht zu sagen!«

Suzie Baker zögerte kurz. »Würden Sie mich vielleicht begleiten?«, fragte sie dann. »Es wäre gelogen, wenn ich behaupten würde, ich hätte keine Angst. Aber Sie sind natürlich nicht verpflichtet, ich möchte Sie nicht gefährden.«

»Ich glaube, das Risiko ist recht gering. Wenn Ihre Tür gewaltsam geöffnet wurde, ist der Einbrecher mit Sicherheit schon längst über alle Berge. Und nachdem ich einmal da bin, kann ich mich ja auch nützlich machen. Gehen wir«, sagte er und fasste Suzie beim Arm. »Ich zuerst.«

Als er den Zustand des Wohnzimmers sah, befahl er Suzie, draußen zu warten. Er blickte sich um und zog die Walther TPH heraus, die er nach seiner Entlassung aus dem Krankenhaus gekauft hatte.

Noch vor fünf Monaten hätte er jemanden, der eine Waffe trägt, als Idioten bezeichnet. Aber nachdem er mit einem Messer angegriffen worden war, in der Ambulanz fast verblutet wäre und zwei Monate im Krankenhaus verbracht hatte, schien es ihm legitim, eine in der Jackentasche zu tragen. Sein Attentäter lief noch immer frei herum.

Mit dem Fuß stieß er die Tür zum Schlafzimmer auf und sah sich auch dort um.

Er dachte, Suzie würde einen Schock bekommen, wenn sie dieses Durcheinander in ihrem »Zuhause« entdecken würde, und hielt es für besser, dann bei ihr zu sein. Er wandte sich um und zuckte zusammen, als er sie hinter sich sah.

»Ich habe doch gesagt, Sie sollen draußen warten!«

»Ich bin nicht sehr folgsam. Können Sie das Ding bitte wegstecken?«, fragte sie mit einem Blick auf die Pistole.

»Natürlich«, antwortete Andrew, dem es peinlich war, eine Waffe in der Hand zu halten.

»Die haben ja ganz schön zugelangt …« Suzie seufzte. »Was für ein heilloses Durcheinander!«

Sie bückte sich und begann, die am Boden verstreuten Sachen aufzusammeln. Sie wandte Andrew, der sich ungeschickt vorkam, sie so zu beobachten, den Rücken zu.

»Darf ich?«, fragte er und kniete sich hin, um einen Pullover aufzuheben.

»Ja, legen Sie alles aufs Bett, ich räume es später weg.«

»Sehen Sie nicht nach, ob etwas gestohlen worden ist?«

»Hier gibt es nichts zu stehlen. Weder Geld noch Schmuck – ich trage keinen. Holen Sie uns in der Küche etwas zu trinken? Inzwischen suche ich meine persönlichen Sachen zusammen«, erklärte sie und bedeutete Andrew, dass er mit einem Fuß auf ihrem BH stand.

»Natürlich«, erwiderte er.

Kurz darauf kam er mit zwei Gläsern Wasser zurück, und Suzie trank das ihre in einem Zug aus.

»Der oder die, die Ihrer Wohnung einen Besuch abgestattet haben, haben weder Geld und schon gar keinen Schmuck gesucht.«

»Was veranlasst Sie zu dieser Vermutung?«

»Ihr Einbrecher war nicht einmal in der Küche. Dabei verstecken die meisten Leute Wertgegenstände in einer leeren Getränkedose, unten im Müslipaket oder in einer Plastiktüte hinter den Eiswürfeln.«

»Vielleicht hat der Hausmeister ihn gestört?«

»Dort hätte er aber zuerst nachgesehen. Und warum hat er Ihr Sofa und die Matratze aufgeschlitzt? Die Zeiten, in denen das Geld da eingenäht war, sind vorbei. Und dort versteckt auch keine Frau ihren Schmuck. Es wäre etwas kompliziert, ihn vor dem Ausgehen herauszuholen.«

»Betätigen Sie sich bisweilen als Dieb?«

»Ich bin Journalist und somit von Haus aus neugierig. Aber ich bin mir meiner Sache fast sicher. Was ich hier sehe, lässt nicht auf einen Einbruch mit dem Ziel eines Diebstahls schließen. Derjenige, der dieses Chaos angerichtet hat, hat etwas Bestimmtes gesucht.«

»Dann hat er sich in der Adresse geirrt. Die Häuser hier in der Straße sehen alle gleich aus.«

»Sie werden Ihrer Freundin ein neues Bett und ein neues Sofa kaufen müssen.«

»Glücklicherweise kommt sie nicht so bald zurück. Angesichts meiner Finanzen wird das etwas warten müssen.«

»Ich kenne eine Adresse in Chinatown, wo gebrauchtes Mobiliar billig verkauft wird. Wenn Sie wollen, kann ich Sie hinbringen.«

»Das ist sehr nett von Ihnen«, erwiderte Suzie und räumte weiter auf. »Sie können jetzt gehen, Sie haben sicher anderes zu tun.«

»Nichts, was eilt.«

Suzie wandte ihm noch immer den Rücken zu. Ihre Ruhe und Gelassenheit machten Andrew neugierig, aber vielleicht überspielte sie ihre Emotionen auch nur. Man kann nie wissen, wie stolz jemand ist. Andrew hätte sich gewiss ebenso verhalten.

Er ging ins Wohnzimmer, hob die Bilderrahmen auf und versuchte, anhand der Spuren an den Wänden festzustellen, wo sie gehangen hatten.

»Gehören diese Aufnahmen Ihnen oder Ihrer Freundin?«

»Mir!«, rief Suzie aus dem Nebenzimmer.

»Sind Sie Alpinistin?«, fragte er beim Anblick eines Schwarz-Weiß-Fotos. »Das sind doch Sie, die da in der Wand hängt?«

»Ja, das bin ich«, erwiderte sie.

»Mutig. Mir wird schon auf einer Stehleiter schwindelig.«

»Man gewöhnt sich an die Höhe, das ist alles eine Frage des Trainings.«

Andrew nahm einen anderen Rahmen und betrachtete die Fotografie, die Suzie und Shamir am Fuß eines Felsens zeigte.

»Und der Mann neben Ihnen?«

»Mein Führer.«

Auf einer anderen Aufnahme sah Andrew, dass der Führer Suzie umarmte.

Während sie das Schlafzimmer aufräumte, versuchte Andrew, so gut er konnte, im Wohnzimmer etwas Ordnung zu schaffen. Er kehrte in die Küche zurück, öffnete die Schubladen und fand eine Rolle Paketband. Er verklebte die Schnitte im Sofa und begutachtete das Ergebnis seiner Arbeit.

Suzie erschien hinter ihm.

»Nicht perfekt, aber Sie können sich wenigstens hinsetzen.«

»Darf ich Sie zum Mittagessen einladen, um mich zu bedanken?«

»Und Ihre Finanzen?«

»Ein Salat dürfte schon noch drin sein.«

»Ich hasse Grünzeug. Kommen Sie, ich führe Sie in ein Restaurant, wo es gute Steaks gibt, Sie brauchen jetzt Kraft.«

»Ich bin Vegetarierin.«

»Niemand ist perfekt«, meinte Andrew. »Ich kenne einen kleinen Italiener ganz in der Nähe. Nudeln sind doch vegetarisch oder?«

Die Kellnerin im Frankie's begrüßte Andrew und ließ ihn einen Tisch wählen.

»Sind Sie hier Stammgast?«

»Was machen Sie eigentlich im Leben, Miss Baker?«

»Nachforschungen.«

»Welcher Art?«

»Das würde Sie nur langweilen. Und welche Art Journalist sind Sie?«

»Einer, der gern seine Nase in alles steckt.«

»Ist kürzlich ein Artikel von Ihnen erschienen, den ich hätte lesen können?«

»Ich habe seit drei Monaten nichts mehr geschrieben.«

»Warum?«

»Das ist eine lange Geschichte, die Sie auch nur langweilen würde. Der Mann auf dem Foto ist nicht Ihr Führer, stimmt's?«

Suzie musterte Andrew und versuchte, die Züge unter seinem dichten Bart zu erkennen.

»Wie haben Sie ausgesehen, bevor Sie sich den haben wachsen lassen?«

»Anders. Gefällt er Ihnen nicht?«

»Weiß nicht, die Frage habe ich mir nicht gestellt.«

»Es kratzt ein bisschen, aber morgens spart man unglaublich viel Zeit«, meinte Andrew und strich sich übers Gesicht.

»Shamir war mein Mann.«

»Sind Sie auch geschieden?«

»Witwe.«

»Tut mir leid, ich mische mich zu oft in Dinge, die mich nichts angehen.«

»Ihre Frage war nicht indiskret.«

»Doch. Wie ist es passiert, ich meine, sein Tod?«

Andrew war erstaunt, als er Suzie lachen hörte.

»Shamirs Tod hat nichts Komisches, und ich habe meine Trauer noch immer nicht überwunden, aber für jemanden, der sich wegen seiner Indiskretion entschuldigt … Sie sind ungeschickt, ich glaube, das gefällt mir. Und was hat in Ihrer Beziehung nicht gestimmt?«

»Ich. Meine Ehe gehört wohl zu den kürzesten. Mittags geheiratet, um zwanzig Uhr getrennt.«

»Da schlage ich Sie noch. Meine hat weniger als eine Minute gedauert.«

Er starrte sie verständnislos an.

»Shamir ist in der Minute gestorben, nachdem wir unser Gelübde gesprochen haben.«

»War er schwer krank?«

»Wir hingen über einer Gletscherspalte. Er hat sein Seil durchgeschnitten, um mir das Leben zu retten. Aber wenn Sie nichts dagegen haben, würde ich jetzt gern das Thema wechseln.«

Andrew senkte den Blick auf seinen Teller. Er schwieg kurz und hob dann den Kopf wieder. »Bitte verstehen Sie das, was ich Ihnen jetzt vorschlage, nicht falsch. Sie können heute Abend nicht bei sich zu Hause schlafen. Nicht ehe Sie in ein neues Schloss investiert haben. Der Einbrecher könnte zurückkommen. Ich habe ganz in der Nähe eine kleine Wohnung, die ich nicht benutze. Ich könnte

Ihnen den Schlüssel geben. Ich schlafe seit drei Monaten bei einem Freund. Da machen ein paar Nächte mehr auch nichts aus.«

»Warum wohnen Sie nicht mehr dort?«

»Ich fürchte mich vor Phantomen.«

»Sie bieten mir eine Wohnung an, in der es spukt?«

»Das Phantom meiner Exfrau spukt nur in meinem Kopf herum, Sie haben nichts zu befürchten.«

»Und warum sollten Sie das für mich tun?«

»Ich tue es für mich, und Sie würden mir einen Gefallen tun, wenn Sie annehmen. Außerdem ist es ja nur für wenige Tage, bis …«

»Bis ich eine neue Matratze gekauft und das Schloss habe auswechseln lassen. Okay«, sagte Suzie. »Ich hatte nicht darüber nachgedacht, aber jetzt, wo Sie es sagen, erschreckt mich die Idee, in meiner Wohnung zu schlafen, doch ein wenig. Ich nehme Ihre Gastfreundschaft für zwei Tage in Anspruch, nicht länger, das verspreche ich Ihnen. Ich werde morgen alles Nötige in die Wege leiten. Und ich lade Sie zum Mittagessen ein, das ist das Minimum.«

»Wenn Sie wollen«, antwortete Andrew.

Nach dem Essen begleitete er Suzie zu seinem Haus und übergab ihr vor der Tür den Schlüssel.

»Mein Sweet Home ist im dritten Stock. Es müsste sauber sein, die Putzfrau kommt regelmäßig, und nachdem ich schon lange nicht mehr da war, dürfte sie nicht in Arbeit ersticken. Es dauert eine Weile, bis das Wasser warm wird, aber dann ist es kochend heiß, passen Sie auf. Handtücher finden Sie im Schrank im Flur. Fühlen Sie sich wie zu Hause.«

»Zeigen Sie mir die Wohnung nicht?«

»Nein, das möchte ich nicht.«

Andrew verabschiedete sich von Suzie.

»Dürfte ich Ihre Telefonnummer haben? Damit ich Ihnen die Schlüssel zurückgeben kann.«

»Das können Sie in der Bibliothek tun. Ich bin jeden Tag dort.«

Suzie sah sich eingehend in Andrews Wohnung um und fand sie gemütlich. In einem Rahmen auf dem Kaminsims entdeckte sie ein Foto von Valery.

»Du hast ihm also das Herz gebrochen? Wie blöd von dir, ich würde gerne mit dir tauschen. Ich gebe ihn dir vielleicht später zurück, aber im Moment brauche ich ihn.«

Dann drehte Suzie den Rahmen zur Wand und inspizierte das Schlafzimmer.

Am Nachmittag suchte sie ihre Wohnung auf, um ein paar Sachen zu holen.

Als sie eintrat, zog sie ihren Mantel aus, machte Licht und schreckte zusammen, als sie den Mann am Schreibtisch sitzen sah.

»Ich habe gesagt ›Unordnung schaffen‹, nicht alles verwüsten«, rief sie und schloss die Tür.

»Er hat Ihnen seinen Schlüssel gegeben. Das war also doch ziemlich gelungen, um seine Aufmerksamkeit zu erregen. Sie sollten mir lieber danken.«

»Beschatten Sie mich jetzt?«

»Reine Neugier. Es ist selten, dass mich jemand beauftragt, in seiner eigenen Wohnung einzubrechen. Also stelle ich mir natürlich Fragen.«

Suzie ging in die Küche, öffnete einen Schrank, nahm ein Paket Müsli, zog das am Boden versteckte Bündel Geldscheine heraus und kehrte ins Wohnzimmer zurück.

»Sechstausend, genau die Summe, die Sie mir geliehen haben. Sie können nachzählen.«

»Was wollen Sie von diesem Typen?«, erkundigte sich Arnold Knopf.

»Unsere kleine Abmachung beinhaltet nicht, dass ich Ihnen das erzähle.«

»Unsere kleine Abmachung geht ihrem Ende zu. Ich habe in den letzten Tagen mehr Zeit in der Bibliothek verbracht als in meinem ganzen Leben zuvor – und das, obwohl ich gerne lese. Hätte ich nicht große Hochachtung vor Ihrem Großvater, hätte ich mich nicht aus meinem Ruhestand begeben.«

»Das ist keine Frage der Hochachtung, sondern eher eine Schuld ihm gegenüber. Wie oft hat er Ihnen geholfen?«

»Miss Baker, Sie wissen so vieles nicht.«

»Als ich noch ein Kind war, haben Sie mich Suzie genannt.«

»Aber Sie sind inzwischen erwachsen.«

»Ich bitte Sie, Arnold, seit wann geht man in Ihrem Metier in Rente? Und versuchen Sie nicht, mir weiszumachen, dass Sie die für Ihr Alter erstaunliche Form durch Gartenarbeit erhalten!«

Arnold Knopf verdrehte die Augen. »Warum gerade er?«

»Sein Gesicht in dem Zeitungsartikel hat mir gefallen, und ich verlasse mich immer auf meinen Instinkt.«

»Sie sind wesentlich durchtriebener. Es ist vielmehr, weil er dem Tod nahe war, und Sie deshalb glauben, dass er ein Heißsporn sein muss, den Sie nach Belieben manipulieren können.«

»Nicht ganz. Eher weil er dem Tode nahe war, um seine Nachforschungen zu Ende zu bringen, und weil er sich durch nichts davon hat abschrecken lassen. Und er wird es wieder tun, es ist nur eine Frage der Zeit.«

»Was ihn angeht, so habe ich keine Ahnung, vielleicht haben Sie recht, aber Sie überschätzen sich selbst, Suzie. Und Ihre fanatische Suche ist Sie schon teuer zu stehen gekommen. Sie hätte auch Sie das Leben kosten können. Sie haben ja wohl nicht vergessen, was dem geschehen ist, den Sie in Ihr Projekt einbezogen haben.«

»Verschwinden Sie, Arnold! Sie haben Ihr Geld, wir sind quitt.«

»Ich habe Ihrem Großvater versprochen, auf Sie aufzupassen. Wir sind an dem Tag quitt, an dem ich nicht mehr da bin. Auf Wiedersehen, Suzie.«

Mit diesen Worten ging Arnold Knopf.

Am nächsten Morgen erschien Andrew pünktlich zur Redaktionskonferenz. Er machte sich sogar ein paar Notizen, was der Chefredakteurin nicht entging.

Nach der Besprechung richtete sie es so ein, dass sie ihn im Aufzug traf.

»Haben Sie eine heiße Spur, Stilman?«

»Wie bitte?«

»Heute Morgen bei der Besprechung ist mein Blick dem eines Mannes begegnet, den ich lange nicht mehr gesehen habe.«

»Das freut mich für Sie, und wer war das?«

»Woran arbeiten Sie? Und erzählen Sie mir jetzt bloß nichts von Südafrika, daran habe ich nie geglaubt.«

»Ich sage es Ihnen zu gegebener Zeit«, antwortete Andrew.

Die Türen der Kabine öffneten sich, Andrew steuerte auf sein Büro zu, wartete, bis Olivia Stern sich entfernt hatte, kehrte dann um und ging über die Nottreppe ins Untergeschoss.

Er verbrachte den Vormittag im Archiv. Er fand eine

Suzie Baker, Notarin in Dexter, eine andere, Psychologieprofessorin an der James-Madison-Universität in Virginia, eine Malerin, eine Yogalehrerin, eine Verwaltungsrätin der Universität Warwick und zwanzig weitere. Doch nachdem er alle möglichen Suchmaschinen durchprobiert hatte, hatte er nicht die geringste Information über jene Suzie Baker gefunden, die er in der Bibliothek getroffen hatte. Und das beunruhigte ihn noch mehr, als wenn er auf irgendwelche Hinweise gestoßen wäre. Im Zeitalter der sozialen Netzwerke war es unmöglich, dass jemand keine Spur im Internet hinterließ.

Andrew dachte daran, einen seiner Kontaktleute bei der Polizei anzurufen, aber dann erinnerte er sich, dass seine Bibliotheksnachbarin zur Untermiete wohnte. Also gab es keinen Grund, dass der Vertrag für Strom oder Gas auf ihren Namen lief. Ohne irgendwelche Papiere würde er nicht mehr herausfinden. Die Suzie Baker, der er seinen Wohnungsschlüssel anvertraut hatte, blieb völlig anonym. Da stimmte etwas nicht, und Andrew wusste, dass er sich auf seinen Instinkt verlassen konnte.

Einer seiner ehemaligen Schulkameraden arbeitete bei der städtischen Steuerbehörde. Also rief er ihn an und erfuhr, dass die Wohnung 6B in der Morton Street 65 einer norwegischen Wohnungsgesellschaft gehörte. Eine merkwürdige Identität für eine Freundin, die sich angeblich einige Monate in Europa aufhielt. Andrew erhob sich, um sich die Beine zu vertreten und nachzudenken.

»Wer sind Sie, Suzie Baker?«, brummte er, als er wieder am Computer Platz nahm.

Er tippte »Unfall Montblanc« ein und fand eine Auflistung der verschiedenen Dramen, die sich dort abgespielt hatten.

In einer französischen Zeitung las er eine Meldung über eine Rettungsaktion, bei der im letzten Januar eine Alpinistin geborgen worden war, die zwei Nächte in einem Schneesturm auf viertausendsechshundert Metern verschollen gewesen war. Das Opfer litt unter Erfrierungen und Unterkühlung und wurde in das Krankenhaus von Chamonix gebracht. Andrew warf einen Blick auf die Wanduhr. In New York war es elf Uhr morgens, in Frankreich also fünf Uhr nachmittags. Er musste eine gute Weile warten, bis es ihm gelang, die Redaktion des *Dauphiné* zu erreichen, und verstand dann kein Wort von dem, was sein Gesprächspartner ihm sagte, obwohl dieser versuchte, Englisch zu sprechen. Also rief er das Krankenhaus von Chamonix an, stellte sich als der vor, der er war – Journalist der *New York Times* –, und bat darum, mit dem Klinikleiter verbunden zu werden. Man ließ ihn eine Weile warten, dann notierte die Empfangsdame seine Rufnummer und legte auf. Andrew war überzeugt, dass er nichts mehr hören würde und das Krankenhaus würde bedrängen müssen, um irgendeine Auskunft zu bekommen. Doch eine halbe Stunde später klingelte sein Telefon, und der Klinikleiter Edgar Hardouin erkundigte sich, wie er ihm weiterhelfen könne.

Andrew sprach von Suzie Baker und erklärte, er schreibe einen Artikel über die ärztliche Versorgung, die man amerikanischen Touristen in Europa angedeihen lasse. Hardouin erinnerte sich nicht an diesen Fall. Zu seiner Verteidigung führte er an, sein Krankenhaus würde eine große Anzahl von Bergopfern versorgen, doch er versprach, die Akten durchzugehen und sich am nächsten Tag wieder zu melden. Nachdem Andrew das Gespräch beendet hatte, begab er sich zur Bibliothek.

Als Suzie in den Lesesaal kam, war der Platz ihres Nachbarn frei. Sie legte ihr Buch auf den Tisch und ging in die Cafeteria. Andrew saß an einem Tisch am Fenster, trank einen Kaffee und las Zeitung.

»Man darf keine Getränke mit reinnehmen, und ich brauche morgens Koffein«, sagte er zur Begrüßung.

»Schlecht geschlafen?«

»In einem Bett … Daran bin ich nicht mehr gewöhnt. Und Sie?«

»Ihres ist sehr bequem.«

»Was ist mit Ihrer rechten Hand los? Sie verstecken sie immer in der Tasche.«

»Ich bin Linkshänderin und benutze sie kaum.« Suzie zögerte kurz. »Das heißt, eigentlich ist sie nicht mehr vollständig«, meinte sie dann und zeigte sie.

An Zeige- und Mittelfinger fehlte das letzte Glied.

»Spielschulden?«, fragte Andrew.

»Nein«, antwortete Suzie und lachte, »Erfrierungen. Das Merkwürdigste ist, dass man sie noch immer spürt, so als wären sie nicht amputiert worden. Manchmal erwacht der Schmerz wieder. Angeblich vergeht das aber nach einigen Jahren.«

»Wann ist das passiert?«

»Letzten Winter. Wir sind am Montblanc geklettert und in eine Gletscherspalte gestürzt.«

»Hat sich Ihr Freund bei dieser Tour das Leben genommen?«

»Er hat sich nicht das Leben genommen, ich habe ihn getötet.«

Dieses Geständnis machte Andrew betroffen.

»Meine Unvorsichtigkeit und Verbohrtheit haben ihn das Leben gekostet.«

»Er war Ihr Führer, es war seine Aufgabe, die Gefahr einzuschätzen.«

»Er hat mich gewarnt, aber ich habe nicht auf ihn hören wollen und bin weitergegangen. Er ist mir gefolgt.«

»Ich verstehe, was Sie empfinden, auch ich bin für den Tod eines Mannes verantwortlich.«

»Wer war es?«

»Der Leibwächter eines Typen, den ich gejagt habe. Wir haben Nägel auf die Straße gestreut, damit die Reifen platzen und der Wagen anhalten musste. Doch die Sache ist schlecht gelaufen, der Wagen hat sich überschlagen, und einer der Insassen wurde getötet.«

»Na, Sie sind ja nicht gerade zimperlich bei Ihren Nachforschungen!«, meinte Suzie.

»Ich habe noch nie mit jemandem darüber gesprochen, nicht einmal mit meinem besten Freund.«

»Und warum jetzt mit mir?«

»Um zu bestätigen, dass die Dinge nur selten so ablaufen, wie sie geplant sind, und dass Unfälle passieren können. Was hatten Sie mitten im Winter auf dem Montblanc zu suchen? Ich kenne mich zwar mit Alpinismus nicht aus, aber ich nehme an, dass es nicht die beste Jahreszeit ist, um in den Bergen herumzuklettern.«

»Es war ein Gedenktag.«

»Und was haben Sie gefeiert?«

»Den Absturz eines Flugzeugs am Rocher de la Tournette.«

»Sie feiern ja nette Feste.«

»Auch ich habe Ihnen etwas anvertraut. Ich glaube, ich habe sogar mehr gesagt, als ich wollte.«

»Wenn Sie mich neugierig machen wollten, ist Ihnen das gelungen.«

»Ganz und gar nicht«, antwortete Suzie. »Bleiben Sie der Gentleman, der einer Unbekannten seine Wohnungsschlüssel anvertraut hat, und wechseln wir das Thema.«

»Sie haben recht, letztlich geht mich die Sache nichts an.«

»Entschuldigen Sie, ich wollte nicht grob sein.«

»Warum sind Sie am Jahrestag eines Flugzeugabsturzes auf viertausendsechshundert Metern herumgeklettert? War jemand an Bord gewesen, der Ihnen nahestand? Wollten Sie ihm eine letzte Ehre erweisen?«

»So ähnlich«, antwortete Suzie.

»Auch das verstehe ich. Es ist schwer, um jemanden zu trauern, wenn man sich nicht an seinem Grab sammeln kann. Aber diese Art Pilgerreise zu unternehmen und dabei einen Partner zu verlieren, ist unbeschreiblich grausam.«

»Der Berg ist grausam, aber das Leben auch, nicht wahr?«

»Was genau wissen Sie über mich, Miss Baker?«

»Dass Sie Journalist bei der *New York Times* sind, das haben Sie mir gestern selbst erzählt.«

»Und das ist alles?«

»Sie sind geschieden und haben einen Hang zum Alkohol, aber Sie haben mir nicht erzählt, ob es eine Verbindung zwischen beiden gibt.«

»Nein, das habe ich Ihnen nicht erzählt.«

»Meine Mutter war Alkoholikerin, ich erkenne auf hundert Meter jemanden, der trinkt.«

»Aus so weiter Entfernung?«

»Ja, wie alle Kinder von Alkoholikern, und ich habe eine sehr schlechte Erinnerung an diese Zeit.«

»Ich habe lange aufgehört, dann wieder angefangen und …«

»… wieder aufgehört, und in jeder Stresssituation fangen Sie wieder an.«

»Sie wissen sich treffend auszudrücken.«

»Das hat man mir schon oft vorgeworfen.«

»Da hatte man unrecht. Ich mag Menschen, die direkt sind.«

»Trifft das auch auf Sie zu?«

»Ich glaube schon. Aber ich habe Arbeit und Sie auch. Vielleicht sehen wir uns morgen.«

»Bestimmt. Ich will Ihnen Ihre Schlüssel zurückgeben. Ich habe mir Ihren Rat zu Herzen genommen, mein Sparschwein geschlachtet und eine neue Matratze bestellt.«

»Auch ein Schloss?«

»Wozu, wenn es jemand aufbrechen will, wird er es tun, ob es alt oder neu ist, das ändert nicht viel. Bis morgen, Mister Stilman, ich gehe wieder in den Lesesaal.«

Suzie erhob sich und brachte ihr Tablett zurück. Andrew sah ihr nach und beschloss, mehr über diese verwirrende Frau herauszufinden.

Er verließ die Cafeteria und fuhr mit einem Taxi zur Hausnummer 65 in der Morton Street.

Er drückte auf alle Klingelknöpfe und wartete, bis ihm schließlich jemand öffnete. Auf dem Treppenabsatz des zweiten Stocks traf er eine Frau und erklärte ihr, er habe einen Brief für Miss Baker. An der Tür 6B angekommen, bedurfte es nur eines kleinen Stoßes mit der Schulter, um die Tür zu öffnen. Als er in der Wohnung war, sah er sich um, ging zum Schreibtisch und durchsuchte die Schubladen.

Sie enthielten nur einige Stifte und ein Notizheft. Auf der ersten Seite sah er eine unverständliche Zahlenfolge. Auf der zweiten hatte sich eine Nachricht durchgedrückt, die auf das Blatt darüber geschrieben worden war, das man herausgerissen hatte. Dennoch war sie lesbar.

»Meine Warnung war kein Scherz, Suzie. Passen Sie auf, das ist ein gefährliches Spiel. Sie wissen, wie Sie mich erreichen können, zögern Sie nicht, wenn Sie mich brauchen.«

Der Rest des Büchleins war leer. Andrew fotografierte die beiden ersten Seiten mit seinem Handy. Dann sah er sich im Schlaf- und Badezimmer um. Als er wieder im Wohnzimmer war, inspizierte er aufmerksam die Fotografien an den Wänden und rückte einen Rahmen zurecht, doch plötzlich hörte er die Stimme seines Gewissens, die ihn fragte, was das Ganze sollte und welche Entschuldigung er vorbringen würde, wenn plötzlich jemand hereinkäme. Und diese Stimme trieb ihn an, die Wohnung auf der Stelle zu verlassen.

Als Simon nach Hause kam, fand er Andrew an seinem kleinen Schreibtisch über den Laptop gebeugt vor, in der Hand hielt er ein halb leeres Glas Fernet con Coca.

»Darf ich fragen, was du da machst?«

»Ich arbeite.«

»Wie viel Gläser hast du schon getrunken?«

»Zwei, vielleicht drei.«

»Drei oder vier?«, beharrte Simon und nahm ihm das Getränk weg.

»Du gehst mir auf die Nerven.«

»Solange du bei mir schläfst, bitte ich dich, das Einzige zu respektieren, was ich dafür von dir verlange. Cola ohne Fernet, ist das so schwer?«

»Schwerer als du glaubst. Das hilft mir beim Nachdenken.«

»Erzähl mir, was dich beschäftigt. Man weiß ja nie, vielleicht kann es ein alter Freund mit einem bitteren Getränk aufnehmen.«

»Irgendetwas stimmt mit diesem Mädchen nicht.«

»Die aus der Bibliothek?« Simon legte sich aufs Bett und verschränkte die Arme im Nacken. »Ich höre«, sagte er.

»Sie hat gelogen.«

»In welcher Hinsicht?«

»Sie behauptet, vor Kurzem in die Morton Street gezogen zu sein, aber das stimmt nicht.«

»Bist du dir sicher?«

»Die Luft in New York ist verschmutzt, aber nicht so sehr, dass die Bilderrahmen innerhalb von wenigen Wochen eine Spur an der Wand hinterlassen. Die Frage ist, warum sie mir solchen Blödsinn auftischt.«

»Eben damit du nicht in ihrem Leben herumschnüffelst. Hast du gegessen?«, fragte Simon.

»Ja«, antwortete Andrew und deutete auf das Glas, das Simon konfisziert hatte.

»Zieh deine Jacke an.«

Es war Abend geworden, und die Straßen des West Village waren erneut belebt. Andrew blieb auf dem Bürgersteig gegenüber seiner Wohnung stehen und hob den Blick zu den Fenstern des dritten Stocks, hinter denen gerade das Licht erloschen war.

»Deine Mieterin geht aber früh ins Bett«, sagte Simon.

Andrew sah auf seine Uhr. Die Tür öffnete sich. Suzie Baker verließ das Haus und ging die Straße entlang, ohne sie bemerkt zu haben.

»Falls dir in den Sinn kommen sollte, ihr folgen zu wollen, dann ohne mich«, flüsterte Simon.

»Komm«, sagte Andrew und fasste ihn beim Arm.

In Suzies Kielwasser bogen sie in die West 4th Street ein. Sie betrat den Lebensmittelladen von Ali, der das ganze

Viertel kannte. Sie kam sofort wieder heraus und direkt auf Andrew zu.

»Welche Batterien braucht man für Ihre Fernbedienung? Ich schlafe gern beim Fernsehen ein«, sagte sie und ignorierte Simon.

»Ich glaube AA«, stammelte Andrew.

»AA«, wiederholte sie und kehrte in das Geschäft zurück.

Andrew sah Simon an und machte ihm ein Zeichen mitzukommen. Sie trafen Suzie an der Kasse. Andrew reichte Ali eine Zehndollarnote, um die Batterien zu bezahlen.

»Es wäre mir lieber, wenn Sie mir in geringem Abstand folgen würden, das wäre weniger beunruhigend«, erklärte Suzie.

»Ich bin Ihnen nicht gefolgt. Wir wollten zwei Straßen weiter im Café Cluny essen gehen. Wenn Sie Lust haben, können Sie uns Gesellschaft leisten.«

»Ich wollte eine Ausstellung im Meatpacking District besuchen. Sie können mich gerne begleiten, anschließend gehen wir alle zusammen ins Restaurant.«

Die beiden Freunde wechselten einen Blick und nahmen an.

»Aber ich versichere Ihnen, dass wir Ihnen nicht gefolgt sind«, beharrte Simon.

»Daran habe ich keinen Zweifel.«

Die Galerie war riesig und von schwindelerregender Höhe. Suzie betrachtete den nackten, rauen Beton.

»Bestimmt sehr amüsant, da hoch an die Decke zu klettern«, meinte sie und lachte auf.

»Miss Baker ist Alpinistin«, erklärte Andrew seinem Freund, der sie mit offenem Mund anstarrte.

Suzie trat auf ein Foto zu, das auf vier mal drei Meter

vergrößert war. Es zeigte zwei Bergsteiger, die in heftigen spiralförmigen Schneeböen eine Fahne auf dem Gipfel des Mount Everest hissten.

»Das Dach der Welt«, murmelte Suzie verträumt. »Das Endziel jedes Bergsteigers. Aber diese große Dame ist leider von Touristen überfüllt.«

»Haben Sie vor, den Mount Everest zu besteigen?«, fragte Andrew.

»Vielleicht eines Tages, wer weiß.«

Dann wandte sich Suzie einem anderen Bild zu, das von der Moräne eines Gletschers aus aufgenommen worden war. Beunruhigende Gipfel zeichneten sich vor dem nachtblauen Himmel ab.

»Das ist der Siula Grande in Peru«, erklärte sie. »Sechstausenddreihundertvierundvierzig Meter hoch. Nur zwei Alpinisten, den beiden Engländern Joe Simpson und Simon Yates, ist es 1985 gelungen, ihn zu bezwingen. Auf dem Rückweg brach sich einer von beiden bei einem Sturz das Bein. Sein Gefährte seilte ihn zwei Tage lang ab, um ihn zu retten. Doch dann schlug Joe an eine Felswand. Simon konnte ihn nicht sehen. Er spürte nur die achtzig Kilo am Ende des Seils. Er verbrachte die ganze Nacht in der Kälte, die Füße im Eis verkeilt, um seinen Kameraden am Ende des Seils zu halten, der ihn Zentimeter um Zentimeter in Richtung Abgrund zog. Am nächsten Morgen war das Seil nicht mehr gespannt, da es sich durch Joes Bewegungen in einem Felsvorsprung verfangen hatte. Überzeugt, dass sein Gefährte tot war, entschloss sich Simon, das Einzige zu tun, was sein Leben retten konnte: Er durchschnitt das Seil. Joe stürzte zehn Meter in die Tiefe. Die Schneedecke gab unter seinem Gewicht nach, und er fiel in eine Gletscherspalte.

Aber Joe war noch immer am Leben. Da er wegen seiner Verletzungen nicht hochklettern konnte, nahm er allen Mut zusammen und seilte sich in die Tiefe der Spalte ab. Offenbar wollte der Siula Grande ihn nicht, denn er fand am Grund einen Durchgang, und es gelang ihm trotz seines verletzten Beins, sich zu befreien. Was er dann tat, um sich bis zu der Moräne zu schleppen, übersteigt das Vorstellungsvermögen, weil es eine solch übermenschliche Anstrengung verlangt haben muss. Die Geschichte von Joe und Simon ist als legendär in die Annalen des Alpinismus eingegangen. Niemand hat eine solche Leistung noch einmal erbringen können. Der Siula Grande hat seine Unberührtheit wiedererlangt.«

»Sehr eindrucksvoll«, meinte Andrew. »Man könnte sich fragen, ob es Mut oder Leichtfertigkeit ist, die jemanden dazu bewegt, sich auf solche Gipfel zu wagen.«

»Mut ist ein Gefühl, das stärker ist als die Angst«, erwiderte Suzie. »Gehen wir essen?«

Simon war Suzies Charme augenblicklich erlegen. Das entging dieser nicht, doch sie ließ sich nichts anmerken und spielte mit ihm, was wiederum Andrew faszinierte. Sie animierte ihn zum Trinken, und es belustigte Andrew, als sie vorgab, sich für seine Geschichten über Sammlerautos zu interessieren. Er nutzte die Zeit, um sie zu beobachten, und redete wenig, bis zu dem Moment, da sie Simon fragte, welche Art Reporter Andrew sei.

»Der hartnäckigste, den ich kenne«, gab Simon zurück, »und auch einer der besten.«

»Aber du kennst ja nur einen«, unterbrach ihn Andrew.

»Ich lese Zeitung, mein Lieber.«

»Hören Sie nicht auf ihn, er ist betrunken.«

»Was war das Thema Ihrer Recherchen?«, fragte Suzie, jetzt an ihn gewandt.

»Sind Sie in New York geboren?«, fiel Simon ein.

»In Boston, ich lebe erst seit Kurzem hier.«

»Warum Manhattan?«

»Ich bin vor meiner Vergangenheit und somit auch vor Boston geflohen.«

»Eine Liebesgeschichte, die schlecht ausgegangen ist?«

»Hör auf, Simon!«

»Ja, so kann man die Dinge auch sehen«, meinte Suzie ungerührt. »Und Sie, Simon, sind Sie Junggeselle?«

»Nein«, erwiderte er, ohne Andrew aus den Augen zu lassen.

Nach dem Essen begleiteten Andrew und Simon Suzie nach Hause.

Kaum hatte sich die Tür hinter ihr geschlossen, zog sie ihr Handy heraus, das im Restaurant die ganze Zeit in ihrer Tasche vibriert hatte.

Sie las die Nachricht und verdrehte die Augen, doch schon vibrierte es erneut.

»Was denn jetzt noch, Knopf?«

»Bei Ali«, antwortete dieser knapp und beendete das Gespräch.

Suzie biss sich auf die Unterlippe, steckte das Telefon ein und verließ das Haus wieder. Sie ging zu dem wenige Meter entfernten Lebensmittelladen und begab sich in den hinteren Teil des Geschäfts. Ali döste auf seinem Stuhl, gewiegt von der Musik, die aus einem kleinen Transistorradio drang.

Mit der Brille auf der Nase studierte Knopf eingehend die Zusammensetzung einer Dose Katzenfutter, stellte sie dann zurück und ergriff eine andere. »Er war heute Nachmittag in Ihrer Wohnung«, erklärte er leise.

»Sind Sie sicher? … Ja klar, das sieht man«, antwortete Suzie.

»Ich hoffe, Sie haben meine kleine Nachricht nicht rumliegen lassen?«

»Für wie blöd halten Sie mich! War er wirklich in meiner Wohnung?«

»Und er musste sich weit weniger anstrengen als ich, meine Liebe. Das ist fast kränkend.«

»Das beweist zumindest, dass ich recht habe.«

»Hören Sie mir zu, Suzie. Ihr Vorhaben ist bis jetzt geheim geblieben, weil Sie es allein durchgeführt haben und auch, weil Ihr Dilettantismus Sie in gewisser Weise vor dem Schlimmsten bewahrt hat. Wenn Sie einen Typen wie diesen Stilman auf die Sache ansetzen, wird er alle Register ziehen. Und ich bezweifele, dass Sie lange im Schatten Ihrer Marionette bleiben können.«

»Das ist das Risiko, und ich bitte Sie, Arnold, hören Sie auf, sich Sorgen um mich zu machen. Ich bin jetzt erwachsen und weiß, was ich tue, das haben Sie selbst gesagt.«

»Aber Sie wissen nicht, was Sie suchen und wo Sie suchen sollen.«

»Ebendarum brauche ich ihn ja.«

»Ich kann Sie nicht umstimmen, oder?«

»Ich kenne mich zwar mit Katzenfutter nicht aus, aber die rosa Dose scheint mir appetitlicher«, sagte sie, nahm sie aus dem Regal und drückte sie Knopf in die Hand.

»Dann nehmen Sie wenigstens einen Rat von mir an. Da wir gerade davon sprechen, hören Sie auf, Katz und Maus mit ihm zu spielen. Klären Sie ihn auf und sagen Sie ihm das wenige, was Sie wissen.«

»Das ist noch zu früh. Ich weiß, wie dieser Typ funktioniert, dem kann niemand sein Thema vorschreiben. Es muss von ihm selbst kommen, sonst wird das nichts.«

»Der Apfel fällt nicht weit vom Stamm«, meinte Knopf und seufzte.

»Worauf spielen Sie da an?«

»Sie haben mich sehr gut verstanden. Auf Wiedersehen, Suzie.«

Knopf brachte das Katzenfutter zur Kasse, legte drei Dollar auf Alis Tresen und ging.

Fünf Minuten später verließ auch Suzie den Laden und kehrte zurück in Andrews Wohnung.

»Und wenn sie uns nun gesehen hätte?«, murrte Simon. »Was hättest du dann gesagt? Dass wir den Hund ausführen?«

»Sie ist wirklich komisch.«

»Was soll da komisch sein? Sie schläft gerne vor dem Fernseher ein, du hast ihr die falschen Batterien für die Fernbedienung genannt, und sie ist wieder zu Ali gegangen, um andere zu holen.«

»Vielleicht.«

»Können wir jetzt gehen?«

Andrew warf einen letzten Blick in Richtung Lebensmittelladen und setzte sich dann in Bewegung.

»Gut, angenommen, sie hätte hinsichtlich ihres Ankunftsdatums in New York gelogen. Aber das ist ja nicht so schlimm, sie hat sicher ihre Gründe.«

»Heute Abend hat nicht nur sie gelogen. Seit wann bist du kein Junggeselle mehr?«

»Das habe ich für dich getan. Ich habe ja gemerkt, dass ich ihr gefallen habe, aber diese Art Frauen sind dein

Genre. Ich habe euch nebeneinandersitzen sehen, und es schien mir offensichtlich. Soll ich dir sagen, was ich wirklich denke?«

»Nein, lieber nicht.«

»Du hast diese Paranoia ihr gegenüber entwickelt, weil sie dir gefällt und du nach Gründen suchst, um es dir nicht einzugestehen.«

»Wusste ich doch, dass ich es lieber nicht gehört hätte.«

»Wer von euch beiden hat das Gespräch angefangen, als ihr euch zum ersten Mal begegnet seid?«

Andrew antwortete nicht.

»Na also!«, rief Simon und breitete theatralisch die Arme aus.

Während sie durch die Straßen des West Village liefen, fragte sich Andrew, ob nicht ein bisschen Wahrheit an dem war, was sein bester Freund da sagte. Dann dachte er wieder an jenen Mann, der kurz vor Suzie Alis Laden verlassen hatte. Er hätte schwören können, ihn schon einmal in der Bibliothek gesehen zu haben.

Als Andrew am nächsten Tag die Bibliothek erreichte, bekam er einen Anruf von Professor Hardouin.

»Ich habe die Recherchen durchgeführt, um die Sie mich gebeten haben«, erklärte er, »aber sie haben nicht viel ergeben.«

»Schießen Sie los.«

»Wir haben Anfang des Jahres eine junge Amerikanerin aufgenommen, die einen Unfall am Montblanc hatte. Nach Aussage einer unserer Krankenschwestern litt sie unter Unterkühlung und größeren Erfrierungen. Man hat am nächsten Tag eine Amputation vornehmen müssen.«

»Und was wurde ihr abgenommen?«

»Fingerglieder, das ist typisch für solche Fälle, aber ich weiß nicht, an welcher Hand.«

Andrew seufzte. »Die Krankenakten scheinen ja nicht eben gut geführt zu sein …«

»Doch, doch, ganz im Gegenteil, aber wir können die Akte dieser Patientin nicht finden. Es war ein harter Winter, und bei all den verunglückten Bergwanderern, Skifahrern und Autounfällen waren wir total überlastet und unterbesetzt, das muss ich zugeben. Der Aufnahmebogen ist wohl versehentlich zusammen mit der Krankenakte bei ihrer Überführung mitgegeben worden.«

»Welche Überführung?«

»Noch immer nach Aussage unserer Krankenschwester ist einige Stunden vor dem geplanten Eingriff ein Angehöriger des Opfers mit einem Krankenwagen aufgetaucht, den er gemietet hatte. Sie sind nach Genf gefahren, wo sie ein Flugzeug erwartete, um sie in die Staaten zurückzubringen. Marie-Josée sagte mir, sie hätte vor dieser Überführung gewarnt, weil die Amputation sofort hätte durchgeführt werden müssen, um einen schlimmen Wundbrand zu verhindern. Aber die junge Frau war wieder bei Bewusstsein und wünschte, in ihrer Heimat operiert zu werden. Wir haben ihrem Willen entsprechen müssen.«

»Wenn ich Sie also recht verstehe, haben Sie keinen Hinweis auf ihre Identität?«

»Leider nicht.«

»Finden Sie das nicht merkwürdig?«

»Doch – das heißt nein … Wie ich schon sagte, bei der Überlastung …«

»Die Akte ist zusammen mit der Patientin verschwunden, das haben Sie bereits erwähnt. Aber die Behandlung ist doch bezahlt worden, oder? Von wem?«

»Diese Information war ebenfalls in der Akte enthalten, zusammen mit dem Entlassungsschein.«

»Haben Sie keine Überwachungskameras am Eingang Ihres Krankenhauses? Und noch eine dumme Frage, wozu sollten die gut sein, wenn man nach Belieben ein und aus gehen kann …«

»Wie bitte?«

»Nichts. Und die Bergwacht, die sie geborgen hat, die müssen doch Papiere bei ihr gefunden haben?«

»Stellen Sie sich vor, das habe ich mir auch gedacht. Ich habe sogar die Polizei angerufen, aber sie ist von Bergführern gefunden worden. Angesichts ihres Zustands haben die sie gleich mitgenommen, um keine Zeit zu verlieren. Aber sagen Sie mal, recherchieren Sie über die Qualität unserer Behandlungen oder über das Schicksal dieser Frau?«

»Was glauben Sie?«

»In diesem Fall entschuldigen Sie mich bitte. Ich habe ein Krankenhaus zu verwalten!«

»Und da haben Sie anscheinend einiges zu tun!«

Andrew hatte keine Gelegenheit mehr, sich bei Edgar Hardouin zu bedanken, da dieser schon aufgelegt hatte.

Das Gespräch beschäftigte Andrew, der mitten auf der großen Treppe der Bibliothek umkehrte. Suzie, die ihn von der letzten Stufe aus beobachtete, sah, wie er sich Richtung 42nd Street entfernte.

Kapitel 6

Andrew verbrachte eine üble Nacht. Über dem eigenen Grab zu schweben und verzweifelt die Autobahn zu betrachten, bis Valery ihn aufsuchte und er schweißgebadet aus dem Schlaf hochfuhr, war alles andere als angenehm.

Was ihn am meisten irritierte, war, dass er den Ablauf des Albtraums in- und auswendig kannte und trotzdem jedes Mal, wenn sie aus ihrem Kombi stieg und auf ihn zusteuerte, aus der Fassung geriet.

Warum schaltete sein verwirrter Geist alles Folgende aus, sodass er beim Erwachen nur noch entsetzt über das war, was sie auf seinem Grab getan hatte?

Die Sprungfedern des Sofas bohrten sich in seinen Rücken, und er kam zu dem Schluss, dass es Zeit wurde, in seine Wohnung zurückzukehren.

Er ließ Suzie Baker bei sich übernachten, weil er hoffte, dass ihr Aufenthalt in seinen vier Wänden seine Erinnerung verwischen, dass ihr Duft sich darin festsetzen und den anderen überdecken würde. Er war außerstande, die Gründe genau zu formulieren, aber so etwas Ähnliches musste es sein.

Er hörte Simon im Nebenzimmer schnarchen, stand geräuschlos auf und holte die Fernet-Branca-Flasche, die er in einer Blumenvase versteckt hatte. Da die Kühlschranktür so laut knarrte, dass selbst ein Toter davon aufwachen müsste, verzichtete er auf die Cola und nahm mehrere kräftige Schlucke aus der Flasche. Das Gesöff war noch bitterer, aber der Alkohol tat ihm gut.

Er setzte sich auf die Fensterbank und dachte nach. Etwas beschäftigte ihn.

Sein Notizbuch lag auf dem Schreibtisch in Simons Zimmer. Er öffnete die Tür und wartete, bis sich seine Augen an die Dunkelheit gewöhnt hatten.

Simon murmelte etwas im Schlaf. Während Andrew sich auf Zehenspitzen dem Sekretär näherte, hörte er seinen Freund deutlich flüstern: »Ich werde dich immer lieben, Kathy Steinbeck.«

Andrew biss sich auf die Lippe, um nicht laut loszulachen.

Er suchte tastend nach seinem Notizbuch, konnte es mit den Fingerspitzen zu sich heranziehen und verschwand so leise, wie er gekommen war.

Zurück im Wohnzimmer, las er noch einmal aufmerksam seine Aufzeichnungen und begriff schließlich, was er übersehen hatte. Von welchem Flugzeug hatte Suzie Baker ihm erzählt, und wie könnte er Einblick in die Passagierliste nehmen?

Nachdem er wusste, dass er keinen Schlaf mehr finden würde, zog er sich an, hinterließ auf der Küchentheke eine Nachricht für Simon und ging.

Der Nordostwind fegte über die Stadt und wirbelte den Dampf auf, der aus den Kanaldeckeln aufstieg. Andrew schlug seinen Mantelkragen hoch und lief durch die eisige Kälte. Auf der Hudson Street winkte er ein Taxi heran und ließ sich zur Redaktion fahren.

Nachdem die Vorbereitung der ersten Morgenausgabe längst abgeschlossen war, waren die Räumlichkeiten leer. Andrew zeigte dem Nachtwächter seinen Firmenausweis und nahm den Aufzug. Auf dem Weg in sein Büro entdeckte er unter dessen Drehstuhls Freddy Olsons Presseausweis. Er musste ihm aus der hinteren Hosentasche gefallen sein. Andrew hob ihn auf und schob ihn in den Aktenvernichter. Er drückte auf den Knopf und sah ihn, begleitet von einem Geräusch, das ihn entzückte, durch den Schlitz verschwinden. Dann nahm er vor seinem Computer Platz.

Andrew fand schnell heraus, welche beiden Flugzeuge an dem Berg zerschellt waren, und die Ähnlichkeit der Unfälle gab ihm zu denken. Suzie hatte ihm anvertraut, den Montblanc aufgrund eines Gedenktags im Januar bestiegen zu haben. Andrew notierte den Namen *Kanchenjunga* in sein Notizbuch und das Ziel, das die Maschine nie erreicht hatte. Dann verfasste er eine formgerechte Anfrage an die Fluggesellschaft, um die Liste der Passagiere und des Flugpersonals zu bekommen.

Es war fünf Uhr morgens in New York und halb vier nachmittags in Neu-Delhi. Einige Augenblicke später erhielt er eine Antwort, in der er gebeten wurde, eine Kopie seines Presseausweises und den Grund für seine Nachfrage zu mailen, was er umgehend erledigte. Andrew wartete vor seinem Bildschirm, aber sein Ansprechpartner musste wohl erst die Erlaubnis innerhalb der Hierarchie einholen. Er sah auf die Uhr und griff schließlich zum Telefonhörer.

Dolores Salazar schien nicht sonderlich überrascht, zu so früher Stunde einen Anruf von Andrew zu erhalten.

»Wie geht es Filofax?«

»Sie rufen mich um halb sechs am Morgen an, um sich nach meinem Kater zu erkundigen, Stilman? Was kann ich für Sie tun?«, erwiderte Dolores Salazar und gähnte dabei ausgiebig.

»Das, was Sie besser können als jeder andere.«

»Haben Sie sich wieder an die Arbeit gemacht?«

»Vielleicht. Das hängt davon ab, was Sie für mich herausfinden.«

»Wenn ich zunächst mal wissen dürfte, was Sie überhaupt suchen.«

»Eine Passagierliste.«

»Ich habe Kontakte zur FAA, der Federal Aviation Administration. Dort kann ich ja mal mein Glück versuchen. Welcher Flug, welches Datum?«

»Air India 101, 24. Januar 1966, Delhi – London. Die Maschine ist über Frankreich zerschellt, bevor sie zum Landeanflug auf Genf ansetzen konnte. Ich würde gern wissen, ob sich ein Mann namens Baker in dem Flugzeug befand.«

»Vielleicht möchten Sie auch noch den Namen vom Chefkoch der *Titanic* wissen, wenn wir schon mal dabei sind?«

»Soll das etwa heißen, dass Sie bereit sind, mir zu helfen?«

Dolores hatte schon aufgelegt. Andrew klappte seinen Computer zu und ging in die Cafeteria.

Dolores Salazar rief Andrew drei Stunden später an und bat ihn in ihr Büro.

»Haben Sie die Liste bekommen?«

»Habe ich Sie jemals enttäuscht, Stilman?«, fragte sie und reichte ihm das Dokument.

»Die Berichte der Behörde für Flugunfalluntersuchung sind öffentlich einsehbar. Derjenige, der Ihre Maschine betrifft, wurde im französischen *Journal Officiel* vom 8. März 1968 publiziert. Er war seither von jedem Computer aus zugänglich. Das hätten Sie selbst finden können, wenn Sie noch Augen im Kopf hätten.«

»Ich weiß gar nicht, wie ich Ihnen danken soll, Dolores«, erwiderte Andrew und begann, die Namensliste durchzusehen.

»Machen Sie sich keine Mühe, ich habe sie schon durchforstet – kein Baker an Bord.«

»Dann stecke ich in einer Sackgasse«, meinte Andrew und seufzte.

»Wenn Sie mir sagen würden, was Sie wirklich suchen, statt ein langes Gesicht zu machen.«

»Ich möchte hinter die wahre Identität einer Person kommen.«

»Dürfte ich wissen, wozu?«

Andrew ging die Liste weiter durch.

»Blöde Frage …«, brummte Dolores und starrte auf ihren Bildschirm. »Sie vergeuden Ihre Zeit, achtundachtzig Seiten ohne die geringste Grauzone. Ich habe sie in der Subway und noch mal hier gelesen. Nichts Ungewöhnliches. Wenn Sie sich für die Verschwörungstheorie rund um dieses Drama interessieren, ich habe die Frage für Sie zusammengefasst, doch sie kommt mir mehr als nebulös vor.«

»Welche Theorie?«

»Unter den Passagieren befand sich der führende indische Atomphysiker. Es war von einer Rakete die Rede, die vom Bergmassiv aus abgefeuert worden sei, auch von einem Fluch, weil eine andere Maschine dieser Fluggesellschaft sechzehn Jahre zuvor am selben Ort das gleiche Schicksal ereilt hatte.«

»Ja, ich habe darüber gelesen, muss allerdings sagen, dass diese Koinzidenz schon äußerst verwirrend ist.«

»Die statistischen Gesetze sind dies bisweilen. Wenn

ein Typ zweimal in der Lotterie gewinnt und die Wetten getürkt sind, so hat er doch bei jeder weiteren Ziehung die gleiche Chance wie alle anderen, oder? Was den Air-India-Flug 101 betrifft, so haben alle Behauptungen weder Hand noch Fuß. Die Wetterbedingungen waren miserabel; wenn man diesen Wissenschaftler hätte töten wollen, hätte es einfachere Wege gegeben, als ein Flugzeug mitten in einem Schneesturm abzuschießen.«

»Gab es andere interessante Passagiere an Bord?«

»Definieren Sie mir, was Sie unter ›interessant‹ verstehen.«

»Keine Ahnung.«

»Es gab keinen einzigen Amerikaner. Dafür Inder, Engländer, ein Diplomat, Menschen wie Sie und ich, die nie ans Ziel gekommen sind. Gut, Stilman, Sie sagen mir, wer dieser Baker ist, oder lassen mich für Ihre Kollegen arbeiten, die mir ernsthafte Projekte anvertrauen. Ihr Freund Olson zum Beispiel.«

»Sie sagen das nur, um mich zu ärgern, Dolores.«

»Schon möglich.«

»Suzie Baker.«

»War sie an Bord der Maschine?«

»Nein, wohl aber jemand aus ihrer Familie.«

»Ist sie hübsch?«

»Ich weiß nicht, vielleicht.«

»Nein, ich glaub, ich träume! Mister Stilman spielt den Samariter, aber er weiß nicht. Wenn sie mir ähnlich sähe, hätten Sie dann einen Kollegen in aller Herrgottsfrühe geweckt?«

»Ohne den geringsten Zweifel, Sie sind ein Ausbund an Charme, Dolores.«

»Ich bin potthässlich, doch das schert mich einen Dreck.

Ich habe andere Trümpfe im Leben, meine Arbeit zum Beispiel. Ich bin eine der besten Informations- und Dokumentationsspezialistinnen im Land. Sie haben mich nicht im Morgengrauen aus dem Bett gezerrt, um mir Croissants zu bringen, oder? Mädchen wie ich sind nicht Ihr Fall.«

»Hören Sie auf, solchen Unsinn zu reden, Dolores, Sie sind bezaubernd.«

»Ja, wie ein Teller Spaghetti bolognese. Wissen Sie, warum ich Sie mag, Stilman? Weil Sie nicht lügen können, und das finde ich süß. Jetzt lassen Sie mich in Ruhe, ich habe zu tun. Ach, noch eine letzte Sache. Haben Sie mich nicht vorhin gefragt, wie Sie mir danken könnten?«

»Alles, was Ihnen Freude macht.«

»Gehen Sie wieder zu den Sitzungen in der Perry Street. Sie haben es nötig, Ihre Leber auch.«

»Jetzt sagen Sie bloß nicht, dass Sie an meinem Krankenhausbett Enthaltsamkeit gelobt haben!«

»Was für eine absurde Idee! Ich bin froh, dass Sie durchgekommen sind, Stilman, und noch mehr, dass ich mit Ihnen arbeiten konnte, auch wenn es nur kurz war. Ich kann es gar nicht erwarten, dass Sie sich an ein richtiges Thema ranmachen. Also bis Samstag in der Perry Street?«

Andrew nahm das Dossier an sich und schloss wortlos die Tür von Dolores Salazars Büro.

Eine Stunde später stellte ein Bediensteter der Cafeteria ein Körbchen mit Hefegebäck auf Dolores' Schreibtisch ab. Kein Kärtchen begleitete es, doch die Rechercheurin hatte nicht den geringsten Zweifel, wer der Absender war.

Am späten Vormittag erhielt Andrew eine SMS auf seinem Handy.

»Ich hab Sie weder gestern noch heute Morgen in der Bibliothek gesehen. Immer noch in der Stadt? Wenn ja, halb eins bei Frankie's. Ich hab Ihre Schlüssel dabei.«

»13 Uhr bei Mary's«, antwortete Andrew aus reiner Widerspruchslust.

Andrew hängte seinen Mantel an der Garderobe auf. Suzie erwartete ihn an der Theke. Der Kellner führte sie zu einem Tisch. Andrew legte das Dossier, das Dolores ihm anvertraut hatte, deutlich sichtbar darauf.

»Tut mir leid, dass ich Sie habe warten lassen«, sagte er und nahm Platz.

»Ich bin gerade erst eingetroffen. Kommen Sie oft hierher?«

»Das ist meine Kantine.«

»Sie sind ein Mann mit Gewohnheiten – das ist eher selten bei einem Reporter.«

»Wenn ich nicht auf Reisen bin, brauche ich Stabilität.«

»Dann gibt es also zwei Stilman, die Stadtmaus und die Feldmaus?«

»Danke für den Vergleich. Sie wollten mich sehen, um mit mir über meine Essgewohnheiten zu sprechen?«

»Ich wollte Sie sehen, weil mir Ihre Gesellschaft guttut und weil ich mich für Ihre Großzügigkeit bedanken und Ihnen Ihre Schlüssel zurückgeben wollte. Aber nichts verpflichtet uns, zusammen zu Mittag zu essen; Sie scheinen mir nicht eben bei bester Laune.«

»Ich hab schlecht geschlafen.«

»Ein Grund mehr, sich wieder in der eigenen Wohnung einzurichten«, sagte sie und reichte ihm den Schlüssel.

»Ist mein Bett so gut?«

»Keine Ahnung, ich hab auf dem Boden geschlafen.«

»Haben Sie Angst vor Milben?«

»Seit meiner Kindheit schlafe ich auf dem Boden, Betten waren mir stets ein Graus. Das hat meine Mutter verrückt gemacht. Die Couch des Psychiaters war zu teuer. Am Ende hat sie ein Auge zugedrückt.«

»Und woher kommt diese Bettenphobie?«

»Ich fühle mich sicherer, wenn ich vor einem Fenster schlafe.«

»Sie sind eine merkwürdige Person, Miss Baker. Und Ihr Bergführer, hat der auch auf dem Boden neben Ihnen geschlafen?«

Suzie steckte den Hieb ein, ohne zu antworten.

»Mit Shamir war alles anders. Da hatte ich keine Angst mehr«, sagte sie schließlich und senkte den Blick.

»Was terrorisiert Sie so sehr bei der Vorstellung, über dem Boden zu schlafen?«, fragte Andrew, doch er wartete vergeblich auf eine Antwort. »Wie auch immer«, sagte er schließlich, »wenn ich Ihnen meine Albträume erzählen würde …«

»Und was terrorisiert Sie so sehr, dass Sie eine Schusswaffe bei sich tragen?«

»Man hat mich abgestochen wie ein Schwein. Dabei sind eine Niere und meine Ehe draufgegangen. Und beides wegen derselben Person.«

»Ihr Mörder läuft immer noch frei herum?«

»Ich bin nicht tot, wie Sie feststellen können. Ja, diejenige, die das angerichtet hat, lebt in Freiheit und in Erwartung einer Auslieferung, die niemals stattfinden wird. Unzureichende Beweise, da ich der einzige Zeuge bin, der sie identifizieren könnte. Und wenn es zu einem Prozess käme, würde jeder Anwalt mein Wort in Zweifel ziehen und mich anklagen, sie bedrängt zu haben.«

»Was war ihr Motiv?«

»Ich habe ihren Vater gejagt, der den Rest seiner Tage im Gefängnis verbringen wird. Ich habe seinen Namen entehrt.«

»Dann kann ich sie verstehen, die Familienehre ist heilig. Selbst wenn Ortiz ein Dreckskerl war, für ein Mädchen ist der Vater heilig.«

»Soweit ich weiß, habe ich Ihnen den Namen nicht genannt.«

»Ein Unbekannter gibt mir die Schlüssel zu seiner Wohnung. Sie werden es mir nicht übel nehmen, dass ich Ihren Namen gegoogelt habe? Ich habe Ihren Artikel gelesen, und bei dem, was Ihnen da passiert ist, läuft es einem kalt den Rücken herunter.«

»Ihre Schlagfertigkeit ist umwerfend. Aber warum all diese Fragen, wenn Sie doch schon alles wissen?«

»Um die Geschichte aus erster Hand zu hören. Machen das nicht auch die Journalisten?«

»Wo wir schon bei den Geständnissen sind«, meinte Andrew und schob Suzie das Dossier hin, »wer war dieser Passagier, dem Sie in viertausendsechshundertsiebenundsiebzig Meter Höhe mitten im Winter huldigen wollten?«

Suzie öffnete das Dokument und begann, die Passagierliste durchzugehen, ohne sich etwas von ihrer Verblüffung anmerken zu lassen.

»Ich überlasse meine Wohnung einer Unbekannten. Da werden Sie's mir nicht übel nehmen, wenn ich einige Recherchen vorgenommen habe.«

»Volltreffer!«, meinte sie und lächelte.

»Sie haben meine Frage nicht beantwortet«, beharrte Andrew. »Wer ist besagter Passagier?«

»Er«, antwortete Suzie und deutete auf den Namen des indischen Diplomaten.

»Also war letztlich Ihr Freund die treibende Kraft für diese Pilgerreise?«

»Sind Sie nicht schon vorher auf diese Idee gekommen?«

»Sie selbst haben ja von diesem Jahrestag gesprochen.«

»Schwer für Shamir, Ihnen davon zu erzählen, oder?«

»Es tut mir wirklich leid«, erwiderte Andrew und seufzte.

»Was Shamir betrifft oder Ihre mangelnde Intuition?«

»Beides, und glauben Sie, es ist mir ernst, wenn ich das sage. Hat er ihm denn seine Ehre erweisen können, bevor er …«

»… das Seil durchgeschnitten hat? Ja, in gewisser Weise. Allein schon dadurch, dass er den Fuß auf diesen verfluchten Berg gesetzt hat.«

»Und sind Sie ihm aus Liebe gefolgt?«

»Mister Stilman, ich bin Ihnen unendlich dankbar. Hier sind Ihre Schlüssel. Lassen wir es dabei bewenden.«

»Sie haben Ihren Namen geändert, Miss Baker?«

Suzie schien durch Andrews Frage aus der Fassung gebracht.

»Gehen wir anders vor«, sagte er nach einer Pause. »Wenn ich Sie fragen würde, welche Schule Sie besucht, an welcher Universität Sie studiert, wo Sie Ihren Führerschein gemacht haben, könnten Sie mir die Fragen beantworten?«

»Emerson College in Boston, dann Fort Kent im Bundesstaat Maine … Ist Ihre Neugier jetzt befriedigt?«

»Welcher Studiengang?«

»Sind Sie Bulle oder Journalist?«, spöttelte Suzie. »Ich habe Kriminologie studiert. Und das hat nichts mit dem zu tun, was sich der Laie vorstellt. Weder Super-Bulle noch Gerichtsmediziner in einem Hightechlabor. Die Kriminologie ist eine ganz andere Fachrichtung.«

»Was hat Sie bewogen, diese Richtung einzuschlagen?«

»Ein starkes Interesse am Erforschen von kriminellem Verhalten, die Neugier zu erfahren, wie unser Rechtssystem funktioniert, das Räderwerk von Justiz, Polizei und Behörden zu durchschauen. Das unseres Landes ist derart kompliziert und undurchsichtig, dass niemand versteht, wer was macht.«

»Sie sind also eines Morgens aufgewacht und haben sich gedacht: ›Ach, ich wüsste doch gern mal, welche Verbindung besteht zwischen CIA, NSA, FBI und meinem Kommissariat um die Ecke?‹«

»Ja, so ähnlich.«

»Und haben Sie sich im Rahmen Ihres Studiums auch mit der Kryptografie befasst?«, erkundigte sich Andrew und reichte Suzie das Heft, das aus ihrem am Vortag auf dem Arbeitstisch vergessenen Buch geglitten war.

Suzie nahm es und steckte es ein.

»Warum habe ich nichts über Sie im Internet gefunden?«, fragte Andrew weiter.

»Und warum haben Sie versucht, im Internet meine Vergangenheit zu durchforsten?«

»Weil Sie hässlich sind!«

»Wie bitte?«

»Weil Sie mich faszinieren.«

»Und fasziniere ich Sie nicht mehr, seitdem ich Ihnen geantwortet habe?«

»Haben Sie denn nach Abschluss Ihres Studiums in diesem Beruf gearbeitet?«

Suzie seufzte. »Mein Gott, sind Sie hartnäckig!«

»Lassen Sie Gott aus dem Spiel.«

»Ausschließlich zu privaten Zwecken.«

»Eine Angelegenheit insbesondere?«

»Eine Familiensache, die eben nur meine Familie etwas angeht.«

»Gut, ich höre auf, Sie zu nerven. Ich bin auf dem Holzweg, Dolores hat recht. Es wird Zeit, dass ich mich um mich selbst kümmere.«

»Sonderbar, als ich mir das Foto auf dem Kaminsims angesehen habe, hätte ich niemals gedacht, dass sie Dolores heißt.«

»Da liegen Sie aber wirklich völlig falsch«, erwiderte Andrew und brach in schallendes Gelächter aus.

»Wie auch immer, Sie können in Ihre Wohnung zurück. Ich habe das Foto einfach umgedreht, sie schaut Sie also nicht mehr an. Und ich habe mir erlaubt, Ihnen neue Bettwäsche zu kaufen und Ihr Bett neu zu beziehen.«

»Das ist sehr nett, wäre aber nicht nötig gewesen.«

»Ich wollte mich für Ihre Gastfreundschaft erkenntlich zeigen.«

Und während Suzie sprach, stellte Andrew sich vor, wie sie in einem Geschäft eine Wäschegarnitur für ihn aussuchte. Und dieses Bild berührte ihn, ohne dass er dies hätte erklären können.

»Kommen Sie morgen in die Bibliothek?«

»Vielleicht«, erwiderte Suzie.

»Dann vielleicht bis morgen«, sagte Andrew und erhob sich.

Als er das Restaurant verließ, fand Andrew eine E-Mail auf seinem Smartphone.

Sehr geehrter Monsieur Stilman,
obwohl Sie mir nicht sympathisch sind, hat meine patriotische Ader, angestachelt durch Ihre Worte, mich veranlasst, Ihnen zu beweisen, dass wir auf dieser Seite des Atlantiks im selben Jahrhundert leben wie Sie und

bisweilen sogar mit einer guten Länge Vorsprung. Die Medizin, die wir in Frankreich praktizieren, sowie unser Gesundheitssystem sind ein perfektes Beispiel, das einen Ihrer Artikel inspirieren könnte. Die Sicherheit in unseren Krankenhäusern steht der Ihren in nichts nach, das werden Sie gewiss zugeben, weil ich diesem Schreiben Fotografien beifüge, die von unserem Überwachungssystem am Eingang des Gebäudes aufgenommen wurden. Die beiliegenden stammen vom Morgen des Tages, als die Patientin, für die Sie sich interessieren, unser Haus verlassen hat. Sie werden die Schärfe zu würdigen wissen sowie die Tatsache, dass wir die Aufnahmen ein ganzes Jahr lang aufbewahren.
Mit herzlichen Grüßen
Prof. Hardouin

Andrew klickte auf die Fotos in der Anlage und wartete, dass sie auf seinem Display erschienen.

Er sah Suzie, ausgestreckt auf einer Trage, die von einem Mann zu einem Krankenwagen begleitet wurde. Er zoomte den Begleiter heran und erkannte zweifelsfrei das Gesicht jenes Mannes, den er aus Alis Laden hatte herauskommen sehen.

Andrew lächelte bei dem Gedanken, dass Suzie mindestens so gerissen war wie er selbst, und war sicher, dass er sie am folgenden Tag in der Bibliothek antreffen würde.

Er winkte ein Taxi heran und rief auf dem Weg zur Zeitung Dolores an.

Sie erwartete ihn in ihrem Büro und hatte schon begonnen, die Fotos, die Andrew ihr geschickt hatte, unter die Lupe zu nehmen.

»Sagen Sie mir, um was es sich handelt, Stilman, oder soll ich unwissend sterben?«

»Haben Sie schon etwas herausfinden können?«

»Ein Nummernschild und den Namen einer Firma, die Krankentransporte ermöglicht, beides deutlich zu erkennen.«

»Haben Sie besagte Firma kontaktiert?«

»Dass Sie mich nach all diesen Jahren so was überhaupt noch fragen …«

Der Miene von Dolores war abzulesen, dass sie Informationen erhalten hatte, sich aber ein Vergnügen daraus machte, ihn auf die Folter zu spannen.

»Es ist eine norwegische Firma, die den Transfer in die Wege geleitet hat. Der Chef, mit dem ich gesprochen habe, erinnert sich sehr gut an die beiden Klienten. Es kommt nicht allzu oft vor, dass er eine amerikanische Patientin zum Flughafen von Genf fährt. Das Mädchen sei umwerfend gewesen, hat er mir anvertraut. Wenigstens einer, der sich keine Brille verschreiben lassen muss, was nicht für jeden zutrifft! Der Typ, der Ihr Aschenputtel begleitet hat, heißt mit Vornamen Arnold, so jedenfalls hat sie ihn angesprochen. Seinen Familiennamen aber hat sie nie erwähnt.«

Andrew beugte sich zu dem Computerbildschirm vor. Die Qualität war hier viel besser als auf dem Display seines Smartphones, sodass er das Gesicht dieses Mannes deutlich erkennen konnte. Nicht nur seine Züge waren ihm vertraut, auch sein Vorname war ihm nicht fremd. Plötzlich erkannte Andrew seinen Friedhofsnachbarn.

»Sie ziehen vielleicht ein Gesicht. Man könnte meinen, Sie haben ein Phantom gesehen.«

»Sie wissen gar nicht, wie recht Sie haben: Arnold Knopf!«

»Kennen Sie ihn?«

»Ich bin außerstande, Ihnen zu sagen, warum, aber es ist sehr wahrscheinlich, weil er allnächtlich in meinen Albträumen erscheint.«

»Also ist er ein Säufer, mit dem Sie eine Nacht durchgemacht haben.«

»Nein, und hören Sie jetzt auf damit, Dolores!«

»Nur wenn Sie wieder zu den Anonymen Alkoholikern kommen.«

»So anonym nun auch wieder nicht, nachdem wir uns dort treffen.«

»Aber niemand in der Zeitung weiß davon, Sie haben also nicht die geringste Entschuldigung. Strengen Sie Ihren Grips an, Sie müssen ihm zwangsläufig irgendwo begegnet sein.«

»Sie haben gute Arbeit geleistet. Wie ist es Ihnen gelungen, den Chef von diesem Krankentransportunternehmen zum Reden zu bringen?«

»Stelle ich Ihnen Fragen über die Art, wie Sie Ihre Artikel verfassen? Ich habe mich als verzweifelte Angestellte eines Versicherungsunternehmens ausgegeben, die ein Dossier verloren hat und damit auch ihren Job, wenn sie den Vorgang nicht rekonstruieren kann, bevor ihr Direktor dahinterkommt. Ich habe am Telefon gejammert und lamentiert, ich hätte schon die zweite Nacht kein Auge zugetan. Die Franzosen sind sehr sensibel, wissen Sie … Nein, davon haben Sie keine Ahnung.«

Andrew hauchte ihr behutsam einen Kuss auf den Handrücken. »Sie kennen mich schlecht«, sagte er, nahm die von Dolores ausgedruckten Fotos an sich und steuerte auf die Tür zu.

»Sie sind wirklich ein Träumer, mein armer Stilman«, erklärte Dolores kopfschüttelnd und rief ihn zurück.

»Was hab ich denn nun schon wieder gemacht?«

»Glauben Sie etwa, ich habe es dabei bewenden lassen?«

»Sie haben also noch was anderes?«

»Denken Sie vielleicht, die Krankenwagenfahrer hätten Ihre Suzie Baker, in Genf angekommen, in den Müllcontainer befördert?«

»Nein, aber ich weiß ja, dass sie anschließend in die Staaten zurückgeflogen wurde.«

»Mit welcher Fluggesellschaft, in welche Stadt, und in welchem Krankenhaus wurde sie schließlich behandelt, Herr Reporter?«

Andrew zog einen Stuhl an Dolores' Schreibtisch und nahm Platz.

»Ein Privatflugzeug, und nicht irgendeines, Genf – Boston, nonstop.«

»Für jemanden, der vorgibt, nicht genug Geld zu haben, um sich eine neue Matratze zu kaufen, alle Achtung!«, meinte Andrew und pfiff durch die Zähne.

»Was haben Sie mit Ihrer Matratze angestellt?«

»Überhaupt nichts, Dolores!«

»Na ja, das geht mich ja auch nichts an. Das Flugticket dürfte die junge Dame nicht viel gekostet haben, die Maschine gehört der NSA. Warum reiste sie an Bord eines Flugzeugs, das vom größten Auslandsgeheimdienst der USA gechartert wurde? Das habe ich noch nicht herausgefunden, und das geht eigentlich über meine Kompetenzen hinaus. Ich habe auch alle Krankenhäuser von Boston und Umgebung kontaktiert – keine Spur von einer Suzie Baker in ihren Akten. Jetzt sind Sie dran, mein Lieber. Und vergessen Sie vor allem nicht, mich auf dem Laufenden zu halten. Sie wissen, ich bin äußerst neugierig.«

Verwirrt von seinem Gespräch mit Dolores, begab sich Andrew in sein Büro und verschob den Plan, zurück in seine Wohnung zu ziehen, auf den nächsten Tag. Es spielte keine Rolle, denn er würde die Nacht höchstwahrscheinlich in der Redaktion verbringen.

Kapitel 7

WASHINGTON SQUARE PARK, 20 UHR

Arnold Knopf lief über die Hauptpromenade und beobachtete jeden, der seinen Weg kreuzte, aus den Augenwinkeln. Ein Clochard schlief, eingehüllt in eine alte Decke, auf einem Fleckchen Rasen; eine Trompeterin übte Tonleitern unter einem Baum; Spaziergänger führten ihre Hunde vorbei an einsamen Rauchern; ein verliebtes Studentenpärchen, das auf dem Rand des berühmten Brunnens saß, küsste sich leidenschaftlich; ein Maler stand im Licht einer Straßenlaterne vor seiner Staffelei und entwarf eine Welt voller Farben; ein Mann betete, die Arme gen Himmel gestreckt, zum Herrn.

Den Blick ins Leere gerichtet, erwartete Suzie ihn auf einer Bank.

»Ich meinte verstanden zu haben, dass ich Sie in Ruhe lassen soll«, sagte Arnold Knopf und setzte sich neben sie.

»Glauben Sie an Flüche, Arnold?«

»Bei allem, was ich in meiner Laufbahn gesehen habe, fällt es mir schon schwer, an Gott zu glauben.«

»Ich glaube an beides. Alles um mich herum scheint verflucht. Meine Familie wie auch all jene, die sich ihr nähern.«

»Sie sind unbedacht Risiken eingegangen und haben für

die Folgen bezahlt. Was mich fasziniert, ist Ihre Hartnäckigkeit. Was hat dieser Blick zu bedeuten? Sagen Sie bloß nicht, Sie machen sich Sorgen um Ihren Journalisten!«

»Ich brauche ihn, seine Entschlossenheit, seine Erfahrung, aber ich will ihn nicht in Gefahr bringen.«

»Ich verstehe. Sie möchten allein jagen, bedienen sich seiner aber zum Aufstöbern des Wildes. Vor dreißig Jahren hätten Sie Ihren Platz in meiner Mannschaft gefunden, aber das war eben vor dreißig Jahren«, sagte Knopf mit einem hämischen Grinsen.

»Zynismus macht Sie alt, Arnold.«

»Ich bin siebenundsiebzig und trotzdem sicher, als Erster am Ziel zu sein, wenn wir einen kleinen Sprint bis zum Zaun dort drüben hinlegen würden.«

»Es sei denn, ich würde Ihnen ein Bein stellen.«

Beide verstummten für eine Weile. Knopf holte tief Luft, den Blick in die Ferne gerichtet. »Wie kann ich Sie davon abbringen?«, sagte er schließlich. »Sie sind so unschuldig, meine arme Suzie.«

»Ich habe meine Unschuld mit elf Jahren verloren. Am Tag, als der Lebensmittelhändler, bei dem wir für gewöhnlich unsere Süßigkeiten kauften, die Polizei gerufen hat – wegen zwei Schokoladenriegeln. Man hat mich aufs Revier gebracht.«

»Ich erinnere mich sehr gut, ich habe Sie von dort abgeholt.«

»Sie sind zu spät gekommen, Arnold. Ich hatte dem Polizisten, der mich verhörte, erzählt, was sich wirklich zugetragen hatte. Der Lebensmittelhändler, der stets ein lüsternes Auge auf die Mädchen des Gymnasiums warf, hatte mich gezwungen, ihn unzüchtig zu berühren. Er hatte diesen Diebstahl erfunden, als ich drohte, ihn anzuzeigen. Der Polizeibeamte hat mich geohrfeigt und mich eine kleine Schlampe und dreckige Lügnerin genannt. Als ich nach Hause kam, hat mir mein Großvater gleich eine zweite Ohrfeige verpasst. Figerton, der Lebensmittelhändler, sei ein untadeliger Mann, der nie die Sonntagsmesse versäume. Und ich sei nur ein freches Ding mit skandalösem Verhalten. Großvater hat mich an den Ort des Verbrechens zurückgeführt und gezwungen, mich zu entschuldigen und zu gestehen, alles nur erfunden zu haben. Nachdem er Figerton entschädigt hatte, sind wir gegangen. Ich werde nie sein Grinsen vergessen, als ich mit glutroten Wangen in den Wagen meines Großvaters stieg.«

»Warum haben Sie mir damals nichts gesagt?«

»Hätten Sie mir geglaubt?«

Knopf antwortete nicht.

»Am Abend habe ich mich in meinem Zimmer verbarrikadiert. Ich wollte niemanden sehen, mit niemandem sprechen, ich wollte nicht mehr leben. Zwei Tage später kam Mathilde zurück. Ich hatte mich noch immer in meinem Zimmer eingeschlossen. Ich hörte, wie sie sich lautstark mit meinem Großvater stritt. Es kam nicht selten vor, dass sie sich zankten, aber so wie dieses Mal noch nie. Später in der Nacht hat sie sich ans Fußende meines Betts gesetzt. Um mich zu beruhigen, hat sie mir von anderen Ungerechtigkeiten erzählt und zum allerersten Mal berichtet, was ihrer eigenen Mutter widerfahren war und was unsere Familie durchgemacht hatte. In jener Nacht habe ich mir geschworen, meine Großmutter zu rächen.«

»Ihre Großmutter ist 1966 gestorben, Sie haben sie nicht einmal gekannt.«

»Sie wurde 1966 ermordet!«

»Sie hatte ihr Land verraten, es waren nicht dieselben

Zeiten. Der Kalte Krieg war ein Krieg der anderen Art, aber auch ein echter Krieg.«

»Sie war unschuldig.«

»Das können Sie überhaupt nicht wissen.«

»Mathilde hat nie daran gezweifelt.«

»Ihre Mutter war Alkoholikerin.«

»Die anderen haben sie dazu gemacht.«

»Ihre Mutter war damals jung, sie hatte ihr ganzes Leben vor sich.«

»Welches Leben? Mathilde hat alles verloren, bis hin zu ihrem Namen, das Recht, ihr Studium fortzusetzen, jede Hoffnung auf eine Karriere. Sie war neunzehn Jahre alt, als man ihre Mutter erschossen hat.«

»Wir haben nie erfahren, unter welchen Umständen …«

»… sie abgeknallt wurde? Das ist doch das richtige Wort, stimmt's, Arnold?«

Knopf zog ein Döschen Pfefferminzpastillen hervor und bot Suzie eine an.

»Selbst wenn es Ihnen, ich weiß nicht durch welches Wunder, gelingen würde, die Unschuld Ihrer Großmutter zu beweisen, was würde es bringen?«, fragte er und kaute auf seiner Pastille.

»Ich könnte sie rehabilitieren, erneut meinen eigentlichen Namen annehmen, den Staat zwingen, uns das Konfiszierte zurückzugeben.«

»Gefällt Ihnen der Name Baker nicht mehr?«

»Ich bin unter einem falschen Namen geboren, um nicht den Demütigungen ausgeliefert zu sein, die Mathilde zu erleiden hatte. Damit die Türen sich nicht vor mir schließen, wie man sie ihr vor der Nase zugeschlagen hat, sobald sie ihre Identität preisgab. Tun Sie doch nicht so, als würde Ehre für Sie nicht zählen.«

»Warum haben Sie mich gebeten, Sie hier zu treffen?«, fragte Knopf.

»Akzeptieren Sie, mein Komplize zu sein.«

»Die Antwort lautet nein. Ich nehme an Ihren kleinen Plänen nicht teil. Ich habe Ihrem Großvater versprochen …«

»… für meine Sicherheit zu sorgen, das haben Sie schon hundertmal gesagt …«

»Und ich halte mich daran. Ihnen bei diesem Unterfangen zu helfen hieße, genau das Gegenteil zu tun.«

»Aber da ich meine Meinung nicht ändern werde, hieße, mir nicht zu helfen, mich noch größeren Risiken auszusetzen.«

»Versuchen Sie nicht, auch mich zu manipulieren. Sie haben nicht die geringste Chance bei diesem Spielchen.«

»Was hat sie wirklich getan, dass man sie exekutiert hat?«

»Es ist schon sonderbar, wie sehr Sie wünschen, dass ich gewisse Dinge wiederhole und andere nicht. Sie war im Begriff, Staatsgeheimnisse zu verkaufen. Sie wurde entdeckt, bevor sie das Irreparable tun konnte. Sie hat versucht zu fliehen, und dabei ist etwas schiefgelaufen. Ihr Vergehen war äußerst schwerwiegend. Diejenigen, die gehandelt haben, hatten keine andere Wahl, um die Interessen unseres Landes zu wahren und die Personen zu schützen, die sie denunzieren wollte.«

»Wenn man Sie so hört, könnte man sich in einem Spionageroman wähnen.«

»Es war alles noch weit schlimmer.«

»Das ist grotesk, Lilly war brillant und kultiviert, eine fortschrittliche, humanistisch geprägte Frau, die niemandem etwas angetan hätte, und schon gar nicht den Ihren.«

»Was wissen Sie schon!«

»Mathilde vertraute sich nicht nur an Abenden an, wenn

sie betrunken war. Sobald wir allein waren, erzählte sie mir von ihrer Mutter. Ich habe nie das Glück gekannt, auf dem Schoß meiner Großmutter zu sitzen, aber ich weiß alles von ihr. Das Parfüm, das sie benutzte, die Art, wie sie sich kleidete, ihre Lektüre, ihre Protestschreie, ihr berühmtes Lachen.«

»Ja, sie war ihrer Zeit voraus, das gebe ich zu, aber sie hatte auch ihre Eigenarten.«

»Ich glaube, sie hat Sie geschätzt.«

»Das dürfte übertrieben sein. Ihre Großmutter hatte etwas gegen all die Männer, die um den ihren und um seine Macht kreisten, gegen ihre übertriebene Freundlichkeit und vor allem ihre Schmeicheleien. Sie schätzte meine Diskretion. In Wirklichkeit gab ich mich so zurückhaltend, weil sie mich sehr beeindruckte.«

»Sie war schön, nicht wahr?«

»Sie ähneln ihr – nicht nur äußerlich, und genau das bereitet mir Sorge.«

»Mathilde sagte mir, Sie seien einer der wenigen gewesen, denen Lilly vertraute.«

»Sie hat niemandem vertraut, aber würden Sie sich etwas vergeben, Ihre Mutter ›Mama‹ zu nennen wie jeder andere auch?«

»Mathilde war nie eine Mutter ›wie jede andere auch‹, und außerdem gefiel es ihr, dass ich sie beim Vornamen nannte. Wer hat Lilly denunziert?«

»Sie hat selbst den entscheidenden Fehler gemacht, und Ihr Großvater konnte nichts tun, um sie zu retten.«

»Macht war meinem Großvater wichtiger als alles andere. Aber er hätte sie beschützen müssen, sie war seine Frau, die Mutter seiner Tochter, und er hätte die Mittel dazu gehabt.«

»Ich verbiete Ihnen, so über ihn zu urteilen, Suzie!«, erwiderte Knopf aufgebracht. »Lilly war zu weit gegangen, über Grenzen hinaus, wo niemand mehr etwas für sie tun konnte. Wenn sie verhaftet worden wäre, hätte sie ihr Verrat auf den elektrischen Stuhl gebracht. Was Ihren Großvater betrifft, so war er das erste Opfer dieser Affäre. Er hat auf Karriere, Vermögen und Ehre verzichten müssen. Seine Partei hatte ihm den Posten des Vizepräsidenten an der Seite von Johnson zugedacht.«

»Johnson hat nicht mehr kandidiert. Karriere, Vermögen und Ehre, welch triste Rangfolge, die Sie damit festlegen. Sie waren alle geprägt, all jene, die in diesen finsteren Geheimdiensten gearbeitet haben. Sie dachten nur daran, ihre internen Machtkämpfe auszutragen und Auszeichnungen zu sammeln, die sie sich dann ans Revers heften konnten.«

»Kleine Närrin! Diejenigen, die gefallen sind, damit Sie in einer freien Welt leben können, sind alle anonym. Diese Männer des Schattens haben ihrem Land gedient.«

»Und wie viele Schatten waren es, die auf meine Großmutter gezielt haben? Wie viele tapfere Diener des Vaterlands haben diese wehrlose Frau niedergeschossen, die versucht hatte, ihnen zu entkommen?«

»Es reicht«, sagte Knopf und erhob sich. »Wenn Ihr Großvater Ihnen heute Abend zuhören könnte, würde er sich im Grabe umdrehen.«

»Und gleich noch einmal, wenn er gehört hätte, wie Sie die Mörder seiner Frau verteidigen!«

Arnold Knopf entfernte sich auf der Promenade. Suzie rannte ihm nach.

»Helfen Sie mir, ihren Namen reinzuwaschen – das ist alles, worum ich Sie bitte.«

Knopf drehte sich zu Suzie um und sah sie lange an. »Eine ordentliche Lektion in Demut und Bescheidenheit würde Ihnen guttun. Und dafür gibt es nichts Besseres, als mit der Realität konfrontiert zu werden«, murmelte er dann.

»Was nuscheln Sie da?«

»Nichts, ich habe nur laut gedacht«, erwiderte Knopf und entfernte sich in Richtung LaGuardia Place.

Die Scheinwerfer eines Wagens leuchteten auf, er stieg ein, nahm auf der Rückbank Platz und verschwand nun wirklich.

Um zehn Uhr abends schickte sich Andrew an, Simons Wohnung zu verlassen.

»Hast du wirklich vor, heute noch umzuziehen?«

»Diese Frage stellst du mir jetzt zum fünften Mal, Simon.«

»Ich wollte nur sichergehen.«

»Ich dachte, du wärst froh, wenn ich endlich das Feld räume«, sagte Andrew und schloss den Koffer. »Den Rest hole ich morgen ab.«

»Du weißt ja, falls du deine Meinung änderst, kannst du jederzeit zurückkommen.«

»Ich ändere meine Meinung nicht.«

»Dann begleite ich dich.«

»Nein, bitte bleib. Ich rufe dich an, sobald ich da bin, versprochen.«

»Wenn ich in einer halben Stunde nichts von dir gehört habe, komme ich.«

»Alles geht gut, da kannst du sicher sein.«

»Ich weiß, dass alles gut gehen wird, und außerdem wirst du in neuer Bettwäsche schlafen!«

»Genau.«

»Und du hast mir versprochen, die bezaubernde Person, die sie dir geschenkt hat, zum Abendessen einzuladen.«

»Auch das. Übrigens hast du nie daran gedacht, diese Kathy Steinbeck noch mal anzurufen?«

»Komische Idee, wie kommst du darauf?«

»Nur so, keine Ahnung, aber vielleicht solltest du es versuchen.«

Simon starrte seinen Freund verständnislos an.

Andrew nahm seinen Koffer und verließ die Wohnung.

Vor seinem Haus angelangt, hob er den Blick zu seinen Fenstern. Die Vorhänge waren zugezogen. Andrew holte tief Luft, bevor er eintrat.

Das Treppenhaus war bis zur dritten Etage nur spärlich beleuchtet. Vor seiner Tür stellte Andrew den Koffer ab, um seine Schlüssel herauszusuchen.

Plötzlich wurde die Wohnungstür aufgerissen, ein Mann sprang auf die Schwelle und versetzte ihm einen kräftigen Schlag auf die Brust. Andrew prallte rücklings gegen das Geländer und verlor beinahe das Gleichgewicht. Sein Angreifer packte ihn am Kragen und schleuderte ihn zu Boden, bevor er über die Treppe entfliehen wollte. Andrew rappelte sich hoch, stürzte sich auf ihn, packte ihn bei der Schulter, aber sein Aggressor schnellte herum und verpasste ihm eine rechte Gerade. Andrew glaubte, sein Auge würde zerplatzen, widerstand aber dem Schmerz und versuchte, seinen Gegner zurückzuhalten. Ein Uppercut in die Rippen, gefolgt von einem in die Leber, und Andrew musste sich geschlagen geben.

Der Mann eilte die Stufen hinab, und die Haustür fiel quietschend ins Schloss.

Andrew ließ sich Zeit, um wieder zu Atem zu kommen, bevor er den Koffer nahm und seine Wohnung betrat.

»Willkommen zu Hause«, brummelte er.

Drinnen herrschte ein einziges Chaos. Alle Schreibtischschubladen waren geöffnet, die Akten lagen auf dem Boden verstreut.

Er ging in die Küche, öffnete die Tiefkühltruhe, legte Eiswürfel in ein Küchentuch und drückte das Ganze vorsichtig an sein Auge. Dann begutachtete er den Schaden vor dem Spiegel im Badezimmer.

Seit einer Stunde war er dabei aufzuräumen, als es klingelte. Andrew griff nach seiner Jacke und suchte in der Tasche nach dem Revolver. Er steckte ihn hinten in den Gürtel seiner Hose und öffnete die Tür einen Spaltbreit.

»Was hast du die ganze Zeit getrieben? Ich habe dich zehn Mal angerufen«, sagte Simon vorwurfsvoll. Dann sah er Andrew prüfend an. »Hast du dich geprügelt?«, fragte er schließlich.

»Ich würde eher sagen, ich bin verprügelt worden.«

Andrew ließ seinen Freund eintreten.

»Hast du den Typen gesehen, der dich so zugerichtet hat?«

»Er hatte meine Größe, braunes Haar, glaube ich. Es ging alles sehr schnell, das Treppenhaus war nur schwach beleuchtet.«

»Was ist dir gestohlen worden?«

»Was, meinst du, könnte man hier schon stehlen?«

»Hast du überprüft, ob auch in andere Wohnungen im Haus eingebrochen wurde?«

»Daran habe ich nicht gedacht.«

»Hast du die Polizei gerufen?«

»Noch nicht.«

»Ich werde mal nachsehen, ob auch andere Türen aufgebrochen wurden«, sagte Simon. »Ich bin gleich wieder da.«

Während sein Freund die Stockwerke inspizierte, räumte Andrew seine Waffe wieder an ihren Platz und hob unterwegs den Fotorahmen auf, der vom Kaminsims auf den Boden gefallen war.

»Hast du gesehen, was hier vor sich gegangen ist? Was hat dieser Typ gesucht?«, murmelte er, während er das lächelnde Gesicht seiner Exfrau betrachtete.

Simon tauchte hinter ihm auf.

»Los, komm, wir gehen zu mir«, sagte er und nahm ihm das Foto aus der Hand.

»Nein, ich räume fertig auf und gehe dann schlafen.«

»Soll ich hierbleiben?«

»Es wird schon gehen«, antwortete Andrew und nahm ihm den Rahmen wieder ab.

Er stellte ihn zurück an seinen Platz und begleitete Simon zur Tür.

»Ich rufe dich morgen an, versprochen.«

»Das habe ich übrigens auf der Treppe gefunden«, sagte Simon und reichte Andrew einen zerknitterten Umschlag. »Das ist deinem Einbrecher vielleicht aus der Tasche gefallen. Ich habe achtgegeben, ihn nur mit den Fingerspitzen anzufassen und auch bloß an der Ecke … um mögliche Fingerabdrücke nicht zu verfälschen.«

Andrew verdrehte bestürzt die Augen. Er griff nach dem Umschlag, ohne sich weiter um Abdrücke zu kümmern, und fand darin ein Foto, das Suzie und ihn an dem Abend, an dem er ihr seine Schlüssel anvertraut hatte, vor dem Haus zeigte. Das Bild war recht dunkel, es war ohne Blitz aufgenommen worden.

»Was ist das?«, fragte Simon.

»Ein Prospekt«, antwortete Andrew und schob den Umschlag in die Hosentasche.

Nachdem Simon gegangen war, setzte er sich an den Schreibtisch, um das Foto genauer zu betrachten. Der Fotograf hatte sie offenbar von der Ecke Perry Street und West 4th Street aus überwacht. Er drehte die Aufnahme um und entdeckte auf der Rückseite drei Striche mit schwarzem Filzstift. Er hielt das Bild vor die Lampe und versuchte zu erraten, was durchgestrichen worden war, aber vergebens.

Das Verlangen nach Alkohol wurde immer drängender. Andrew öffnete sämtliche Küchenschränke. Die Putzfrau hatte gute Arbeit geleistet, er fand nur Geschirr darin. Der nächstgelegene Weinhändler befand sich Ecke Christopher Street, aber er hatte sicher längst geschlossen.

Andrew fühlte sich nicht in der Lage einzuschlafen, ohne etwas getrunken zu haben. Mechanisch öffnete er den Kühlschrank und fand darin eine Flasche Wodka zusammen mit einer kleinen Nachricht, die an die Flasche gehängt war.

»Auf dass Sie eine schöne erste Nacht haben. Vielen Dank für alles. Suzie.«

Andrew stand zwar nicht auf Wodka, aber es war besser als nichts. Er schenkte sich ein großes Glas ein und setzte sich im Wohnzimmer aufs Sofa.

Am nächsten Morgen saß Andrew mit einem Kaffeebecher in der Hand am Fuß einer Säule oben an der großen Treppe der Bibliothek und hob in regelmäßigen Abständen den Blick von seiner Zeitung, um seine Umgebung zu beobachten.

Als er Suzie Baker die Stufen heraufsteigen sah, ging

er ihr entgegen. Sie zuckte zusammen, als er sie am Arm packte.

»Tut mir leid, ich wollte Sie nicht erschrecken.«

»Was ist passiert?«, fragte sie ihn, als sie die Blutergüsse in seinem Gesicht sah.

»Genau diese Frage wollte ich Ihnen stellen.«

Suzie runzelte die Stirn, während Andrew sie Richtung Straße zog.

»Es ist verboten, sich im Lesesaal zu unterhalten, und wir haben uns ein paar Dinge zu sagen. Ich muss was essen, da unten gibt es einen Hotdog-Stand«, sagte er und deutete in Richtung Kreuzung.

»Um diese Zeit?«

»Warum, sind die um neun Uhr morgens schlechter als mittags?«

»Das ist Geschmackssache.«

Andrew kaufte sich einen Jumbo mit Gewürzsoße und bot Suzie ebenfalls einen an. Sie begnügte sich jedoch mit einem Kaffee.

»Ein kleiner Spaziergang in den Central Park, würde Ihnen das zusagen?«, fragte Andrew.

»Ich habe zu arbeiten, aber ich denke, das wird etwas warten müssen.«

Andrew und Suzie liefen die 5th Avenue entlang. Ein winterlicher Sprühregen setzte ein. Suzie schlug ihren Mantelkragen hoch.

»Es ist nicht wirklich das ideale Wetter für einen Spaziergang«, meinte sie, als sie den Park erreichten.

»Ich hätte Ihnen gerne ein Frühstück im Plaza angeboten, aber ich habe keinen Hunger mehr. Es ist schon lustig, ich lebe seit Jahren in New York und habe noch nie eine dieser Kutschen benutzt«, sagte Andrew und deutete auf die Männer, die sich neben ihren Pferden zu schaffen machten. »Kommen Sie, dort sind wir geschützt.«

»Vor dem Regen? Das wage ich zu bezweifeln.«

»Vor indiskreten Ohren«, antwortete Andrew, während sie die 59th Street überquerten.

Der Kutscher half Suzie, auf der Bank Platz zu nehmen, und entfaltete, sobald Andrew sich neben sie gesetzt hatte, eine große Decke über ihren Knien, bevor er auf seinen Sitz kletterte.

Die Peitsche knallte, und der Wagen setzte sich in Bewegung.

»Ein Hotdog zum Frühstück und danach eine Verdauungsfahrt im Landauer, warum eigentlich nicht?«, meinte Suzie.

»Glauben Sie an Zufälle, Miss Baker?«

»Nein.«

»Ich auch nicht. Auch wenn die Anzahl kleiner Diebstähle, die tagtäglich in Manhattan begangen werden, keinesfalls dagegen spricht, dass jeder von uns beiden innerhalb einer Woche Opfer eines Einbruchs wurde.«

»Bei Ihnen wurde eingebrochen?«

»Dachten Sie, ich hätte mich an meinem Nachtkästchen angeschlagen?«

»Ich habe mir eher vorgestellt, dass Sie sich geprügelt haben.«

»Es kommt zwar gelegentlich vor, dass ich abends ein Glas zu viel trinke, aber ich war nie ein Säufer.«

»Das wollte ich damit nicht sagen.«

»Ich überlasse es Ihnen, diese Zufälle zu kommentieren«, sagte Andrew und reichte ihr den Umschlag.

Suzie betrachtete das Foto, das darin steckte.

»Wer hat Ihnen das geschickt?«

»Der Typ, der mich zusammengeschlagen hat, muss es während der Schlägerei verloren haben.«

»Ich weiß nicht, was ich Ihnen sagen soll«, stammelte sie.

»Strengen Sie sich ein bisschen an.«

Aber Suzie schwieg.

»Gut, dann werde ich Ihnen helfen, zu zweit ist das immer einfacher. Der Zufall will es, dass Sie mir gegenüber in der Bibliothek sitzen. Vierhundert Tische im großen Lesesaal, und ich ziehe das große Los. Man benachrichtigt Sie, dass bei Ihnen eingebrochen wurde, und wieder will es der Zufall, dass ich mich in diesem Moment neben Ihnen befinde. Sie gehen nach Hause, rufen wegen des Hausverwalters und Ihrer prekären Situation nicht die Polizei. Kaum sind Sie bei mir wieder ausgezogen, wird bei mir eingebrochen wie zuvor bei Ihnen. Da es auf einen weiteren Zufall nicht ankommt, sind die Methoden ähnlich, und unsere Wohnungen werden verwüstet, ohne dass etwas gestohlen wird. Verdammter Hasardeur, dieser Zufall. Soll ich fortfahren?«

»War es der Zufall, der von Ihnen verlangt hat, mich in der Bibliothek anzusprechen? War es auch wieder der Zufall, der Ihnen nahegelegt hat, mir bis vor meine Haustür zu folgen? War es immer noch er, der Sie dazu angeregt hat, in meiner Vergangenheit zu stöbern, mich zum Essen einzuladen und mir Ihre Wohnung kurzfristig zu überlassen?«

»Nein, für all das bin allein ich verantwortlich«, antwortete Andrew verlegen.

»Also, was wollen Sie dann andeuten?«

»Um ehrlich zu sein, ich habe keine Ahnung.«

»Soweit ich weiß, habe ich Sie um nichts gebeten. Hier stinkt es nach nassem Pferd. Sagen Sie dem Kutscher, er soll anhalten, und lassen Sie mich gehen und in Zukunft in Ruhe.«

»Ich mag den Geruch der Pferde, früher hatte ich Angst vor ihnen, inzwischen nicht mehr. Ich habe eine komplette Rundfahrt bezahlt, und wenn Sie bis zu deren Ende meine Fragen nicht beantwortet haben, werden wir uns eine zweite Tour gönnen, ich habe Zeit.«

»Bei der Geschwindigkeit, mit der wir unterwegs sind, kann ich auch während der Fahrt aussteigen, wissen Sie?«

»Sie haben wirklich einen miesen Charakter!«

»Das liegt in der Familie.«

»Einverstanden, fangen wir diese schlecht begonnene Unterhaltung noch einmal bei null an.«

»Wessen Schuld war das?«

»Ich habe ein halb zugeschwollenes Auge. Verlangen Sie etwa, dass ich mich bei Ihnen entschuldige?«

»Immerhin war nicht ich es, die Ihnen den Schlag verpasst hat!«

»Nein, aber Sie wollen mir doch nicht weismachen, dass dieses Foto nichts mit Ihnen zu tun hat?«

Suzie Baker lächelte und gab Andrew das Foto zurück.

»Da sahen Sie jedenfalls besser aus!«

»Ich hatte die Nacht zuvor besser und ohne Kompresse im Gesicht geschlafen.«

»Tut es weh?«, fragte Suzie und legte vorsichtig die Hand auf Andrews Augenbraue.

»Wenn Sie draufdrücken, ja.« Andrew schob ihre Hand weg. »In was für eine Geschichte sind Sie da hineingeraten, Miss Baker? Wer spioniert uns nach und bricht bei uns ein?«

»Sie betrifft das nicht, es tut mir leid, was Ihnen da passiert ist. Morgen werde ich in der Bibliothek um einen anderen Tisch bitten. Halten Sie Abstand, und Sie werden

Ihre Ruhe haben. Und jetzt sagen Sie dem Kutscher, er soll mich aussteigen lassen.«

»Wer war der Mann, der direkt vor Ihnen das Lebensmittelgeschäft verlassen hat an dem Abend, an dem wir uns zufällig begegnet sind?«

»Ich weiß nicht, von wem Sie sprechen.«

»Von ihm«, entgegnete Andrew und zog die Abzüge aus seiner Tasche, die er aus Frankreich erhalten hatte.

Suzie betrachtete sie aufmerksam, und ihr Gesichtsausdruck verfinsterte sich.

»Für wen arbeiten Sie, Mister Stilman?«, fragte sie.

»Für die *New York Times*, Miss Baker, auch wenn ich mir derzeit einen verlängerten Krankenurlaub zugestehe.«

»Na gut, bleiben Sie bei Ihren Artikeln«, sagte sie und befahl dem Kutscher, sein Gefährt anzuhalten.

Suzie sprang herunter und lief zu Fuß den Hauptweg entlang. Der Kutscher drehte sich zu seinem Passagier um und wartete auf dessen weitere Anweisungen.

»Seien Sie so nett«, sagte Andrew zu ihm, »und fragen Sie mich, in welche Schwierigkeiten ich mich noch verstricken werde. Ich brauche jemanden, der mir das sagt.«

»Entschuldigen Sie bitte«, antwortete der Kutscher, der nichts von dem verstand, was Andrew sagte.

»Würden Sie Ihren Gaul für zwanzig Dollar zusätzlich umkehren lassen?«

»Für dreißig kann ich sogar die junge Dame einholen.«

»Fünfundzwanzig.«

»Abgemacht.«

Der Kutscher manövrierte, und die Kutsche fuhr wieder an. Auf der Höhe von Suzie angekommen, verlangsamte sie.

»Steigen Sie ein!«, sagte Andrew.

»Lassen Sie mich, Stilman, ich bringe nur Unglück.«

»Das kann mir nichts anhaben, damit bin ich schon geboren. Steigen Sie ein, sage ich, Sie werden ja ganz nass.«

»Das bin ich schon.«

»Also ein Grund mehr, kommen Sie unter die Decke, sonst erkälten Sie sich.«

Suzie schlotterte, sie stieg auf das Trittbrett, setzte sich auf die Bank und kauerte sich unter das Plaid.

»Nach Ihrem Unfall wurden Sie mit der Maschine einer etwas speziellen Fluggesellschaft in Ihre Heimat zurückgeflogen. Die Tickets dafür kauft man nicht am Flughafenschalter, nicht wahr?«

»Wenn Sie das sagen.«

»Wer ist Arnold Knopf?«

»Ein Vertrauter meiner Familie; ich habe meinen Vater nicht gekannt, Knopf war eine Art Patenonkel für mich.«

»Wer genau sind Sie, Miss Baker?«

»Die Enkelin des verstorbenen Senators Walker.«

»Müsste ich seinen Namen kennen?«

»Er war einer der engsten Berater von Präsident Johnson.«

»Lyndon Baines Johnson, der Nachfolger Kennedys?«

»Genau der.«

»Was hat dieser Senator-Großvater mit Ihnen zu tun?«

»Das ist ja verwunderlich für einen Reporter, lesen Sie keine Zeitung?«

»Johnsons Wahl reicht ins Jahr 1964 zurück. Bevor ich auf der Welt war, habe ich noch keine Zeitung gelesen.«

»Meine Familie war Gegenstand eines nationalen Skandals. Mein Großvater musste auf seine Karriere verzichten.«

»Geliebte, Veruntreuung öffentlicher Gelder oder beides?«

»Seine Frau wurde wegen Hochverrats angeklagt und ermordet, als sie zu fliehen versuchte.«

»Das ist tatsächlich nicht alltäglich. Aber was hat das mit Ihnen zu tun? Sie waren noch nicht einmal geboren.«

»Meine Großmutter war unschuldig, und ich habe mir geschworen, den Beweis dafür zu erbringen.«

»Warum auch nicht … Und selbst sechsundvierzig Jahre später haben noch immer gewisse Personen Interesse daran, das zu verhindern?«

»Anscheinend ja.«

»Welche Art Verrat?«

»Es heißt, sie habe Vorbereitungen getroffen, um militärische Geheimnisse an die Sowjets und die Chinesen zu verkaufen. Wir waren mitten im Vietnamkrieg, sie war die Frau eines engen Regierungsberaters, sie bekam in seinem Haus einiges mit.«

»War Ihre Großmutter Kommunistin?«

»Das habe ich nie geglaubt. Sie war entschieden gegen den Krieg und kämpfte gegen soziale Ungerechtigkeit. Sie hatte auch eine gewisse Macht über ihren Mann, aber das ist nichts Kriminelles.«

»Das hängt immer vom Standpunkt ab«, antwortete Andrew. »Meinen Sie, das Ganze war ein geplanter Coup, weil sie zu großen Einfluss auf Ihren Großvater hatte?«

»Mathilde war davon überzeugt.«

»Mathilde?«

»Ihre Tochter, meine Mutter.«

»Lassen wir die Überzeugungen Ihrer Mutter einmal außer Acht. Was haben Sie konkret in der Hand?«

»Einige Papiere, die Lilly gehörten, und die letzte Nachricht, die sie vor ihrer Flucht hinterlassen hat. Es ist eine handschriftliche Notiz, die ich nie verstanden habe.«

»Das würde ich nicht unbedingt als handfeste Beweise bezeichnen.«

»Mister Stilman, ich muss Ihnen etwas gestehen. In einem Punkt habe ich Sie belogen.«

»Nur in einem?«

»Meine Besteigung des Montblanc hatte nichts von einer Pilgerreise, und schon gar nicht für Shamir. Mathilde trank viel, das habe ich Ihnen bereits gesagt. Ich kann gar nicht zählen, wie oft ich sie in irgendwelchen Bars abgeholt habe, in denen sie am Tresen einschlief, wenn es nicht in ihrem Auto mitten auf einem Parkplatz war. Wenn sie einen Tiefpunkt erreicht hatte, rief sie immer mich zu Hilfe. In diesen Momenten erzählte sie mir von meiner Großmutter. Meist waren ihre Sätze zusammenhanglos und ihre Äußerungen unverständlich. Eines Nachts, in der sie noch betrunkener war als gewöhnlich, wollte sie im Hafen von Boston baden. Um drei Uhr morgens, mitten im Januar, dem vierundzwanzigsten, um genau zu sein. Eine Streife kam vorbei, ein Polizist hat sie im letzten Augenblick rausgefischt.«

»War sie betrunken oder wollte sie ihrem Leben ein Ende setzen?«

»Beides.«

»Warum an diesem Abend?«

»Warum genau an diesem Abend? Diese Frage habe ich ihr auch gestellt. Sie hat mir geantwortet, es sei der vierzigste Geburtstag der letzten Hoffnung.«

»Was sollte das heißen?«

»Der einzige Beweis, der die Unschuld ihrer Mutter beweisen könnte, befände sich an Bord eines Flugzeugs, das am 24. Januar 1966 am Montblanc zerschellt war. Nach dem Selbstmordversuch meiner Mutter habe ich begonnen, Nachforschungen anzustellen.«

»Sie sind zur Besteigung des Montblanc aufgebrochen, um sechsundvierzig Jahre nach einem Flugzeugabsturz einen Beweis zu finden, der sich an Bord befunden hat? Das ist jetzt aber ein bisschen dick aufgetragen.«

»Ich habe den Absturz jahrelang studiert und zu diesem Thema mehr Unterlagen gesammelt als irgendjemand sonst. Ich habe Monat für Monat die Bewegungen des Gletschers erfasst, jeden Überrest aufgelistet, den er ausgespuckt hat.«

»Ein Flugzeug, das an einem Berg zerschellt, was soll da noch übrig bleiben?«

»Die *Kanchenjunga* hat an der Bergflanke eine achthundert Meter lange Schleifspur hinterlassen. Sie ist nicht mit voller Wucht aufgeprallt. Als der Pilot den Gipfel bemerkte, hat er wohl versucht, seine Maschine hochzuziehen. Das Heck hat den Berg zuerst berührt. Unter den Tausenden von Überresten, die im Lauf der letzten vierzig Jahre gefunden wurden, stammte kein einziger vom Cockpit, kein einziger! Zum Zeitpunkt des Aufpralls musste sich der Bug vom restlichen Rumpf gelöst haben, und ich habe begriffen, dass er in die Tiefe einer Gletscherspalte gestürzt sein muss, direkt unter den Felsen des Rocher de la Tournette. Nach jahrelanger Lektüre von Berichten, Zeugenaussagen, Analysen und Fotos war ich so gut wie sicher, den Eingang zu diesem Abgrund lokalisiert zu haben. Was ich allerdings nicht vorhergesehen hatte, war, dass auch wir hinunterstürzen würden.«

»Nehmen wir an, es wäre so gewesen«, sagte Andrew ungläubig. »Haben Sie denn das Cockpit der *Kanchenjunga* gefunden?«

»Ja, wir haben es gefunden, genau wie die Kabine der ersten Klasse, beinahe intakt. Leider hat sich der Beweis, den ich suchte, als nicht so aussagekräftig erwiesen, wie ich gehofft hatte.«

»Um was handelt es sich dabei?«

»Um einen Brief im Aktenkoffer des indischen Diplomaten, der auf Ihrer Liste stand.«

»Verstehen Sie Hindi?«

»Er war auf Englisch geschrieben.«

»Und Sie glauben, dass unser rücksichtsloser Besucher gekommen ist, um ihn bei Ihnen zu holen? Hat er ihn gefunden?«

»Ich habe ihn in Ihrer Wohnung versteckt.«

»Wie bitte?«

»Ich habe es vorgezogen, ihn an einen sicheren Ort zu bringen. Er ist hinter Ihrem Kühlschrank verborgen, Sie hatten mich auf die Idee gebracht. Ich wusste nicht, dass man mich verfolgen würde …«

»Miss Baker, ich bin kein Privatdetektiv, sondern Reporter, und ich bin nicht in bester Form. Dieses eine Mal werde ich auf die kleine innere Stimme hören, die mich dazu auffordert, mich um meine Angelegenheiten zu kümmern und Ihnen Ihre Familiengeschichten zu lassen.«

Die Kutsche verließ den Central Park und hielt in der 59th Street an. Andrew half Suzie beim Aussteigen und winkte ein Taxi heran.

»Der Brief«, sagte sie, als sie sich von Andrew verabschiedete, »ich muss ihn wiederhaben.«

»Ich gebe ihn Ihnen morgen in der Bibliothek zurück.«

»Gut, dann also bis morgen«, antwortete Suzie und schloss die Taxitür.

Andrew blieb auf dem Bürgersteig stehen und hing seinen Gedanken nach. Er sah, wie sich Suzies Taxi entfernte, und rief Dolores Salazar an.

Kapitel 8

Andrew ging in der Redaktion vorbei, um seine Post abzuholen. Er sah, wie Freddy Olson auf allen vieren in seinem Büro herumkroch.

»Hältst du dich jetzt für einen Pudel, Olson?«, fragte Andrew, während er seine Umschläge öffnete.

»Kannst du mir nicht zufällig sagen, wo mein Presseausweis ist, statt solchen Blödsinn zu reden?«

»Ich wusste nicht mal, dass du einen hattest. Soll ich dir etwas Hundefutter kaufen?«

»Du nervst, Stilman! Ich suche ihn schon seit zwei Tagen überall.«

»Hockst du bereits seit zwei Tagen unter deinem Schreibtisch? Du solltest das Feld etwas erweitern.«

Andrew nahm den Rest seiner Post – zwei Prospekte und den Brief eines Erleuchteten, der sich anbot, Beweise für den noch vor Monatsende bevorstehenden Weltuntergang zu erbringen – und schob sie in den Aktenvernichter.

»Wenn du aufstehst, habe ich einen Scoop für dich, Olson.«

Freddy richtete sich auf, wobei er sich den Kopf anstieß.

»Was für einen Scoop?«

»Ein Idiot hat sich den Schädel angehauen. Schönen Tag noch, Olson.«

Andrew ging pfeifend zum Aufzug. Olivia Stern trat hinter ihm in die Kabine.

»Was macht Ihnen denn so gute Laune, Stilman?«

»Das würden Sie nicht verstehen.«

»Gehen Sie ins Archiv?«

»Nein, ich habe den unwiderstehlichen Wunsch, die Seriennummer der Heizung zu überprüfen, darum fahre ich ins Untergeschoss.«

»Stilman, ich werde mich zeit meines Lebens schuldig an dem fühlen, was Ihnen zugestoßen ist, aber nutzen Sie das nicht zu sehr aus. An was arbeiten Sie?«

»Wer sagt Ihnen denn, dass ich überhaupt arbeite, Olivia?«

»Sie scheinen nüchtern, das ist eher ein gutes Zeichen. Hören Sie, Andrew, entweder Sie kommen heute in mein Büro und erzählen mir von Ihrer Recherche, oder ich brumme Ihnen eine auf – und zwar mit festem Abgabedatum.«

»Eine zuverlässige Quelle verfügt anscheinend über Informationen hinsichtlich des bevorstehenden Weltuntergangs«, meinte Andrew ernsthaft.

Die Chefredakteurin warf ihm einen vernichtenden Blick zu, dann entspannte sich ihr Gesicht, und sie brach in Lachen aus.

»Sie sind …«

»Nicht zu retten, ich weiß, Olivia. Geben Sie mir acht Tage, dann erkläre ich Ihnen alles, versprochen.«

»Also bis in acht Tagen, Andrew.«

Andrew ließ sie aussteigen und wartete, bis sie sich entfernt hatte, dann eilte er zu Dolores' Büro.

»Und?«, fragte er, nachdem er die Tür geschlossen hatte.

»Irgendetwas stört mich bei Ihrem kleinen Schützling,

Stilman. Ich finde nichts über sie. So als wäre jemand darauf bedacht, jeden Schritt, den sie macht, auszulöschen. Diese Frau hat keine Vergangenheit.«

»Ich glaube zu wissen, wer das gewesen sein könnte.«

»Wer auch immer es war, er hat großen Einfluss. In den zwanzig Jahren meiner Recherchetätigkeit habe ich so etwas noch nicht erlebt. Ich habe sogar in Fort Kent bei der Universität angerufen, die Sie mir genannt haben. Unmöglich, irgendetwas über Suzie Baker herauszufinden.«

»Und über Senator Walker?«

»Ich habe Ihnen alles zusammengestellt. Ich kenne die Geschichte nicht, aber wenn man die damalige Presse liest, hat man den Eindruck, dass sie großes Aufsehen erregt hat. Das heißt ein paar Tage lang, dann nichts mehr, nicht die geringste Kurzmeldung. Absolutes Blackout. Washington muss hochgradig irritiert gewesen sein, um das zu erreichen.«

»Das war eine andere Zeit, da gab es noch kein Internet. Geben Sie mir die Papiere, Dolores?«

»Sie liegen vor Ihnen, Sie brauchen sie sich nur zu nehmen.«

Andrew griff nach den Blättern und begann zu lesen.

»Danke, mein Hund«, zischte Dolores.

»Wenn Sie Olson gesehen hätten, würden Sie das nicht sagen. Danke, Dolores.«

Andrew verließ die Redaktion.

Als er wieder zu Hause war, ging er in die Küche und rückte den Kühlschrank ab, wobei er sich fragte, wie Suzie das ganz allein geschafft hatte. Als er genug Platz hatte, schob er die Hand dahinter und zog eine Hülle hervor.

Sie enthielt einen Brief in recht schlechtem Zustand, den er vorsichtig entfaltete.

Lieber Edward,
was zu tun war, ist getan, und ich empfinde tiefes Mitgefühl mit Ihnen. Die Gefahr ist jetzt gebannt. Die Sache befindet sich an einem für alle unerreichbaren Ort. Außer irgendwer hielte sein Wort nicht. Ich schicke Ihnen die genauen Koordinaten in zwei weiteren Briefen, die Sie über denselben Weg erreichen werden.
Ich kann mir die tiefe Verzweiflung vorstellen, in die dieser dramatische Ausgang Sie gestürzt hat, aber falls das Ihr Gewissen beruhigen kann, möchte ich Ihnen sagen, dass ich unter diesen Umständen nicht anders gehandelt hätte. Die Staatsräson hat Vorrang, und Männer wie wir haben keine andere Wahl, als ihrem Vaterland zu dienen, auch wenn sie dafür das ihnen Teuerste opfern müssen.
Wir werden uns nicht wiedersehen, und das bedaure ich sehr. Nie werde ich unsere Ausflüge nach Berlin vergessen, die wir in den Jahren 1956 und 1959 unternommen haben, und vor allem nicht den 29. Juli – jenen Tag, an dem Sie mir das Leben gerettet haben. Wir sind quitt.
Im dringenden Notfall können Sie mir an die Nummer 79 Juli 37 Gate, Apartment 71 in Oslo schreiben. Ich werde dort eine Weile bleiben.
Vernichten Sie diesen Brief, nachdem Sie ihn gelesen haben, ich rechne auf Ihre Diskretion, damit von diesem letzten Austausch keine Spur zurückbleibt.
Ihr ergebener Freund
Ashton

Andrew ging zurück ins Wohnzimmer und machte sich daran, die Unterlagen zu studieren, die Dolores ihm gegeben hatte.

Er fand mehrere Presseausschnitte – alle von Mitte Januar 1966.

»Die Frau von Senator Walker des Hochverrats verdächtigt«, titelte die *Washington Post.*

»Skandal im Hause Walker« lautete die Schlagzeile der *Los Angeles Times.* »Die Verräterin« schrieb die *Daily News.* »Schuldig!« verkündete die *Denver Post.* »Die Spionin, die ihren Mann und ihr Land betrogen hat« trumpfte die *New York Post.*

Bundesweit brachten mehr als dreißig Zeitungen dieselbe Schlagzeile in verschiedenen Variationen. Und alle erzählten die Geschichte von Liliane Walker, Ehefrau des demokratischen Senators Edward Walker und Mutter einer neunzehnjährigen Tochter, angeklagt, für den KGB gearbeitet zu haben. Der *Chicago Tribune* zufolge hatten die Beamten, die sie verhaften wollten, belastendes Material gefunden, das keinen Zweifel an ihrer Schuld zuließ. Die Ehefrau des Senators hatte die Gespräche, die sie aus dem Arbeitszimmer ihres Mannes mithörte, niedergeschrieben und die Schlüssel zum Safe entwendet, um Dokumente zu fotografieren und an die Kommunisten zu verkaufen. Die *Dallas Morning* behauptete, ohne das Eingreifen des FBI wären zahlreiche militärische Einrichtungen und Kontingente der in Vietnam eingesetzten Soldaten von Liliane Walkers Hochverrat betroffen gewesen. Nachdem sie – die einen behaupteten von Komplizen, die anderen von einem Doppelagenten – gewarnt worden war, hatte Liliane Walker knapp denen entkommen können, die sie festnehmen wollten.

Jeden Tag ließ sich die Presse ausführlich über diesen Verrat und seine Folgen aus. Am 18. Januar trat der Senator zurück und verkündete sein definitives Ausscheiden aus der Politik. Am 19. meldete die nationale Presse die Verhaftung von Liliane Walker, als diese versucht hatte, im Norden Schwedens über Norwegen in die UdSSR zu gelangen. Doch ab dem 20. Januar veröffentlichten die Zeitungen, wie Dolores bemerkt hatte, keine Zeile mehr über die Affäre Walker.

Ausgenommen im politischen Teil der *New York Times*, die am 21. die Kurznotiz eines gewissen Ben Morton brachte, die mit der Frage endete: »Wem nützt der Sturz des Senators Walker?«

Andrew erinnerte sich noch an diesen hartgesottenen Burschen, ein alter Profi des Metiers, den er einst auf den Gängen der Redaktion getroffen hatte, als er selbst noch ein Jungspund in der Rubrik *Nachrufe* war. Damals gehörte Andrew noch nicht zur Kaste der Reporter und hatte nie Gelegenheit gehabt, mit ihm zu sprechen.

Andrew rief die Poststelle der Zeitung an und fragte den Zuständigen, an welche Adresse er Ben Morton seine Post nachschicken solle. Figera erklärte ihm, er habe seit Langem damit aufgehört, da nur noch Werbung für ihn käme und Morton ihm gesagt habe, er solle sie wegwerfen. Da Andrew insistierte, vertraute Figera ihm schließlich an, Morton habe sich in einem Weiler in Turnbridge/Vermont von der Welt zurückgezogen. Eine genauere Anschrift habe er nicht, nur eine für postlagernde Sendungen.

Andrew studierte die Landkarte, man konnte nur mit dem Auto nach Turnbridge gelangen. Er hatte seinen Datsun nicht mehr benutzt, seit ihn eines Tages ein unzufriedener Leser in der Tiefgarage mit einem Baseballschläger bearbeitet hatte. Eine schlechte Erinnerung. Der Datsun war in Simons Werkstatt repariert worden und stand noch immer dort. Andrew zweifelte nicht eine Sekunde daran, dass er sofort anspringen würde – schließlich musste die Pedanterie seines Freundes ja bisweilen zu etwas gut sein.

Er nahm seine Unterlagen, etwas warme Kleidung, eine Thermoskanne mit Kaffee und machte sich auf den Weg zur Werkstatt.

»Natürlich fährt er«, meinte Simon und schnaubte leise, »wohin geht denn unsere Reise?«

»Diesmal mache ich mich allein auf den Weg.«

»Das sagt mir noch nicht, wohin«, antwortete Simon verärgert.

»Nach Vermont. Kannst du mir den Schlüssel geben?«

»Dort liegt Schnee, und mit deinem Datsun wirst du gleich in der ersten Kurve ins Schleudern geraten, und das umso mehr, als du nachts fahren willst«, antwortete Simon und öffnete seine Schreibtischschublade. »Ich vertraue dir einen Chevy Station Wagon von 1954 an, der hat hundertzehn PS und sechs Zylinder. Und ich rate dir, ihn mir unbeschädigt zurückzubringen, denn wir haben ihn vollständig und mit Originalteilen wiederhergerichtet.«

»Etwas anderes hätte ich mir auch nicht vorstellen können.«

»Ist das ironisch gemeint?«

»Simon, ich muss los.«

»Wann kommst du zurück?«

»Manchmal frage ich mich, ob du nicht die Reinkarnation meiner Mutter bist.«

»Dein Humor bringt mich nicht zum Lachen. Ruf mich an, um mir mitzuteilen, dass du gut angekommen bist.«

Das versprach Andrew und setzte sich in den Wagen. Die Sitze rochen nach altem Kunstleder, aber Lenkrad und Armaturenbrett aus Bakelit hatten Klasse.

»Ich werde aufpassen, als wäre es mein eigener Wagen.«
»Pass lieber auf, als wäre es meiner«, gab Simon zurück.

Andrew verließ New York in nördlicher Richtung. Bald hatte er die Vororte mit ihrem Gewirr von Wohntürmen, Industrieanlagen, Lagerhallen und Treibstoffdepots hinter sich gelassen. Es folgten Kleinstädte und gegen Abend schließlich Dörfer.

Die Häuser wichen Feldern, und nur die Lichter der vereinzelten Bauernhöfe erinnerten daran, dass hier Menschen lebten.

Turnbridge war nur ein etwa fünfzig Meter langes Straßenstück, erhellt von fünf rostigen Laternen. Diese tauchten einen Gemischtwarenladen, ein Haushaltswarengeschäft und eine Tankstelle, die als Einzige noch geöffnet war, in ihr fahles Licht. Andrew parkte vor der einzigen Zapfsäule, und als die Räder des Chevy über ein Kabel fuhren, lösten sie einen Klingelton aus. Ein Mann, der ebenso alt wirkte wie seine Tankstelle, kam heraus. Andrew stieg aus.

»Können Sie bitte volltanken?«, fragte er.

»So einen habe ich schon lange nicht mehr gesehen«, antwortete der Mann und pfiff bewundernd durch die wenigen Zahnstümpfe, die ihm noch blieben. »Ist der Vergaser umgebaut? Wir haben hier bloß noch bleifreies Benzin.«

»Ich nehme es an«, antwortete Andrew. »Ist das sonst schlimm?«

»Nicht schlimm, aber wenn Sie weiterfahren wollen, wäre es besser, das zu wissen. Machen Sie die Kühlerhaube auf, ich will das Öl kontrollieren.«

»Das ist nicht nötig, der Wagen war gerade bei der Inspektion.«

»Und wie viel Tausend sind Sie seither gefahren?«

»Ungefähr dreihundert.«

»Nun machen Sie schon die Kühlerhaube auf, diese alten Herrschaften sind Ölfresser, außerdem habe ich Zeit. Meinen letzten Kunden habe ich gestern Morgen bedient.«

»Warum haben Sie dann noch so spät geöffnet?«, fragte Andrew und rieb sich fröstelnd die Schultern, während der Mechaniker volltankte.

»Seit fünfzig Jahren sitze ich auf dem Stuhl da hinter dem Fenster. Es ist der einzige Ort, wo ich mich gern aufhalte. Ich führe diese Tankstelle, seit mein Vater 1960 gestorben ist. Er hat sie gebaut. Als ich Kind war, haben wir noch Gulf ausgegeben, aber die Marke ist vor uns verschwunden. Mein Zimmer ist im ersten Stock, doch ich schlafe schlecht, also lasse ich den Laden geöffnet, bis mir die Augen zufallen. Was soll ich sonst tun? Und man kann ja nie wissen, ob sich nicht jemand wie Sie hierherverirrt, und es wäre schade, einen Kunden zu verpassen. Wohin fahren Sie?«

»Ich habe mein Ziel erreicht. Kennen Sie einen gewissen Ben Morton?«

»Ich würde Ihnen lieber das Gegenteil sagen, aber ja, ich kenne ihn.«

»Wissen Sie, wo er wohnt?«

»Hatten Sie einen guten Tag?«

»Ja, warum?«

»Nun, dann kehren Sie lieber um, wenn Sie sich den nicht versauen wollen.«

»Ich bin extra aus New York gekommen, um ihn zu treffen.«

»Und selbst wenn Sie aus Miami kämen, würde ich Ihnen denselben Rat geben. Morton ist ein alter Idiot, den man besser meiden sollte.«

»Davon habe ich schon viele getroffen, ich bin erfahren im Umgang mit ihnen.«

»Aber keinen wie ihn!«, rief der Tankwart und hängte das Handstück in die Zapfsäule. »So, das macht achtundachtzig Dollar, die Cent gehen aufs Haus.«

Andrew reichte dem alten Mann fünf Zwanzigdollarnoten. Dieser zählte nach und grinste.

»Das normale Trinkgeld beträgt zwei Dollar. Noch dazu achtzehn für die Adresse von dem alten Knacker zu nehmen, wäre Betrug. Ich habe in meinem Leben genug mit Fett und Öl zu tun gehabt, da braucht man mich nicht noch zusätzlich zu schmieren. Ich hole das Wechselgeld. Kommen Sie ruhig mit, ich habe drinnen warmen Kaffee.«

Andrew betrat die Tankstelle.

»Was wollen Sie von diesem Idioten?«, fragte der Mechaniker und reichte ihm eine Tasse.

»Was hat er Ihnen getan, dass Sie ihn derart gut leiden können?«

»Nennen Sie mir auch nur einen Menschen, der sich mit diesem Griesgram versteht, und ich spendiere Ihnen eine Tankfüllung.«

»So schlimm?«

»Er lebt in seiner Hütte wie ein Eremit. Der Herr lässt sich seine Lebensmittel an den Anfang seines Weges liefern, es ist verboten, bis zu der Bude vorzugehen. Und selbst meine Tankstelle ist zu weit für Seine Hoheit.«

Der Kaffee des Mechanikers war so schwarz und bitter wie Lakritz, aber da Andrew fror, trank er ihn klaglos.

»Wollen Sie ihn heute Nacht stören? Würde mich wundern, wenn er Ihnen aufmacht.«

»Wie weit ist das nächste Motel entfernt?«

»Fünfzig Meilen, und um diese Jahreszeit ist es geschlossen. Ich hätte Ihnen gerne ein Dach über dem Kopf angeboten, aber der Schuppen ist nicht geheizt. Mortons Hütte liegt im Süden, Sie sind schon daran vorbeigefahren. Drehen Sie um, nach der Russel Road sehen Sie zu Ihrer Rechten einen Feldweg. Er wohnt am Ende, Sie können es nicht verfehlen.«

Andrew bedankte sich bei dem Tankwart und ging zur Tür.

»Was den Motor angeht, so fahren Sie langsam. Wenn er mit dem Benzin, das ich Ihnen gegeben habe, zu heiß wird, werden die Ventile beschädigt.«

Der Chevy glitt mit aufgeblendeten Scheinwerfern durch die Nacht und bog dann in den Schotterweg ein.

Die Fenster rechts und links von der Tür einer aus Rundstämmen erbauten Hütte waren noch erleuchtet. Andrew schaltete den Motor aus und klopfte.

Er hatte Mühe, in den Zügen des alten Mannes, der ihm die Tür öffnete und ihn ruhig ansah, den Reporter zu erkennen, den er bewundert hatte.

»Verschwinden Sie«, brummte er in seinen dichten Bart.

»Mister Morton, ich habe einen langen Weg zurückgelegt, um Sie zu treffen.«

»Na, dann fahren Sie ihn in umgekehrter Richtung, er wird Ihnen weniger lang vorkommen, weil Sie ihn schon kennen.«

»Ich möchte mit Ihnen reden.«

»Ich aber nicht. Hauen Sie ab, ich brauche nichts.«

»Ihr Artikel über die Affäre Walker.«

»Welche Affäre Walker?«

»1966, die Frau des Senators, die wegen Hochverrats angeklagt war.«

»Sie interessieren sich offenbar für aktuelle Neuigkeiten. Was ist mit meinem Artikel?«

»Ich bin wie Sie Journalist bei der *New York Times*. Wir sind uns vor langer Zeit mehrmals begegnet, aber ich hatte nie Gelegenheit, mit Ihnen zu sprechen.«

»Ich bin schon ewig im Ruhestand, hat man Ihnen das nicht gesagt? Wie ich sehe, recherchieren Sie sehr sorgfältig.«

»Ich habe Sie doch gefunden, oder? Dabei steht Ihr Name nicht im Telefonbuch.«

Ben Morton musterte Andrew eine Weile lang eindringlich. Dann machte er ihm ein Zeichen einzutreten.

»Kommen Sie an den Kamin, Ihre Lippen sind ganz blau. Wir sind hier weit von der Stadt entfernt.«

Andrew rieb sich vor der Feuerstelle die Hände. Morton entkorkte eine Flasche Merlot und füllte zwei Gläser.

»Hier«, sagte er, »das wirkt besser als das Feuer. Zeigen Sie mir Ihren Presseausweis.«

»Hier herrscht Vertrauen«, meinte Andrew und öffnete seine Brieftasche.

»Nur Dumpfbacken haben Vertrauen. Und wenn Sie es in Ihrem Beruf haben, dann sind Sie nicht gut. Ich gebe Ihnen fünf Minuten, um sich aufzuwärmen, dann gehen Sie wieder, ist das klar?«

»Ich habe an die hundert Artikel über die Affäre Walker gelesen, Sie waren der Einzige, der Zweifel an Liliane Walkers Schuld geäußert hat. Die waren zwar in Frageform formuliert, aber es waren dennoch Vorbehalte.«

»Na und? Das alles ist lange vorbei.«

»Die Presse hat sich ab dem 20. Januar absolut nicht mehr für das Thema interessiert, nur Sie haben am 21. noch diese Notiz veröffentlicht.«

»Ich war jung und dreist«, meinte Morton lächelnd und trank sein Glas in einem Zug aus.

»Sie erinnern sich also daran?«

»Ich bin alt, aber nicht senil! Warum interessieren Sie sich für diese Geschichte, die längst verjährt ist?«

»Es hat mich schon immer misstrauisch gemacht, wenn alle in dasselbe Horn stoßen.«

»Mich auch«, sagte Morton, »darum habe ich diesen Artikel geschrieben. Das heißt, geschrieben ist zu viel gesagt. Wir hatten Anweisung, kein Wort mehr über Senator Walker und seine Frau zu veröffentlichen. Sie müssen sich in die damalige Zeit versetzen. Die Pressefreiheit hörte an der roten Linie auf, welche die mächtigen Politiker zogen. Ich habe es so eingerichtet, dass ich sie überschreiten konnte.«

»Wie?«

»Ein alter Trick, den wir alle kannten. Wir ließen unsere Artikel in der Redaktionskonferenz absegnen, und damit sie so erschienen, wie wir sie haben wollten, brauchte man nur spät abends im Büro zu bleiben. Wenn die Setzer kamen und sich an die Arbeit machten, gingen wir zu ihnen und zeigten ihnen die Zeilen, die dringend ausgetauscht werden mussten. Um diese Zeit war niemand mehr da, der unsere Arbeit hätte überwachen können. Meistens blieb die Sache unbemerkt, wenn auch nicht immer. Doch die Mächtigen lassen sich nicht gern hinters Licht führen. Das duldet ihr Ego nicht. Und dieses Mal haben sie mich erwischt. Am nächsten Morgen in der Redaktionskonferenz hat zwar keiner etwas gesagt. Aber die Direktion hat mich in den folgenden Monaten für meinen Ungehorsam bezahlen lassen.«

»Sie haben also nicht an die Schuld von Walkers Frau geglaubt?«

»Meine persönliche Überzeugung spielte keine Rolle. Was ich wusste, war, dass weder ich noch irgendeiner meiner Kollegen Zugang zu den erdrückenden Beweisen hatte, von denen stets die Rede war. Und was mich gestört hat, war, dass sich keiner darüber aufgeregt hat. Die McCarthy-Ära lag zwölf Jahre zurück, doch diese Affäre erinnerte stark an jene Zeit. Die fünf Minuten sind um, ich brauche Ihnen ja wohl die Tür nicht zu zeigen.«

»Ich bin nicht mehr in der Lage zu fahren. Hätten Sie nicht ein Gästezimmer?«

»Ich habe keine Gäste. Aber nördlich vom Dorf gibt es ein Motel.«

»Der Tankwart hat mir gesagt, das nächste sei fünfzig Meilen von hier entfernt und im Winter geschlossen.«

»Er lügt, dass sich die Balken biegen. Hat er Ihnen den Weg zu meinem Haus gezeigt?«

»Ich gebe meine Informanten nicht preis.«

Morton schenkte Andrew noch ein Glas ein.

»Sie können das Sofa nehmen, aber morgen früh müssen Sie verschwunden sein, bevor ich aufstehe.«

»Ich möchte Ihnen weitere Fragen über Liliane Walker stellen.«

»Und ich habe Ihnen nichts mehr zu sagen, weil ich schlafen gehe.«

Ben Morton öffnete einen Schrank und warf Andrew eine Decke zu.

»Ich sage nicht ›Bis morgen‹, weil Sie weg sind, bevor ich aufwache.«

Er schaltete das Licht aus und ging die Treppe zum Zwischengeschoss hinauf. Die Tür seines Schlafzimmers schloss sich.

Der Raum, der das gesamte Erdgeschoss der Hütte einnahm, wurde nur noch vom Schein des Kaminfeuers erhellt. Andrew wartete, bis Morton im Bett lag, und näherte sich dann dem kleinen Schreibtisch unter dem Fenster.

Er zog vorsichtig den Stuhl zurück, setzte sich und betrachtete eine Fotografie, die Ben Morton im Alter von etwa zwanzig Jahren neben einem Mann zeigte, der sein Vater sein musste.

»Wühl nicht in meinen Sachen rum oder ich schmeiße dich raus!«, hörte er ihn von oben rufen.

Andrew lächelte und legte sich wieder hin. Er deckte sich zu und ließ sich vom Knistern des Feuers wiegen.

Jemand rüttelte ihn an den Schultern. Andrew öffnete die Augen und sah Mortons Gesicht über sich.

»Du hast ja ganz schöne Albträume für einen Typen deines Alters. Dabei bist du wirklich zu jung, um in Vietnam gewesen zu sein.«

Andrew richtete sich auf. Obwohl die Temperatur im Zimmer erheblich gesunken war, war er schweißgebadet.

»So einen Angriff übersteht man nicht unbeschadet, was?«, fuhr Morton fort. »Glaubst du etwa, ich wüsste nicht, wer du bist? Meinst du, Figera hätte mich nicht über deinen geplanten Besuch informiert? Wenn du eines Tages ein guter Journalist werden willst, muss ich dir zwei, drei für den Beruf wichtige Sachen beibringen. Ich lege noch ein Holzscheit ins Feuer, und du versuchst weiterzuschlafen, ohne mich ständig mit deinem Gestöhne aufzuwecken.«

»Ich kann nicht wieder einschlafen. Ich fahre zurück.«

»Wer hat mir bloß einen solchen Tollpatsch geschickt?«, erregte sich Morton. »Du bist eigens aus New York gekommen, um mir Fragen zu stellen, und jetzt willst du wieder zurück? Hebst du nie, wenn du vor der Tür des Redaktionsgebäudes stehst, die Augen und fröstelst beim Anblick der Inschrift *New York Times* an der Fassade?«

»Doch, jeden Tag.«

»Dann versuch, dessen würdig zu sein, verdammt! Du ziehst von dannen, wenn ich dich mit meinen Geschichten derart gelangweilt habe, dass du ohne Albträume schlafen kannst, oder weil ich dich mit einem Tritt in den Hintern an die frische Luft setze, aber nicht wie eine Niete, die nicht mal ein Viertel ihrer Arbeit getan hat. Und jetzt frag mich, was du über die Frau des Senators Walker wissen willst.«

»Was hat Sie an ihrer Schuld zweifeln lassen?«

»Dass sie für meinen Geschmack etwas zu schuldig war, wenn man so sagen kann. Doch das war nur ein Eindruck.«

»Warum haben Sie das in Ihrem Artikel nicht geschrieben?«

»Als die Direktion der Zeitung uns höflich bat, Abstand von diesem Thema zu nehmen, war es angezeigt, sich nicht dagegen aufzulehnen. Aber in den 1960er-Jahren war die Tastatur unserer Schreibmaschinen nicht mit dem Rest der Welt verbunden. Was die Affäre Walker angeht, so haben wir Anweisung bekommen, nicht mehr darüber zu berichten. Ich hatte keine konkreten Anhaltspunkte, um das zu veröffentlichen, was ich dachte, und ich war so schon genug Risiken eingegangen. Sobald es hell wird, machen wir einen kleinen Ausflug in meine Garage, und ich sehe nach, was ich in meinem Archiv finde. Nicht, dass ich Gedächtnislücken hätte, doch die Sache liegt schon eine ganze Weile zurück.«

»Welche Art Dokumente hatte Liliane Walker Ihrer Meinung nach in ihrem Besitz?«

»Das ist die Grauzone an der Geschichte. Niemand hat es je genau erfahren. Die Regierung wollte uns weismachen, es handele sich um strategische Informationen hinsichtlich der

Standorte der Truppen in Vietnam. Und das hat mich skeptisch gemacht. Diese Frau war Mutter. Im Namen welcher Ideologie hätte die Frau des Senators unsere jungen Soldaten in den Tod schicken sollen? Ich habe mich oft gefragt, ob man es nicht letztlich auf ihn abgesehen hatte. Walker stand sehr rechts für einen Demokraten, er vertrat oft Positionen, die von der Parteilinie abwichen, und seine Freundschaft mit Johnson hat ihm viel Missgunst eingebracht.«

»Glauben Sie, dass es sich um ein abgekartetes Spiel gehandelt hat?«

»Ich sage nicht, dass ich davon überzeugt war, aber es war auch nicht ausgeschlossen. Wer hätte sich vorstellen können, dass Watergate möglich war? Aber jetzt will ich dir eine Frage stellen. Wer oder was hat dich auf diesen Fall gebracht, der mehrere Jahrzehnte zurückliegt, und warum interessiert er dich?«

»Ich habe die Enkelin von Liliane Walker flüchtig kennengelernt. Sie hat es sich zur Lebensaufgabe gemacht, die Unschuld ihrer Großmutter zu beweisen. Und die Tatsache, dass dies offensichtlich noch heute gewisse Personen stört, lässt mir keine Ruhe.«

Andrew zeigte Morton eine Abschrift des Briefs aus dem Flugzeug und erzählte ihm von den beiden Einbrüchen.

»Er war in sehr schlechtem Zustand, ich habe notiert, was ich entziffern konnte«, erklärte er.

»Dieser Zettel sagt nicht viel aus«, antwortete der alte Journalist, nachdem er ihn überflogen hatte. »Du hast mir doch gesagt, du hättest mehr als hundert Artikel über den Fall gelesen, ja?«

»Alles, was über Walker veröffentlicht worden ist.«

»Irgendwelche Hinweise auf Auslandsreisen?«

»Nein, nichts, warum?«

»Zieh deinen Mantel an, ich will etwas in meiner Garage nachsehen.«

Morton nahm eine Taschenlampe aus einer Nische, die ihm als Küche diente, und bedeutete Andrew, ihm zu folgen.

Sie liefen durch den von Raureif überzogenen Garten und traten in einen Schuppen, der Andrew größer schien als die Hütte, in der der alte Journalist lebte. Hinter einem Jeep und einem Stapel Brennholz waren einige Metallkisten aufgereiht.

»In diesen Behältern ruht meine ganze Karriere – nicht gerade viel, ein Leben, wenn man sich das so ansieht. Wenn ich an die vielen schlaflosen Nächte denke, in denen ich diese Artikel verfasst habe, die heute völlig wertlos sind …« Ben Morton seufzte, öffnete verschiedene Schubladen und bat Andrew, die Lampe zu halten. Schließlich fand er eine Mappe, die er mit ins Haus nahm.

Die beiden Männer setzten sich an den Tisch. Morton hatte das Feuer geschürt und überflog seine Notizen.

»Mach dich nützlich und such die Biografie des Senators, ich kann sie nicht mehr finden.«

Andrew machte sich an die Arbeit, doch Mortons Handschrift war nicht leicht zu entziffern. Schließlich fand er das Dokument und reichte es ihm.

»Mein Gehirn ist doch noch nicht so eingerostet«, rief der Journalist erfreut.

»Wie meinen Sie das?«

»Eine Sache, die mich in dem Brief, den du mir gezeigt hast, stutzig gemacht hat. 1956 war Walker Abgeordneter, und als solcher ist er zur Zeit des Kalten Krieges bestimmt nicht nach Berlin gereist, außer in diplomatischer Mission, was nicht unbemerkt geblieben wäre. Aber wenn du deine Arbeit richtig gemacht und Walkers Biografie gründlich gelesen hättest, so wie ich es gerade getan habe, dann hättest du gesehen, dass er nie Deutsch studiert hat. Warum hätte er also 56 und 59 mehrere Ausflüge mit seinem Freund nach Berlin unternehmen sollen?«

Andrew war fast verärgert, dass er nicht selbst auf die Idee gekommen war.

Morton erhob sich und trat ans Fenster. »Es wird bald schneien«, sagte er, den Blick zum Himmel gerichtet. »Sofern du heute noch nach New York zurückwillst, solltest du bald aufbrechen. Denn wenn in dieser Gegend Schnee fällt, dann richtig. Du könntest also einige Tage hier festsitzen. Nimm die Mappe mit, es steht eh nicht viel drin, aber vielleicht kann dir das helfen. Ich brauche sie nicht mehr.«

Morton machte ihm ein Sandwich und füllte seine Thermoskanne mit heißem Kaffee.

»Sie sind nicht der Mann, den mir der Tankwart beschrieben hat.«

»Wenn das deine Art ist, mir für meine Gastfreundschaft zu denken, dann hast du komische Manieren, mein Junge. Ich bin in diesem Dorf geboren. Ich bin hier aufgewachsen und auf meine alten Tage zurückgekommen, um hier zu sterben. Wenn man in der ganzen Welt herumgereist ist und mehr gesehen hat, als du dir vorstellen kannst, dann hat man den Wunsch, zu seinen Ursprüngen zurückzukehren. Als wir siebzehn waren, hat sich dieser Idiot von Mechaniker eingeredet, ich hätte mit seiner Schwester geschlafen. Ich habe mich nicht besonders angestrengt, ihn vom Gegenteil zu überzeugen – eine Frage der Eigenliebe. Sie war unglaublich kess, die Schwester vom Mechaniker, und die meisten Jungs haben das ausgenutzt, nur ich nicht. Das nimmt er heute noch allen Männern im Dorf und aus der Umgebung übel.«

Morton begleitete Andrew zu seinem Wagen.

»Behandele die Papiere, die ich dir anvertraut habe, sorgsam. Studiere sie, ich rechne darauf, dass du sie mir zurückschickst, wenn du fertig bist.«

Andrew versprach es und setzte sich ans Steuer.

»Pass auf dich auf, Stilman. Wenn bei dir eingebrochen wurde, bedeutet dies, dass die Sache noch nicht abgeschlossen ist. Es ist durchaus möglich, dass ein Interesse an der Vergangenheit von Liliane Walker bestimmten Personen nicht gelegen kommt.«

»Aber warum? Sie haben doch selbst gesagt, es sei eine alte Geschichte.«

»Ich habe Staatsanwälte gekannt, die genau wussten, dass die Typen, die im Todestrakt auf ihre Hinrichtung warteten, nicht die Verbrechen begangen hatten, für die man sie verurteilt hatte. Und ebendiese Staatsanwälte zogen es natürlich vor, eine Wiederaufnahme des Falls zu verhindern, um ihre Unfähigkeit und die Kompromisse, die sie eingegangen waren, zu vertuschen. Die Frau eines Senators, die zu Unrecht ermordet wurde, könnte auch vierzig Jahre später noch viele Leute stören.«

»Woher wissen Sie das? Die Presse hat nie darüber berichtet, was aus ihr geworden ist.«

»Ein solches Schweigen ließ nur wenig Zweifel an ihrem Schicksal zu«, erwiderte Morton. »Wenn du Hilfe brauchst, kannst du mich auf alle Fälle jederzeit anrufen. Ich habe dir meine Telefonnummer auf die Verpackung deines Sandwichs geschrieben. Melde dich abends, tagsüber bin ich nur selten da.«

»Noch eine Sache, und dann lasse ich Sie wirklich in Ruhe«, sagte Andrew, »ich habe Figera vorgeschlagen, Sie über mein Kommen zu informieren. Ich bin also kein so schlechter Reporter, wie Sie denken.«

Als Andrew sich auf den Weg machte, fielen die ersten Schneeflocken.

Sobald der Wagen auf dem Feldweg verschwunden war, kehrte Morton in seine Hütte zurück und hob den Telefonhörer ab.

»Er ist gerade gegangen«, sagte er zu seinem Gesprächspartner.

»Was weiß er?«

»Noch nicht viel, aber er ist ein guter Journalist, und selbst wenn er mehr wüsste, würde er es nicht so leicht zugeben.«

»Haben Sie Kenntnis vom Inhalt des Briefs genommen?«

»Ja, er hat ihn mir gezeigt.«

»Haben Sie ihn aufgeschrieben?«

»Das können Sie selbst tun, es ist nicht schwer, ihn sich zu merken.«

Und er diktierte den folgenden Text:

Lieber Edward,
ich kann mir die tiefe Verzweiflung vorstellen, in die dieser dramatische Ausgang Sie gestürzt hat, aber falls das Ihr Gewissen beruhigen kann, möchte ich Ihnen sagen, dass ich unter diesen Umständen nicht anders gehandelt hätte. Die Staatsräson hat Vorrang, und Männer wie wir haben keine andere Wahl, als ihrem Vaterland zu dienen, auch wenn sie dafür das ihnen Teuerste opfern müssen. Wir werden uns nicht wiedersehen, und das bedaure ich sehr. Nie werde ich unsere Ausflüge nach Berlin vergessen, die wir in den Jahren 1956 und 1959 unternommen haben, und vor allem nicht den 28. Juli – jenen Tag, an dem Sie mir das Leben gerettet haben. Wir sind quitt.

»War er nicht unterschrieben?«

»Nicht auf der Niederschrift, die er mir gezeigt hat. Anscheinend war das Original in sehr schlechtem Zustand. Nachdem es fünfzig Jahre am Grunde einer Gletscherspalte geruht hat, ist das durchaus plausibel.«

»Haben Sie ihm die Mappe gegeben?«

»Er hat sie mitgenommen. Ich habe es vorgezogen, ihn nicht noch mehr in Kenntnis zu setzen. Dieser Stilman ist ein Schnüffler, er muss alles selbst herausfinden. Ich habe Ihre Anweisungen befolgt, aber ich verstehe Sie nicht. Wir haben alles getan, um die Dokumente verschwinden zu lassen, und jetzt wollen Sie sie wieder auftauchen lassen.«

»Nach ihrem Tod wusste niemand, wo sie versteckt waren.«

»Weil sie, wie es in dem Bericht hieß, vernichtet worden sind. So wollte es der Geheimdienst doch haben, oder? Dass sie sich zusammen mit ihr in Luft auflösen.«

»Ich habe die Schlussfolgerungen des Berichts nie für glaubwürdig gehalten. Liliane war zu intelligent, um die Unterlagen vor ihrer Verhaftung zu verbrennen. Das hätte sie nie getan, weil sie sie veröffentlichen wollte.«

»Das ist Ihre Interpretation der Dinge. Aber selbst wenn die Schlussfolgerungen des Berichts falsch wären – wir haben sie in all diesen Jahren selbst nicht finden können … Inwieweit bedeuten sie also ein Risiko?«

»Die Familienehre wird von Generation zu Generation verteidigt, so setzen sich die Clankriege fort. Wir hatten eine kurze Atempause. Liliane Walkers Tochter wäre unfähig gewesen, irgendetwas zu unternehmen, aber ihre Enkelin ist ein anderes Kaliber. Und wenn es ihr nicht gelingt, den Ruf der Familie wiederherzustellen, werden ihre Kinder es tun, und so weiter von Generation zu Generation. Unsere Aufgabe ist es, die Ehre der Nation zu schützen, und wir leben nicht ewig. Mithilfe dieses Reporters wird Suzie vielleicht ihr Ziel erreichen. Dann werden wir eingreifen und den Fall ein für alle Mal regeln.«

»Ist ihr dasselbe Schicksal bestimmt wie ihrer Großmutter?«

»Ich hoffe aufrichtig das Gegenteil. Alles hängt von den Umständen ab, wir werden es zu gegebener Zeit entscheiden. Übrigens, was haben Sie mit dem richtigen Morton gemacht?«

»Sie haben mir gesagt, er sei zurückgekommen, um in diesem verlorenen Kaff beerdigt zu werden. Ich habe seinen letzten Willen genauestens befolgt. Er ruht unter den Rosen. Was soll ich jetzt machen?«

»Bleiben Sie bei Morton, bis Sie neue Anweisungen bekommen.«

»Ich hoffe, das dauert nicht zu lange, es ist kein sehr angenehmer Ort.«

»Ich rufe Sie in ein paar Tagen wieder an. Versuchen Sie inzwischen, nicht zu viel Kontakt mit den Leuten im Ort zu haben.«

»Da besteht keine Gefahr, diese Hütte steht wirklich am Ende der Welt.« Der Mann seufzte.

Aber Arnold Knopf hatte schon aufgelegt.

Der Mann stieg ins Zwischengeschoss hinauf. Im Badezimmer betrachtete er sich im Spiegel und zog dann vorsichtig an den Enden seines Bartes und des weißen Haarschopfs. Nachdem er die Maske abgenommen hatte, sah er mindestens zwanzig Jahre jünger aus.

Kapitel 9

»Sie haben mir bei Weitem nicht alles gesagt, was Sie über die Vergangenheit Ihrer Großmutter wissen«, erklärte Andrew, als er im Lesesaal der Bibliothek neben Suzie Platz nahm.

»Wenn ich mich umgesetzt habe, dann nicht, damit Sie mir folgen!«

»Da bin ich mir nicht so sicher.«

»Sie haben mich nichts gefragt.«

»Dann tue ich es jetzt. Was haben Sie mir noch nicht über Liliane Walker erzählt?«

»Was geht Sie das an?«

»Nichts. Ich trinke vielleicht zu viel und habe einen miesen Charakter, aber in meinem Beruf bin ich unschlagbar. Wollen Sie nun meine Hilfe oder nicht?«

»Zu welchen Bedingungen?«

»Ich widme Ihrem Fall ein paar Wochen Zeit. Angenommen, es gelingt uns, die Unschuld Ihrer Großmutter nachzuweisen, und die Sache ist von allgemeinem Interesse, dann will ich die Exklusivrechte für die Veröffentlichung des Falls, ohne dass ich Ihnen meine Reportage zur Freigabe vorlegen muss.«

Suzie packte ihre Sachen zusammen und erhob sich wortlos.

»Ich hoffe, das soll ein Scherz sein«, protestierte Andrew und folgte ihr. »Sie wollen doch wohl hoffentlich nicht meine Bedingungen verhandeln?«

»Es ist verboten, sich im Lesesaal zu unterhalten. Seien Sie still, und kommen Sie mit in die Cafeteria.«

Suzie holte sich ein Stück Kuchen und nahm dann an Andrews Tisch Platz.

»Essen Sie außer Zucker auch noch etwas anderes?«

»Trinken Sie etwas anderes als Alkohol?«, gab sie zurück. »Ich nehme Ihre Bedingungen an, bis auf eine Kleinigkeit. Ich verlange nicht das Recht, Ihren Artikel zu korrigieren, wohl aber, ihn zu lesen, bevor er erscheint.«

»Gut«, sagte Andrew. »Hat Ihnen Ihr Großvater von seinen Reisen nach Berlin erzählt?«

»Mein Großvater hat kaum mit mir gesprochen. Warum fragen Sie mich das?«

»Weil er wahrscheinlich nie dort war. Das heißt, wir müssen herausfinden, was der Satz von diesem Ashton zu bedeuten hat. Sie sind echt begabt für so etwas … Also, an die Arbeit!«

»Ich versuche, diesen Brief zu entschlüsseln, seit ich ihn zum ersten Mal gelesen habe. Was glauben Sie, was ich jeden Tag hier mache? Ich habe die Worte in alle möglichen Richtungen gedreht, die Vokale und Konsonanten addiert und subtrahiert, ich habe es sogar mit einem Softwareprogramm versucht, aber bislang habe ich nichts herausgefunden.«

»Sie haben mir von einer Nachricht erzählt, die Ihre Großmutter Ihnen hinterlassen hat, kann ich die sehen?«

Suzie öffnete ihre Tasche und zog eine Mappe heraus. Sie löste die Gummibänder und reichte Andrew ein Blatt, auf das Liliane geschrieben hatte:

»WOODIN ROBERT WETMORE
TAYLOR FISHER STONE«

»Wer sind diese vier Männer?«, fragte Andrew.

»Es sind nur drei. William Woodin war Schatzmeister unter Roosevelt. Über Robert Wetmore habe ich nichts gefunden, es gibt so viele Menschen dieses Namens! Wenn Sie wüssten, wie viele Ärzte allein schon Robert Wetmore heißen, das ist unglaublich. Was den Schneider von Fisher Stone angeht …«

»Wo liegt Fisher Stone?«

»Ich habe keine Ahnung, ich habe alle Küstenorte im Osten und im Westen des Landes überprüft, ohne fündig zu werden. Ich habe meine Recherchen sogar auf Kanada ausgeweitet – erfolglos.«

»Haben Sie es in Norwegen und Finnland versucht?«

»Auch kein Treffer.«

»Ich werde Dolores bitten, uns zu helfen. Wenn es irgendein Kaff mit diesem Namen gibt, sei es in einem Vorort von Sansibar-Stadt oder auf der kleinsten Insel der Welt, wird sie es finden. Was haben Sie noch in Ihrer Mappe, was uns weiterbringen könnte?«

»Außer dieser unverständlichen Nachricht meiner Großmutter gibt es nur Fotos von ihr und einen Satz, den sie für Mathilde aufgeschrieben hat, das ist nicht viel.«

»Was für ein Satz?«

»›Weder Schnee noch Regen, weder Hitze noch die Dunkelheit der Nacht werden diese Boten daran hindern, die Runde zu gehen, die man ihnen übertragen hat.‹«

»Ihre Großmutter fand offensichtlich Gefallen am Rätselhaften«, murrte Andrew.

»Versetzen Sie sich in ihre Lage.«

»Erzählen Sie mir etwas über diesen Mann, den ich aus dem Lebensmittelladen habe kommen sehen.«

»Ich habe es Ihnen schon gesagt, Knopf war ein Freund meines Großvaters.«

»Aber nicht ganz seines Alters, wenn ich mich nicht irre.«

»Nein, Knopf war jünger als er.«

»Was hat er im Leben gemacht, außer Ihrem Großvater verbunden zu sein?«

»Karriere bei der CIA.«

»Ist er derjenige, der alles daransetzt, die Spuren Ihrer Vergangenheit zu verwischen?«

»Er beschützt mich von klein auf. Das hat er meinem Großvater versprochen. Und er ist jemand, der Wort hält.«

»CIA-Agent und Freund Ihrer Familie, das war sicher nicht leicht für ihn. Er saß sozusagen zwischen zwei Stühlen.«

»Mathilde glaubte, dass er es war, der Liliane gewarnt hat. Knopf hat mir immer das Gegenteil versichert. Dennoch ist meine Großmutter an jenem Tag nicht nach Hause gekommen. Mama hat sie nie wiedergesehen.«

Andrew zog das Dossier heraus, das Morton ihm anvertraut hatte.

»Zu zweit müssten wir das bewältigen können.«

»Wer hat Ihnen das gegeben?«, fragte Suzie, während sie die Presseausschnitte überflog.

»Ein ehemaliger Kollege, heute im Ruhestand, der damals Zweifel an der Affäre Walker geäußert hat. Kümmern Sie sich nicht weiter um die Artikel, es steht in etwa in allen das Gleiche drin. Und auch wenn dies Originale sind, bezweifele ich, dass nur einer in der Zusammenstellung von Dolores fehlt. Konzentrieren wir uns lieber auf Mortons Notizen, sie stammen aus jener Zeit und wurden im Eifer des Gefechts verfasst.«

Den Rest des Nachmittags verbrachten Suzie und Andrew im Lesesaal. Sie verabschiedeten sich gegen Abend auf der großen Treppe der Bibliothek. Andrew hoffte, Dolores noch in der Redaktion anzutreffen, doch als er ankam, war sie bereits gegangen.

Er machte einen Abstecher in sein Büro und nutzte die Tatsache, dass niemand auf der Etage war, um sich an die Arbeit zu begeben. Er breitete die Notizen vor sich aus und versuchte eine lange Weile, die Teile des Puzzles zusammenzusetzen, um sich den Gesamtüberblick zu verschaffen, der ihm noch fehlte.

Freddy Olson kam auf dem Weg zu seinem Büro vorbei.

»Nun sieh mich nicht so an, Stilman, ich war nur auf der Toilette.«

»Ich sehe dich so wenig wie möglich an, Olson«, antwortete Andrew, den Blick starr auf seine Aufzeichnungen gerichtet.

»Du arbeitest also wirklich wieder! Welches Thema hat denn der nächste Artikel des großen Reporters Stilman?«, fragte Olson und hockte sich auf die Schreibtischkante.

»Wirst du denn nie müde?«, entgegnete Andrew.

»Wenn ich dir irgendwie helfen kann, tue ich es gerne.«

»Geh an deinen Platz, Freddy, ich hasse es, wenn man mir über die Schulter schaut.«

»Interessierst du dich für das General Post Office? Ich weiß, wie sehr du meine Arbeit verachtest, aber ich habe vor zwei Jahren einen großen Artikel über die Farley-Post veröffentlicht.«

»Wovon redest du?«

»Von der Beschlagnahmung des Untergeschosses, das in einen Bahnhof umgewandelt werden sollte. Das Projekt wurde Anfang 1990 vom Präsident des Senats vorgeschlagen. Die Fertigstellung hätte zwanzig Jahre gedauert. Die erste Phase der Arbeiten hat vor zwei Jahren begonnen und sollte vier Jahre dauern. Das Untergeschoss der Farley-Post wird eine Erweiterung der Penn Station mit einer Verbindung, die unter der 8th Avenue hindurchführt.«

»Danke für die Nachhilfe in Städtebau, Olson.«

»Warum misstraust du mir immer, Stilman? Du, der du dich für den größten Journalisten von uns allen hältst, willst mir doch wohl nicht weismachen, du hättest Angst, ich könnte dir dein Thema klauen? Vor allem, nachdem ich schon darüber geschrieben habe. Aber wenn du dir die Mühe machen würdest, von deinem Sockel zu steigen, würde ich dir meine Aufzeichnungen geben, und du könntest sie benutzen, ohne dass jemand davon erfahren würde, das verspreche ich.«

»Aber was schert mich denn das Hauptpostamt?«

»›Weder Schnee noch Regen, weder Hitze noch die Dunkelheit der Nacht werden diese Boten daran hindern, die Runde zu gehen, die man ihnen übertragen hat.‹ Willst du mich für dumm verkaufen? Dieser Satz ist über eine Länge von mindestens hundert Metern oberhalb der Säulenkolonnade der Post eingemeißelt. Hast du ihn abgeschrieben, weil du ihn poetisch findest?«

»Das wusste ich nicht, ich schwöre es«, antwortete Andrew.

»Heb von Zeit zu Zeit mal den Kopf, wenn du spazieren gehst, Stilman, dann würde dir auffallen, dass du in New York lebst. Und der Wolkenkratzer, dessen Spitze die Farbe wechselt, heißt Empire State Building, für den Fall, dass du dir eines Tages die Frage stellen solltest.«

Perplex packte Andrew seine Sachen zusammen und verließ die Redaktion. Warum hatte Liliane Walker einen Satz aufgeschrieben, der in das Hauptpostamt gemeißelt war, und auf was sollte er hinweisen?

Reif überzog das Gestrüpp und das Heidekraut des Moors. Die Ebene war weiß, die Teiche gefroren. Den Launen des Winds ausgesetzt, der die Wolken vor sich herjagte und so von Zeit zu Zeit den fast vollen Mond entblößte, wechselte die Farbe des Himmels zwischen Grau und Schwarz. Am Horizont entdeckte sie ein flackerndes Licht. Sie stützte sich mit den Händen ab, sprang mit einem Satz auf und rannte los, so schnell sie konnte. Der Schrei eines Aasgeiers ließ sie den Kopf heben. Er fixierte sie mit seinen schwarzen Augen und wartete geduldig auf den Festschmaus, den ihm das tote Fleisch liefern würde.

»Noch nicht«, sagte sie und lief weiter.

Zu ihrer Rechten bildete die Böschung einen Wall, sie bog ab und versuchte, ihn zu erreichen. Dahinter wäre sie geschützt.

Sie beschleunigte das Tempo, doch die Nacht wurde heller. Drei Schüsse knallten. Sie spürte einen brennenden Schmerz im Rücken, der ihr den Atem nahm, ihre Beine gaben nach, und ihr Körper stürzte vornüber.

Der Kontakt mit dem Schnee beruhigte sie. Sterben war letztlich gar nicht so schlimm. Es tat gut, nicht mehr zu kämpfen.

Sie hörte den gefrorenen Boden knirschen unter den Schritten der Männer, die sich näherten, und sie wünschte sich, es möge vorbei sein, ehe sie ihre Gesichter sehen würde. Die letzte Erinnerung sollten Mathildes Augen bleiben. Sie wollte nur noch die Kraft finden, ihre Tochter um Verzeihung zu bitten. Um Verzeihung dafür, dass sie ihr durch ihren Egoismus die Mutter genommen hatte.

Wie sollte sie sich damit abfinden, ihr Kind zu verlassen, es nie wieder an sich zu drücken, nicht mehr seinen Atem zu spüren, wenn es ihr ein Geheimnis zuraunte, nicht mehr das helle Lachen zu hören, das sie die Probleme der Erwachsenen vergessen ließ und alles, was sie so weit von ihrer Tochter entfernte? Sterben an sich war nicht schlimm, doch die Seinen nicht mehr zu sehen, war schlimmer als die Hölle.

Ihr Herz überschlug sich, sie versuchte, sich aufzurappeln, doch der Boden tat sich vor ihr auf, und sie sah Mathildes Gesicht in einem Trommelwirbel aus dem Abgrund auftauchen.

Suzie erwachte schweißgebadet. Nach diesem Albtraum, der sie seit ihrer Kindheit heimsuchte, war sie jedes Mal außer sich.

Jemand trommelte an die Tür. Sie stand auf, lief durchs Wohnzimmer und fragte, wer da sei.

»Andrew Stilman«, ertönte eine Stimme.

Sie öffnete.

»Haben Sie gerade Gymnastik gemacht?«, fragte er und trat ein.

Er wandte den Blick von den Brüsten ab, die sich unter dem feuchten T-Shirt abzeichneten. Zum ersten Mal seit langer Zeit empfand er wieder so etwas wie Verlangen.

»Wie spät ist es?«, gab Suzie zurück.

»Halb acht. Ich habe Ihnen einen Kaffee und Hefegebäck mitgebracht. Gehen Sie duschen und ziehen Sie sich an.«

»Sind Sie aus dem Bett gefallen, Stilman?«

»Nein, ich nicht. Haben Sie nicht einen Bademantel oder etwas anderes Schickliches zum Anziehen?«

Suzie nahm ihm erst den Kaffee, dann das Hefeteilchen aus der Hand und biss hinein.

»Was verschafft mir die Ehre dieses Heimservices?«

»Ich habe heute Nacht von einem meiner Kollegen eine wichtige Information bekommen.«

»Zuerst Ihre Dolores und jetzt der Kollege – interessiert sich inzwischen die gesamte Redaktion der *New York Times* für das Schicksal meiner Großmutter? Wenn wir Diskretion wahren wollen, wird das mit Ihnen offenbar schwierig.«

»Olson weiß von nichts, ersparen Sie mir Ihre Lektionen. Ziehen Sie sich jetzt an oder nicht?«

»Was haben Sie herausgefunden?«, drängte Suzie, die sich anschickte, ins Bad zu gehen.

»Das sehen Sie an Ort und Stelle«, meinte Andrew und folgte ihr.

»Wenn es Sie nicht stört, würde ich es vorziehen, allein zu duschen.«

Andrew errötete und trat ans Fenster des Wohnzimmers.

Zehn Minuten später kam Suzie in Jeans, einem grobmaschigen Pullover und einer passenden Mütze zurück.

»Gehen wir?«

»Nehmen Sie meinen Mantel«, befahl Andrew und reichte ihn ihr. »Und ziehen Sie die Mütze tiefer in die Stirn. Sie gehen allein raus. Laufen Sie die Straße hinauf, etwas weiter oben kommen Sie an einen baumbestandenen Weg, dessen Gitter stets geöffnet ist, den nehmen Sie. So gelangen Sie auf die Leroy Street. Gehen Sie zur 7th Avenue und steigen Sie dort in ein Taxi. Lassen Sie sich am Eingang zur Penn Station, an der Kreuzung 31st Street absetzen. Dort warten Sie auf mich.«

»Finden Sie nicht, dass es etwas früh für eine Schnitzeljagd ist? Was soll das Ganze?«

»Vor Ihrem Haus wartet ein Taxi. Seit Sie duschen gegangen sind, hat es sich nicht vom Fleck bewegt«, erklärte Andrew und sah aus dem Fenster.

»Na und? Der Fahrer ist einen Kaffee trinken gegangen.«

»Kennen Sie irgendeinen Ort, wo hier in der Gegend Kaffee serviert wird? Der Fahrer sitzt am Steuer und beobachtet unablässig Ihre Fenster. Also tun Sie, was ich sage.«

Suzie zog den Mantel an, Andrew rückte ihre Mütze zurecht und betrachtete sie.

»So müsste es gehen. Sehen Sie mich nicht so an, schließlich bin nicht ich derjenige, der überwacht wird.«

»Und Sie meinen, in diesem Outfit würde man mich für Sie halten?«

»Das Wichtige ist, dass man Sie nicht für Suzie Baker hält.«

Andrew kehrte an seinen Beobachtungsposten zurück. Als Suzie aus dem Haus ging, bewegte sich das Taxi nicht von der Stelle.

Nach einer Weile verließ er ebenfalls die Wohnung.

Sie wartete auf dem Gehsteig vor dem Zeitungskiosk.

»Wer hat mich überwacht?«

»Ich habe mir das Kennzeichen notiert und werde versuchen, mehr herauszufinden.«

»Nehmen wir den Zug?«, fragte Suzie mit einem Blick auf die Penn Station.

»Nein«, antwortete Andrew ruhig. »Das, was es zu sehen gibt, befindet sich auf der anderen Seite.«

Sie drehte sich um.

»Wollen Sie einen Brief aufgeben?«

»Hören Sie auf mit Ihren Witzen, und schauen Sie lieber, was da steht.«

Suzie riss die Augen auf, als sie den Text oberhalb der Säulenkolonnade der Farley-Post las.

»Und jetzt möchte ich wissen, warum sich Ihre Großmutter die Mühe gemacht hat, diese Zeilen abzuschreiben.«

»Mathilde hat mir von einem Safe erzählt, in dem Lilly Dokumente hinterlassen hätte. Aber wahrscheinlich war es eher ein Postfach.«

»Wenn das stimmt, ist es eine schlechte Nachricht. Ich bezweifele, dass man es der Mieterin so lange erhalten hat. Und wie sollten wir es überhaupt finden?«

Sie überquerten die Straße und betraten die monumentale Halle. Andrew erkundigte sich an einem Schalter, wo sich die Postfächer befänden. Der Mann deutete auf einen Gang zu ihrer Rechten.

Suzie nahm ihre Mütze ab, und der Anblick ihres Nackens verwirrte Andrew.

»Das finden wir nie, es gibt ja über tausend …« Sie seufzte und betrachtete die an den Wänden des langen Korridors aufgereihten Fächer.

»Ihre Großmutter wollte, dass jemand dieses Fach entdeckt. Und dazu bedurfte es, ebenso wie jetzt für uns, einer zusätzlichen Information.«

Andrew rief die Zeitung an.

»Ich brauche deine Hilfe, Olson.«

»Geben Sie mir den echten Stilman«, erwiderte Freddy, »Sie imitieren ihn zwar sehr gut, aber was ich gerade gehört habe, würde ihm nie über die Lippen kommen.«

»Es ist mein Ernst, Freddy. Wir treffen uns am Haupteingang der Farley-Post.«

»Ah, jetzt verstehe ich. Und was habe ich davon, dir einen Gefallen zu tun, Stilman?«

»Meine Achtung und das Versprechen, dass du auf mich zählen kannst, wenn du mich brauchst.«

»Okay«, antwortete Olson, nachdem er kurz überlegt hatte.

Andrew und Suzie warteten auf der Treppe auf Olson. Er stieg aus einem Taxi und reichte Andrew die Quittung.

»Ich hatte keine Lust zu laufen, du schuldest mir zehn Dollar. Was beschäftigt dich an der Farley-Post?«

»Erzähl mir alles, was du über diesen Ort weißt.«

Olson starrte Suzie derart an, dass es fast peinlich war.

»Ich bin eine Freundin von Andrews Exfrau«, erklärte Suzie, die Olsons Charakter schnell erfasst hatte. »Ich schließe gerade mein Studium in Städtebau ab. Man hat mich dabei erwischt, dass ich ein ganzes Kapitel meiner Diplomarbeit aus dem Internet geklaut habe. Mein Professor war bereit, ein Auge zuzudrücken, wenn ich es durch ein anderes ersetze, das heißt über die Bedeutung der Architektur um 1900 für die Entwicklung des New Yorker Stadtbildes. Dieser Prof ist unglaublich gewieft. Ich habe Zeit bis Montag, und das ist kaum zu bewältigen, aber ich habe keine Wahl, ich muss es schaffen. Das Postamt gehört zu den repräsentativsten Gebäuden dieser Zeit. Andrew hat mir versichert, dass Sie es besser kennen als der Architekt, der es erbaut hat.«

»Besser als James Wetmore – Sie schmeicheln mir. Aber es stimmt, ich weiß viel darüber. Ich habe einen hervorragenden Artikel zu diesem Thema veröffentlicht, den sollten Sie zuerst einmal lesen. Wenn Sie mir Ihre Adresse geben, könnte ich Ihnen heute Abend eine Fotokopie vorbeibringen …«

»Was haben Sie da gerade für einen Namen genannt?«

»Den des Architekten, der die Bauarbeiten geleitet hat. Wussten Sie das nicht?«

»Ich habe es vergessen«, meinte Suzie nachdenklich. »Und sagt Ihnen Fisher Stone auch etwas? Ist das ein besonderer Ort in diesem Postamt?«

»Was für eine Städtebau-Studentin sind Sie eigentlich?«

»Eher eine faule«, gestand Suzie.

»Das scheint mir auch so. Kommen Sie mit«, brummte Olson.

Er führte Suzie und Andrew zu einer Wand und blieb vor einer Tafel zum Gedenken an die Einweihung der Hauptpost stehen, auf der zu lesen war:

William H. WOODIN
Finanzminister
Laurence W. ROBERT jr.
Stellvertretender Finanzminister
James A. WETMORE
Verantwortlicher Architekt
TAYLOR & FISHER
William F. STONE jr.
Associate Partners
1933

»Das ist die Nummer des Postfachs«, raunte Andrew Suzie zu.

»Also, wo möchten Sie die Besichtigung beginnen?«, fragte Olson, der stolz auf den Eindruck war, den er gemacht zu haben glaubte.

»Sie sind unser Führer«, antwortete Suzie.

Während der nächsten zwei Stunden zeigte sich Olson als perfekter Redner, und seine Kenntnisse beeindruckten schließlich sogar Andrew. Immer wieder blieb er stehen, um Suzie den Ursprung eines Zierstreifens zu erklären oder ihr zu sagen, welcher Bildhauer ein Flachrelief, welcher Zimmermann die Deckenvertäfelung erschaffen hatte, woher der Marmor der Bodenplatten kam. Es machte Suzie Freude, die Geschichte dieses Ortes zu erfahren, sodass sie Olson sogar manchmal Fragen stellte, was Andrew arg auf die Nerven ging.

Als sie wieder zu den Postfächern zurückgekehrt waren, mussten sich Suzie und Andrew eingestehen, dass keines die Nummer 1933 trug.

»Als Anfang der 1980er-Jahre die automatische Postsortierung eingeführt wurde«, fuhr Olson fort, »wurde das gesamte Untergeschoss für die Öffentlichkeit geschlossen.«

»Gab es denn unten noch mehr Postfächer?«, wollte Suzie wissen.

»Ja, aber das war kein großes Problem, denn die Menschen benutzten sie immer weniger. Die meisten, die Sie hier sehen, sind reine Dekoration. Die oberen Stockwerke sind ebenfalls nicht mehr zugänglich, aber ich habe sehr gute Beziehungen zu einem der Verantwortlichen. Wenn Sie sie besichtigen möchten, kann ich das innerhalb der nächsten Tage organisieren. Wir könnten vielleicht vorher zusammen zu Mittag oder anschließend zu Abend essen?«

»Das ist eine gute Idee«, antwortete Suzie.

Sie bedankte sich bei Olson für die Zeit, die er ihnen gewidmet hatte, und erklärte, sie würde nach Hause gehen, um das, was er ihr erzählt hatte, in ihre Arbeit aufzunehmen.

Olson schrieb seine Telefonnummer auf ein Blatt seines Notizbuchs und erklärte, er stehe ihr jederzeit zur Verfügung.

Nachdem Suzie Andrew seinen Mantel zurückgegeben hatte, ließ sie die beiden Männer allein. Olson wartete, bis sie sich entfernt hatte.

»Sag mal, Stilman, du trauerst doch immer noch deiner Frau nach, oder?«, meinte Freddy und sah Suzie hinterher, die gerade die 8th Avenue überquerte.

»Was geht dich das an?«

»Genau das dachte ich mir. In diesem Fall hast du sicher nichts dagegen, wenn ich deine Freundin zum Abendessen einlade? Ich mag mich ja irren, aber ich habe den Eindruck, dass ich ihr nicht missfalle.«

»Wenn du den Eindruck hast, jemandem nicht zu missfallen, dann verpass bloß die Gelegenheit nicht.«

»Immer ein freundliches Wort auf den Lippen, Stilman.«

»Sie ist eine freie Frau, mach, was du willst, Freddy.«

Als er das Frankie's betrat, sah Andrew Suzie an seinem Stammplatz im hinteren Teil des Restaurants sitzen.

»Ich habe der Kellnerin gesagt, dass ich mit Ihnen zu Abend esse.«

»Das sehe ich«, erklärte Andrew und nahm Platz.

»Sind Sie Ihren Kollegen losgeworden?«

»Auf jeden Fall nicht dank Ihrer Hilfe.«

»Was machen wir jetzt?«

»Wir essen. Anschließend machen wir einen Blödsinn, den wir hoffentlich nicht bereuen werden.«

»Welche Art Blödsinn?«, fragte Suzie und nahm eine provozierende Haltung ein.

Andrew verdrehte die Augen und kramte dann in seiner Umhängetasche. Er zog eine Stablampe heraus und legte sie auf den Tisch. Suzie schaltete sie ein und richtete den Strahl an die Decke.

»Wir spielen, wer am besten die Freiheitsstatue nachahmen kann!«, rief sie und lenkte den Strahl auf Andrews Augen. »Sagen Sie mir alles, was Sie wissen, Mister Stilman!«, fügte sie dann mit finsterer Miene hinzu.

»Wenn wir im Zirkus wären, hätte ich meinen Meister gefunden. Es freut mich, dass es Ihnen Spaß macht.«

»Also gut, was tun wir mit dieser Lampe?«

»Wir suchen das Postfach im Untergeschoss der Farley-Post.«

»Ernsthaft?«

»Vor allem leise.«

»Diese Idee gefällt mir!«

»Umso besser, mir ganz und gar nicht.« Andrew entfaltete einen Plan vor Suzie und sagte: »Den hat Dolores bei der Stadtverwaltung bekommen. Er ist für die Öffentlichkeit einsehbar. Die in diesem Sektor verbleibenden alten Postfächer sind zugemauert worden«, erklärte er und deutete auf eine schwarze Linie. »Und ich habe einen Weg gefunden, dorthin zu gelangen.«

»Können Sie durch Wände gehen?«

»Die dünnere, gestrichelte Linie zeigt eine Wand aus Gipsplatten an. Aber nachdem all das Sie nur belustigt, gehe ich lieber nach Hause und mache es mir vor dem Fernseher bequem, das ist erholsamer und weniger gefährlich, als sich im Untergeschoss der Post rumzutreiben.«

Suzie legte ihre Hand auf die von Andrew.

»Ich wollte Ihnen nur ein Lächeln entlocken. Ich habe Sie noch nie lächeln sehen.«

Andrew verzog das Gesicht zu einem gequälten Grinsen.

»Man könnte meinen: Jack Nicholson in der Rolle des Jokers.«

»So ist es, ich bin der Typ, der nicht lacht«, knurrte Andrew und faltete den Plan wieder zusammen. »Essen Sie Ihre Nudeln auf. Alles Weitere erkläre ich Ihnen vor Ort«, fügte er hinzu und zog seine Hand zurück.

Suzie bestellte bei der Bedienung noch ein Glas Wein. Andrew bat mit einem Handzeichen um die Rechnung.

»Wie haben Sie Ihre Frau kennengelernt?«

»Wir waren zusammen in der Schule. Wir sind beide in Poughkeepsie aufgewachsen.«

»Waren Sie schon als Jugendliche zusammen?«

»Mit einer Unterbrechung von zwanzig Jahren. Dann sind wir uns zufällig in New York vor einer Bar wiederbegegnet. Valery war eine Frau geworden – und was für eine! Doch an diesem Abend sah ich in ihr das Mädchen aus meiner Kindheit. Gefühle altern nicht immer.«

»Warum haben Sie sich getrennt?«

»Beim ersten Mal ist sie gegangen. Wir hatten beide unsere Teenagerträume, und sie hatte keine Zeit, auf mich zu warten. Jugendliche sind immer ungeduldig.«

»Und beim zweiten Mal?«

»Ich konnte noch nie lügen.«

»Haben Sie sie betrogen.«

»Nicht einmal das.«

»Sie sind ein komischer Typ, Stilman.«

»Der nie lächelt.«

»Lieben Sie sie noch immer?«

»Was ändert das?«

»Sie ist noch am Leben, das ändert viel.«

»Shamir hat Sie geliebt und Sie ihn auch. In gewisser Weise sind Sie noch immer zusammen. Ich hingegen bin allein.«

Suzie beugte sich über den Tisch und küsste Andrew. Es

war ein gestohlener Kuss, begleitet von einer Mischung aus Traurigkeit und Angst, ein Kuss der Hingabe, der einem anderen zugedacht war.

»Machen wir nun unseren Einbruch?«, fragte sie und streichelte seine Wange.

Andrew ergriff Suzies Hand, und sein Blick ruhte auf den fehlenden Fingergliedern.

»Ja, wir machen ihn«, sagte er und erhob sich.

Auf das West Village folgten Chelsea und Hell's Kitchen, dann fuhr das Taxi Richtung Osten. Andrew wandte sich wiederholt um und warf einen Blick durchs Rückfenster.

Suzie seufzte und meinte: »Sie leiden ja unter Verfolgungswahn.«

»Das Auto vor Ihrem Haus war ein Zivilstreifenwagen.«

»Hat der Fahrer gestanden?«, fragte sie mit spöttischem Unterton.

»Nicht nur Olson hat seine Beziehungen. Er zur Post und ich zu einem pensionierten Kommissar unseres Viertels. Ich habe ihn heute Nachmittag angerufen, das amtliche Kennzeichen des Taxis ist das eines Polizeiwagens.«

»Vielleicht treibt sich ein Verdächtiger in der Nähe herum, das würde die beiden Einbrüche erklären.«

»Wenn es nur so wäre. Kommissar Pilguez gehört nicht zu jenen, die einem eine Antwort schuldig bleiben, aber dieses Mal … Ich habe ihn gebeten herauszufinden, wen die Polizei beschattet. Seine ehemaligen Kollegen haben ihm versichert, dass auf der Hudson Street heute keine Überwachung angeordnet war.«

»Das verstehe ich nicht … War es nun ein Polizeiauto oder nicht?«

»Der Wagen war doppelt getarnt, so etwas kann nur ein

staatlicher Nachrichtendienst machen, verstehen Sie mich jetzt besser?«

Andrew führte Suzie durch die Penn Station. Eine Rolltreppe brachte sie zu den Bahnsteigen im Untergeschoss. Zu dieser späten Stunde war der Bahnhof fast menschenleer. Der Gang, dem sie folgten, wurde immer dunkler. Nach einer Biegung erreichten sie einen Bretterzaun, an dem Baugenehmigungen befestigt waren.

»Hier fängt die Baustelle an«, verkündete Andrew und zog einen Akkuschraubenzieher aus seiner Umhängetasche. Er machte sich an den Scharnieren einer Holztür zu schaffen, und es gelang ihm ohne große Schwierigkeiten, sie zu öffnen.

»Damit kennen Sie sich ja offenbar gut aus«, sagte Suzie.

»Mein Vater war ein Heimwerker.«

Vor ihnen lag ein unterirdischer Gang, schwach von ein paar Glühbirnen erhellt, die von der Gewölbedecke baumelten. Andrew schaltete seine Taschenlampe ein und forderte Suzie auf, ihm zu folgen.

»Befinden wir uns unter der 8th Avenue?«, fragte sie.

»Ja, und wenn mein Plan richtig ist, führt uns dieser Tunnel direkt zum Untergeschoss der Farley-Post.«

In dem Raum, den sie jetzt erreichten, herrschte völlige Dunkelheit. Andrew reichte Suzie die Stablampe und bat sie, das Blatt zu beleuchten, das er in der Hand hielt.

»Nach rechts«, sagte er und ging weiter.

Ihre Schritte hallten wider. Andrew machte Suzie ein Zeichen, stehen zu bleiben, und wartete eine Weile schweigend.

»Was ist?«, flüsterte sie.

»Wir sind nicht allein.«

»Das sind Ratten«, meinte sie. »Hier wimmelt es sicher davon.«

»Ratten tragen aber keine Schuhe«, entgegnete Andrew, »und ich habe Schritte gehört.«

»Dann lassen Sie uns verschwinden.«

»Ich hätte Sie für mutiger gehalten. Folgen Sie mir, vielleicht waren es ja wirklich nur Ratten, ich höre nichts mehr.«

Andrew schaltete die Lampe wieder ein.

Sie erreichten das ehemalige Sortierzentrum. Die metallenen Wandfächer und die alten Holzschreibtische, an denen früher die Post geordnet wurde, waren von einer dicken Staubschicht überzogen. Dann liefen sie weiter durch den Speisesaal einer ehemaligen Kantine, einen Umkleideraum und mehrere Büros in erbärmlichem Zustand. Andrew hatte den Eindruck, ein Wrack zu besichtigen.

Er sah wieder auf seinen Plan und kehrte um.

»Zu unserer Linken hätte es irgendwo eine Wendeltreppe geben müssen. Die alten Postfächer sind genau über uns, aber ich weiß nicht, wie wir nach oben kommen.«

Andrew machte einen Stapel Kisten aus. Er reichte Suzie die Lampe, schob ihn beiseite und entdeckte dahinter das rostige Geländer einer wackeligen Treppe, die in der Decke verschwand.

»Das ist der Aufgang«, meinte er und klopfte den Staub von seiner Kleidung.

Er ging vor, um sich zu versichern, dass die Stufen solide waren, wenn Suzie ihm folgte, doch dann sagte er sich, ihr als Alpinistin dürfte eine baufällige Treppe keine Angst machen.

Suzie erreichte nach ihm das Zwischengeschoss. Andrew leuchtete mit seiner Taschenlampe den Raum ab, der Schein erhellte eine Reihe von Postfächern, die in die Wand eingelassen waren. Die Schlösser waren mit einer sternförmigen Zinnrosette verziert und die Nummern mit Blattgold auf den bläulichen Grund geschrieben.

Suzie trat zu dem Fach 1933. Andrew zog wieder seinen Akkuschraubenzieher hervor und bohrte das Schloss auf.

»Die Ehre gebührt Ihnen«, sagte er, nachdem er das Fach geöffnet hatte.

Suzie zog einen Umschlag heraus, dessen Siegel sie fieberhaft aufbrach. Auf der Karte im Inneren stand nur ein Wort geschrieben: »Snegurotschka«.

Andrew legte den Finger auf die Lippen, und Suzie schaltete die Lampe aus.

Diesmal war er sich sicher, ein Knarren und Atemgeräusche gehört zu haben, zu ausgeprägt, um von einem Nagetier zu stammen. Er wartete eine Weile und versuchte, sich den Plan, den er so eingehend studiert hatte, ins Gedächtnis zu rufen. Er fasste Suzie bei der Hand und tastete sich an der Reihe von Postfächern entlang bis zum Ende des Zwischengeschosses.

Suzie stolperte über etwas und stieß einen Schrei aus. Andrew schaltete die Lampe wieder ein, deren Schein die Stufen einer Treppe erhellten, die zum nächsten Stockwerk führte.

»Hier entlang«, flüsterte er und beschleunigte das Tempo.

Er vernahm deutlich den Widerhall ihrer Schritte und den zweier Männer, die ihnen folgten.

Andrew drückte Suzies Hand und begann zu laufen. Eine Tür versperrte ihnen den Weg. Er versetzte ihr einen Fußtritt. Beim zweiten gab das Schloss nach. Er zog sie hinter ihnen zu und verbarrikadierte sie mit einer Metallkiste.

Sie hatten einen Raum erreicht, der voller Abfall war und in dem ein bestialischer Gestank nach Urin und Exkrementen herrschte. Hier hatten sich offensichtlich Obdachlose eingerichtet. Und wenn sie hergefunden hatten, dann gab es auch irgendwo einen Zugang. Andrew ließ den Strahl der Taschenlampe durch den Raum gleiten und entdeckte eine Öffnung in der Decke. Er zog einen wackeligen Schreibtisch heran und forderte Suzie auf hochzusteigen. Er sah zu, wie sie mit erstaunlicher Geschicklichkeit in der Klappe verschwand. Kurz darauf tauchte ihr Gesicht wieder auf, und sie streckte ihm die Hand entgegen. Während er sich seinerseits nach oben zog, hörte er, wie die Tür unter dem Ansturm ihrer Verfolger aufsprang.

Suzie deutete auf eine Luke, deren Eisenstäbe ausgebrochen waren. Auf diesem Weg waren die Obdachlosen höchstwahrscheinlich in das Gebäude gelangt. Sie krochen zu der Luke, schoben sich nacheinander hindurch und sprangen in den trockenen Graben, der an der Farley-Post entlangführte.

Die frische Luft tat ihnen unglaublich gut. Andrew schätzte, dass sie zwei Minuten Vorsprung vor ihren Verfolgern hatten. Mitten in der Nacht in diesem Graben unterhalb der Straße konnte ihnen alles Mögliche zustoßen.

»Kommen Sie, wir müssen hier raus«, forderte er Suzie auf.

Nachdem sie die Straße erreicht hatten, rannten sie über die 8th Avenue, auf der sie ein Taxi fanden. Andrew gab dem Fahrer Harlem als Ziel an. Nach der 80th Street sagte er, er habe es sich anders überlegt und wolle lieber nach Greenwich Village.

Während das Taxi über den West Side Highway fuhr, ließ Andrew seiner Wut freien Lauf: »Haben Sie mit irgendjemandem über unseren nächtlichen Ausflug gesprochen?«, fragte er angespannt.

»Natürlich nicht, für wen halten Sie mich?«

»Wie erklären Sie sich dann das, was gerade passiert ist?«

»Wer sagt Ihnen, dass es nicht nur Obdachlose waren?«

»Seit Jahren war niemand in dem Raum, in dem ich zum ersten Mal ein Geräusch gehört habe.«

»Woher wollen Sie das wissen?«

»Der Staub am Boden war unbefleckt wie frisch gefallener Schnee. Man ist uns bereits von der Penn Station aus gefolgt. Und ich kann Ihnen versichern, dass uns niemand gefolgt ist, seit wir das Restaurant verlassen haben.«

»Ich schwöre Ihnen, dass ich mit niemandem darüber gesprochen habe.«

»Ich glaube Ihnen ja«, sagte Andrew. »Ab jetzt werden Sie viel vorsichtiger sein müssen.«

Suzie zeigte Andrew das Wort, das sie in dem Postkasten gefunden hatte.

»Wissen Sie, was das bedeuten könnte?«, fragte er.

»Absolut nicht.«

»Klingt wie Russisch«, meinte Andrew. »Das spricht nicht für Ihre Großmutter.«

Suzie antwortete nicht.

Als sie in Andrews Wohnung waren, machte Suzie, die vor Kälte zitterte, einen Tee.

»Schneeflöckchen!«, rief Andrew plötzlich aus dem Wohnzimmer.

Suzie stellte das Tablett auf dem Schreibtisch ab und beugte sich über Andrews Schulter, um auf den Bildschirm zu sehen.

»*Snegurotschka* ist eine Oper, die Rimski-Korsakow 1881 nach dem Theaterstück eines gewissen Aleksander Ostrowski komponiert hat«, verkündete er.

»Liliane war ein Jazzfan.«

»Wenn Ihre Großmutter sich die Mühe gemacht hat, dieses Wort in einem Postfach zu verstecken, dann weil es eine wichtige Bedeutung hatte.«

»Worum geht es in der Oper?«

»Um die ewige Auflehnung gegen die Kräfte der Natur. Ich lasse Sie lesen, meine Augen werden müde«, sagte er und erhob sich. Seine Hände begannen zu zittern, er verbarg sie hinter dem Rücken und streckte sich auf dem Sofa aus.

»In dieser Geschichte treffen Menschen aus Fleisch und Blut auf mythische Wesen«, erklärte sie. »Schneeflöckchen, das Schneemädchen, träumt davon, unter den Menschen zu leben. Ihre Mutter, die Frühlingsfee, und ihr Großvater, König Frost, stimmen zu, sie in die Obhut eines Bauernpaares zu geben. Im zweiten Akt tritt eine Frau namens Kupawa auf und gibt ihre Hochzeit mit einem gewissen Misgir bekannt. Doch kurz vor der Eheschließung erblickt dieser im Wald Schneeflöckchen, verliebt sich unsterblich in sie und fleht sie an, diese Liebe zu erwidern.«

»Das erinnert mich an jemanden …« Andrew stieß einen Seufzer aus.

»Schneeflöckchen weiß nicht, was Liebe ist, und lehnt ab. Die Dorfbewohner verlangen beim Zaren Wiedergutmachung für die der Verlobten angetane Schmach. Der Zar beschließt, Misgir zu verbannen. Doch als er Schneeflöckchen mit eigenen Augen erblickt, verfällt auch der Zar ihrer Schönheit, beschließt, das Urteil auszusetzen, und fragt sie, ob sie Misgir liebe. Sie antwortet, sie habe ein Herz aus Eis und könne niemanden lieben. Also verfügt der Zar, der, dem es gelänge, ihr Herz zu erobern, dürfe sie heiraten und werde belohnt. Im Lauf der beiden folgenden Akte entdeckt Schneeflöckchen die Macht der Gefühle und verliebt sich in Misgir. Ihre Mutter hatte sie gewarnt, sich nie der Sonne auszusetzen, doch Misgir lebt im Licht. Schneeflöckchen verlässt also den Wald, um bei ihm zu sein, und zur Verzweiflung aller Versammelten und zum Unglück des Liebenden schmilzt sie und verschwindet.«

»Ich fühle mich diesem Misgir sehr verbunden und kann seinen Schmerz nachvollziehen«, brummelte Andrew.

»Was Sie da nicht sagen. Misgir ist untröstlich und ertränkt sich in einem See.«

»Jeder so, wie er will. Ich habe mich für Fernet con Coca entschieden. Und wie geht die russische Tragödie aus?«

»Der Zar verkündet dem Volk, Schneeflöckchens Verschwinden führe zu einem Ende des langen Winters, der Russland heimsuchte.«

»Na wunderbar! Jetzt sind wir ja wirklich ein gutes Stück vorangekommen!«, sagte Andrew voll Sarkasmus.

»Warum hat meine Großmutter dieses russische Wort in einem Postfach hinterlassen?«

»Das wollte ich Sie auch gerade fragen!«

Andrew überließ Suzie sein Schlafzimmer und nächtigte auf der Couch, er hatte schließlich seine Gewohnheiten. Suzie nahm eine Decke, löschte das Licht und streckte sich neben ihm auf dem Teppich aus.

»Was machen Sie denn da?«

»Ich habe Ihnen doch gesagt, dass ich Betten nicht mag. Und ich habe den Eindruck, dass Sie trotz der neuen Bettwäsche keine Lust haben, in Ihrem zu schlafen … Warum also getrennte Zimmer?«

»Wollen Sie nicht lieber das Sofa nehmen? Wenn Sie nicht allein schlafen wollen, kann ich mich mit dem Teppich begnügen.«

»Ich bin mir ganz sicher.«

Sie schwiegen eine Weile, während sich ihre Augen an das Dämmerlicht gewöhnten.

»Schlafen Sie?«, flüsterte Suzie schließlich.

»Nein.«

»Sind Sie müde?«

»Ja, ich bin erschöpft.«

»Und?«

»Nichts und.«

»Das war gut heute Abend.«

»Ich hatte ganz schöne Angst, als unsere Verfolger hinter uns die Tür eingetreten haben.«

»Ich sprach von unserem Abendessen«, murmelte Suzie.

»Ja, das war gut«, antwortete Andrew und drehte sich zu ihr um.

Er hörte ihren ruhigen Atem. Suzie war eingenickt, und Andrew betrachtete sie, bis auch ihn der Schlaf überwältigte.

Das Klingeln des Telefons weckte Knopf.

»Ich hoffe, Sie haben einen triftigen Grund, mich um diese Zeit anzurufen.«

»*Snegurotschka.* Ist das wichtig genug, um Sie zu stören?«

Knopf hielt den Atem an.

»Warum sagen Sie dieses Wort?«, fragte er und versuchte, seine Gefühle zu kontrollieren.

»Weil Ihre beiden Turteltauben es jetzt kennen.«

»Haben sie den Sinn verstanden?«

»Noch nicht.«

»Wie haben sie es erfahren?«

»Den Aufzeichnungen der Abhöranlage zufolge, die man mir gerade übergeben hat, haben sie heute Nacht dem Untergeschoss der Farley-Post einen Besuch abgestattet.

Ihre Liliane Walker hat dort eine Nachricht in einem Postfach hinterlassen. Ich dachte, wir hätten alle Spuren verwischt?«

»Offenbar nicht!« Knopf stöhnte.

»Ich würde gerne wissen, wie ein solcher Fehler passieren konnte.«

»Sieht ganz so aus, als wäre sie noch gerissener gewesen, als wir angenommen haben.«

»Als *Sie* angenommen haben, Knopf, ich darf Sie daran erinnern, dass Sie die Sache überwacht haben.«

»Sie haben zu früh und gegen meine Überzeugung eingegriffen. Wenn wir gewartet hätten …«

»Wenn wir auch nur einen Tag länger gewartet hätten, hätte sie alles verraten und *Snegurotschka* wäre tot. Und jetzt kehren Sie vor Ihrer eigenen Tür, und regeln Sie diese Geschichte ein für alle Mal.«

»Ich glaube, es besteht kein Grund zur Panik. Selbst wenn sie herausfinden, was das Wort bedeutet, was ich sehr bezweifele, haben sie keine Beweise.«

»Es ist Suzie Walker und Andrew Stilman innerhalb weniger Tage gelungen, sich eines Dokuments zu bemächtigen, von dessen Existenz wir sechsundvierzig Jahre lang nichts gewusst haben – also unterschätzen Sie die beiden nicht. Sind Sie sich ganz sicher, dass die Akte *Snegurotschka* zerstört worden ist? Was heute Abend passiert ist, deutet auf das Gegenteil hin.«

»Ich bin ganz sicher.«

»Wer interessiert sich dann noch für Ihre beiden Schützlinge und warum?«

»Was erzählen Sie da?«

»Ich zitiere nach den Aufzeichnungen des Abhörgeräts: ›Ich hatte ganz schöne Angst, als unsere Verfolger hinter uns die Tür eingetreten haben.‹ Hat eines unserer Teams sie überwacht?«

»Nein, wir haben ihre Spur verloren. Es ist ihnen gelungen, das Haus unbemerkt zu verlassen.«

»Das ist Amateurarbeit, Knopf«, wandte sein Gegenüber mit näselnder Stimme ein. »*Snegurotschka* muss geschützt werden. Heute mehr denn je. Es wäre eine absolute Katastrophe, wenn ihre Existenz im aktuellen Kontext aufgedeckt würde, verstehen Sie?«

»Ja, ich habe Sie durchaus verstanden.«

»Dann unternehmen Sie das Nötige.«

Sein Gesprächspartner legte auf, ohne sich zu verabschieden.

Kapitel 10

Suzie schlief zusammengerollt auf dem Teppich.

Andrew begab sich in die Küche und nahm die Papiere mit, die Ben Morton ihm anvertraut hatte. Er kochte sich Kaffee und ließ sich an der Theke nieder. Seine Hand zitterte immer mehr, und es gelang ihm erst beim zweiten Versuch, die Tasse sicher zum Mund zu führen. Als er die Kaffeeflecken auf dem Papier wegtupfte, kam ihm der Umschlag sonderbar dick vor. Er öffnete ihn behutsam und fand zwei maschinengeschriebene Seiten vor.

Morton hatte seine Recherchen weiter getrieben, als er bei Andrews Besuch in der Hütte hatte zugeben wollen. Der Reporter hatte Zeugenaussagen von Leuten zusammengetragen, die Liliane Walker nahestanden. Nicht viele waren bereit gewesen, mit ihm zu sprechen.

Lilianes Klavierlehrer hatte telefonisch erklärt, vertrauliche Mitteilungen von seiner Schülerin erhalten zu haben. Die geplante Begegnung zwischen Ben Morton und Professor Jacobson hatte niemals stattgefunden, weil dieser einen Tag vor dem geplanten Treffen einem Herzinfarkt erlegen war.

Jeremiah Fishburn, Verantwortlicher einer vom Walker-Clan gegründeten karitativen Organisation, wunderte sich über einen Widerspruch, den kein Journalist erwähnt hatte.

Warum hätte sie so viel Zeit und Geld opfern sollen, um Veteranen zu helfen und zugleich Handlungen zu begehen, die junge Soldaten gefährdeten?

Eine Person im Umfeld der Familie, die darauf bestanden hatte, anonym zu bleiben, hatte dem Reporter anvertraut, Liliane Walkers Leben sei nicht so makellos gewesen, wie sie allen hatte weismachen wollen. Sie hatte von einem Arrangement zwischen Mrs. Walker und einer ihrer Freundinnen gehört, die vorgab, sich mit ihr zusammen auf Clark's Island begeben zu haben.

Andrew schrieb den Namen der Insel in sein Notizbuch und setzte die Lektüre fort.

Er hörte, wie die Dusche im Bad angestellt wurde, und als das Rauschen des Wassers verstummte, füllte er eine Tasse mit Kaffee und ging zu Suzie. Sie hatte sich seinen Bademantel ausgeliehen.

»Wussten Sie, dass Ihre Großmutter Klavier gespielt hat?«

»Ich habe meine ersten Tonleitern auf ihrem Steinway geübt. Allem Anschein nach war sie eine Virtuosin. Wenn mein Großvater seine Abendgesellschaften organisierte, spielte sie für die Gäste, vornehmlich Jazz.«

»Sagt Ihnen die Clark's Island etwas?«

»Müsste sie das?«

Andrew öffnete seinen Schrank, griff nach zwei Hosen, zwei warmen Pullovern und einem kleinen Koffer.

»Wir fahren schnell bei Ihnen vorbei, damit Sie ein paar Sachen einpacken können. Ziehen Sie sich an.«

Die *Pilatus* der American Eagle Airlines landete am frühen Nachmittag auf dem Ticonderoga Municipal Airport. Der Winter wütete über den Adirondack Mountains, die Wälder waren mit frischem Schnee bedeckt.

»Die kanadische Grenze ist nicht weit entfernt«, sagte Andrew, als sie in einen Mietwagen stiegen.

»Wie lange dauert es?«, fragte Suzie und stellte die Heizung an.

»Eine halbe Stunde, vielleicht etwas mehr bei diesen Wetterverhältnissen. Ich fürchte, da braut sich ein Sturm zusammen.«

Versonnen betrachtete Suzie die vorbeiziehende Landschaft. Der Wind begann, in Böen zu wehen, und wirbelte den Pulverschnee in Spiralen über der tristen Landschaft auf, sein schrilles Pfeifen drang bis ins Wageninnere. Suzie ließ die Scheibe herunter, steckte den Kopf hinaus und machte Andrew ein Zeichen anzuhalten.

Er fuhr auf den Seitenstreifen, und Suzie sprang heraus, um sich des am Flughafen verspeisten Sandwichs zu entledigen.

Andrew trat zu ihr und hielt sie bei den Schultern. Als die Krämpfe nachließen, half er ihr, wieder im Wagen Platz zu nehmen, und setzte sich erneut ans Steuer.

»Tut mir leid, entschuldigen Sie«, murmelte sie.

»Bei diesem verpackten Zeug weiß man nie, was drin ist.«

»Am Anfang«, sagte Suzie unvermittelt und mit kaum vernehmbarer Stimme, »wachte ich auf und dachte, es sei nur ein Albtraum, dass er vor mir aufgestanden sei und ich ihn in der Küche antreffen würde. Ich wachte immer früher auf als er, tat aber so, als würde ich noch schlafen, und wartete dann, bis er das Frühstück zubereitet hatte. Wenn der Wasserkessel pfiff, brauchte ich mich nur noch an den Tisch zu setzen. Ich bin ausgesprochen faul. In den ersten Monaten nach seinem Tod habe ich mich angezogen und meine Tage damit verbracht, einfach draufloszulaufen, ohne zu wissen, wohin. Manchmal betrat ich einen Supermarkt und schob meinen Wagen durch die Gänge, ohne jemals etwas zu kaufen. Ich beobachtete die Menschen und beneidete sie. Die Tage sind unendlich lang, wenn einem die Person fehlt, die man geliebt hat.«

Andrew verstellte den Rückspiegel und suchte nach Worten. »Als ich aus dem Krankenhaus entlassen wurde«, sagte er schließlich, »ließ ich mich oft am Nachmittag unter den Fenstern von Valerys Wohnung nieder. Dort saß ich dann stundenlang auf einer Bank und fixierte die Eingangstür ihres Hauses.«

»Hat Ihre Valery Sie denn nie dabei ertappt?«

»Nein, kein Risiko, sie war längst umgezogen. Wir bilden ein tolles Team, wir beide.«

Suzie blieb stumm und starrte hinaus auf das immer dichtere Schneegestöber. In einer Kurve geriet der Wagen leicht ins Schleudern. Andrew nahm den Fuß vom Gas, doch der Ford setzte seine Rutschpartie fort, bis er in einer Schneeverwehung landete, die den Aufprall auffing …

»Das ist die reinste Rutschbahn«, rief er aus und lachte.

»Haben Sie getrunken?«

»Eine Kleinigkeit im Flugzeug, aber wirklich nur eine Kleinigkeit.«

»Schalten Sie sofort den Motor aus!«

Nachdem Andrew nicht reagierte, begann Suzie, ihn mit Fausthieben auf Arm und Brust zu traktieren. Andrew griff nach ihren Händen und hielt sie fest.

»Shamir ist tot, Valery hat mich verlassen, wir sind allein und können nichts dagegen tun, jetzt beruhigen Sie sich! Ich überlasse Ihnen das Steuer, wenn Sie wollen, aber auch stocknüchtern hätte ich nichts gegen eine Eisplatte tun können.«

Suzie befreite sich aus seinem Griff und wandte sich ab.

Andrew setzte den Weg fort. Der Wind nahm noch an Stärke zu und brachte den Ford immer wieder zum Schlingern. Bei Einbruch der Dunkelheit verringerte sich die Sichtweite gegen null. Sie kamen durch einen kleinen tristen Marktflecken, und Andrew fragte sich, wie man in einer solch trostlosen Gegend leben konnte. Mitten im Blizzard entdeckte er das grell erleuchtete Schild eines Fast-Food-Lokals und stellte den Wagen auf dem Parkplatz davor ab.

»Wir kommen heute Abend nicht weiter«, sagte er und schaltete den Motor ab.

Es waren nur zwei Gäste in dem Restaurant, dessen Einrichtung Edward Hopper hätte inspirieren können. Sie ließen sich in einer Nische nieder. Die Kellnerin bot ihnen Kaffee an und reichte ihnen zwei Menükarten. Andrew bestellte Pancakes, Suzie gab die Karte zurück, ohne etwas auszuwählen.

»Sie sollten irgendwas essen.«

»Ich habe keinen Hunger.«

»Haben Sie jemals erwogen, dass Ihre Großmutter schuldig gewesen sein könnte?«

»Nein, nie.«

»Ich will damit nicht sagen, dass sie es war, aber wenn man mit einer vorgefassten Meinung Nachforschungen anstellt, so neigt man generell dazu, sich selbst zu belügen.«

Ein Lkw-Fahrer, der an der Theke saß, warf Suzie immer wieder verstohlene, lüsterne Blicke zu. Andrew starrte ihn finster an.

»Spielen Sie nicht den Cowboy.«

»Dieser Typ regt mich auf.«

Suzie stand auf und ging auf den Lkw-Fahrer zu.

»Wollen Sie sich nicht zu uns setzen? Allein den ganzen Tag hinterm Steuer und dann auch noch abends beim Essen … Nutzen Sie die Gelegenheit und leisten Sie uns Gesellschaft«, sagte sie ohne die geringste Ironie in der Stimme.

Der Mann war völlig verwirrt und hilflos.

»Nur um eines möchte ich Sie bitten: Schielen Sie nicht die ganze Zeit auf meinen Busen, das ist meinem Freund unangenehm, und ich bin sicher, es würde Ihrer Frau auch nicht gefallen«, fügte sie hinzu und streifte den Ehering des Fahrers.

Der beglich augenblicklich seine Rechnung und ging.

Suzie nahm erneut Andrew gegenüber Platz.

»Was euch Männern fehlt, sind die richtigen Worte.«

»Auf der anderen Straßenseite ist ein Motel, es wäre ratsam, dort die Nacht zu verbringen«, schlug Andrew vor.

»Neben diesem Motel ist auch eine Bar, nicht wahr?«, sagte Suzie und drehte sich zum Fenster. »Eilen Sie dorthin, sobald ich eingeschlafen bin?«

»Möglich, was geht Sie das an?«

»Gar nichts. Aber wenn ich sehe, wie Ihre Hände zittern, so stößt mich das ab, das ist alles.«

Die Kellnerin brachte Andrew sein Essen. Er schob den Teller in die Mitte des Tischs.

»Wenn Sie etwas essen, trinke ich heute Abend nichts mehr.«

Suzie musterte Andrew. Sie nahm eine Gabel, teilte den Stapel Pancakes in zwei gleiche Hälften und begoss ihre reichlich mit Ahornsirup.

»Schroon Lake befindet sich dreißig Meilen von hier«, sagte sie. »Was machen wir, wenn wir da sind?«

»Keine Ahnung, das sehen wir morgen vor Ort.«

Gegen Ende des Essens verschwand Andrew, um zur Toilette zu gehen. Kaum hatte er ihr den Rücken gekehrt, griff Suzie nach ihrem Handy.

»Wo sind Sie bloß, ich suche seit zwei Tagen nach Ihnen?«

»Ich bin unterwegs«, antwortete Suzie.

»Sind Sie in Schwierigkeiten?«

»Haben Sie von einer Insel gehört, auf die sich meine Großmutter von Zeit zu Zeit begab?«

Knopf blieb stumm.

»Ist das als ein ›Ja‹ zu verstehen?«

»Fahren Sie unter keinen Umständen dorthin.«

»Haben Sie mir andere Sachen dieser Art verschwiegen?«

»Nur das, was Ihnen hätte wehtun können.«

»Was würde mir wehtun, Knopf?«

»Ihre Illusionen zu verlieren. Die haben Ihre Kindheit bestimmt. Aber wie könnte man es Ihnen vorwerfen, Sie waren so einsam.«

»Versuchen Sie gerade, mir etwas zu erklären?«

»Liliane war Ihre Heldin. Sie haben ihre Geschichte gemäß den Fantastereien Ihrer Mutter erfunden. Aber es tut mir leid, Suzie, sie war nicht die Frau, die Sie sich vorgestellt haben.«

»Und wenn Sie mich aufklären würden, Knopf, jetzt, wo ich erwachsen bin?«

»Liliane hat Ihren Großvater betrogen.«

»Wusste er es?«

»Natürlich wusste er es, er hat aber weggesehen. Er liebte sie zu sehr, um das Risiko einzugehen, sie zu verlieren.«

»Ich glaube Ihnen nicht.«

»Nichts zwingt Sie dazu. Auf alle Fälle werden Sie die Wahrheit bald selbst entdecken, denn wie ich Sie kenne, sind Sie längst unterwegs zu dem See.«

Jetzt hielt Suzie den Atem an.

»Wenn Sie nach Schroon kommen, wenden Sie sich an den Besitzer des Lebensmittelladens, es gibt nur einen. Der Rest ist Ihre Sache, aber wenn ich meinen Rat wiederholen darf, der wirklich aus tiefstem Herzen kommt: Kehren Sie um!«

»Warum sollte ich?«

»Weil Sie zerbrechlicher sind, als Sie es wahrhaben wollen, und sich an Illusionen klammern.«

»Wer war ihr Liebhaber?«, fragte Suzie und presste die Lippen zusammen.

Knopf legte auf, ohne zu antworten.

Auf den Zigarettenautomaten gestützt, wartete Andrew geduldig, bis Suzie ihr Handy wieder eingesteckt hatte. Dann steuerte er erneut auf ihren Tisch zu.

Knopf legte den Telefonhörer zurück auf die Gabel und kreuzte die Arme im Nacken.

»Wann gibt es mal eine ganze Nacht, ohne dass man gestört würde?«, fragte sein Gefährte.

»Schlaf, Stan, es ist spät.«

»Soll ich dich mit deiner Schlaflosigkeit allein lassen? Wenn du dich sehen könntest! Was plagt dich so?«

»Nichts, ich bin müde.«

»War sie es?«

»Ja.«

»Nimmst du es dir übel?«

»Ich weiß es selbst nicht mehr, manchmal ja, manchmal nein.«

»Was weißt du nicht mehr?«, fragte Stan und strich Knopf übers Haar.

»Wo sich die Wahrheit befindet.«

»Diese Familie macht dich seelisch kaputt, seitdem ich dich kenne, und bald feiern wir unser vierzigjähriges Zusammenleben. Egal wie es ausgehen mag, aber wenn das irgendwann ein Ende haben könnte, wäre ich wirklich erleichtert.«

»Was unser Leben verdirbt, ist das Versprechen, das ich gegeben habe.«

»Dieses Versprechen hast du gegeben, weil du jung warst und verliebt in einen Senator. Auch weil wir kein Kind haben und du beschlossen hast, eine Rolle zu übernehmen, die nicht die deine ist. Wie oft habe ich dich gewarnt? Du kannst dieses doppelte Spiel nicht ewig fortsetzen. Am Ende gehst du dabei drauf.«

»Was kann das in meinem Alter schon machen? Und red keinen Blödsinn, ich habe Walker bewundert, er war mein Mentor.«

»Er war weit mehr als das für dich. Soll ich das Licht ausmachen?«, sagte Stanley.

»Ich war hoffentlich nicht zu lange fort?«, fragte Andrew und setzte sich.

»Nein, ich habe ins Schneegestöber gestarrt. Das ist wie beim Kaminfeuer, man kann gar nicht aufhören.«

Die Kellnerin kam mit der Thermoskanne zurück und füllte erneut ihre Kaffeetassen. Andrew bemerkte das Namensschildchen, das auf ihre Bluse geheftet war.

»Sagen Sie, Anita, ist das Motel gegenüber in Ordnung?«

Anita hatte die sechzig überschritten, trug falsche Wimpern, lang wie die einer Barbiepuppe, ihr Mund verschwand unter einer dicken Schicht Lippenstift, und die Schminke auf ihren Wangen betonte noch die Falten eines langweiligen Lebens als Bedienung in einem Straßenlokal im Norden des Staates New York.

»Sie kommen aus New York?«, fragte sie und kaute dabei lässig auf ihrem Kaugummi. »Ich war einmal dort. Times Square und Broadway, toll, ich erinnere mich noch. Wir sind stundenlang gelaufen, und ich hatte schon einen steifen Hals vom vielen Hochschauen zu den Wolkenkratzern. Schrecklich, was mit den Zwillingstürmen passiert ist. Wenn ich bedenke, dass ich ganz oben war, im Windows on the World, wird mir richtig schwer ums Herz. Man muss schon verrückt sein, um so etwas zu tun.«

»Ja, man muss verrückt sein«, erwiderte Andrew.

»Als sie diesen Dreckskerl erledigt haben, haben wir hier alle vor Freude geweint. Ich nehme an, dass Sie in Manhattan so richtig einen draufgemacht haben, um das Ereignis zu feiern.«

»Wahrscheinlich«, meinte Andrew und seufzte leise. »Ich war allerdings zu der Zeit nicht dort.«

»Schade, dass Ihnen das entgangen ist. Mein Mann und ich haben uns vorgenommen, zu meinem siebzigsten Geburtstag noch einmal nach New York zu reisen. Zum Glück muss ich dazu nicht gleich morgen die Koffer packen.«

»Und dieses Motel, Anita, wie ist das?«

»Es ist sauber, was ja schon mal nicht schlecht ist. Für eine Hochzeitsreise mit einem so hübschen Mädchen ist es allerdings nicht gerade die Copacabana«, fügte die Kellnerin mit einer Stimme hinzu, die so spitz war wie ihre Absätze. »Es gibt ein etwas schickeres Holiday Inn, etwa zwanzig Meilen entfernt, doch bei diesem Wetter würde ich auf eine Weiterfahrt verzichten. Und wenn man sich liebt, genügt ein gutes Kopfkissen. Kann ich Ihnen noch etwas bringen? Die Küche schließt bald.«

Andrew reichte ihr einen Zwanzigdollarschein, dankte ihr für ihr Taktgefühl, ein Kompliment, das sie wörtlich nahm, und machte ihr ein Zeichen, den Rest zu behalten.

»Sagen Sie dem Wirt, dass ich Sie geschickt habe, dann macht er Ihnen einen guten Preis. Und verlangen Sie ein Zimmer, das nach hinten rausgeht. Sonst werden Sie von den Lastwagen geweckt, die morgens hier parken – und das sind nicht eben wenige.«

Andrew und Suzie überquerten die Straße. Andrew fragte den Motelbesitzer, ob er zwei freie Zimmer habe, doch Suzie widersprach, eines würde genügen.

Ein großes Bett, ein abgenutzter Teppichboden, ein noch schäbigerer Sessel, ein Beistelltisch aus den Siebzigerjahren und ein Fernseher aus derselben Zeit, das war die Einrichtung dieses Zimmers im ersten Stock des tristen Gebäudes.

Das Badezimmer war kaum einladender, doch heißes Wasser war genügend vorhanden.

Andrew nahm eine Decke aus dem Schrank, ein Kopfkissen vom Bett und bereitete sein Lager auf der Fensterseite. Er schlüpfte unter die Laken und ließ die Nachttischlampe an, während Suzie duschte. Ein Handtuch um die Taille gewickelt, die Brüste entblößt, kam sie aus dem Bad und schmiegte sich sofort an ihn.

»Tun Sie das nicht«, sagte er.

»Ich habe noch nichts getan.«

»Ich habe seit Langem keine nackte Frau mehr gesehen.«

»Und wie fühlt es sich an?«, fragte sie und ließ die Hand unter das Laken gleiten.

Ihre Hand, fest um sein Glied gelegt, bewegte sich vor und zurück. Seine Kehle war so zugeschnürt, dass er kein Wort hervorbrachte. Sie machte weiter, bis er zum Orgasmus kam. Nun wollte er ihr seinerseits Lust bereiten, doch sie schob ihn sanft zurück und schaltete das Licht aus.

»Ich kann nicht«, murmelte sie. »Noch nicht.«

Dann schlang sie die Arme um ihn und schloss die Augen.

Andrew ließ die seinen geöffnet, richtete den Blick an die Decke und hielt den Atem an. Sein Unterleib klebte an den Laken und bereitete ihm Unbehagen. Und er hatte das Empfinden, einen Fehler begangen zu haben, eine unverzeihliche Sünde, weil er nicht hatte widerstehen können und die bei ihm, nachdem die Lust verebbt war, ein elendes Gefühl hinterließ.

Suzies Atem wurde ruhiger. Andrew stand auf und schlich zur Minibar, die unter dem Fernseher eingebaut war. Er öffnete sie, betrachtete sehnsüchtig die kleinen Alkoholflaschen, die im Licht verführerisch schimmerten, und schloss die Tür wieder.

Anschließend ging er ins Bad und drückte die Stirn gegen das Fenster. Der Schneesturm fegte über die Felder, die sich bis über die Horizontlinie hinaus zu erstrecken schienen. Ein verrostetes Windrad drehte sich ächzend um seine Achse, das Dach einer Scheune krachte unter den Attacken des Windes, eine triste Vogelscheuche mit dem Gebaren eines mageren Tänzers schien eine unwahrscheinliche Arabeske ausführen zu wollen. New York ist weit entfernt, dachte Andrew, aber das Amerika meiner Kindheit ist hier, intakt an diesen entlegenen Orten. Und er wünschte sich, das beruhigende Gesicht seines Vaters wiederzusehen, und sei es nur für einen Augenblick.

Als er ins Schlafzimmer zurückkehrte, hatte Suzie das Bett verlassen und sich für den Rest der Nacht am Boden eingerichtet.

Der Gastraum des Fast-Food-Lokals hatte nichts mehr mit dem vom Vorabend zu tun. Eine Kakofonie von Stimmen empfing sie am Morgen. Die Nischen und Hocker, die am Vorabend leer gewesen waren, waren jetzt alle besetzt. Anita lief von einem Tisch zum anderen und trug auf dem Unterarm mehrere halb übereinandergestapelte Teller, die sie mit der Gewandtheit eines Balancierkünstlers verteilte.

Sie bedachte Andrew mit einem Augenzwinkern und deutete auf einen kleinen Tisch, den zwei Lkw-Fahrer gerade verlassen wollten.

Suzie und Andrew ließen sich dort nieder.

»Nun, haben die beiden Turteltauben gut geschlafen? Ganz schöner Sturm heute Nacht. Sie hätten die Straße im Morgengrauen sehen müssen, sie war ganz weiß, aber der Schnee hat nicht gehalten. Trotzdem waren es fast dreißig Zentimeter. Was darf ich Ihnen bringen? Einen Hamburger? Das ist natürlich ein Witz, aber nachdem Sie Pancakes am Abend essen …«

»Zwei Kaffee und zwei Omeletts, meines ohne Schinken«, erwiderte Suzie.

»Ach, sie hat ja eine Stimme, die Prinzessin! Gestern dachte ich schon, Sie wären stumm. Zwei Omeletts, eines ohne Schinken und zwei Kaffee«, trällerte Anita und entschwebte Richtung Theke.

»Wenn man bedenkt, dass ein Mann in ihrem Bett schläft«, meinte Suzie mit leisem Spott.

»Ich finde sie nicht übel, sie muss mal hübsch gewesen sein.«

»Broadway, toll!«, rief Suzie mit schriller Stimme und tat dabei so, als würde sie auf einem Kaugummi kauen.

»Ich bin in einem Kaff wie diesem groß geworden«, sagte Andrew. »Die Menschen, die hier leben, sind großzügiger als meine New Yorker Nachbarn.«

»Dann ziehen Sie in ein anderes Viertel!«

»Dürfte ich wissen, was Sie in derart gute Laune versetzt?«

»Ich habe schlecht geschlafen, und ich verabscheue das Geräusch, wenn mein Magen leer ist.«

»Gestern Abend …«

»Gestern Abend war gestern Abend, und ich habe keine Lust, darüber zu sprechen.«

Anita brachte ihnen ihr Frühstück.

»Was führt Sie hierher?«, fragte sie und stellte ihnen Teller und Tassen hin.

»Wohlverdienter Urlaub«, erwiderte Andrew. »Wir besuchen die Adirondacks.«

»Dann schauen Sie sich das Reservat Tupper Lake an. Es ist nicht gerade die beste Jahreszeit, doch selbst im Winter ist es großartig.«

»Ja, wir fahren zum Tupper Lake«, sagte Andrew.

»Machen Sie halt im Naturkundemuseum, es ist einen Umweg wert.«

Suzie konnte nicht mehr. Sie bat um die Rechnung, und Anita begriff, dass ihre Anwesenheit nicht mehr erwünscht war. Sie kritzelte etwas auf ihren Block und reichte Suzie den abgerissenen Zettel.

»Trinkgeld inklusive«, sagte sie und entfernte sich erhobenen Hauptes.

Eine halbe Stunde später durchquerten sie das Dorf Schroon Lake.

Andrew hielt am Rand der Hauptstraße an.

»Parken Sie vor dem Lebensmittelladen«, sagte Suzie.

»Und dann?«

»In so einem Kaff ist der Gemischtwarenhändler immer eine wichtige Person. Ich weiß, wovon ich rede.«

Besagter Laden hatte etwas von einem großen Basar. Zu beiden Seiten des Eingangs waren Kisten mit Gemüse und Gepökeltem gestapelt. Die Regale in der Mitte waren mit Haushaltsartikeln gefüllt, der hintere Teil des Geschäfts war Eisenwaren und Handwerksartikeln vorbehalten. Man fand alles bei Broody & Sons, außer einem Anflug von Modernität. Suzie wandte sich an den Mann, der hinter der Kasse stand, und bat ihn, mit dem Eigentümer sprechen zu dürfen.

»Sie haben ihn direkt vor sich«, erwiderte Dylon Broody mit seinen knapp dreißig Jahren.

»Derjenige, den ich suche, ist ein wenig älter als Sie.«

»Jack ist in Afghanistan und Jason im Irak, ich hoffe, Sie haben keine schlechten Nachrichten?«

»Ich meine die Generation davor«, sagte Suzie, »und nein, keine schlechten Nachrichten.«

»Mein Vater ist gerade mit der Buchhaltung beschäftigt, da sollte man ihn nicht stören.«

Suzie lief durch den Laden und klopfte an die Bürotür, dicht gefolgt von Andrew.

»Lass mich in Ruhe, Dylon, ich bin noch nicht fertig«, hörte sie ihn rufen.

Suzie trat als Erste ein. Elliott Broody war ein kleiner Mann mit zerfurchtem Gesicht. Er hob den Kopf von seinem großen Heft und betrachtete seine unerwartete Besucherin mit gerunzelter Stirn. Anschließend rückte er seine Brille zurecht und vertiefte sich erneut in seine Arbeit.

»Wenn Sie mir etwas verkaufen wollen, sind Sie hier an der falschen Adresse. Ich mache gerade Inventur, nachdem meine Niete von Sohn nichts von Lagerhaltung versteht.«

Suzie zog ein Foto aus ihrer Tasche und legte es mitten auf das Heft.

»Haben Sie diese Frau gekannt?«

Der Mann betrachtete die verblichene Fotografie eingehend, hob endlich den Blick und fixierte Suzie. Dann stand er auf und hielt das Schwarz-Weiß-Bild von Liliane Walker neben das fast ebenso blasse Gesicht ihrer Enkelin.

»Mein Gott, wie Sie ihr ähnlich sehen«, sagte der alte Mann schließlich. »Das ist schon so lange her. Was ich nicht verstehe – Sie sind viel zu jung, um ihre Tochter zu sein.«

»Liliane war meine Großmutter. Sie haben sie also gekannt?«

»Schließen Sie die Tür, und setzen Sie sich. Oder, nein«, besann er sich, »nicht hier.«

Er nahm seine Lammfelljacke von der Garderobe und drehte den Schlüssel im Schloss einer kleinen Tür, die sich auf ein Stück Brachland hinter dem Laden öffnete.

»Hier rauche ich immer heimlich«, gestand Elliott und hob den Deckel einer Tonne. Er holte eine Schachtel Zigaretten hervor und bot seinen beiden Besuchern eine an, bevor er sich selbst eine zwischen die Lippen schob und ein Streichholz anzündete.

»Nachher gehen wir einen Kaffee trinken, ja?«

Suzies Anspannung war fast greifbar. Andrew legte eine Hand auf ihre Schulter und gab ihr durch einen eindringlichen Blick zu verstehen, sich nichts anmerken zu lassen.

»Im Dorf haben wir Ihre Großmutter Mata Hari genannt.«

»Warum dieser Name?«

»Jeder im Dorf wusste, warum sie hierherkam. Anfangs war das nicht gern gesehen, aber Ihre Großmutter besaß die Gabe, ihr Umfeld zu bezirzen. Sie war freundlich und großzügig. Und deshalb haben die Leute aus der Umgebung schließlich ein Auge zugedrückt und sie so gemocht, wie sie war.«

»Ein Auge zugedrückt, weshalb?«, fragte Suzie mit bebender Stimme.

»Das alles hat keine Bedeutung mehr, es gehört der Vergangenheit an. Was zählt, ist das, was sie Ihnen hinterlassen hat. Ich ahnte wohl, dass eines Tages jemand kommen würde, wenn so viel Geld im Spiel ist, aber ich hatte mit ihrer Tochter gerechnet.«

»Meine Großmutter hat etwas für mich hier in Ihrem Laden zurückgelassen?«

Elliott Broody brach in Lachen aus.

»Nein, nicht wirklich. Es würde nicht ganz in meinen Schuppen hier passen.«

»Was würde nicht passen? Wovon sprechen Sie?«

»Kommen Sie mit«, sagte Elliott und zog einen Schlüsselbund aus seiner Tasche.

Er lief voraus zu einem Pick-up, der im Hof geparkt war.

»Wir haben alle drei vorn Platz«, sagte er und öffnete die Beifahrertür. »Steigen Sie ein!«

Das Leder der Sitzbank war ähnlich rissig wie Elliotts Gesichtshaut. Im Wageninneren roch es nach Benzin. Der Motor stotterte und sprang dann an. Elliott legte den ersten Gang ein, und der Pick-up machte einen Satz nach vorn.

Als er am Schaufenster seines Ladens vorbeifuhr, hupte Broody und winkte seinem Sohn zu, der ihm verdattert hinterhersah. Nach etwa drei Kilometern bog der Wagen in einen Feldweg ein und hielt schließlich vor einem Anlegesteg.

»Wir sind fast da«, sagte der Mann und stieg aus.

Er lief bis ans Ende des Stegs und bedeutete den beiden, in das Boot zu steigen, das dort befestigt war. Elliott spuckte in die Hände, bevor er mit aller Kraft am Seilzughandstarter des alten Zweitaktmotors zog, der erst beim dritten Versuch ansprang. Andrew erbot sich, ihm zu helfen, bekam aber nur einen finsteren Blick zur Antwort.

Das Boot hinterließ einen weißen Kielwasserstreifen auf dem See, der so schnell verschwand, wie er entstanden war, während sie auf eine kleine bewaldete Insel zusteuerten.

»Wohin fahren wir?«, fragte Suzie.

Elliott Broody lächelte, bevor er ihr antwortete: »In die Vergangenheit, zu Ihrer Großmutter.«

Das Boot umrundete die Insel und legte seitlich an einem Steg an. Elliott schaltete den Motor aus, sprang an Land, eine Leine in der Hand, die er um einen Poller wickelte. Der Vorgang war ihm offensichtlich vertraut. Suzie und Andrew folgten ihm.

Sie liefen einen Weg hinauf, der sich durch den Wald schlängelte. Gegen den dunklen Himmel, an dem sich Schneeregen ankündigte, zeichnete sich ein Schornstein ab, grau wie getrockneter Lehm.

»Hier lang«, rief Elliott Broody, als sie eine Weggabelung erreichten, an der ein Schuppen stand. »Weiter geradeaus befindet sich ein hübscher kleiner Strand. Ihre Großmutter ging dort liebend gerne bei Sonnenuntergang spazieren, doch das ist jetzt natürlich nicht die richtige Jahreszeit. Noch ein paar Schritte, und wir sind da«, fügte er hinzu.

Und hinter einer Kiefernhecke entdeckten Suzie und Andrew ein verschlafenes Haus.

»Das ist das Landhaus Ihrer Großmutter«, verkündete Elliott Broody. »Die ganze Insel gehörte ihr, und jetzt, denke ich, gehört sie Ihnen.«

»Ich verstehe nicht«, sagte Suzie.

»Damals gab es einen kleinen Flugplatz nördlich vom Dorf. An zwei Freitagen im Monat landete dort eine Piper

Cherokee mit Ihrer Großmutter an Bord. Sie verbrachte das Wochenende hier und reiste am Montag wieder ab. Mein Vater kümmerte sich um den Besitz, ich war sechzehn und ging ihm zur Hand. Doch seit dem Ende des Sommers 1966 ist das Haus unbewohnt. Ein Jahr nach dem Tod Ihrer Großmutter war ihr Ehemann hier zu Besuch. Wir hatten ihn vorher nie gesehen, und das natürlich aus gutem Grund. Er sagte, ihm sei daran gelegen, dass dieses Haus in Familienbesitz bleibe. Es sei das einzige Hab und Gut seiner Frau, das nicht vom Staat konfisziert worden sei. Er erklärte uns, der Eigentumsnachweis sei auf den Namen einer Firma ausgestellt und deshalb unantastbar. Kurz, das ging uns alles nichts an, und die Dinge waren traurig und peinlich genug, sodass wir keine weitere Fragen stellten. Jeden Monat erhielten wir eine Überweisung, um das Haus in gutem Zustand zu erhalten und den Wald zu säubern. Als mein Vater starb, habe ich die Nachfolge angetreten.«

»Unentgeltlich?«, wollte Andrew wissen.

»Nein, die Überweisungen wurden fortgesetzt und von Jahr zu Jahr sogar ein wenig erhöht. Das Haus ist tadellos in Schuss. Das soll nicht heißen, dass Sie keinen Staub darin finden, aber zusammen mit meinen Söhnen habe ich das Beste daraus gemacht, auch wenn es jetzt, da zwei im Krieg sind, etwas schwieriger ist. Alles funktioniert, letztes Jahr wurde der Boiler ausgetauscht, das Dach wird repariert, sobald es nötig ist, der Kamin zieht gut, und der Gastank ist voll. Ein gründlicher Hausputz, und alles ist wie neu. Sie sind bei sich zu Hause, junge Frau, denn das war der Wille Ihres Großvaters«, erklärte Elliott und reichte Suzie einen Schlüssel.

Lange betrachtete Suzie das Haus. Dann stieg sie die Stufen der Außentreppe hinauf und steckte den Schlüssel ins Schloss.

»Ich helfe Ihnen«, sagte Elliott, »diese Tür ist äußerst launisch. Man muss den Trick heraushaben.«

Sie traten in ein großes Wohnzimmer, dessen Möbel mit weißen Laken abgedeckt waren.

Elliott öffnete die Fensterläden, und das Licht drang in den Raum. Über einem riesigen Kamin hing das Porträt von Suzies Großmutter, die ihrer Enkelin zuzulächeln schien.

»Unglaublich, wie Sie ihr ähneln«, meinte Andrew. »Der Augenausdruck ist derselbe, auch die Mundpartie.«

Suzie näherte sich dem Bild, ihre Emotionen waren ihr anzumerken. Sie reckte sich auf die Fußspitzen und strich mit einer Geste voller Zärtlichkeit, aber auch einer gewissen Trauer über den unteren Teil des Gemäldes.

»Soll ich die Laken von den Möbeln abnehmen?«, fragte Elliott Broody.

»Nein, ich würde mir lieber zuerst das obere Stockwerk ansehen.«

»Warten Sie einen Augenblick«, sagte der Gemischtwarenhändler und verließ das Haus.

Suzie lief durch das Wohnzimmer, legte die Hand auf Möbel und Fensterbänke, drehte sich immer wieder um und betrachtete die Räumlichkeiten aus einem anderen Blickwinkel. Andrew beobachtete sie schweigend.

Man vernahm das Brummen eines Motors, und plötzlich gingen die Birnen des Lüsters an, der von der Decke hing.

Elliott kam zurück.

»Der Strom wird von einem Aggregat geliefert. Man gewöhnt sich an das Geräusch. Sie finden es in dem Gärtnerschuppen, für den Fall, dass es ausgeht. Ich werfe es jeden Monat an, der Dieseltank ist fast voll. Die Generatorleistung ist ausreichend, aber lassen Sie nicht alles gleichzeitig laufen. Ich habe auch den Boiler angestellt, in etwa einer

Stunde haben Sie heißes Wasser. Bade- und Schlafzimmer sind oben, folgen Sie mir.«

Die Treppe roch nach Ahorn, und das Geländer wackelte ein wenig, wenn man sich darauf stützte. Oben angekommen, zögerte Suzie vor der Tür ihr gegenüber.

Andrew drehte sich um und machte Broody ein Zeichen, mit ihm runterzugehen.

Suzie bemerkte gar nicht, dass sie sich entfernten, legte die Hand auf den Türknauf und betrat Lilianes Schlafzimmer.

Hier war keines der Möbelstücke abgedeckt. Das Zimmer war so zurechtgemacht, als würden seine Bewohner jeden Augenblick eintreffen. Eine dicke Tagesdecke mit rot-grünen indischen Motiven lag über dem breiten Bett ausgebreitet, auf dem zwei große Kissen zum Ausruhen einluden. Zwischen zwei Fenstern, umrahmt von Weinlaub, standen ein Schreibtisch und ein Stuhl aus Birkenholz. Ein großer Appalachen-Teppich bedeckte den Holzfußboden mit seinen teils faustgroßen Knoten, und auf der rechten Seite befand sich ein Kamin, geschwärzt von vielen Feuern an langen, kalten Winterabenden.

Suzie öffnete die Schublade einer Kommode. Sie entdeckte darin sorgfältig gefaltete Kleidungsstücke, dazwischen Seidenpapier.

Sie nahm eine Stola heraus, legte sie sich um die Schultern und betrachtete sich prüfend im Spiegel. Dann trat sie ins Badezimmer und näherte sich dem Emailwaschbecken. Ein Glas mit zwei Zahnbürsten und zwei Flakons standen auf der Ablage darüber. Ein Damen- und ein Herrenparfüm. Sie öffnete die Fläschchen und roch daran. Dann verließ sie das Bad.

Als sie zurück ins Wohnzimmer kam, war Andrew dabei, die Laken von den Möbeln abzunehmen.

»Wo ist Broody?«

»Er ist zurückgefahren. Er ging davon aus, dass wir die Nacht hier verbringen wollen. Er hat mir gesagt, sein Sohn würde uns am Nachmittag eine Kiste mit Vorräten auf den Steg stellen. Ich hole sie nachher ab. Anschließend machen wir einen Rundgang durch Ihren Besitz, wenn Sie wollen.«

»Ich kann es mir immer noch nicht vorstellen.«

»Dass Sie die Erbin eines derart schönen Anwesens sind?«

»Dass meine Großmutter einen Geliebten hatte.«

»Das ist vielleicht nur Dorfklatsch.«

»Ich hab dort oben ein Herrenparfüm gefunden, das nicht meinem Großvater gehörte.«

In diesem Moment öffnete sich die Tür, und Elliott Broody kam außer Atem herein.

»Ich hab vergessen, Ihnen meine Telefonnummer zu geben. Wenn Sie irgendetwas brauchen, rufen Sie mich an.«

»Mister Broody, wer war der Liebhaber meiner Großmutter?«, fragte Suzie.

»Niemand hat ihn gesehen. Er traf am Freitagabend nach Ihrer Großmutter ein und brach am Sonntag auf. Wir brachten den Proviant vor seiner Ankunft, und während des Wochenendes war es uns verboten, uns der Insel zu nähern. Mein Vater hätte es sich niemals erlaubt, sich dieser Vorschrift zu widersetzen. Ihre Großmutter war in dieser Hinsicht sehr streng.«

Andrew näherte sich Broody und sagte: »Ich will gerne glauben, dass Ihr Vater streng war, doch ein Junge von sechzehn Jahren wird kaum der Versuchung widerstehen, ein Verbot zu brechen.«

Broody senkte den Blick und hüstelte.

»Ich muss es unbedingt wissen«, beharrte Suzie. »Sie

haben doch selbst gesagt, das ist eine alte Geschichte! Was kann das jetzt noch ausmachen?«

»Ich halte dieses Haus seit vierzig Jahren in Ordnung, ich werde jeden Monat bezahlt, ohne jemals mein Geld einfordern zu müssen. Das gilt nicht für all meine Kunden. Ich will keinen Ärger.«

»Welche Art von Ärger denn?«, wollte Andrew wissen.

»Ihr Großvater hatte sich von meinem Vater das Ehrenwort geben lassen, dass er nie etwas von den Eskapaden seiner Frau erzählt. Wenn irgendjemand egal was erführe, würde die Insel verkauft und die Zahlung eingestellt.«

Andrew wühlte in seiner Hosentasche und zog fünf Zwanzigdollarnoten hervor. »Ich möchte Ihnen zwei Fragen stellen, Mister Broody. Die erste ist: Wer überweist Ihnen monatlich das Geld?«

»Nichts verpflichtet mich, Ihnen zu antworten, doch ich werde es trotzdem tun, weil ich aufrichtig sein möchte«, sagte Broody und nahm die Scheine an sich. »Mir werden viertausend Dollar überwiesen, was dem Arbeitsaufwand auf der Insel entspricht. Die Zahlungen werden von einer Firma ausgeführt, mehr weiß ich nicht. Ich kenne nur diesen Namen, der auf meinen Kontoauszügen erscheint.«

»Und wie lautet der Name?«

»Brewswater Norvegian Inc.«

»Und jetzt die zweite Frage: Wer war der Mann, der seine Wochenenden in Begleitung von Liliane Walker verbrachte?«

»Wir waren fast noch Kinder. Im Sommer ging Ihre Großmutter gerne mit ihm zusammen zum Baden. Sie war wirklich wunderschön. Von Zeit zu Zeit sind wir rübergeschwommen und haben uns im Unterholz der Bucht versteckt. Er war damals noch nicht sehr bekannt. Ich habe ihn nur zweimal gesehen, das schwöre ich. Erst sehr viel später habe ich begriffen, wer es war.«

»Bla, bla, bla ...« Suzie seufzte. »Wer war es?«

»Schon komisch, Ihre Großmutter schimpfte ganz ähnlich, wenn sie ungeduldig wurde. Es war ein ebenso betuchter wie einflussreicher Mann«, fuhr Elliott Broody fort, »absolut nicht von der Sorte, den Sie gern als Feind hätten. Und das Verrückte an der Sache ist, dass Ihre Großmutter nicht der einzige Streitpunkt zwischen Ihrem Großvater und ihm war. Stellen Sie sich vor, dass die Gattin eines demokratischen Senators eine Liaison mit einem Republikaner eingeht. Aber all das ist Vergangenheit und muss es auch bleiben. Welcher Teufel hat mich geritten, Ihnen das zu erzählen?«

Suzie trat auf den Gemischtwarenhändler zu und ergriff seine Hand.

»Diese Familiengeheimnisse gehören mir, und von jetzt an werde ich für den Unterhalt dieses Anwesens zahlen. Also, Mister Broody, erachten Sie dies als die erste Anordnung einer Hausherrin, die ebenso anspruchsvoll und dickköpfig ist wie ihre Großmutter, und sagen Sie mir, was Sie wissen.«

Broody zögerte einen Moment. »Begleiten Sie mich zu meinem Boot, ich werde zu Hause erwartet«, sagte er schließlich.

Auf dem Weg zurück zum Anlegesteg begann Elliott Broody zu erzählen.

»Ich muss Ihnen etwas sagen, das ich Ihrem Großvater anvertraut habe, als er hierhergekommen ist. Ihre Großmutter und ihr Geliebter haben sich auf dieser Insel getrennt. Am Tag ihres Streits hatte ich mich zusammen mit ein paar Kameraden dort drüben hinter den Bäumen versteckt. Wir wussten nicht, was der Zündstoff für ihren Zwist gewesen war, sie waren auch nicht laut genug, als dass wir es von unserem Beobachtungsposten aus hätten verstehen können. Doch als der Wortwechsel heftiger wurde, waren wir gleichsam auf den Logenplätzen und haben unglaubliche Flüche zu hören bekommen – wobei wir schon den einen oder anderen kannten. Sie beschimpfte ihn als Feigling, als Mistkerl; den Rest übergehe ich lieber, ich würde nicht wagen, es zu wiederholen. Sie schrie ihn an, sie wollte ihn nie wiedersehen und würde um jeden Preis bis ans Ende gehen, mit oder ohne ihn. Er verlor die Fassung und ohrfeigte sie mehrmals. Und wie! So sehr, dass meine Kameraden und ich uns zu fragen begannen, ob wir nicht eingreifen müssten. Niemand darf die Hand gegen eine Frau erheben. Aber als sie in den Sand gefallen ist, hat er sich schließlich beruhigt. Er hat seine Sachen zusammengepackt, ist mit dem Boot weggefahren und hat sie auf der Insel zurückgelassen.«

»Und was hat sie daraufhin gemacht?«, insistierte Suzie.

»Ich schwöre Ihnen, junge Frau, wenn mein Vater mir auch nur eine von den Ohrfeigen versetzt hätte, die sie einstecken musste, wäre ich in Tränen ausgebrochen. Ihre Großmutter aber hat nicht eine einzige vergossen! Nur zu gerne hätten wir ihr geholfen, haben uns aber nicht getraut. Sie kniete noch eine Weile am Boden, stand dann auf und lief zum Haus. Am nächsten Tag kam ich heimlich zurück, um nachzuschauen, wie es ihr ginge, aber sie war schon fort. Ich habe sie nie wiedergesehen.«

»Wer war dieser Gentleman«, wollte Andrew wissen.

»Ein Mann, der kurz darauf geheiratet hat und dessen Einfluss ständig wuchs, bis er Jahre später in die höchsten Sphären der Macht aufstieg. Jetzt habe ich aber genug ausgeplaudert. Ich verlasse Sie«, sagte Elliott Broody und sprang in sein Boot. »Wenn mein Sohn Ihnen nachher den

Proviant bringt, stellen Sie ihm keine Fragen. Er weiß nichts von alledem. Ich habe ihm niemals davon erzählt und auch sonst niemandem. Genießen Sie Ihren Aufenthalt hier, es ist ein ruhiger, herrlicher Ort.«

Das Boot von Elliott Broody war bald nur noch ein Punkt am Horizont. Suzie und Andrew sahen sich verdutzt an.

»Das sind eine Menge Informationen, die wir verdauen, und viele Spuren, die wir verfolgen müssen.«

»Warum hat mein Großvater so sehr darauf gedrängt, die Insel zu behalten? Das muss für ihn doch ein albtraumhafter Ort gewesen sein.«

»Ich überlasse es Ihnen, dieses Familiengeheimnis zu lüften. Was mich zunächst interessiert, ist, was es mit dieser Firma auf sich hat, die unseren Gemischtwarenhändler, der uns nicht alles gesagt hat, so großzügig bezahlt. Ich wüsste auch gerne, wovon Ihre Großmutter sprach, als sie ihrem Geliebten drohte, bis ans Ende zu gehen, mit oder ohne ihn.«

»Auf was hat er wohl angespielt, als er sagte: ›bis er in die höchsten Sphären der Macht aufstieg‹?«

»Keine Ahnung«, erwiderte Andrew.

Sie trennten sich oben an der Gabelung des Wegs. Andrew betrat den Schuppen, und Suzie lief durch den Wald ins Haus zurück.

In einer Ecke des Wohnzimmers entdeckte sie die Umrisse eines Flügels. Suzie entfernte das Laken, öffnete den Deckel und legte die Hände auf die Tasten.

Kurz darauf tauchte Andrew, die Arme voller Holzscheite, auf.

»Spielen Sie uns etwas vor?«, fragte er. »Die Stille hier ist bedrückend.«

Mit einem traurigen Lächeln hob Suzie die Hände und deutete mit dem Blick auf Zeige- und Mittelfinger, an denen das letzte Glied fehlte. Andrew legte das Holz vor dem Kamin ab und setzte sich neben Suzie. Er klimperte ein paar Töne mit der rechten Hand und versetzte seiner Nachbarin einen verschwörerischen Rippenstoß. Sie zögerte und spielte dann die Akkorde, die Andrews Melodie begleiteten.

»Sehen Sie, wir ergänzen uns bestens«, sagte er und beschleunigte das Tempo.

Dann kehrte jeder zu seiner Beschäftigung zurück. Andrew holte mehr Holz als nötig herein, aber er verspürte das Bedürfnis, irgendetwas Sinnvolles zu tun. So als würde ihm das Schleppen an der frischen Luft helfen, einen klaren Kopf zu bekommen. Suzie wiederum machte sich daran, systematisch Schubladen und Schrankfächer zu inspizieren.

»Sie vergeuden Ihre Zeit. Sie können sich ja wohl vorstellen, dass dieses Haus vom Keller bis zum Dachboden durchwühlt worden ist«, meinte Andrew und beugte sich unter den Kaminsturz.

Er griff nach der Kette, mit der die Klappe geöffnet wurde, und zog daran. Ein matter Lichtstrahl vom grauen Himmel erschien, während Rußteilchen herabrieselten.

»Spielen Sie jetzt den Weihnachtsmann?«, fragte Suzie, als sie sah, wie er den Kopf geradewegs in den Rauchabzug steckte.

»Könnten Sie mir die Taschenlampe bringen, die da auf dem Tisch liegt?«

Suzie tat wie geheißen.

»Was ist dort?«

»Etwas Sonderbares«, antwortete er.

Der Kamin war groß genug, dass auch Suzie darin Platz fand.

»Schauen Sie«, sagte Andrew und richtete den Strahl der Lampe nach oben. »Der Abzug ist mit Ruß bedeckt, der Mörtel zwischen den Backsteinen ist überall geschwärzt, außer um diesen herum, direkt über meinem Kopf. Es müsste Werkzeug in dem Schuppen geben. Kommen Sie mit.«

Suzie fröstelte, als sie auf die Veranda trat. Andrew zog seine Jacke aus und legte sie ihr über die Schultern.

»Es fängt jetzt an, wirklich kalt zu werden«, sagte er.

Und während sie auf den Gärtnerschuppen zugingen, vernahmen sie aus der Ferne das Geräusch eines kleinen Außenbordmotors.

»Das muss der Sohn von Broody sein, der uns unser Abendessen bringt. Das trifft sich gut, ich sterbe nämlich vor Hunger. Suchen Sie einen großen Schraubenzieher und einen Hammer. Ich hole inzwischen unseren Proviant vom Anlegesteg und bin gleich zurück.«

Suzie sah, wie sich Andrew auf dem Pfad entfernte, und betrat den Schuppen.

Beim Öffnen der Tür fielen mit viel Lärm eine Harke, eine Schaufel und eine Hacke zu Boden. Sie bückte sich, um sie aufzuheben und wieder an die Wand zu lehnen. An Haken über einer Werkbank hingen Sägen verschiedener Größen und sonstiges Werkzeug. Sie zögerte einen langen Augenblick, bevor sie zu einem Stemmeisen, einem Klopfholz und einer langen Eisenfeile griff.

Sie trat aus dem Schuppen. Die kahlen Äste der Birken wiegten sich im Abendwind. Suzie sah automatisch auf ihre Uhr und begann, ungeduldig zu werden. Andrew hätte längst zurück sein müssen. Sie malte sich aus, dass er nicht der Versuchung hatte widerstehen können, den Sohn des

Gemischtwarenhändlers ein wenig auszuquetschen. Suzie hatte keine Lust zu laufen, dachte aber, Andrew würde vielleicht Hilfe brauchen, um die Lebensmittel zum Haus zu tragen. Sie deponierte das Werkzeug vor der Freitreppe und kehrte um.

Als sie sich dem Anlegesteg näherte, vernahm sie ein Wassergeräusch, ein Plätschern, das immer lauter wurde. Sie beschleunigte den Schritt und blieb abrupt stehen, als sie erstickte Schreie hörte. Ein korpulenter Mann kniete am äußeren Ende des Stegs, die Arme bis zu den Ellenbogen im See. Plötzlich sah Suzie Andrews Kopf auftauchen, den der Mann gleich wieder unter Wasser drückte.

Suzie rannte los. Bevor der Mann sie bemerken konnte, griff sie nach dem Revolver in Andrews Jacke, entsicherte ihn und gab zwei Schüsse aus nächster Nähe ab.

Die erste Kugel traf den Mann unter dem Schulterblatt, er richtete sich schreiend auf, während das zweite Projektil sich in seinen Nacken bohrte. Die Kugel zertrümmerte einen Wirbel, bevor sie die Halsarterie zerriss. Der Mann brach in einer Lache von Blut zusammen, das dann ins Wasser floss.

Suzie ließ den Revolver fallen und stürzte zu Andrew, der Mühe hatte, sich an der Oberfläche zu halten. Sie kniete sich auf den Steg, um ihn hochzuziehen. Andrew fand Halt an einem Ankerring, und nach einer letzten Anstrengung rollten sie beide auf die Bretter des Anlegestegs.

»Psst«, sagte sie und rieb ihn kräftig. »Alles ist gut. Atme, denk an nichts anderes, als zu atmen«, murmelte sie und strich ihm über die Wange.

Andrew drehte sich auf die Seite, bekam einen Hustenanfall, bei dem er einen Teil des verschluckten Wassers ausspie.

Suzie zog seine Jacke aus und deckte ihn damit zu.

Andrew schob sie zurück und kniete neben der sterblichen Hülle seines Angreifers nieder. Suzie stand schweigend hinter ihm.

»Ich dachte, es wäre der Sohn von Broody«, stammelte er. »Ich habe ihm sogar beim Anlegen geholfen. Als ich merkte, dass er es nicht war, habe ich nicht mal Verdacht geschöpft. Er ist auf den Steg gesprungen, und noch bevor ich ein Wort sagen konnte, hat er mich an der Gurgel gepackt und versucht, mich zu erwürgen, dann hat er mich in den See gestoßen …«

»Dann bin ich gekommen«, sagte Suzie und starrte auf die Leiche.

»Wir nehmen sein Motorboot, um die Polizei zu holen«, sagte Andrew zähneklappernd.

»Sie ziehen sich erst mal um, bevor Sie vor Kälte umkommen. Die Sache können wir später melden«, sagte Suzie mit fester Stimme.

Sie half ihm aufzustehen und den Weg hinaufzulaufen.

Sobald sie im Haus waren, führte sie ihn in den ersten Stock und betrat vor ihm das Schlafzimmer.

»Ziehen Sie sich aus!«, befahl sie und begab sich ins Bad.

Andrew hörte das Wasser rauschen, Suzie kam mit einem Badetuch zurück.

»Es ist hart wie Holz, aber besser als nichts«, sagte sie und warf es ihm zu. »Los, sofort unter die Dusche, sonst holen Sie sich noch eine Lungenentzündung.«

Andrew tat wie befohlen und nahm das Tuch mit.

Es bedurfte einiger Zeit, bis sich sein Körper aufgewärmt hatte, doch das Wasser, das über sein Gesicht rann, vermochte das Bild des blutüberströmten Mannes auf dem Steg nicht zu vertreiben.

Andrew stellte den Hahn ab und wickelte sich das Tuch

um die Taille. Er betrachtete sich im Spiegel über dem Waschbecken und öffnete automatisch das Arzneischränkchen. Er fand ein Rasiermesser, einen Pinsel und Seife in einer runden Dose aus Chinalack. Er füllte das Becken mit Wasser, hielt den Pinsel unter den warmen Strahl, seifte den Bart ein und zögerte einen Augenblick, bevor er sich rasierte.

Nach und nach tauchte sein Gesicht von früher auf.

Als er aus dem Badezimmer trat, entdeckte er auf dem Bett eine Leinenhose, ein Oberhemd und eine Wollstrickjacke. Er zog sich an und gesellte sich zu Suzie ins Wohnzimmer.

»Wem gehören diese Kleidungsstücke?«, fragte er.

»Nicht meiner Großmutter. Wenigstens weiß ich jetzt, dass ihr Geliebter Ihre Figur hatte.« Suzie trat näher und legte ihre Hand auf Andrews Wange. »Ich habe den Eindruck, in Gesellschaft eines anderen Mannes zu sein«, sagte sie dann.

»War Ihnen der von vorher lieber?«, wollte Andrew wissen und schob ihre Hand weg.

»Die beiden sind gleichwertig«, erwiderte Suzie.

»Wir müssen fort von hier.«

»Wir gehen nirgendwohin.«

»Sie sind wirklich verrückt.«

»Soll ich das als Kompliment verstehen?«

»Sie haben soeben einen Mann getötet und vermitteln den Eindruck, als würde Ihnen das nichts ausmachen.«

»Ich habe mein Potenzial an Emotionen an dem Tag verloren, als Shamir sein Leben gegeben hat, um meines zu retten. Ja, ich habe jemanden getötet, das ist schrecklich, doch er war im Begriff, Sie zu ermorden, soll ich da um sein Schicksal weinen?«

»Vielleicht. Oder Sie könnten eventuell einen Anflug von Gewissensbissen zeigen. Mir zumindest wird ganz schlecht bei dem Gedanken.«

»Gut, ich bin verrückt, total verrückt und bin es immer gewesen! Bereitet Ihnen das Probleme? Sie wollen den Bullen alles erzählen, bitte sehr, dort ist die Tür!«, schrie Suzie wütend.

»Es ist zu spät, um jetzt noch über den See zu fahren, es wird schon dunkel«, erwiderte Andrew mit ruhiger Stimme und sah aus dem Fenster. »Mein Handy ist in meiner Jacke, ich rufe sie an.«

»Ich habe es bereits versucht, wir haben hier kein Netz, und man hört nicht mal mehr das Freizeichen.«

Andrew setzte sich auf einen Stuhl, sein Gesicht war totenbleich. Sobald er die Augen schloss, sah er wieder die Szene auf dem Anlegesteg vor sich.

Suzie kniete vor ihm nieder und legte die Stirn auf seine Knie.

»Ich wünschte, ich könnte das Geschehene rückgängig machen und wir hätten niemals den Fuß auf diese verfluchte Insel gesetzt.«

Ihre Hände zitterten. Andrew konnte den Blick nicht von ihnen abwenden.

So verharrten sie eine lange Weile schweigend. Suzie fröstelte, Andrew strich ihr übers Haar.

»Warum ist Broody zurückgekommen und hat uns seine Telefonnummer gegeben, wenn wir von hier aus gar nicht anrufen können?«, murmelte sie schließlich.

»Damit wir keinen Verdacht schöpfen. Sobald er in seinem Boot saß, hat er uns, von der Welt abgeschieden, zurückgelassen.«

»Glauben Sie, er hat den Coup geplant?«

»Wer sonst wusste, dass wir hier sind?«, fragte Andrew.

Er erhob sich und trat an den Kamin.

»Diese Freundin, bei der Sie in der Morton Street zur Untermiete wohnen – haben Sie unlängst von ihr gehört?«

»Nein. Wie kommen Sie jetzt darauf?«

»Wenn Sie mich nicht so sehr manipuliert hätten, damit ich mich für Ihren Fall interessiere, würde ich tatsächlich denken, dass Sie mich für einen Idioten halten.«

»Ich habe Sie nicht manipuliert.«

»Noch eine Lüge und ich reise zurück nach New York!«, wetterte Andrew.

»Das sollten Sie auch, denn ich habe nicht das Recht, Sie in Gefahr zu bringen.«

»Allerdings, das Recht hatten Sie nicht! Also, kennen Sie diese Freundin schon lange?«

Suzie antwortete nicht.

»Es ist schon vorgekommen, dass ich mich habe manipulieren lassen, und die Rechnung, die ich dafür bezahlt habe, überstieg meine Mittel. Ich werde niemals vergessen können, was heute Abend passiert ist. Als ich Sie gestern in dem Fast-Food-Lokal habe telefonieren sehen, kaum dass ich Ihnen den Rücken gekehrt hatte, hatte ich beschlossen, Sie fallen zu lassen.«

»Und haben Sie Ihre Meinung geändert?«

»Ich weiß nicht, ob Ihre Großmutter Dokumente in den Osten geschmuggelt hat, doch ich bin sicher, dass jemand zu allem bereit ist, um Sie daran zu hindern, Recherchen über sie anzustellen.«

»Knopf hat mich gewarnt – wie blöd steh ich da!«

»Ihre Großmutter war vielleicht nicht die Einzige, die in diesen Verrat involviert war. Und wenn es ihrem oder ihren Komplizen gelungen ist, durch die Maschen des Netzes zu schlüpfen, wird sie nichts daran hindern, ihre Anonymität wahren zu wollen. Das, was auf dem Anlegesteg passiert ist, beweist es. Jetzt sagen Sie mir, mit wem Sie gestern Abend telefoniert haben.«

»Mit Knopf«, murmelte Suzie.

»Und vorhin, als Sie feststellen mussten, dass unsere Handys kein Netz haben, wollten Sie da erneut mit ihm sprechen?«

»Ich habe einen Toten auf dem Gewissen. Ihr Angreifer war nicht bewaffnet, ich schon. Wenn wir die Polizei alarmieren, sind unsere Recherchen damit beendet. Knopf ist *der* Mann für diese Art von Situationen. Ich wollte ihn fragen, was zu tun ist.«

»Sie pflegen ja einen interessanten Umgang! Und welchen Rat hätte er Ihnen gegeben?«, fragte Andrew mit bitterer Stimme.

»Er hätte jemanden geschickt.«

»Und die Idee, dass er schon jemanden geschickt hat, ist Ihnen niemals gekommen?«

»Dass Knopf diesen Mörder bestellt hat? Ganz gewiss nicht! Er wacht seit meiner Kindheit über mich und würde mir kein Haar krümmen.«

»Ihnen nicht, aber mir vielleicht? Broody hätte nicht die Zeit gehabt, diesen Angriff zu planen. Knopf dagegen wusste dank Ihnen seit gestern von dem Ort, an den wir uns begeben würden.«

»Und wenn der Gemischtwarenhändler nun hoffte, das Haus für sich zu behalten, und unser Auftauchen seine Pläne durchkreuzt hätte?«

»Reden Sie doch keinen Unsinn! Sah er vielleicht aus wie ein Killer mit seiner kleinen runden Brille und seiner Buchhaltungskladde?«

»Sah die Frau, die auf Sie eingestochen hat, etwa wie eine Mörderin aus, als Sie ihr begegnet sind?«

Andrew steckte den Hieb ein, ohne zu antworten.

»Und was, bitte schön, machen wir jetzt?«, fragte Suzie.

Andrew begann, im Zimmer hin und her zu laufen, um sich zu konzentrieren. Der Alkoholentzug hinderte ihn am Denken und daran, sich einer Entscheidung zu widersetzen, die seinen Prinzipien widersprach. Er bedachte Suzie mit einem vernichtenden Blick und knallte die Tür hinter sich zu.

Sie folgte ihm auf die Veranda, wo sie ihn ans Geländer gelehnt vorfand, den Blick ins Leere gerichtet.

»Wir beerdigen die Leiche«, erklärte er schließlich.

»Und warum werfen wir sie nicht einfach ins Wasser?«

»Es gibt wohl nichts, was Sie erschüttern kann, was?«

»Sehen Sie uns mitten in der Nacht ein Loch buddeln? Haben Sie nichts Absurderes im Programm?«

Andrew löste sich vom Geländer und drehte sich zu Suzie um. »Einverstanden, vorausgesetzt, wir finden etwas, mit dem wir ihn beschweren können.« Er zündete die Petroleumlampe an, die neben der Eingangstür hing, und lief voraus, während sie das Wäldchen durchquerten.

»Wie hat meine Großmutter den Mut gefunden, ihre Sonntage allein auf dieser Insel zu verbringen?«

»Sie muss wie Sie gewesen sein, über die Maßen verwegen«, antwortete Andrew und trat in den Schuppen. »Hier, das müsste reichen«, fügte er hinzu und hob einen Metallkasten an, den er auf der Werkbank entdeckt hatte.

»Broody wird sich fragen, wo sein Werkzeug geblieben ist.«

»Da wird er sicher schon eine Idee im Hinterkopf haben, nachdem Sie ja denken, er sei der Auftraggeber. Ich glaube nicht, dass uns unser Angreifer nach erledigter Arbeit im Haus gelassen hätte. Das heißt, wenn Broody verantwortlich ist.«

»Ich schwöre Ihnen, dass Knopf nichts damit zu tun hat.«

»Wir werden ja sehen. Nehmen Sie dieses Seil und lassen Sie uns die Sache zu Ende bringen.«

Sie kehrten zum Anlegesteg zurück. Andrew stellte die Petroleumlampe neben den Toten. Er befestigte ein Ende des Seils am Griff des Werkzeugkastens und knotete das andere um den Oberkörper des Mannes.

»Helfen Sie mir«, sagte er.

Suzie zog eine angewiderte Grimasse, während sie die Beine des Toten anhob und Andrew ihn bei den Schultern packte. Sie deponierten die Leiche in dem Boot, und Andrew ließ sich neben dem Motor nieder.

»Bleiben Sie mit der Lampe hier. So kann ich mich auf dem Rückweg orientieren.«

Suzie stellte sie am Ende des Stegs ab und sprang zu ihm ins Boot.

»Ich komme mit!«

»Das sehe ich«, meinte Andrew, seufzte und warf den Motor an.

Sie entfernten sich vom Ufer.

»Wenn sie ausgeht, finden wir niemals den Weg zurück!«, gab Andrew zu bedenken und drehte sich um.

Der Schein der Petroleumlampe wurde immer diffuser. Andrew stellte den Motor ab; das Boot glitt lautlos dahin und kam schließlich zum Stehen.

Es gelang ihnen, den Toten samt dem Werkzeugkasten über Bord zu befördern. Langsam versank sein Körper in den schwarzen Wassern.

»Wir hätten ihn an den Füßen festmachen sollen«, meinte Suzie, als die Wasseroberfläche nach und nach wieder glatt wurde.

»Warum?«

»Weil dieser Idiot kopfüber am Grund anlangen wird. O weh, man muss verrückt sein, um so etwas zu tun!«, fügte Suzie hinzu, wobei sie die Kellnerin Anita imitierte.

»Ihr Zynismus raubt mir den letzten Nerv.«

»Schließlich war ich es, die ihn getötet hat, und Sie machen ein langes Gesicht. Lassen Sie uns zurückkehren, bevor der Wind das Licht der Laterne auslöscht.«

Auf der Rückfahrt wechselten sie kein Wort. Eine eiskalte Brise schlug ihnen ins Gesicht, doch sie trug auch einen Geruch von Schnee und Harz mit sich, einen Hauch von Winter, der von den Wäldern ausging und beide aufatmen ließ.

»Letztlich hat uns der Broody-Sohn doch nichts zu essen gebracht«, meinte Suzie beim Betreten des Hauses.

Andrew blies die Lampe aus, stellte sie an ihren Platz und ging zur Küche.

»Wollen Sie ernsthaft behaupten, dass Sie Hunger haben?«, fragte er kopfschüttelnd.

»Sie etwa nicht?«

»Nein, ganz bestimmt nicht.«

»Dann biete ich Ihnen also nicht an zu teilen«, sagte sie und zog einen Müsliriegel aus ihrer Manteltasche.

Sie biss kräftig hinein, sah Andrew kauend an und zog einen zweiten heraus, den sie ihm reichte.

»Ich glaube, das Einzige, was uns zu tun bleibt, ist, schlafen zu gehen. Und wenn es Ihr Gewissen beruhigt, melden wir uns morgen bei den Bullen.«

Sie ging hinauf ins Schlafzimmer.

Andrew folgte ihr kurz darauf. Suzie lag völlig nackt auf dem Bett. Er zog sich aus und legte sich fiebrig und unbeholfen auf sie. Die Hitze seines Körpers weckte die Lust, sie spürte sein Geschlecht an ihrem Unterleib. Suzie legte die Arme um Andrew, ihre Zunge glitt über seinen Hals.

Andrew ließ seine Lippen über ihre Haut wandern. Er küsste ihre Schultern, ihre Brüste, ihre Lippen. Sie schlang ihre Beine um seinen Leib, und ihre Hand führte ihn. Als er in sie eindrang, stieß sie ihn zurück, um ihn gleich wieder heranzuziehen. Ihr Atem verschmolz, voller Inbrunst, voller Leben, und vertrieb für einen Augenblick die makabren Erinnerungen, die sie teilten. Sie rollte zur Seite, um sich auf ihn zu hocken, weit zurückgelehnt, die Hände um seine Beine gelegt, die sie fest umklammerte. Ihr Bauch tanzte, während ihre Brüste schwer auf- und abwogten. Sie stieß einen gedehnten Schrei aus, als Andrew in ihr kam.

Anschließend streckte sie sich neben ihm aus, er griff nach ihrer Hand und wollte sie küssen. Doch Suzie erhob sich wortlos und ging ins Bad.

Als sie ins Schlafzimmer zurückkam, war Andrew verschwunden. Sie vernahm seine Schritte im Wohnzimmer. Sie glitt unter die Laken, löschte das Licht und biss ins Kopfkissen, damit er ihr Schluchzen nicht hörte.

Es klopfte, immer und immer wieder. Suzie öffnete die Augen und wurde sich klar, dass sie in einem Bett eingeschlafen war. Das Klopfen hörte nicht auf, sie zog sich an und ging nach unten.

Andrew hatte den Kopf in den Kaminschacht gesteckt, nur seine Beine und die Hälfte des Oberkörpers waren zu sehen.

»Schlafen Sie nie?«, fragte sie und gähnte ausgiebig.

»Ich schlafe wenig, dafür aber tief«, gab er brummend zurück und hieb weiter mit dem Hammer auf den Mörtel ein.

»Dürfte ich wissen, was Sie da machen?«

»Ich habe kein Auge zugetan, deshalb beschäftige ich mich, kann aber nichts entdecken, was die Aufgabe nicht erleichtert.«

Sie trat auf den Flur, griff zu der Petroleumlampe, zündete den Docht an und stellte sie in den Kamin.

»Ist es besser so?«

»Ja, viel besser«, erwiderte Andrew und reichte ihr einen rußfreien Ziegelstein, den er soeben herausgelöst hatte.

»Haben Sie vor, den ganzen Kamin zu zerlegen?«

Sie hörte ihn schimpfen, ein anderer Ziegel fiel heraus und zerbarst am Boden.

»Heben Sie die Lampe an!«, befahl er.

Suzie tat ihr Bestes, um ihm zu helfen.

Andrew machte ihr ein Zeichen, zur Seite zu treten, und bückte sich, um unter dem Sturz hervorzutreten. Sein Blick kreuzte den von Suzie.

»Was ist?«, fragte er.

»Nichts, ich teile meine Nacht mit einem Typen, der seine lieber in einem Kamin verbringt. Sonst ist nichts.«

»Hier«, knurrte Andrew und reichte ihr ein kleines Päckchen, das in Packpapier eingewickelt war.

»Was ist das?«, rief Suzie verblüfft.

»Ich hole ein Messer, dann wissen wir es bald.«

Suzie folgte ihm in die Küche. Sie setzten sich an den Tisch.

Das Päckchen enthielt Fotografien von Liliane, wohl von dem Mann aufgenommen, den sie heimlich auf dieser verlorenen Insel geliebt hatte, eine Partitur und einen Umschlag, auf dem in Handschrift der Name Mathilde vermerkt war.

Suzie griff nach dem Umschlag.

»Möchten Sie ihn nicht seiner Adressatin überlassen?«, fragte Andrew.

»Ein Jahr nach ihrem Bad im Hafen von Boston hat Mama wieder angefangen. Dieses Mal war keine Polizeipatrouille zugegen.«

Suzie öffnete den Umschlag und entfaltete den Brief.

Mathilde,

auf dieser Insel, von der aus ich Dir schreibe, lebte eine andere Frau als Deine Mutter. Diese Frau liebte einen Mann, der sie weniger liebte als sie ihn. Er ist gegen Mittag gegangen und kommt nicht wieder.

Glaub nur nicht, dass ich Deinen Vater verraten habe. Er hat mir das schönste Geschenk gemacht, das ich jemals erhoffen konnte, und das Kind, das Du bist, hat mein Leben erfüllt. Du warst fünf Jahre alt, als ich ihn mit jemandem in unserem Bett überraschte. Es hat Zeit gebraucht, bis ich ihm verzeihen konnte, bis ich begriff, indem ich selbst liebte, dass ihn die Mauer der Konventionen zum Gefangenen seiner eigenen Existenz gemacht hatte. Vielleicht wird die Welt eines Tages so tolerant sein, wie ich es gelernt habe zu sein. Wie soll man die richten, die lieben?

In dem Haus, in dem ich diesen Brief schreibe, ging ein Mann ein und aus, der nicht Dein Vater war. Ein Mann, der mir das sagte, was ich mir von jeher zu hören erträumte, er sprach von Zukunft, von geteilten Reichtümern, von einer Politik im Dienste der Völker und nicht von jener, die sie regierten. Über die Rivalität der Parteien hinaus glaubte ich an ihn, an seinen Eifer, an seine Leidenschaft, an seine Aufrichtigkeit.

Der Machthunger ist unkontrollierbar und korrumpiert die besten Absichten.
Ich habe so viele intime Vertraulichkeiten gehört, so viele Lügen, die ich verschwieg bis zu dem Tag, da mein allzu neugieriger Blick auf etwas gefallen ist, das ich vielleicht nie hätte lesen dürfen.
Um eine Illusion zu schaffen, ist es für Machthaber vorrangig, Vertrauen zu erschleichen. Die Illusion muss so wahr erscheinen wie die Realität, die sie verbirgt. Die geringste Unzulänglichkeit kann die Illusion zum Platzen bringen so wie die Nadel einen Luftballon. Und die Wahrheit tritt klar und deutlich zutage.
Ich muss gehen, Mathilde, es ist zu spät, um aufzugeben. Wenn ich scheitere, wird man Dinge über Deine Mutter sagen, die Du nicht glauben darfst.
In Gedanken daran schreibe ich Dir heute Abend und bete doch, dass Du es niemals wirst lesen müssen.
Morgen vertraue ich dem einzigen Freund, den ich habe, ein Päckchen an, das er Dir übergeben soll, wenn Du alt genug sein wirst, es zu verstehen und zu handeln. Du wirst darin eine Partitur finden, deren Botschaft Du entziffern können wirst, sowie einen Schlüssel. Sollte mir das Schlimmste zustoßen, dann erinnere Dich, wenn ich Dir fehle, an jenen Ort, an den wir uns bisweilen heimlich begeben haben, wenn Dein Vater auf Reisen war. Dort kannst Du still um mich trauern.
Handele nach Deinem Gewissen. Du kannst entscheiden, meine Mission fortzusetzen, doch nichts verpflichtet Dich dazu.
Solltest Du Dich dazu entschließen, dann bitte ich Dich nur um eines: Vertraue niemandem.

Ich liebe Dich so sehr, wie Du es erst verstehen kannst, wenn Du selbst ein Kind hast.
Entschuldige, dass ich nicht mehr für Dich da sein kann, dass ich Wege einschlug, die Dir die Mutter genommen haben. Die Vorstellung, Dich nicht mehr zu sehen, ist von unermesslicher Grausamkeit. Aber manche Angelegenheiten sind wichtiger als das eigene Leben.
Ich möchte glauben, dass Du an meiner Stelle dasselbe tun würdest.
Egal wo ich fortan sein werde, wisse, dass ich nie aufhören werde, Dich zu lieben. Ich trage Dich in mir in jedem Augenblick und für alle Zeiten.
Du warst mein Lebensinhalt.
Deine Mama, die Dich liebt

Suzie reichte Andrew den Brief, der ihn jetzt seinerseits las. »Wie sehr ich mir wünsche, ich hätte sie gekannt«, murmelte sie.

»Haben Sie eine Idee, welchen Ort Ihre Großmutter da erwähnt?«

»Nein, das sagt mir überhaupt nichts.«

»Und die Partitur? Könnten Sie die spielen?«

»Es ist viel zu lange her, dass ich am Klavier gesessen habe. Spielen, gewiss nicht, ich kann sie höchstens noch entziffern.«

»Wenn diejenigen, die sich unserer entledigen wollten, bemerken, dass sie gescheitert sind, haben wir nicht mehr viel Zeit, also versuchen Sie, sich zu erinnern. Hat Ihnen Mathilde nie von einem Ort erzählt, an den sie heimlich mit ihrer Mutter gegangen ist?«

»Sie nennen sie jetzt also auch Mathilde? Nein, wie ich schon sagte, habe ich nicht die geringste Ahnung, aber

Knopf weiß es vielleicht. Ich denke, dass er der Freund ist, dem sie dieses Päckchen anvertrauen wollte.«

»Wenn ich es hier gefunden habe, muss sie sich im letzten Moment anders entschieden haben!«

»Ihr blieb nicht die Zeit, das ist alles.«

Andrew breitete die Fotos auf dem Tisch aus. Porträts von Liliane, auf der Insel aufgenommen. Mal posierte sie am Strand, mal vor dem Gärtnerschuppen mit der Axt in der Hand, mal auf der Veranda beim Blumengießen oder vor dem Kamin, dabei, Feuer zu machen. Auf einer anderen Aufnahme stand sie nackt im Badezimmer. Sie hatte im letzten Augenblick den Kopf umgewandt und denjenigen bemerkt, der hinter ihr stand und sie fotografierte.

»Hören Sie auf, auf meine Großmutter zu schielen«, rief Suzie und entriss Andrew das Foto.

»Damals waren Sie noch nicht einmal geboren«, rechtfertigte er sich.

»Sie war gut gebaut, finde ich«, meinte Suzie.

»Sie stehen ihr in nichts nach.«

Suzie beugte sich über die Fotografie und kniff die Augen zusammen, um die Einzelheiten genauer zu erkennen.

»Schauen Sie mal«, sagte sie, »dort im Spiegel über der Ablage sieht man das Gesicht ihres Liebhabers.«

Andrew nahm das Foto und betrachtete es ebenfalls eingehend.

»Vielleicht, aber ich kann seine Züge nicht genau erkennen.«

»Auf dem runden Tischchen neben dem Sofa liegt eine Lupe«, rief Suzie und erhob sich.

Sie nahm das Foto mit. Andrew wartete in der Küche und trat, als sie nicht zurückkam, zu ihr ins Wohnzimmer.

Suzie studierte das Foto mit der Lupe. »Jetzt verstehe ich

besser, warum Knopf mir sagte, sie sei fortschrittlich gewesen.«

»Wie meinen Sie das?«, fragte Andrew und nahm neben ihr Platz.

»Der Liebhaber meiner Großmutter war mindestens zwanzig Jahre jünger als sie.«

»Lassen Sie sehen«, bat Andrew und nahm Suzie die Lupe aus der Hand.

»Jetzt verstehe ich auch, was Broody andeuten wollte, als er von den ›höchsten Sphären der Macht‹ sprach«, meinte Andrew verblüfft. »Der Mann auf diesem Foto war etwa dreißig Jahre später der mächtigste Vizepräsident der Vereinigten Staaten und gewiss auch der gefährlichste unserer ganzen Geschichte.«

»Lebt er noch?«

»Ja, zwar mit Herzproblemen, aber er lebt.«

»Ich muss unbedingt mit ihm sprechen.«

»Sie sind genauso verrückt wie naiv. Die naivste Frau, der ich in meinem ganzen Leben begegnet bin«, erwiderte Andrew.

»Und sind Sie vielen begegnet?«

»Sie haben nicht die geringste Vorstellung von dem Mann, der sich hinter diesem gutmütigen Gesicht verbirgt, und ich könnte wetten, dass Ihre Großmutter sich erst am Tag ihrer Streitigkeiten dessen bewusst geworden ist.«

»Sie haben sich geliebt, und er weiß deshalb zwangsläufig Dinge über sie.«

»Dinge? Lassen Sie mich einige davon erzählen. Er hat seine politische Karriere im Alter von siebenundzwanzig begonnen, als Donald Rumsfeld, der kontroverseste aller Verteidigungsminister, sein Mentor wurde und mit ihm aufs Engste verbunden war. Zwölf Jahre nachdem dieses Foto aufgenommen wurde, wurde der Geliebte Ihrer Großmutter Abgeordneter. Ein Abgeordneter, der sich energisch gegen wirtschaftliche Sanktionen gegenüber Südafrika zur Zeit der Apartheid ausgesprochen hat, gegen Absichten des Kongresses, die südafrikanische Regierung aufzufordern, Nelson Mandela freizulassen. Außerdem war er gegen die Schaffung eines US Department of Education, einem Amt für Bildung, weil er fand, dass Bildung zu teuer sei. Nachdem er Vorsitzender der Republikaner geworden war, folgte er seinem Mentor auf den Posten des Verteidigungsministers. Er leitete die US-Invasion in Panama, *Operation Just Cause*, und die Operation Wüstensturm, *Desert Storm*. Was der Gipfel ist, wenn man bedenkt, dass er alle Tricks angewandt hat, um nicht in der Armee, namentlich in Vietnam, dienen zu müssen. Als die Demokraten erneut an die Macht kamen, wechselte er vorübergehend von der Politik in die Wirtschaft, um den Vorsitz einer der wichtigsten Ölförderfirmen zu übernehmen. Ein multinationales Unternehmen, das unter seiner Führung in alle möglichen paramilitärischen Aktivitäten, verborgen hinter zahlreichen Tochtergesellschaften, involviert war. Nach zehn Jahren guter und loyaler Dienste trat der Liebhaber Ihrer Großmutter zurück, um Vizepräsident der Vereinigten Staaten zu werden, wobei er so ganz nebenbei eine Abfindungssumme von etwa dreihundert Millionen Dollar einkassierte. Doch als kluger Geschäftsmann ließ er sich obendrein ein Paket von Aktienbezugsrechten vermachen. Er wäre dumm gewesen, darauf zu verzichten, denn nachdem er hinsichtlich der Existenz von Massenvernichtungswaffen im Irak und Verbindungen zwischen al-Qaida und Saddam Hussein gelogen hatte, bediente er sich seiner ganzen Macht, um den Irakkrieg zu rechtfertigen, indem er ihn als Antwort auf die Attentate vom 11. September ausgab. Ein Krieg, dessen Logistik zu großen Teilen über seine ehemalige Firma lief. Und diese Aktien müssen enorm floriert haben, denn während seines Mandats als Vizepräsident der Vereinigten Staaten heimste der Multi, dessen Vorstand er einst gewesen war, Regierungsaufträge über etwa sieben Milliarden Dollar ein. Dieses sagenhafte Volumen hatte das Unternehmen ihm als Leiter der militärischen Operation zu verdanken. Und schließlich war er auch noch direkt in die Enron-Affäre verwickelt, einen der größten Ölskandale während seiner Zeit als Vorsitzender der National Energy Policy Group. Beinahe hätte ich vergessen zu erwähnen, dass er im Verdacht steht, Initiator der Plame-Affäre zu sein. Valerie Plame war eine Undercoveragentin der CIA, über deren Geheimdiensttätigkeit – durch Indiskretionen des Weißen Hauses – Informationen an die Presse gegeben wurden. Valerie Plame war auch die Gattin eines Botschafters der Vereinigten Staaten, dessen Fehler es gewesen war, als einer der Ersten zu behaupten, dass die dem Kongress vorgelegten Berichte über die vermeintliche Existenz von Massenvernichtungswaffen im Irak gefälscht wären. Möchten Sie ihm noch immer begegnen, um mit ihm über Ihre Großmutter zu sprechen?«

»Woher wissen Sie das alles?«

»Wahrscheinlich weil ich mein Journalismusdiplom in einer Wundertüte bekommen habe«, antwortete Andrew reichlich übel gelaunt. »Dieser Mann war einer der ›Falken‹ des Weißen Hauses. Und, glauben Sie mir, diese Analogie dürfte den Freunden dieser Vogelart nicht gefallen haben.«

»Und Sie sind sicher, dass es der Mann auf diesem Foto ist?«

»Es sei denn, er hat einen Zwillingsbruder, und das wäre allgemein bekannt. Nein, für mich gibt es keinen Zweifel.

Jetzt packen wir unsere Sachen, versuchen, zwei Stunden zu schlafen, und brechen auf, sobald es hell wird.«

»Ist es so ernst?«

»Ich weiß noch nicht, in welchen Schlamassel Ihre Großmutter geraten ist, aber wir sind voll reingetappt, und, glauben Sie mir, wir haben es nicht gerade mit Chorknaben zu tun.«

»Meinen Sie, er hätte der Komplize meiner Großmutter sein können?«

Andrew dachte einen Augenblick über Suzies Frage nach.

»Das würde nicht zu dem Streit passen, den Broody beobachtet hat.«

»Er hätte im letzten Moment einen Rückzieher machen können. Vielleicht war er es sogar, der sie denunziert hat.«

»Was ihn betrifft, würde mich gar nichts wundern, doch es freut mich, zur Kenntnis zu nehmen, dass Sie in Erwägung ziehen, dass Ihre Großmutter das Vaterland verraten haben könnte.«

»Wissen Sie, manchmal verabscheue ich Sie, Stilman«, meinte Suzie.

»Sie haben mich gebeten, Ihnen zu helfen, die Wahrheit herauszufinden, nicht, liebenswürdig zu sein!«

Kapitel 11

Andrew weckte Suzie bei Tagesanbruch. Sie schlief vor der Couch, auf der auch er sich für wenige Stunden ausgeruht hatte.

Sie löschten das Licht, und Suzie schloss die Tür zum Haus ihrer Großmutter ab.

Dann liefen sie über den Weg, der zum Anlegesteg führte. Es begann zu schneien. Die Flocken schmolzen auf dem Wasser und verliehen der Szene eine beruhigende Anmut.

Andrew half Suzie in das Boot.

»Danke, dass Sie mich bis hierher begleitet haben«, sagte sie und nahm auf der Bank Platz.

Der Rest der Überfahrt verlief schweigend, man hörte nur das Brummen des kleinen Motors und das Geräusch, wie der Bug das Wasser teilte. Suzie ließ die Insel hinter ihnen nicht aus den Augen. Andrew fuhr in die entgegengesetzte Richtung von Schroon Lake. Er legte an einem Feldweg an, den er ausgemacht hatte, und zog das Boot auf die Uferböschung.

Anschließend liefen sie durch einen Wald. Suzie war unempfindlich gegen die beißende Kälte, ganz so, als wäre ein Teil ihrer selbst auf der Insel geblieben.

Nach einstündigem Marsch erreichten sie die Straße.

Andrew hob den Daumen, und der erste Lastwagen, der vorbeikam, hielt an, um sie mitzunehmen.

Der Fahrer stellte ihnen keine Fragen. In dieser Gegend war Diskretion angesagt, und niemand hätte zwei verlorene Reisende dem winterlichen Wetter überlassen.

Der Sattelschlepper fuhr gen Norden, doch Suzie und Andrew wollten in den Süden. Der Fahrer gab einen Funkspruch durch, um herauszufinden, ob einer seiner Kollegen New York ansteuerte.

An einer Tankstelle, fünfzehn Kilometer vor der kanadischen Grenze, stiegen sie um. Andrew fragte sich, ob es nicht vorsichtiger gewesen wäre, sie zu überqueren.

Der zweite Fahrer war nicht gesprächiger als der erste. Andrew und Suzie schliefen während der achtstündigen Fahrt. Vor einer Lagerhalle in Jersey City stiegen sie aus. Auf der anderen Seite des Hudson River funkelte die Skyline von New York in der anbrechenden Dunkelheit.

»Ein gutes Gefühl, wieder zu Hause zu sein«, meinte Andrew.

Sie nahmen die Fähre und beschlossen, an Deck zu bleiben, um nach der langen Fahrt im Lkw an der frischen Luft zu sein.

»Irgendetwas stimmt da nicht«, sagte Andrew. »Morton wohnt nur sechzig Kilometer von dieser Insel entfernt, und ich kann nicht glauben, dass er nicht so neugierig war hinzufahren.«

»Wer sagt Ihnen, dass er es nicht getan hat?«

»In seinen Notizen findet sich keinerlei Hinweis darauf. Ich werde ihn anrufen, um ganz sicherzugehen.«

»Und was bringt uns das?«

»Es waren seine Aufzeichnungen, die uns auf die Spur des Hauses Ihrer Großmutter gebracht haben. Er weiß sicher mehr, als er mir sagen wollte.«

»Ich muss mich mit Knopf in Verbindung setzen«, meinte Suzie.

»Denken Sie an die Empfehlung, die Ihre Großmutter ihrer Tochter in dem Brief gegeben hat. Niemandem vertrauen. Das sollten auch Sie sich merken. Heute Abend schlafen wir im Hotel, ich habe Bargeld bei mir. Und schalten Sie Ihr Handy nicht ein.«

»Sind Sie so misstrauisch?«

»Gestern Nachmittag auf dem Steg war ich es nicht, und das war ein Fehler.«

»Und was tun wir morgen?«

»Ich habe letzte Nacht nachgedacht. Die Liebschaft Ihrer Großmutter hat vielleicht zu ihrem Schicksal beigetragen, aber ich kann nicht glauben, dass sie der Auslöser war. Wenn unsere Verfolger so entschlossen sind, dann aus anderen Gründen, und ich denke, einen davon erraten zu haben.«

Die Fähre legte in South Seaport an. Andrew und Suzie fuhren mit dem Taxi zum Marriott, dessen Bar Andrew besser als jeder andere kannte.

Kaum waren sie in ihrem Zimmer, wollte er unter dem Vorwand, telefonieren zu müssen, wieder nach unten gehen.

»Haben Sie Entzugserscheinungen?«

»Ich habe Durst, das ist alles.«

»Das hat mir Mathilde auch jedes Mal gesagt, ehe sie sich betrinken ging«, fuhr Suzie fort und öffnete die Minibar. »Sie hatte auch immer Durst. Als Kind lief ich dann in die Küche und holte ihr etwas zu trinken.«

Suzie nahm eine Dose Soda heraus und warf sie Andrew zu, der sie auffing.

»Mama nahm mir das Glas Coca-Cola ab, das ich ihr brachte, und stellte es auf dem nächstbesten Möbelstück ab. Mit einem bedauernden Lächeln tätschelte sie meine

Wange und verließ das Haus. Sie haben gesagt, Sie hätten Durst?«

Andrew ließ die Dose zwischen den Handflächen hin- und herrollen und stellte sie dann entschlossen auf die Ablage. Er verließ das Zimmer und schlug die Tür hinter sich zu.

Kurz darauf nahm er an der Theke Platz. Der Barkeeper begrüßte ihn und brachte ihm einen Fernet con Coca. Andrew leerte das Glas in einem Zug. Als er ihm ein neues bringen wollte, hielt ihn Andrew mit einer Handbewegung zurück.

»Würdest du mir dein Telefon leihen? Mein Akku ist leer. Es ist ein Ortsgespräch.«

Der Barkeeper reichte ihm sein Handy. Erfolglos wählte Andrew drei Mal hintereinander Ben Mortons Nummer. Dabei hatte der alte Journalist ihm gesagt, abends könne er ihn erreichen. Und nach dem, was Andrew gesehen hatte, dürfte er kaum ausgegangen sein, um einen draufzumachen. Also fing Andrew an, sich Sorgen zu machen. Ein Mann, der so zurückgezogen lebte, konnte durchaus auch einen Unfall haben.

Er rief die Auskunft an, um die Nummer der Tankstelle von Turnbridge/Vermont zu bekommen. Die Angestellte bot ihm an, ihn direkt zu verbinden.

Der Mechaniker erinnerte sich an Andrew und wollte wissen, wie sein Treffen mit diesem Idioten von Morton verlaufen sei.

Andrew erklärte ihm, er versuche vergeblich, diesen zu erreichen, und mache sich Sorgen um ihn. Er insistierte lange, und schließlich erklärte sich der Mann bereit, am nächsten Tag nachzusehen, ob bei seinem Erzfeind alles in Ordnung wäre. Er fühlte sich aber bemüßigt hinzuzufügen, auch wenn er ihn tot am Boden vorfände, würde er nicht zu seiner Beerdigung gehen.

Andrew zögerte eine Weile, das Geheimnis zu lüften, hielt es dann aber nicht mehr aus und vertraute dem Mechaniker an, Morton habe ihm gestanden, nie mit dessen Schwester geschlafen zu haben.

Das Telefon klingelte ohne Unterlass. Wütend sprang Suzie aus der Badewanne und hob ab.

»Was zum Teufel treiben Sie denn? Ich rufe schon zum zehnten Mal an!«

»Ich ziehe mich an.«

»Ich warte unten, ich habe Hunger«, raunzte Andrew und legte auf.

Suzie entdeckte ihn an einem Tisch am Fenster. Kaum hatte sie Platz genommen, stellte der Kellner einen Teller Nudeln vor sie hin und ein Steak vor Andrew.

»Nicht das Leben Ihrer Großmutter, sondern die Dokumente sind die Ursache unserer Probleme«, erklärte er.

»Welche Dokumente?«

»Die, die Ihre Großmutter angeblich in den Osten schmuggeln wollte.«

»Ich bin froh zu hören, dass Sie sie nicht endgültig für schuldig halten.«

»Ich habe es Ihnen schon gesagt, ich bin nicht voreingenommen. Sie haben nichts bei ihr gefunden, darum haben auch Morton und alle anderen Journalisten dieser Zeit besagte Papiere nie zu sehen bekommen. Und suchen noch immer nach ihnen, besser gesagt, sie haben furchtbare Angst, andere könnten sie vor ihnen finden. Denken Sie doch mal nach. Welchen Wert könnte heute die strategische Position der amerikanischen Armee in einem Krieg haben, der seit fast vierzig Jahren vorbei ist? Ich denke nicht, das Pentagon hat das Ziel, die Bewohner von My Lai ein zweites Mal zu massakrieren. Das, was Ihre Großmutter auf die andere Seite des Eisernen Vorhangs schmuggeln wollte, war etwas ganz anderes, als man uns glauben machen will. Bleibt herauszufinden, über welche Informationen sie verfügte und was sie damit vorhatte.«

»Das könnte mit dem übereinstimmen, was sie während des Streits zu ihrem Liebhaber gesagt hat, nämlich dass sie bis ans bittere Ende gehen würde, egal, was es kostet.«

»Aber bis ans Ende von was?«, wollte Andrew wissen.

Und plötzlich wandte er, von einer unerklärlichen Kraft getrieben, den Kopf zum Fenster und sah auf der Straße Valery. Sie hatte einen Regenschirm in der Hand und beobachtete, wie Andrew mit Suzie zu Abend aß. Sie lächelte ihn schüchtern an und ging weiter.

»Worauf warten Sie?«, fragte Suzie.

Andrew sprang auf und stürzte nach draußen. Valerys Silhouette verschwand an der Straßenkreuzung. Er rannte ihr nach, und als er auf ihrer Höhe angelangt war, schickte sie sich gerade an, in ein Taxi zu steigen. Sie wandte sich um und lächelte ihm erneut zu.

»Es ist nicht so, wie du glaubst«, erklärte er.

»Die Bar oder deine Freundin?«

»Beides. Ich trinke nicht mehr, und ich bin solo.«

»Es ist dein Leben, Andrew«, sagte Valery laut und deutlich, »du brauchst dich nicht zu rechtfertigen.«

Andrew wusste nicht, was er antworten sollte. Nächtelang hatte er von diesem Augenblick geträumt, und jetzt war er nicht in der Lage, auch nur ein einfühlsames Wort hervorzubringen.

»Du siehst bezaubernd aus«, stammelte er schließlich.

»Du auch nicht schlecht«, antwortete sie.

Der Taxifahrer wandte sich ungeduldig um.

»Ich muss los«, erklärte sie, »ein Notfall.«

»Ich verstehe.«

»Geht es dir gut?«

»Ich glaube.«

»Dann schätz dich glücklich.«

»Eigenartig, dich hier wiederzusehen«, meinte Andrew hilflos.

»Ja, das ist eigenartig.«

Valery nahm auf der Rückbank Platz und schloss die Tür.

Andrew sah dem Taxi nach, dann machte er kehrt und konnte nicht sehen, dass Valery sich umgedreht hatte, um ihm nachzuschauen.

Er betrat die Bar und setzte sich wieder. Suzie war fast mit dem Essen fertig.

»Sie ist viel hübscher als auf dem Foto«, sagte sie schließlich und brach damit das Schweigen.

Andrew antwortete nicht.

»Waren Sie oft hier?«

»Ja, am Ende dieses Bürgersteigs haben wir uns nach zwanzig Jahren wiedergetroffen.«

»Und sind Sie seit Ihrer Trennung mehrmals wieder da gewesen?«

»Nur ein Mal, als ich aus dem Krankenhaus kam.«

»Ist das Büro Ihrer Frau hier in der Nähe?«

»Nein, am anderen Ende der Stadt.«

»Und Sie halten es für einen Zufall, dass sie hier vorbeigekommen ist?«

»Ach, wissen Sie, der Zufall …«

»Sie sind vielleicht nicht der Einzige, der seine Erinnerungen in der Spiegelung einer Fensterscheibe sieht. Glauben Sie an Schicksal?«

»Wenn es mir in den Kram passt, schon.«

»Dann vertrauen Sie ihm«, meinte Suzie und erhob sich.

»Meinen Sie, dass …«

»Dass sie eifersüchtig schien, als sie mich gesehen hat?«

»Das war nicht die Frage, die ich Ihnen stellen wollte.«

»Dann stellen Sie mir auch keine andere. Gehen wir schlafen, ich falle vor Müdigkeit um.«

In dem Aufzug, der sie ins zwanzigste Stockwerk brachte, legte Suzie die Arme um Andrews Hals.

»Ich würde gerne eines Tages jemandem begegnen wie Ihnen, Stilman.«

»Mir scheint, wir sind uns schon begegnet.«

»Ich meinte: im richtigen Augenblick«, fügte sie hinzu, als sich die Türen öffneten.

Suzie betrat das Zimmer, nahm sich ein Kopfkissen und eine Decke und richtete sich unter dem Fenster ein.

Der Straßenlärm weckte sie auf. Suzie öffnete die Augen. Andrew war nicht mehr da. Sie zog sich an und ging in die Halle hinunter. Die Hotelbar war geschlossen, und auch im Frühstücksraum konnte sie Andrew nicht entdecken.

Sie rief die *New York Times* an, doch dort erklärte man ihr, man habe Stilman seit mehreren Tagen nicht mehr gesehen. Es war noch zu früh, um in die Bibliothek zu gehen, und Suzie machte sich Vorwürfe, weil sie nicht wusste, was sie ohne ihn anfangen sollte. Also kehrte sie zurück ins Zimmer, öffnete ihre Reisetasche und las noch einmal Lilianes Brief. Nachdem sie erneut die Partitur studiert hatte, kam ihr endlich eine Idee, was sie an diesem Vormittag tun könnte.

Simon lief in seinem Büro zwischen Tür und Fenster auf und ab und bedachte Andrew dabei von Zeit zu Zeit mit vernichtenden Blicken.

»Wenn du so weitermachst, werde ich noch seekrank«, sagte Andrew schließlich.

»Drei Tage lasse ich dich allein, und das reicht, um dich in eine unmögliche Situation zu bringen.«

»Genau das habe ich mir gedacht, du bist die Reinkarnation meiner Mutter. Ich bin nicht gekommen, damit du mir eine Moralpredigt hältst, sondern damit du mir Geld leihst.«

»Ist es so schlimm, dass du deine Kreditkarte nicht mehr benutzen kannst?«

»Solange ich nicht weiß, mit wem ich es zu tun habe, bin ich lieber vorsichtig. Außerdem brauche ich etwas mehr als das, was ich auf meinem Konto habe.«

Simon nahm an seinem Schreibtisch Platz, sprang aber gleich wieder auf, um das Fenster zu öffnen.

»Ich flehe dich an, bleib endlich sitzen! Hör zu, Simon, ich bin weder der erste noch der letzte Reporter, der sich durch seine Nachforschungen den Zorn der Mächtigen zuzieht. Du, der du deine Autos so sehr liebst, solltest das als Rennen sehen. Es geht darum, das Ziel vor den anderen zu erreichen. Mir ist bewusst, dass das gegnerische Team zu allem bereit ist, aber meine Waffen sind die Druckmaschinen der Zeitung. Du hast dich beklagt, weil ich meinen Kummer in Fernet con Coca ertränke, aber ich habe seit einer Woche keinen Tropfen Alkohol mehr angerührt, und ich war seit meinem Unfall nie mehr so beschäftigt wie jetzt.«

»Mir ist nicht klar, ob du aus purem Vergnügen zynisch oder ob du wirklich völlig leichtfertig geworden bist.«

»Ich habe durchaus daran gedacht, einen großen Artikel über deine Werkstatt zu schreiben, aber ich kenne meine

Chefredakteurin, sie bevorzugt Staatsaffären und Skandale. Sie weiß nicht, was sie verpasst.«

»Wie viel brauchst du?«

»Um in Ruhe über die Runden zu kommen, fünftausend. Ich gebe sie dir zurück, sobald ich veröffentlicht habe.«

»Du weißt nicht einmal, was du veröffentlichen willst?«

»Noch nicht. Aber die Sache stinkt schon so sehr, dass sich nur ein dicker Fisch dahinter verbergen kann.«

»Und natürlich in bar!«

»Ich würde es vorziehen, nicht zur Bank zu gehen, und ich möchte auch nicht, dass man Schlussfolgerungen ziehen kann, die zu dir führen.«

»Ich habe ganz den Eindruck, das ist schon geschehen«, erwiderte Simon und sah aus dem Fenster.

»Was redest du da?«

»Bleib, wo du bist. Auf dem Gehweg gegenüber parkt eine schwarze Limousine, in der ein zwielichtiger Typ sitzt.«

Trotz Simons Protesten eilte Andrew zum Fenster, um nachzusehen, ob man ihm gefolgt war. Eine Frau mit einem winzigen Hund auf dem Arm verließ auf der anderen Straßenseite das Haus. Der Fahrer hielt ihr den Wagenschlag auf und fuhr los, sobald sie eingestiegen war.

»Das ist bestimmt die CIA«, rief Andrew und klopfte Simon auf die Schulter, »die haben jetzt eine ganze Brigade von Großmüttern mit Chihuahuas, um ihre Observierungen zu decken.«

»Mach dich nur über mich lustig, dieses Auto war verdächtig – das ist alles!«

Simon öffnete den Safe in seinem Büro und reichte seinem Freund einen Umschlag.

»Da sind zehntausend Dollar drin. Gib mir zurück, was du nicht brauchst.«

»Soll ich die Quittung aufheben?«

»Verschwinde, ehe ich es mir anders überlege, und sieh zu, dass du mir von Zeit zu Zeit Nachricht von dir gibst. Bist du sicher, dass ich nicht mitkommen kann?«

»Ganz sicher.«

»Du bist irgendwie verändert. Hat dich dieses Mädchen innerhalb von drei Tagen so verwandelt?«

Andrew, der schon an der Tür stand, sah seinen Freund an. »Gestern habe ich Valery auf der Straße getroffen«, bekannte er schließlich.

»Ich weiß, sie hat mich angerufen, als sie wieder zu Hause war.«

»Sie hat dich angerufen?«

»Das habe ich dir doch gerade gesagt.«

»Und was hat sie erzählt?«

»Sie wollte wissen, wie es mir geht, und später hat sie sich nach dir erkundigt und ob du jemanden hast.«

»Und was hast du geantwortet?«

»Dass ich wirklich keine Ahnung hätte.«

»Warum hast du ihr das gesagt?«

»Weil es die Wahrheit ist und weil ich wusste, dass es sie eifersüchtig macht.«

»Dein mentales Alter hat das fünfte Lebensjahr nicht überschritten. Um sie in die Flucht zu jagen, hättest du nichts Besseres finden können.«

»Ich will dir mal was sagen, mein Junge: Kümmer dich um deine Artikel und überlass mir die weibliche Psychologie.«

»Kannst du mir bitte in Erinnerung rufen, wie lange deine letzte Beziehung zurückliegt, die mehr als zwei Wochen gedauert hat?«

»Verschwinde, du hast Arbeit und ich auch!«

Als Andrew ins Hotel zurückkam, fand er das Zimmer leer vor. Er versuchte nicht, Suzie anzurufen, denn er hoffte, dass sie seine Empfehlung beherzigte, ihr Handy nicht einzuschalten. Die Vorstellung, sie könnte vielleicht in ihre Wohnung gegangen sein, beunruhigte ihn. Seit dem Vorabend verspürte er ein Verlangen nach Alkohol, und die Erinnerung an seinen letzten Fernet con Coca verstärkte diesen Wunsch noch. Er öffnete die Minibar und fand eine Nachricht.

»Ich bin im Übungsraum der Juilliard School, kommen Sie nach und sagen Sie, Sie möchten zu Professor Colson. Bis später, Suzie.«

Andrew nahm das erstbeste Taxi und ließ sich in die 65th Street bringen.

Die Empfangsdame erklärte ihm, wo sich der Übungsraum befand, aber auch, dass Professor Colson dort mit einer Schülerin arbeite und nicht gestört werden dürfe. Noch ehe sie ihn zurückhalten konnte, befand sich Andrew schon auf dem Weg dorthin.

Professor Colson war um die sechzig, auch wenn er mit seinem klassischen Frack, der schief sitzenden Fliege, der Halbglatze und dem struppigen weißen Haarkranz älter wirkte.

Er erhob sich von seinem Klavierhocker, begrüßte Andrew und bat ihn, neben Suzie Platz zu nehmen.

»Wie ich sehe, haben Sie meine Nachricht gefunden«, flüsterte sie.

»Sehr clever, die Idee mit der Minibar.«

»Wer außer Ihnen hätte dort nachgesehen?«, fragte sie und näherte ihr Gesicht, als wolle sie prüfen, ob er nach Alkohol roch.

»Darf ich fortfahren?«, fragte der Professor.

»Wer ist das?«, fragte Andrew leise.

»Mister Colson war mein Klavierlehrer, als ich ein kleines Mädchen war, und nun seien Sie still.«

Der Professor legte die Finger auf die Tasten und begann erneut, nach der Partitur zu spielen, die vor ihm lag.

»Jetzt verstehe ich, warum Sie keine Fortschritte gemacht haben«, raunte Andrew Suzie zu.

»Dieses Notensystem ergibt überhaupt keinen Sinn!«, schimpfte der Professor. »Das habe ich übrigens Suzie erklärt, gerade bevor Sie gekommen sind. Diese Kakofonie zerreißt einem das Trommelfell.«

»Und das ist *Schneeflöckchen*?«

»In der Tat«, rief Professor Colson, »und zwar all seiner Anmut beraubt, aber es ist *Schneeflöckchen*. Ich kann das nicht weiter spielen, es ist unerträglich«, fügte er hinzu und reichte Suzie die Partitur zurück.

»Wie meinen Sie das: ›All seiner Anmut beraubt‹?«

»Die Hälfte der Takte fehlt, ganz so, als habe jemand versucht, dieses Meisterwerk in Kurzform zu schreiben, und ich kann Ihnen versichern, dass das kein Erfolg war.«

»Wie Sie sehen, sind Sie nicht der Einzige, der über Intuition verfügt«, sagte Suzie stolz.

»Wissen Sie, wo wir eine komplette Version der Oper finden können?«

»Natürlich! In der Bibliothek. Ich kann Ihnen eine Kopie besorgen.«

Colson führte seine Besucher hin und bat die Bibliothekarin, ihm die Partitur von *Schneeflöckchen* auszuhändigen. Dann erkundigte er sich bei Suzie, ob sie seine Hilfe weiter benötige.

Suzie zögerte kurz, ihren ehemaligen Lehrer weiter zu belästigen, dann entschied sie: »Ich möchte Sie bitten, mich Ihrem schlechtesten Schüler vorzustellen.«

»Eine seltsame Bitte. Warum wollen Sie nicht den besten treffen?«

»Ich hatte immer ein Faible für Faulpelze«, antwortete sie.

»Dann würde ich Jack Colman sagen. Ich weiß nicht, wie es dem jungen Mann gelungen ist, hier aufgenommen zu werden, er hat wirklich kein Talent. Sie treffen ihn sicher in der Cafeteria, wo er sich den Wanst vollschlägt«, fügte Colson mit einem Blick auf die Uhr hinzu. »In einer halben Stunde unterrichte ich seine Klasse, und er kommt jedes Mal mit fettigen Fingern. Und jetzt entschuldigen Sie mich bitte.«

»Ich werde ihm nichts davon erzählen«, versprach Suzie und verabschiedete sich von ihrem ehemaligen Lehrer.

»Oh, das können Sie ruhig …« Colson seufzte und verschwand.

Mit vollem Mund, die Lippen mit Puderzucker bestäubt, schleckte sich Jack Colman genüsslich die Finger ab.

»Ich liebe Faulpelze!«, rief Suzie, während sie auf ihn zuging.

Verblüfft musterte der junge Mann die Frau, die entschlossen seinen Tisch ansteuerte, wandte sich dann aber um, weil er sehen wollte, wer wohl das Glück hätte, die Aufmerksamkeit eines solchen Geschöpfs zu erregen.

Suzie nahm ihm gegenüber Platz und stibitzte ein Stück von seinem Hefegebäck.

Colman hörte auf zu kauen.

»Jack?«

Allein die Tatsache, dass sie seinen Namen kannte, brachte ihn dazu, sich fast zu verschlucken. »Habe ich ein Problem?«, fragte er beunruhigt, als sich nun auch Andrew setzte.

»Du kennst ja das Sprichwort: ›Ein eingestandener Fehler ist nur noch ein halber Fehler‹«, gab Suzie zurück.

»Ich gebe das Geld Ende der Woche zurück, das schwöre ich«, sagte Colman.

»Und wenn du es heute Abend zurückgeben würdest?«, antwortete Suzie mit einer Selbstverständlichkeit, die Andrew beeindruckte.

»Das kann ich nicht. Ich schwöre Ihnen, wenn ich könnte …«

»Und wenn wir dir die Mittel dazu geben würden? Ich habe eine Arbeit für dich.«

»Was soll ich tun?«, fragte Colman mit zitternder Stimme.

»Uns etwas helfen«, fiel Andrew ein. »Iss in Ruhe deinen Kuchen auf. Wir sind nicht gekommen, um dir Schwierigkeiten zu machen. Colson hat dich empfohlen.«

»Weiß Colson Bescheid?«

»Hör zu, mein Junge, ich weiß nicht, wovon du sprichst, und es geht mich auch nichts an. Wie viel bist du schuldig?«

»Zweihundert Dollar.«

»Wenn du willst, kannst du sie heute Abend zurückzahlen«, erklärte Andrew und zog Simons Umschlag aus der Tasche.

Er nahm eine Hundertdollarnote und schob sie zu Colman, der diese ebenso gierig ansah wie vorher seinen Kuchen. Andrew bedeutete Suzie, ihm die Partitur zu geben, die sie auf der Insel gefunden hatten, und dazu das Original, das ihnen Colson besorgt hatte.

»Kennst du das Spiel ›Original und Fälschung‹?«

»Ich habe es ewig nicht gespielt, aber als Kind kam ich eher gut klar.«

»In der Partie, die ich dir vorschlage, gibt es sicher mehr Fehler, aber wichtig ist, dass du nichts übersiehst. Vergleich die beiden Partituren und schreibe alle Takte auf, die auf dem vergilbten Blatt fehlen. Dann untersuchst du sie und versuchst herauszufinden, ob sie eine logische Folge ergeben oder ob dir etwas anderes auffällt, warum man sie weggelassen haben könnte.«

Colman fuhr sich mit den Fingern durchs Haar. »Und wenn ich es schaffe?«, fragte er.

»Dann bekommst du die zweite Hundertdollarnote.«

»Und wann soll ich das machen?«

»Jetzt«, antwortete Suzie und legte eine Hand auf seinen Arm.

»In einer halben Stunde habe ich Unterricht.«

»Colson hat dich beurlaubt.«

»Und er hat Sie wirklich zu mir geschickt?«

»Er macht dir das Leben schwer, nicht wahr?«

Colman verdrehte die Augen.

»Ich hatte ihn auch als Lehrer«, sagte Suzie. »Er ist hart, weil er an dich glaubt. In dich setzt er die größten Hoffnungen.«

»Wirklich?«, rief Colman.

»Ganz bestimmt.«

Andrew nickte, um es zu bestätigen.

»Okay, ich mache mich gleich an die Arbeit«, erklärte der Junge und griff nach den beiden Partituren. »Ich wohne im Studentenwohnheim, Block B, zweiter Stock, Zimmer 311. Ist Ihnen Nachmittag um fünf recht?«

Andrew schrieb die Telefonnummer der Hotelbar auf seine Visitenkarte und reichte sie ihm.

»Ruf diese Nummer um drei an und frag nach mir. Dann sagst du uns, wie weit du gekommen bist«, erklärte Andrew und schüttelte Colman die Hand.

»Sie sind Journalist?«, fragte dieser, als er die Visitenkarte umdrehte.

»Tu, was wir dir sagen, dann ist das Jahr für dich schon so gut wie gelaufen«, sagte Suzie.

Sie erhob sich, bedachte ihn mit einem strahlenden Lächeln, nahm das Gebäck mit und ging.

»Das war gemein, was Sie da mit dem Jungen gemacht haben«, wandte Andrew ein, als sie auf dem Bürgersteig der 65th Street standen.

»Was? Dass ich ihm seinen Kuchen geklaut habe? Ich habe noch nicht gefrühstückt und komme um vor Hunger.«

»Tun Sie nicht so blöd, ich spreche von Colson und seinem Studium.«

»Sie kennen die Psychologie der Faulpelze nicht. Das ist der schönste Tag in seinem Leben. Zum ersten Mal fühlt er sich nützlich, zum ersten Mal überträgt man ihm eine Aufgabe, für die man ihn und niemand anderen auserwählt hat.«

»Und ich kenne auch die weibliche Psyche nicht. Ich weiß, man hat es mir schon gesagt.«

»Ich jedenfalls nicht«, entgegnete Suzie.

Ein eisiger Wind fegte über den Vorplatz des Rockefeller Center. Knopf saß auf einer Bank an der Eisbahn. Ihm war rätselhaft, wie Menschen Gefallen daran finden konnten, bei dieser Kälte auf einem Fleckchen herumzurutschen, das kleiner war als eine Reitbahn auf einem Jahrmarkt.

Woolford tauchte in seinem Rücken auf und setzte sich neben ihn.

»Ich bin gleich nach Ihrem Anruf von Mortons Hütte losgefahren.«

»Wissen Sie, wo sie ist?«

»Nein, sie hatte die Insel schon verlasen, als ich ankam.«

»Beide?«

»Keine Ahnung.«

»Wie, keine Ahnung? Verdammt, Woolford, es war Ihre Aufgabe, sie zurückzubringen.«

»Als ich am Anlegesteg festgemacht habe, war dort eine große Blutlache.«

Knopf biss die Zähne zusammen. »Sind Sie sicher, dass sie nicht mehr auf der Insel war?«, fragte er.

»Weder im Haus noch anderswo.«

»Waren Sie im Dorf?«

»Nach dem, was ich dort vorgefunden habe, schien es mir besser, nicht herumzutrödeln.«

»Haben Sie alle Spuren beseitigt?«

»Das war nicht nötig, es hatte geschneit.«

»Waren Sie in ihren Wohnungen?«

»Die sind beide leer. Diesmal habe ich Vorsichtsmaßnahmen ergriffen. Ihr Journalist ist kräftiger, als ich dachte, das habe ich gemerkt, als ich im Treppenhaus mit ihm zu tun hatte.«

»Ihre Handys?«

»Ausgeschaltet, seit sie auf der Insel waren.«

»Das gefällt mir gar nicht.«

»Sollte Elliott Broody uns reingelegt haben?«

»Er ist käuflich, aber auch zu ängstlich, um mir gegenüber ein Risiko einzugehen.«

»Seien Sie unbesorgt, sie sind bestimmt nur auf der Hut.«

»Wie könnte ich?«

»Vielleicht sollten wir unser Team verstärken?«

»Heute noch weniger als gestern. Irgendjemand versucht, uns zuvorzukommen. Und solange ich nicht weiß, wer das ist, tun wir gut daran, im Verborgenen vorzugehen. Kehren

Sie zurück in die Zentrale und überwachen Sie sie. Irgendwann brauchen sie Geld oder müssen telefonieren.«

»Ich melde mich, sobald es etwas Neues gibt«, sagte Woolford und erhob sich.

Knopf wandte sich um und sah ihm hinterher. Sobald er auf den Stufen des Vorplatzes verschwunden war, griff er zu seinem Handy.

»Und?«

»Er ist wieder im Hotel«, antwortete sein Gesprächspartner.

»Was hat er in der Juilliard Academy gemacht?«

»Der Fahrer ist ihnen gefolgt, aber angesichts der Lage war es schwer, sich zu nähern.«

»Warum sind Sie nicht selbst hingegangen?«

»Heute Morgen war Stilman am Fenster der Werkstatt. Es ist möglich, dass er mich gesehen hat, und ich wollte kein Risiko eingehen.«

»Sie sagen, der Fahrer ist ihnen gefolgt?«

»Stilman hat sich allein zur Juilliard School begeben und hat sie zusammen mit Suzie Walker wieder verlassen. Sie hat vermutlich dort auf ihn gewartet.«

Knopf betrachtete den grauen Himmel und seufzte.

»Holen Sie mich am Rockefeller Center ab. Ich will selbst hören, was der Fahrer zu sagen hat.«

Andrew legte sich aufs Bett und verschränkte die Hände im Nacken.

Suzie trat an das Nachtkästchen, öffnete die Schublade und betrachtete die Bibel, die sich darin befand. »Glauben Sie an Gott?«, fragte sie.

»Meine Eltern waren sehr gläubig. Wir haben jeden Sonntag die Messe besucht, aber die letzte, an der ich teilgenommen habe, war zur Beerdigung meines Vaters. Und Sie?«

»Einen Monat nach meiner Überführung in die Staaten bin ich nach Baltimore zurückgekehrt. Als ich in Shamirs Wohnung kam, waren seine Eltern dort. Sein Vater hat mich angesehen, ohne irgendetwas zu sagen, und beim Anblick meiner Hände hat er sich als Erstes nach eventuellen Schmerzen erkundigt. Ich weiß nicht, wie ich es sagen soll, aber an diesem Abend habe ich zum Glauben zurückgefunden. Ich habe seine Mutter gefragt, ob ich mir ein paar von seinen Sachen nehmen dürfte, etwa seine Arbeitshose, seinen Blouson und einen roten Schal, den er stets trug, wenn wir in die Berge gingen. Er war sein Talisman. Jedes Mal, wenn er den Gipfel erklommen hatte, knotete er ihn an seinen Pickel und sah zu, wie er im Wind flatterte, während er seinen Sieg genoss und neue Kräfte sammelte. Auf dem Montblanc hatte er ihn nicht dabei, wir hatten ihn beim Kofferpacken vergessen. Ich habe seinen Eltern eine Geschichte erzählt, deren Ausgang sie kannten, aber seine Mutter wollte noch einmal die Einzelheiten unseres Aufstiegs hören. An ihrem Blick sah ich, dass ihr Sohn für sie noch lebte, solange ich von ihm sprach. Und dann habe ich geschwiegen, weil es nichts mehr zu sagen gab. Seine Mutter hat sich erhoben und mir eine Tüte mit Shamirs Sachen gegeben. An der Tür hat sie meine Wange gestreichelt und mir ein Medaillon anvertraut, das sie stets trug. Sie hat mich gebeten, es, wenn ich eines Tages auf diesen Berg zurückkehren würde, in die Gletscherspalte zu werfen, in der ihr Sohn ruht. Dann hat sie mir mit auf den Weg gegeben, sie würde sich wünschen, dass ich ein dem Opfer ihres Sohnes würdiges Leben führen möge. Ich hoffe, dass Shamirs Tod nur ein langer, traumloser Schlaf ist und dass seine Seele irgendwo schwebt und glücklich ist.«

Andrew erhob sich, trat ans Fenster und wartete kurz, bevor er das Wort ergriff. Schließlich fasste er sich ein Herz. »Ich joggte am Hudson River und fand mich plötzlich zwischen Leben und Tod – das heißt dem Tod näher als dem Leben – in einem Rettungswagen wieder. Ich habe keinen Lichtstrahl gesehen und keine Engelsstimme gehört, die mich in den Himmel rief – nichts von all dem, was der Priester uns erzählt hatte. Aber ich habe vieles andere gesehen. Heute weiß ich nicht mehr, an was ich glaube. Wahrscheinlich an das Leben, an die Angst, es zu verlieren, aber komischerweise nie daran, es zu versauen. Eigentlich müssten Sie das gut verstehen, Sie sind ja auch eine Überlebende, und Sie setzen alles daran, die Unschuld einer Frau zu beweisen, die Sie nicht einmal gekannt haben.«

»Sie können die Art, wie wir unser Leben führen, nicht vergleichen. Sie tun es mit Ihrer Flasche, ich mit meiner Besessenheit. Ich hätte gern eine Großmutter gehabt, der man anvertrauen kann, was man den Eltern nicht sagt, die einem Ratschläge gibt, ohne Moralpredigten zu halten. Ich muss ihre Unschuld beweisen, um meinem Leben einen Sinn zu geben, nicht, um es zu zerstören. Ich bin unter falschem Namen geboren. Und ich möchte, wenn die Zeit gekommen ist, unter dem Namen Walker begraben werden und stolz auf ihn sein.«

»Es war der Name ihres Mannes.«

»Es war der, den sie gewählt hatte, ihr Mädchenname war McCarthy. In meinen Adern fließt irisches Blut.«

»Es wird Zeit«, sagte Andrew mit einem Blick auf seine Uhr. »Colman ruft sicher gleich an, lassen Sie uns inzwischen etwas essen.«

Andrew bestellte ein Club-Sandwich, Suzie begnügte sich mit einem Mineralwasser. Ihr Blick wanderte zwischen der Wanduhr und dem Telefon hin und her.

»Er meldet sich bestimmt gleich«, sagte Andrew und wischte sich den Mund ab.

Schließlich läutete das Telefon. Der Barkeeper reichte Andrew den Hörer.

»Ich will tausend Dollar mehr!«, rief Colman aufgeregt.

»Das war nicht ausgemacht«, erwiderte Andrew.

»Was ich herausgefunden habe, ist viel mehr wert als die zweihundert Dollar, die Sie mir bieten.«

»Damit ich mir ein Urteil bilden kann, müsste ich erst wissen, worum es geht.«

»Die fehlenden Noten ergeben keine logische Folge, sie haben keine Bedeutung.«

»Und damit willst du eine Erhöhung verhandeln?«

»Lassen Sie mich ausreden. Ich bin auf die Idee gekommen, das Libretto der Oper hinzuzuziehen. Ich habe die fehlenden Takte mit dem Text verglichen, die sie begleiten. Und da bekommt Ihr Spielchen ›Original und Fälschung‹ plötzlich einen Sinn. Ich bin gerade dabei, die Worte und Sätze zusammenzufügen, und das ist unglaublich. Jetzt verstehe ich besser, warum Sie diesen Rebus entschlüsseln wollten. Wenn das, was ich vor Augen habe, stimmt, haben Sie morgen einen riesigen Scoop in der Hand.«

Andrew zwang sich, seine Erregung nicht durchklingen zu lassen.

»Okay, du bekommst dein Geld. Wann bist du fertig?«

»Mit meinem Computer ist es ein Kinderspiel, die Sätze und Takte zusammenzubringen, ich brauche höchstens noch eine Stunde.«

»In zwanzig Minuten sind wir bei dir, schick mir inzwischen per E-Mail, was du schon fertig hast, dann kann ich es unterwegs lesen.«

»Versprechen Sie mir, mich zu bezahlen?«

»Du hast mein Wort.«

Jack Colman legte auf.

Kapitel 12

Andrew fragte den Hausmeister des Campus nach dem Weg.

Suzie ging voran und betrat den Block B des Studentenwohnheims als Erste.

Andrew klopfte an, doch Colman schien mit Kopfhörern zu arbeiten und somit nichts zu hören. Dann versuchte Suzie ihr Glück, und als noch immer keine Antwort kam, öffnete sie die Tür.

Den Kopf auf der Tastatur, wirkte es so, als würde Jack schlafen. Suzie sah Andrew verwundert an und näherte sich vorsichtig dem Schreibtisch. Das Gesicht des Jungen war bleich, sie legte eine Hand auf seinen Arm, der daraufhin wegsackte.

Suzie stieß einen Schrei aus, den Andrew zu ersticken versuchte, indem er ihr den Mund zuhielt. Sie schob ihn zurück und schüttelte Colman an den Schultern. Sein Kopf wackelte leicht hin und her, doch die Augen blieben halb geschlossen und ohne jedes Zeichen von Leben.

»Rufen Sie einen Krankenwagen!«, bat Suzie inständig.

Andrew legte einen Zeigefinger auf Jacks Halsschlagader. »Es tut mir leid, wirklich leid«, sagte er mit erstickter Stimme.

Suzie kniete sich neben Colman und ergriff seine reglose

Hand. Sie flehte den Jungen an aufzuwachen, doch Andrew zog sie hoch.

»Sie hinterlassen überall Ihre Fingerabdrücke«, murmelte er. »Kommen Sie, wir verschwinden.«

»Das ist mir egal!«

»Die Sache ist tragisch, aber wir können nichts mehr für ihn tun!«

Plötzlich bemerkte Andrew ein weißes Stück Papier unter Colmans Wange. Er zog es heraus und entdeckte seine Visitenkarte. Und mit einem Mal kam ihm eine unglaubliche Idee, die ihn kurz die Lage vergessen ließ, in der sie sich befanden.

»Ach, zum Teufel mit den Fingerabdrücken«, brummte er.

Er schob den Kopf des Jungen zur Seite und begann unter Suzies verständnislosem Blick, etwas in die Tastatur zu tippen.

Er öffnete einen Browser, rief den Server der *New York Times* auf und gab seinen Zugangscode und das Passwort ein, um sich in seinen E-Mail-Account einzuloggen.

Er fand Nachrichten, die er seit mehreren Tagen nicht mehr abgerufen hatte. Die letzte, ganz oben auf dem Bildschirm, stammte von Jack Colman.

Der Junge hatte sie offenbar nach ihrem Telefonat geschrieben, und als sein Kopf auf die Tastatur gesunken war, hatte er sie abgeschickt.

Und während Andrew die ersten Zeilen las, bemerkte er, dass die anderen E-Mails eine nach der anderen verschwanden.

»Jemand ist in meinen Account eingedrungen!«, rief er.

Die Liste der eingegangenen E-Mails wurde in schnellem Tempo gelöscht.

Andrew drückte rasch zwei Tasten, Colmans Drucker sprang an, und gleich darauf lag ein Blatt Papier im Ausgabefach.

Andrew steckte es ein, schaltete sein Handy ein und rief die Notrufnummer an.

In dem Studentenzimmer wimmelte es von Polizisten. Die Rettungssanitäter, die man geschickt hatte, waren gegangen, nachdem sie den Tod festgestellt hatten. Es gab weder sichtbare Wunden noch Spuren eines Kampfs oder Einstiche einer Spritze, nichts, was auf den ersten Blick auf einen Angriff oder eine Überdosis hingedeutet hätte.

Jack Colman war vor seinem Bildschirm gestorben, und der Kommissar, der Andrews Zeugenaussage aufnahm, erklärte ihm, alles deute auf einen natürlichen Tod hin. Er wäre nicht der erste Jugendliche, der an einem Herzfehler, einem Aneurysma, einem Übermaß an Amphetaminen oder einfach einer schlechten Lebensweise starb. »Die Studenten schrecken heute vor nichts mehr zurück, um ihre Examina zu schaffen«, sagte er und seufzte. Das hätte er in seiner Laufbahn schon öfter beobachtet. Die Autopsie würde den Sachverhalt sicher bestätigen. Einstweilen wurden Suzie und Andrew gebeten, den Staat New York nicht zu verlassen und innerhalb der nächsten vierundzwanzig Stunden auf dem Revier zu erscheinen, um ihre Aussage zu machen.

Bevor sie gehen durften, rief der Kommissar die *New York Times* an und bat die Chefredakteurin zu bestätigen, dass Andrew Stilman an einem Artikel über die Juilliard School arbeite und in diesem Rahmen am Nachmittag einen gewissen Jack Colman aufgesucht habe. Das tat Olivia Stern ohne das geringste Zögern. Sie fragte den Kommissar, ob sie kurz mit ihrem Mitarbeiter sprechen dürfe. Der Kommissar reichte ihm das Telefon.

»Ich erwarte Sie selbstredend auf der Stelle in meinem Büro«, sagte Olivia.

»Selbstredend.«

Andrew gab dem Kommissar das Telefon zurück.

»Tut mir leid, aber ich musste es überprüfen, das ist Vorschrift. Doch ich habe nicht verraten, dass Sie in Begleitung Ihrer Freundin waren.«

»Vielen Dank – auch wenn das bei uns nicht verboten ist.«

Der Kommissar entließ sie.

»Warum haben Sie nichts gesagt?«, rief Suzie, als sie auf der Straße waren.

»Was gesagt? Dass wir diesen Jungen mit unserer Bitte, uns bei der Rekonstruktion der fehlenden Teile einer Oper zu helfen, in den Tod geschickt haben? Dass er wahrscheinlich von einem professionellen Killer hingerichtet wurde und dass wir gute Gründe haben, an diese Hypothese zu glauben, weil Sie vorgestern Abend einen seiner Kollegen umgelegt haben? Muss ich Sie daran erinnern, was auf der Insel geschehen ist? Wer von uns beiden wollte denn nicht, dass wir die Polizei holen, weil er Angst hatte, seine Nachforschungen könnten beeinträchtigt werden?«

»Ich muss mit Knopf reden, ob Ihnen das passt oder nicht.«

»Tun Sie, was Sie für richtig halten, ich muss auf alle Fälle mit meiner Chefredakteurin reden, und ich habe nicht die geringste Ahnung, welche Geschichte ich ihr auftischen könnte, damit sie mich in Ruhe lässt. Ich nehme den Text mit und sehe ihn mir in der Redaktion an. Wir treffen uns dann später im Hotel. Ich lasse Sie nur ungern allein. Seien Sie vorsichtig und schalten Sie vor allem Ihr Handy nicht ein.«

»Sie haben es aber getan.«

»Ich hatte keine andere Wahl und bedauere es.«

Andrew musste zunächst einmal einen klaren Kopf bekommen. Die Zeitung war etwa zwanzig Blocks entfernt, und er beschloss, den Weg zu Fuß zurückzulegen. Er betrat die erste Bar, an der er vorbeikam, und bestellte einen Fernet con Coca. Der Barkeeper hatte keinen, und Andrew ging wütend weiter.

Unterwegs hielt er an einer Telefonzelle an und wählte eine Nummer in San Francisco.

»Hier ist Andrew Stilman. Störe ich Sie?«

»Das hängt ganz davon ab, um welchen Gefallen Sie mich diesmal bitten wollen«, antwortete Kommissar Pilguez.

»Ich war zufällig am Schauplatz eines Mordes und habe dort etliche Fingerabdrücke hinterlassen. Ich brauche eine Empfehlung bei Ihren Kollegen.«

»Welcher Art?«

»Der Art, dass jemand wie Sie ihnen versichert, dass ich nicht die Art Mensch bin, der einen Jungen umbringt. Das Opfer war höchstens zwanzig Jahre alt. Ich brauche meine Ruhe, bis ich meine Nachforschungen abgeschlossen habe.«

Pilguez schwieg, Andrew hörte nur seine Atemzüge.

»Und natürlich waren Sie rein zufällig am Tatort?«, fragte er schließlich mit dem ihm eigenen Phlegma.

»Mehr oder weniger.«

»Wo ist es passiert?«

»Im Studentenwohnheim der Juilliard Academy an der 65th Street.«

»Haben Sie eine Ahnung, wer dahintersteckt?«

»Nein, aber es war ein Profi.«

»In Ordnung, ich rufe an. Auf was für eine Geschichte haben Sie sich da wieder eingelassen, Stilman?«

»Würden Sie mir glauben, wenn ich Ihnen sagen würde, dass ich nicht die geringste Ahnung habe?«

»Habe ich die Wahl? Brauchen Sie Hilfe?«

»Nein, ich denke nicht, zumindest nicht im Moment.«

»Zögern Sie anderenfalls nicht, mich anzurufen. Ich langweile mich im Moment zu Tode.« Und damit legte Pilguez auf.

Vor der Redaktion angekommen, hob Andrew den Blick, um den Schriftzug *New York Times* an der Fassade zu lesen. Dann schob er die Hände in die Taschen seines Regenmantels und setzte seinen Weg fort.

Knopf saß auf einer Bank im Washington Square Park und las die Zeitung, während er auf Suzie wartete. Sie setzte sich neben ihn.

»Was machen Sie denn für ein Gesicht?«, fragte er und faltete das Blatt zusammen.

»Ich weiß nicht mehr weiter, Arnold.«

»Muss ja eine ernste Geschichte sein, wenn Sie mich beim Vornamen nennen.«

»Ich hätte auf Sie hören und nicht auf diese Insel fahren sollen. Ich habe auf jemanden geschossen, und das wird mich jetzt mein ganzes Leben lang bedrücken.«

»Haben Sie den Journalisten getötet?«

»Nein, einen Mann, der ihn ertränken wollte.«

»Dann war es legitime Notwehr.«

»Wenn man den blutigen Kopf dessen vor sich sieht, den man umgebracht hat, ändert das auch nicht viel.«

»Aber natürlich! Wenn er es gewesen wäre, der sich über Ihren blutigen Kopf gebeugt hätte, wäre vieles anders gewesen, für mich ebenso wie für Sie. Was haben Sie mit der Leiche gemacht?«

»Wir haben sie im See versenkt.«

»Das war genau richtig.«

»Ich weiß nicht. Vielleicht hätte ich auf Andrew hören und die Polizei rufen sollen. Aber ich höre ja auf niemanden.«

»Ich weiß nicht mehr, wie viele Stunden ich damit verbracht habe, Sie zu schützen. Vor anderen und vor sich selbst. Ich will uns beiden die Heldentaten ersparen, die Sie als rebellischer Teenager vollbracht haben, aber wenn Ihre Fingerabdrücke auf einer Leiche gefunden würden, wäre das äußerst ärgerlich – selbst wenn es sich um legitime Notwehr handelt.«

»Und doch befürchte ich, dass es der Fall ist.«

»Haben Sie nicht gesagt, dass er am Grunde des Sees liegt?«

»Er schon. Aber da ist noch etwas: Wir waren mit einem Studenten der Juilliard School verabredet und haben ihn tot in seinem Zimmer aufgefunden.«

»Und Sie haben dort Fingerabdrücke hinterlassen?«

»Auf dem Treppengeländer, der Türklinke, der Leiche, dem Stuhl, dem Schreibtisch … Aber dieses Mal haben wir die Polizei gerufen. Ich muss morgen auf dem Revier eine Aussage machen.«

»Bei welchem Kommissar?«

Suzie reichte ihm die Visitenkarte, die ihr der Ermittler gegeben hatte.

Knopf ergriff sie und sagte: »Ich werde sehen, was ich tun kann. Ich halte Sie auf dem Laufenden. Sofern ich Sie erreichen kann! Haben Sie Ihr Handy verloren?«

»Nein, es ist ausgeschaltet.«

»Dann schalten Sie es ein, verdammt noch mal! Wie soll ich Sie beschützen, wenn ich nicht weiß, wo Sie sind? Ich habe Sie gewarnt, Suzie. Ihre Nachforschungen fortzusetzen ist ein äußerst gefährliches Unterfangen.«

»Ersparen Sie mir Ihre Lektionen. Übrigens können Sie zufrieden sein, ich habe beschlossen aufzugeben, es ist schon zu viel Blut vergossen worden. Die Sache geht über meine Kräfte.«

Knopf ergriff ihre Hand und tätschelte sie. »Wenn Sie mir das vor ein paar Tagen gesagt hätten, meine Liebe, hätte es mir große Freude bereitet.«

»Und jetzt nicht mehr?«

»Ich fürchte, es ist zu spät. Ich werde Ihnen etwas anvertrauen, Suzie, und Sie müssen mir schwören, es niemandem weiterzusagen – zumindest nicht im Moment. Ich hatte gehofft, es Ihnen nie enthüllen zu müssen, aber jetzt zwingt mich die Situation dazu. Ihre Großmutter hat Dokumente gestohlen, die viel wichtigere Informationen enthielten als nur Militärstellungen in Vietnam. Dieses Gerücht hatte einzig den Sinn, den Feind zu täuschen. Liliane war eine überzeugte und aktive Atomwaffengegnerin. Die Zwischenfälle in der Schweinebucht haben sie in ihrem Glauben bestärkt. Die Dokumente, die sie im Büro ihres Mannes gestohlen hat, enthielten die Standorte nuklearer Verteidigungsstützpunkte und, schlimmer noch, die der Langstreckenraketen, die wir heimlich in Europa an der Grenze zum Ostblock installiert hatten. Wir haben ihre Existenz stets abgeleugnet. Doch noch heute befinden sie sich in Dutzenden von unterirdischen Bunkern in den Wäldern dort. Russland ist jetzt kein Gegner mehr, doch gewisse hochrangige Persönlichkeiten scheinen immer noch davon überzeugt, dass es zu schlimmen diplomatischen Konflikten führen könnte, wenn ihre Existenz enthüllt würde. In unserem Land spielt man nicht mit der nationalen Sicherheit.«

»Sie brauchen ihnen ja nur zu sagen, dass wir unsere Nachforschungen einstellen, dass ich alles aufgebe.«

»Wenn es so einfach wäre! Ich weiß nicht einmal, welcher Geheimdienst Sie eliminieren will – die CIA, die NSA, die Armee? Und meine Kontaktleute haben leider dasselbe Alter wie ich, eine Handvoll Großväter im Ruhestand.«

Suzie malte mit der Fußspitze einen Kreis auf den staubigen Weg des Washington Square Park.

»Was würden Sie an meiner Stelle tun?«, fragte sie und wich dabei Knopfs Blick aus.

»Wenn man eine Maschine, die direkt auf die Wand zusteuert, nicht mehr anhalten kann, ist die einzige Lösung, Gas zu geben und das Hindernis zu zerstören, statt daran zu zerschellen. So vernünftig Ihre Absichten auch sein mögen, sie werden Ihnen nicht mehr glauben. Das Einzige, was sie aufhalten könnte, wäre, wenn Sie die Dokumente finden und mir aushändigen. Ich könnte sie benutzen, um Ihre Sicherheit auszuhandeln. In diesem Zusammenhang werden Sie verstehen, dass es sehr wichtig ist, Ihrem Reporterfreund nichts zu verraten. Ihre Interessen sind nicht mehr die gleichen.«

»Und wenn das nicht reicht?«, murmelte Suzie nachdenklich.

»Wenn sie nicht nachgeben, ändern wir die Strategie. Wir benutzen Ihren Journalisten, und wenn einmal alles veröffentlicht ist, haben Sie nicht mehr viel zu befürchten, Sie sind sozusagen unantastbar.«

»Und warum sollten wir das nicht gleich tun?«

»Weil das darauf hinausliefe, den Verrat Ihrer Großmutter fortzusetzen. Es wäre mir lieber, wenn wir nicht auf diese Lösung zurückgreifen müssten. Aber wenn ich vor der Wahl zwischen einem diplomatischen Zwischenfall, so schlimm er auch sein möge, und der Rettung Ihres Lebens stünde, müsste ich nicht lange überlegen.«

Suzie wandte sich Knopf zu und sah ihn zum ersten Mal seit Beginn des Gesprächs an.

»Dann war sie also schuldig?«

»Das ist eine Frage des Standpunkts. Sie war es in den Augen derer, die uns regierten. Aber fünfzehn Jahre später hatte die Welt letztlich ein Einsehen, wir haben einen Abrüstungsvertrag unterzeichnet. Seit 1993 rosten unsere glorreichen B-52 zu Hunderten in der Wüste Arizonas, auch wenn diese Zerstörung damals nur eine Farce war, weil sie durch Raketen ersetzt wurden.«

»Warum haben Sie mir all das nicht früher erzählt, Knopf?«

»Wären Sie bereit gewesen, mir zuzuhören? Ich habe es versucht, aber Ihre Großmutter was so wichtig für Sie. Mathilde war nur das Phantom einer Mutter, und Sie hatten Liliane zu Ihrem Vorbild auserkoren. Wie könnte man das Messer noch tiefer in eine Wunde rammen, die aus der Kindheit stammt?«

Suzie ließ ihren Blick durch den Park schweifen. Der Winter hatte ihm die Farben genommen. Einige Spaziergänger liefen, den Rücken gebeugt, die Hände in den Taschen vergraben, über die Wege.

»Ich habe einen Berg bestiegen, den Tod von drei Männern verschuldet, von denen einer nicht mal zwanzig war, und all das, um ihre Unschuld zu beweisen. Und jetzt muss ich diesen Wahnsinn, wie Sie es so oft genannt haben, fortsetzen und Beweise für ihre Schuld suchen. Welche Ironie des Schicksals.«

»Ich fürchte, die Saga Ihrer Familie ist noch größer. Wo hält sich Ihr Journalistenfreund gerade auf?«

»Er rechtfertigt sich vor seiner Chefredakteurin.«

»Ich weiß, dass es mich nichts angeht, aber haben Sie ein Verhältnis mit ihm?«

»Das geht Sie tatsächlich nichts an. Sie, der Sie Liliane so gut gekannt haben, haben Sie von einem Ort gehört, an den sie manchmal Mathilde ohne das Wissen ihres Mannes mitgenommen hätte?«

Knopf rieb sich das Kinn.

»Ihre Großmutter hatte so viele Geheimnisse. Davon müsste Sie Ihr Besuch auf der Insel überzeugt haben.«

»Mit wem hatte mein Großvater sie betrogen?«

»Sehen Sie, Sie können nicht anders, als sie zu verteidigen! Und um auf Ihre vorherige Frage zurückzukommen, da fällt mir nur ein Ort ein. Liliane war ein begeisterter Jazzfan, ihr Mann liebte nur die Oper und einige klassische Werke. Jazz war für ihn nichts als eine Abfolge barbarischer Disharmonien. Wenn Ihre Großmutter Klavier spielte, zwang er sie, die Türen des Musikzimmers zu schließen und den Dämpfer einzuschalten. Edward fuhr jeden Monat aus geschäftlichen Gründen nach Washington, und Liliane nutzte die Gelegenheit, um ihre Leidenschaft in einem bekannten Jazzklub in Manhattan auszuleben. The Vanguard, wenn mich mein Gedächtnis nicht täuscht. Aber ich erinnere mich nicht, dass sie Mathilde mitgenommen hätte. Warum fragen Sie das?«

»Auf der Insel haben wir einen Brief gefunden, den Liliane an Mathilde geschrieben hatte. Sie sprach von einem Ort, den sie gemeinsam aufgesucht hätten.«

»Und was stand sonst noch in dem Brief?«

»Nur zärtliche Worte einer Mutter für ihr Kind. Sie

wusste, dass sie in Gefahr war, ich habe ihn als eine Art Vermächtnis verstanden.«

»Ich würde diesen Brief sehr gerne lesen, wenn Sie nichts dagegen haben.«

»Ich bringe ihn nächstes Mal mit«, versprach Suzie. »Danke, Arnold.«

»Wofür? Ich habe nichts getan.«

»Dafür, dass Sie immer für mich da waren, dafür, dass Sie der sind, der Sie sind, der, auf den ich rechnen kann.«

Sie erhob sich und küsste Knopf auf die Wange, eine Geste der Zärtlichkeit, die ihn fast erröten ließ.

»Ach übrigens«, sagte er und stand ebenfalls auf, »haben Sie irgendetwas von diesem Colman erfahren, ehe er gestorben ist?«

Suzie sah ihn durchdringend an und zögerte, bevor sie ihm antwortete.

»Nein, wir sind zu spät gekommen.«

Als sie sich auf dem Weg entfernte, drehte sie sich noch einmal um und winkte Arnold Knopf zu.

Andrew erwartete sie an der Hotelbar. Vor ihm stand ein halb geleertes Glas.

»Es ist das erste, und ich habe es noch nicht einmal ausgetrunken«, sagte er.

»Ich habe Ihnen keine Frage gestellt«, antwortete Suzie und hievte sich auf einen Barhocker.

Sie ergriff sein Glas und benetzte ihre Lippen.

»Wie können Sie nur so ein bitteres Zeug trinken?«

»Geschmackssache. War Ihr Treffen informativ?«

»Ansichtssache! Meine Großmutter war schuldig«, sagte Suzie. »Nicht dessen, was man ihr vorwarf, aber sie war dennoch im Begriff, ihr Land zu verraten.«

»Und wie geht es Ihrem Schutzengel?«

»Gut, aber ich glaube, er belügt mich.«

»Sie Ärmste, eine Desillusion nach der anderen.«

Suzie wandte sich um und versetzte ihm eine Ohrfeige. Dann ergriff sie das Glas, leerte es in einem Zug und stellte es wieder auf die Theke.

»Sie sind auch ein Lügner, Ihre Augen glänzen, und Sie stinken nach Alkohol. Wie viel haben Sie getrunken?«

»Drei«, sagte der Barkeeper und wischte die Theke ab. »Darf ich Ihnen etwas bringen? Das geht aufs Haus.«

»Eine Bloody Mary«, gab Suzie zurück.

Andrew rieb sich ungläubig die Wange.

»Knopf hat mich gefragt, ob wir etwas von Colman erfahren hätten«, fuhr sie fort. »Dabei hatte ich seinen Namen gar nicht erwähnt.«

Der Barkeeper stellte die Bloody Mary vor Suzie hin und fing sich einen eisigen Blick von Andrew ein.

»Sie sagen nichts?«, murmelte Suzie.

»Ich würde gerne sagen, dass ich Sie gewarnt habe, sowohl, was Ihre Großmutter als auch, was Knopf betrifft, aber ich habe Angst, mir noch eine einzufangen.«

»Knopf ist nicht unser Feind, da werden Sie mich nicht vom Gegenteil überzeugen. Er sagt mir nicht alles, aber in seinem Beruf ist Geheimnistuerei eine Art Kunst.«

»Haben Sie noch etwas anderes herausgefunden?«

»Was wirklich in den Dokumenten stand, die meine Großmutter an sich gebracht hatte. Ihr Motiv war nicht das Geld, sie wurde von Idealismus getrieben. Sie hoffte, die Armee zwingen zu können, keine weiteren Nuklearraketen in den Wäldern Osteuropas zu stationieren, das war das große Geheimnis, das sich hinter der Operation *Snegurotschka* verbarg.«

Andrew machte dem Barkeeper ein Zeichen, ihr noch ein Glas zu bringen.

»Auch Sie verwundern mich jeden Tag mehr«, fuhr Suzie fort. »Ich dachte, ich würde Ihnen einen genialen Scoop liefern, doch das scheint Ihnen egal wie noch mal was zu sein.«

»Sagen Sie das nicht, ›noch mal was‹ ist mir unter Umständen sehr wichtig. Aber dass die amerikanische Armee in den 1960er-Jahren Raketen in Europa versteckt hat, ja, das ist mir wirklich völlig egal. Es gab genügend Gerüchte zu diesem Thema, und welche Rolle sollte das heute noch spielen?«

»Es könnte einen enormen diplomatischen Skandal auslösen.«

»Dass ich nicht lache! Als nukleare russische U-Boote vor Alaska und auf norwegischem Hoheitsgebiet entdeckt wurden, hat man in den Zeitungen gerade mal drei Zeilen darüber geschrieben. Und wenn das der Scoop ist, den ich meiner Chefredakteurin versprochen habe, dann wird mein nächster Auftrag darin bestehen, die Enten auf den Seen des Central Park zu zählen. Das reicht, ich muss mit Ihnen reden, aber nicht hier.«

Andrew bezahlte und vergaß dabei nicht, den Barkeeper daran zu erinnern, dass die erste Bloody Mary aufs Haus ging. Er fasste Suzie beim Arm und zog sie auf die Straße. Schweigend liefen sie bis zur wenige Blocks entfernten Subway-Station an der 49th Street.

»Darf ich fragen, wohin wir fahren?«

»Möchten Sie lieber nach Norden oder nach Süden?«

»Das ist mir völlig egal.«

»Also nach Süden«, meinte Andrew und schob Suzie zur Treppe.

Am Ende des Bahnsteigs entdeckte er eine Bank und setzte sich. Mit ohrenbetäubendem Lärm fuhr ein Zug ein.

»Colmans Aufzeichnungen ergeben eine ganz andere Geschichte als die, die Ihnen Ihr lieber Freund Knopf aufgetischt hat.«

»Haben Sie seine Übertragung gesehen?«

»Colman hatte nicht die Zeit, seine Arbeit zu beenden. Schwer, definitive Schlüsse daraus zu ziehen«, erklärte Andrew und erhob die Stimme, um den Lärm der Bahn, die in den Tunnel sauste, zu übertönen. »Aber ich verstehe jetzt besser, warum er mehr Geld verlangt hat. Da läuft es einem eiskalt über den Rücken.«

Andrew reichte Suzie das Blatt, das er in Jacks Zimmer ausgedruckt hatte.

Sie wollen Schneeflöckchen ermorden. Wenn nichts zu seinem Schutz unternommen wird, wird es für immer verschwinden.
Unter seinem eisigen Mantel fließt das Gold in Strömen, und dessen wollen sich die ranghohen Persönlichkeiten bemächtigen.
Die einzige Möglichkeit, diesen Reichtum an sich zu bringen, ist, sein Ende zu beschleunigen.
Aber Snegurotschkas Grab wäre zugleich auch das des Winters, und das würde eine verheerende Umwälzung mit sich bringen.
Sie kennen die Folgen, doch sie ignorieren sie, dafür habe ich jetzt den Beweis.
Wenn der Weg des Nordens frei wäre, würde das ihre Herrschaft und ihren Reichtum garantieren.
Ob Osten oder Westen, ob Verbündete oder Feinde, hat keine Bedeutung mehr. Sie zu warnen, ist die einzige Möglichkeit, die Angriffe zu beenden, die schon begonnen haben.

Unsere ranghohen Persönlichkeiten bedienen sich der schlimmsten Mittel, um ihr Ziel zu erreichen.
Die Risse sind beabsichtigt, und die Natur wird den Rest erledigen.
Snegurotschka zu retten ist eine Pflicht, die weder Gehorsam noch Vaterland kennt, es geht darum, das Überleben von Millionen von Menschen zu sichern.

»Verstehen Sie auch nur ein einziges Wort?«, fragte Suzie.

»Der Stil ist zugegebenermaßen ein wenig lyrisch, aber Ihre Großmutter hat den Text von einem Libretto ausgehend erstellt. Bei der ersten Lektüre war ich ratlos wie Sie. Dann habe ich mich an Colmans Erregung am Telefon erinnert und mich gefragt, was er wohl herausgefunden hat und ich übersehen habe. Als ich mein Handy eingeschaltet habe, um die Polizei zu rufen, habe ich die eingegangenen Nachrichten nicht überprüft. Aber als ich vorhin in der Bar auf Sie gewartet habe, sah ich, dass Colman mir eine SMS geschickt hatte. Vielleicht hat er begriffen, dass nicht wir diejenigen waren, die an seine Tür geklopft haben. Und dank dieser letzten Nachricht ist mir ein Licht aufgegangen.«

Andrew zog sein Telefon aus der Tasche und zeigte es Suzie.

»Mit Schneeflöckchen ist das arktische Packeis gemeint. Und jetzt lesen Sie den Text noch einmal, und Sie werden alles verstehen, ausgenommen den Wahnsinn, der die Menschen dazu antreibt, sein Schmelzen voranzutreiben.«

»Sie wollten das Packeis zerstören?«

»Und endlich eine Durchfahrt durch das arktische Meer öffnen, die sogenannte Nordostpassage. Ein Glücksfall für unsere Regierung, die immer eine Blockade des Panamakanals gefürchtet hat – heute noch die einzige Verbindung zwischen dem Atlantik und dem Pazifik, wenn man die ›Roaring Forties‹ meiden will. Ein einziger Korridor, auf dem alljährlich dreihundert Millionen Tonnen Güter transportiert werden. Und der Kanal ist Eigentum einer winzigen mittelamerikanischen Republik. Die Öffnung eines neuen Seewegs ist von erheblicher strategischer Bedeutung. Aber bisher ist diese Passage wegen des Eises nicht schiffbar. Auch für die Erdölunternehmen wäre das eine glänzende Aussicht. Erinnern Sie sich an den Lebenslauf des Liebhabers Ihrer Großmutter. Politiker, Finanziers, Magnaten, Lobbyisten und Multinationale tun sich zusammen und verfolgen dieselben Interessen. Vierzig Prozent der weltweiten Reserven des schwarzen Goldes befinden sich unter dem Packeis. Und sie bleiben unzugänglich, solange die Eiskappe nicht geschmolzen ist. Ich erinnere mich, gelesen zu haben, dass diese Himmelsgabe einen geschätzten Wert von über siebentausend Milliarden Dollar hat. Das motiviert so manchen. Darum hat sich auch unsere Regierung bis heute so hartnäckig geweigert, etwas gegen die Klimaerwärmung zu unternehmen. Hurrikans, Flutwellen, Trockenheit, Hungersnöte, Anstieg des Meeresspiegels, Umsiedlung der Küstenbevölkerung, all das ist nichts gegen siebentausend Milliarden Dollar und zwei Jahrhunderte der gesicherten Energieherrschaft. Schon seit vierzig Jahren streiten sich die Vereinigten Staaten, Kanada und Russland um die Herrschaft über die Arktis. Die Russen haben sogar ein U-Boot losgeschickt, um in über viertausend Meter Tiefe ihre Fahne in den Meeresboden zu rammen.«

»Wir haben die unsere schließlich auch auf den Mond gesetzt, ohne dass er uns gehören würde«, gab Suzie zurück.

»Der ist etwas weiter entfernt, und bislang hat man dort kein Erdöl gefunden. Wie viele Kriege haben wir schon geführt, um die Quellen des schwarzen Goldes zu kontrollieren, wie viele Menschen sind dafür gestorben … Aber was mich in der Nachricht, die Ihre Großmutter so gut verschlüsselt hat, am meisten erschreckt, ist, dass sie anklingen lässt, diese Männer hätten ihr Projekt bereits realisiert.«

»Aber welches Projekt?«

»›Die Risse sind beabsichtigt, und die Natur wird den Rest erledigen.‹ Es geht darum, das Packeis aus der Tiefe anzugreifen, um die Schmelze voranzutreiben.«

»Und wie?«

»Das weiß ich nicht. Aber wenn man sieht, mit welcher Geschwindigkeit es sich Jahr um Jahr verringert, dann befürchte ich, dass dieses Szenario mehr als nur Fiktion ist. Was auch immer sie getan haben, ich habe den traurigen Eindruck, dass sie erfolgreich waren.«

»Unsere Regierung soll bewusst die Schmelze des Packeises ausgelöst haben, um in der Arktis Erdölbohrungen vorzunehmen?«

»Etwas in diesem Stil, ja. Können Sie sich vorstellen, was passieren würde, wenn wir eindeutige Beweise für das fänden, was uns diese Nachricht enthüllt? Ich bezweifele, dass sich die Folgen auf einen schlichten diplomatischen Zwischenfall beschränken würden. Schließlich würde dadurch die Glaubwürdigkeit der Vereinigten Staaten weltweit infrage gestellt. Bedenken Sie die Reaktionen der Umweltorganisationen, der Globalisierungsgegner und der Staaten, die unter der Klimaerwärmung leiden. Ganz zu schweigen von unseren europäischen Verbündeten, die alle Ansprüche auf die Reserven in der Arktis haben. *Snegurotschka* ist ein wahres Pulverfass, und wir sitzen darauf.«

»Aber es ist auch das schönste Thema Ihrer Laufbahn.«

»Wenn wir am Leben bleiben, damit ich es veröffentlichen kann.«

Und während Suzie und Andrew noch einmal den Text lasen, den Liliane Walker ihnen indirekt hinterlassen hatte, schickten die Überwachungskameras auf dem Bahnsteig die ersten Aufnahmen von ihnen an das Sicherheitszentrum. Das Softwareprogramm zur Gesichtserkennung, das nach den Attentaten am 11. September eingerichtet worden war, übertrug schon ihre Beschreibung.

Der Mann im dunklen Anzug stand am Fenster und sah auf die Stadt, die sich bis zur Spitze der Insel ausdehnte, an der der Ozean sein Recht einforderte. Ein Kreuzfahrtschiff fuhr den Hudson River entlang, und Elias Littlefield sagte sich, wenn er eine Familie hätte, würde er sie in den Ferien niemals mit an Bord dieser schwimmenden Sozialwohnungen nehmen. Massentourismus war für ihn ebenso vulgär wie unerträglich.

Er steckte seine Brille in die Brusttasche seines Jacketts und schnalzte mit der Zunge. Dann wandte er sich um und musterte jene, die um den Besprechungstisch versammelt waren, mit ernster und gereizter Miene.

»Ich bin immer davon ausgegangen, die Stärke dieser Abteilung sei es vorauszublicken, statt die Dinge über sich ergehen zu lassen. Hätte jetzt einer von Ihnen vielleicht die Zeit, uns dieses Dokument zu besorgen?«

»Es wäre ein Fehler, sie festzunehmen«, antwortete Knopf und betonte dabei jedes Wort.

Littlefield trat an den Tisch und schenkte sich ein Glas Wasser ein. Er führte es an den Mund, und sein Schlürfen widerte Knopf an.

»Es ist Ihren Vögelchen gelungen, achtundvierzig Stunden lang zu verschwinden«, fuhr er dann fort. »Ich werde nicht zulassen, dass so etwas noch einmal vorkommt.«

»Haben Sie den Auftrag zu dieser herausragenden Intervention auf Clark's Island gegeben?«

Littlefield bedachte seine Mitarbeiter mit einem wohlwollenden und verständnisinnigen Blick. Jeder sollte sich darüber im Klaren sein, dass er zu einem eingeschworenen Team gehörte, dessen Chef er selbst war.

»Nein, wir haben nichts damit zu tun.«

Littlefield kehrte ans Fenster zurück, um erneut die Aussicht zu bewundern.

Das Empire State Building wurde rot und grün angestrahlt, ein Zeichen dafür, dass sich das Jahresende mit seinen Feiertagen näherte. Elias Littlefield dachte, wenn diese Sache nur noch ein weiterer abgeschlossener Fall wäre, würde er zum Skifahren nach Colorado gehen.

»Sie sind also noch immer nicht über das Stadium des Wettrennens mit anderen Geheimdiensten hinausgekommen?«, fuhr Knopf fort. »Ich frage mich, ob Sie unser Land oder Ihre eigene Karriere schützen wollen.«

»Warum sollten nicht die Russen, die Kanadier oder gar die Norweger dahinterstecken, die uns zu überholen versuchen?«

»Weil sie zu intelligent sind. Sie würden warten, bis sie Beweise in der Hand haben, ehe sie handeln.«

»Ersparen Sie mir diesen herablassenden Ton, Knopf. Sie versichern uns seit Jahren, dass solche Beweise nicht mehr existieren. Der einzige Grund dafür, dass wir Sie aus dem Ruhestand geholt haben, ist Ihre Kenntnis dieser Angelegenheit. Aber mit der Zeit zweifele ich immer mehr daran, dass Sie von irgendeinem Nutzen sind. Ich darf Sie daran erinnern, dass sich Ihre Funktion hier auf die eines Beobachters beschränkt. Also behalten Sie Ihre Kommentare gefälligst für sich.«

Knopf erhob sich, griff nach seinem Regenmantel und verließ den Raum.

Der Zug hielt mit einem metallischen Quietschen an, die Türen öffneten sich, Suzie und Andrew stiegen in den ersten Wagen und setzten sich auf den nächstbesten freien Platz.

»Eine Stunde nachdem wir gegangen sind, hat man die Beamten, die in Colmans Zimmer waren, aufgefordert, die Örtlichkeiten zu verlassen.«

»Wer?«

»Die Agenten der NSA, die, wie es scheint, den Fall übernommen haben.«

»Woher wissen Sie das?«

»Ich habe einen Freund um einen kleinen Gefallen gebeten. Eine Stunde später hat er mich zurückgerufen und mir diese Information gegeben.«

»Ich dachte, wir dürften unsere Handys nicht einschalten?«, wandte Suzie ein.

»Darum sind wir jetzt auch hier, so verschwinden wir von ihren Bildschirmen. Wir steigen an der Endstation Brooklyn aus.«

»Nein, an der Christopher Street, denn auch ich habe Neuigkeiten.«

Die Baustelle des Freedom Tower bildete nur noch einen schwachen Lichthof in der grauen Nacht. Eine jener Winternächte, in denen einen der Sprühregen bis ins Mark frieren lässt. Die Autos fuhren mit quietschenden Reifen über den nassen Asphalt der 7th Avenue.

Suzie öffnete die Tür des Hauses Nummer 178 und stieg

die steile Treppe hinab, die ins Untergeschoss führte. Sie betraten den Village Vanguard Club. Es war noch früh, und das Steve Wilson Trio spielte für nur zwei Gäste an der Bar und einen Mann, der in einer Nische seine E-Mails las und bisweilen den Kopf hob. Lorraine Gordon, die Chefin, beobachtete von ihrem Barhocker aus das Geschehen im Gastraum. Seit zweiundvierzig Jahren war sie an sechs Abenden in der Woche treulich auf ihrem Posten.

Thelonious Monk, Miles Davis, Hank Mobley, Bill Evans – all diese Stars waren hier aufgetreten. Und für die Musiker, die aus allen Teilen Amerikas kamen, war sie einfach nur »Lorraine«, die Muse des Jazz-Mekkas, außer für Shirley Horn, die sie den »Sergeant« getauft hatte, doch nur wenige Menschen wagten es, sie so zu nennen.

Suzie und Andrew nahmen etwas von der Bühne entfernt Platz. Alsbald kam Lorraine Gordon an ihren Tisch und setzte sich unaufgefordert zu ihnen.

»Lebst du noch? Wo hast du nur die ganze Zeit gesteckt?«

»Sind Sie auch hier Stammgast?« Suzie war sichtlich erstaunt.

»Der Herr hat sogar eine Flasche hier bei mir«, antwortete die Wirtin, ohne sie auch nur eines Blickes zu würdigen.

»Ich war unterwegs«, sagte Andrew.

»Du sahst schon mal schlechter aus, auch wenn das Licht hier recht schmeichelhaft ist. Was hast du mit deiner Frau gemacht?«

Und da Andrew nicht antwortete, fragte sie, was er trinken wolle.

»Nichts«, antwortete Suzie an seiner Stelle. »Er hat keinen Durst.«

Diese Dreistigkeit gefiel Lorraine, doch das zeigte sie nicht. Sie mochte keine Mädchen, die für ihren Geschmack etwas zu hübsch waren, da sie sie verdächtigte, ihren knackigen Hintern für ihre Zwecke einzusetzen. Jedes Mal, wenn ein Musiker sie im Stich gelassen oder sturzbetrunken auf der Bühne gestanden hatte, war es wegen eines hübschen Mädchens gewesen, das ihm das Herz gebrochen hatte.

»Ihre Großmutter soll vor langer Zeit in deinem Klub gespielt haben«, erklärte Andrew mit einem Blick auf Suzie. »Liliane Walker, sagt dir der Name etwas?«

»Absolut nichts«, versicherte Lorraine und musterte Suzie. »Ich habe eine erhebliche Anzahl von Musikern hier ein und aus gehen sehen, meine Kleine.«

»Und wenn sie Liliane McCarthy hieß?«, fragte Suzie und verzichtete darauf, den gleichen Ton anzuschlagen.

»Wann soll denn deine Granny hier aufgetreten sein?«

»Zum letzten Mal 1966.«

»Stell dir vor, da war ich sechsundzwanzig. Max und ich waren noch nicht einmal verheiratet.« Lorraine Gordon sah sich um und richtete den Blick auf eine mit Schwarz-Weiß-Fotos bedeckte Wand. »Nein, ich erinnere mich nicht an sie«, sagte sie dann.

Suzie zog ein Foto von Liliane aus der Tasche und legte es auf den Tisch.

Lorraine sah es sich an, ging dann zu besagter Wand und ließ ihren Blick darüberschweifen. Schließlich nahm sie einen Rahmen ab und setzte sich wieder. »Hier, das ist deine Großmutter. Von allen, die hier gespielt haben, hängt eine Fotografie an der Wand. Du brauchst es nur umzudrehen, jeder hat die seine signiert.«

Mit zitternder Hand ergriff Suzie die Aufnahme und betrachtete Lilianes lächelndes Gesicht. Sie war wie ausgewechselt, viel strahlender als jene Frau auf den Fotos, die Suzie bisher gesehen hatte. Sie betrachtete die Rückseite und schob es dann zu Andrew, ohne ihr Erstaunen zu zeigen.

Statt einer Widmung stand dort geschrieben: »Oslo, Kulturhistorik, Frederiks Gate 3.«

Andrew beugte sich zu Lorraine und flüsterte ihr zu: »Würdest du mir einen Gefallen tun? Wenn jemand kommt und dir Fragen stellt, hast du uns heute Abend nicht gesehen.«

»Es ist nicht meine Art, Ehebrecher zu decken.«

Andrew sah sie durchdringend an, und Lorraine Gordon verstand, dass es um etwas anderes ging.

»Hast du Probleme mit den Bullen?«

»Es ist viel komplizierter, und ich muss Zeit gewinnen.«

»Also, dann verschwindet, ihr beiden. Ihr könnt durch die Kulissen gehen. Am Ende des Gangs gibt es eine Hintertür zum Waverly Place. Wenn man euch nicht hat hereinkommen sehen, wird man euch auch nicht herausgehen sehen.«

Andrew führte Suzie zu Taim, einem Imbiss, der nach nichts aussah, aber so gute Falafels hatte, dass die Gäste sogar aus Uptown kamen. Dann entschlossen sie sich, ein paar Schritte im West Village zu laufen.

»Wir gehen nicht ins Marriott zurück, die Adresse ist unsicher«, sagte Andrew.

»Es gibt noch andere Hotels in New York«, meinte Suzie, »suchen Sie eins aus, das Ihnen gefällt, ich bin halb erfroren.«

»Wenn wir es wirklich mit der NSA zu tun haben, liegt allen Hotels der Stadt unsere Personenbeschreibung vor, und selbst die schäbigsten scherzen nicht mit so was.«

»Sollen wir die ganze Nacht draußen herumirren?«

»Ich kenne ein paar Bars, in denen wir unsere Ruhe haben.«

»Ich muss schlafen.«

An der Ecke Perry und Bleecker Street entdeckte Andrew eine Telefonzelle.

»Schon wieder ein Mord?«, fragte Pilguez.

»Noch nicht. Ich brauche nur für ein oder zwei Nächte einen sicheren Ort.«

»Gehen Sie in die Bronx«, erklärte Pilguez, nachdem er kurz überlegt hatte. »Zum Café Colonial an der White Plains Road. Sprechen Sie mit Oscar, und sagen Sie ihm, dass ich Sie schicke, dann bringt er Sie unter, ohne weitere Fragen zu stellen. Wer ist hinter Ihnen her, Stilman? Kommissar Morrelli, den ich gebeten hatte, Sie in Ruhe zu lassen, hat mich vorhin zurückgerufen. Sämtliche Bullen der Stadt suchen nach Ihnen.«

»Die NSA«, antwortete Andrew.

»Dann vergessen Sie die Adresse, die ich Ihnen gegeben habe. Legen Sie auf und verschwinden Sie von dort, wo Sie jetzt sind – und zwar schnell.«

Andrew nahm Suzie bei der Hand und zog sie im Laufschritt zum Hudson River. Er stürzte auf die erste Kreuzung, um ein Taxi anzuhalten, und schob sie hinein.

»Ich weiß, wo sie uns nie im Leben suchen werden«, brummelte er.

Dolores hatte gerade ihren Computer ausgeschaltet. Als sie ihr Büro verlassen wollte, entdeckte sie Andrew, der sich in Begleitung einer jungen Frau hereinschlich. Sie musterte die beiden. »Ich nehme an, Sie sind Suzie Baker?«, sagte sie dann.

Suzie streckte ihr die Hand entgegen, und die Dokumentationsspezialistin ergriff sie wenig begeistert.

»Ich brauche Ihre Hilfe, Dolores«, sagte Andrew und zog seinen Regenmantel aus.

»Ich dachte, Sie wären gekommen, um mich zum Abendessen auszuführen«, erwiderte sie. »Olivia Stern hat mein Büro vor zwei Minuten verlassen. Ich weiß nicht, was Sie schon wieder angestellt haben, aber sie ist wirklich sauer und sucht Sie überall. Sie wollte wissen, ob ich Sie kürzlich gesehen oder mit Ihnen telefoniert hätte. Und ich habe nicht einmal lügen müssen.«

Dolores schaltete ihren Computer wieder ein und legte die Hände auf die Tastatur.

»Worum geht es diesmal?«

»Nicht um eine Recherche, wir möchten nur hier schlafen.«

»In meinem Büro?«

»Meines liegt in Olivias Blickfeld, und ich habe Olson als Nachbarn.«

»Sie finden immer überzeugende Argumente, Stilman. Versichern Sie mir, dass sämtliche Polizisten der Welt hinter ihr her sind und dass Sie heute Nacht nicht irgendwelche widerwärtigen Fantasien in meinem Büro mit ihr ausleben wollen.«

»Er ist ganz und gar nicht mein Typ«, mischte sich Suzie ein. »Und Sie haben ganz recht, ich muss mich verstecken.«

Dolores zuckte die Achseln und schob ihren Stuhl zurück. »Dann fühlen Sie sich ganz wie zu Hause. Der Putztrupp kommt um sechs Uhr. Möchten Sie, dass ich Sie vorher wecke? Manchmal scheucht man mich schon um halb sechs aus dem Bett«, fügte Dolores mit trockenem Humor hinzu und ging zur Tür.

»Dolores?«, rief Andrew.

»Was noch?«

»Ich möchte Sie auch um einige Recherchen bitten.«

»Ah, also doch! Ich dachte schon, Sie hätten mich für eine Puffmutter gehalten. Also, worum geht es?«

»Um offizielle Dokumente, Artikel und sämtliche Erklärungen, die Sie zu den Ölreserven in der Arktis finden. Verlautbarungen über geologische Expeditionen und meteorologische Unternehmungen im Polarkreis und auch die neuesten Berichte über die Eisschmelze, vor allem die von ausländischen Wissenschaftlern.«

»Und das alles bis morgen?«

»Bis zum Ende der Woche wäre es perfekt.«

»Kommen Sie wieder vorbei?«

»Nein, nicht in nächster Zeit.«

»Wohin soll ich Ihnen dann das Ergebnis schicken?«

»Richten Sie einen E-Mail-Account auf Ihren Namen ein, nehmen Sie als Passwort den Namen Ihres Katers, ich werde mich dann einloggen.«

»Sind Sie an einer großen Geschichte dran, Stilman?«, fragte sie auf der Schwelle.

»Größer, als Sie sich vorstellen können.«

»Bei Ihnen stelle ich mir gar nichts vor, so bin ich nie enttäuscht«, erklärte sie und warf Suzie einen letzten Blick zu.

Dann verschwand Dolores.

Kapitel 13

Elias Littlefield saß am Kopfende eines langen Tischs und erteilte seinen Mitarbeitern nacheinander das Wort. Er lauschte ihnen mit größter Aufmerksamkeit. Es ging um die verschiedensten Themen, und die Besprechung dauerte bereits zwei Stunden an. Sein Handy vibrierte, er warf einen diskreten Blick auf das Display, entschuldigte und erhob sich.

Er verließ den Besprechungsraum durch die hintere Tür und setzte sich in seinem angrenzenden Büro an den Schreibtisch. Er drehte den Sessel so, dass er einen guten Ausblick hatte, und bat erst dann seine Gesprächspartnerin um ihren Bericht.

»Knopf ist gerade gegangen«, sagte sie.

»Was wollte er?«

»Wissen, ob seine beiden Schützlinge bei mir waren. Ich habe mich an Ihre Anweisungen gehalten und ihm die Wahrheit gesagt.«

»Haben Sie ihnen das Foto gezeigt?«

»Die Kopie mit der Adresse, die ich auf die Rückseite schreiben sollte.«

»Hat niemand Verdacht geschöpft?«

»Nachdem sie gegangen waren, habe ich wieder das aufgehängt, das Knopf mir gegeben hatte, für den Fall, dass er es zurückfordern würde, aber bislang hat er es nicht getan. Ich hätte nie vermutet, dass es ein Alleingang war, als er gestern zu mir gekommen ist.«

»Das ist zum Teil auch unsere Schuld. Knopf ist von der alten Schule, er hat nie akzeptiert, dass man ihn aufs Abstellgleis geschoben hat, nachdem er zu uns versetzt wurde.«

»Was wird nun aus ihm?«

»Machen Sie sich um ihn keine Sorgen, wir schicken ihn wieder in den Ruhestand, er ist jetzt unschädlich. Danke für heute Abend.«

Lorraine Gordon legte auf und kümmerte sich wieder um ihre Gäste. Elias Littlefield kehrte zu seiner Besprechung zurück.

»In Kürze wird Knopf hier auftauchen. Ich will, dass jeder vorher auf seinem Posten ist. Wie weit sind wir mit der Installation der Abhörgeräte?«

»Unmöglich, eine Überwachung vor seinem Haus zu stationieren, er ist viel zu gewieft, um das nicht zu bemerken. Es ist auch unmöglich, in seine Wohnung zu gelangen, sein Freund arbeitet zu Hause, und wenn er weggeht, wacht der Butler peinlich über alles.«

»Sehen Sie zu, dass Sie es schaffen, beide aus dem Haus zu locken. Wenn es sein muss, legen Sie dafür einen Brand. Ich will, dass wir all seine Gespräche aufnehmen – bis hin zu dem Lied, das er unter der Dusche singt. Wo sind Baker und der Journalist?«

»Wir haben sie beschattet, als sie den Klub verlassen haben. Sie haben sich ins Büro der *New York Times* geflüchtet. Wir überwachen alle Ausgänge.«

»Sie vier«, sagte Littlefield und wandte sich an zwei Männer und zwei Frauen zu seiner Linken, »Sie fahren morgen nach Norwegen. Sie bilden zwei Teams. Wenn die Zielpersonen im Museum auftauchen, greifen Sie ein. Knopf wird sich in sein Versteck begeben, dort, wo er sie zu finden hofft. Sie nehmen auch ihn fest, aber auf die sanfte Tour. Mit etwas Glück hat er die Unterlagen bei sich.«

»Glauben Sie, dass er wirklich weiß, wo sie sind?«, fragte der Mann rechts von Littlefield. »Warum hätte er sie dann nicht vorher geholt, um sie den beiden zu geben?«

»Weil er das nie beabsichtigt hat. Knopf ist kein Verräter. Er hätte sich nie von uns abgewandt, wenn diese Suzie Baker sich nicht in Gefahr gebracht hätte. Jeder von uns hat seine Achillesferse, bei ihm war es Senator Walker. Er hat ihn geliebt und sich immer als sein Wachhund gefühlt. Ich nehme sogar an, dass er ihn noch immer liebt. Ich würde es vorziehen, wenn dem nicht so wäre, aber die Dinge sind, wie sie sind. Und uns bleibt nichts anderes übrig, als diese ganze kleine Truppe zum Schweigen zu bringen. Wenn wir ihn in flagranti überraschen, wird er klein beigeben, er ist ein intelligenter Mann.«

»Und sein Freund?«, fragte der Mann zu Littlefields Rechten.

»Wenn es Ihnen endlich gelungen ist, die Wanzen zu installieren, werden wir erfahren, was er weiß oder auch nicht, und uns entsprechend verhalten.«

»Glauben Sie nicht, wir sollten die Zügel etwas lockerer lassen?«, fiel ein anderer Teilnehmer ein. »Wenn sie das Land nicht verlassen können, wie sollen sie dann nach Oslo gelangen?«

»Dazu wird ihnen Knopf verhelfen, glauben Sie mir. Es würde sie nur misstrauisch machen, wenn ihre Abreise zu einfach wäre.«

Suzie hatte es nicht gestört, am Boden zu schlafen, Andrew hingegen hatte Rückenschmerzen. Er rieb sich das Kreuz und verzog das Gesicht.

»Wir könnten es über Kanada versuchen«, meinte er über Dolores' Bildschirm gebeugt.

»Was versuchen?«

»Mexiko wäre natürlich sicherer. Von dort aus könnten wir nach Guatemala fahren und uns von Guatemala City aus nach Europa einschiffen. In Südamerika ist die NSA nicht sehr beliebt.«

»Sechs, sieben Tage, um unser Ziel zu erreichen? Das ist Wahnsinn.«

»Der Flughafen JFK würde mich natürlich reizen, dann wären wir morgen in Oslo oder tot – wobei die letztere Variante die wahrscheinlichere ist.«

»Kann ich dieses Telefon ohne Risiko benutzen?«, fragte Suzie.

»Seit Watergate sind die Verbindungen der Journalisten sicher, ich glaube nicht, dass die Regierung es wagen würde, die *New York Times* abzuhören, das wäre zu gefährlich für sie. Wen wollen Sie anrufen?«

»Mein Reisebüro«, antwortete Suzie und sah Andrew herausfordernd an.

»Und das ist um fünf Uhr morgens geöffnet?«

Stanley warf einen Blick auf den Wecker und verdrehte die Augen. Er schimpfte, schob die Decke zurück und stand auf. Während er seinen Bademantel anzog, rief er: »Ich komme ja schon«, und das Telefon klingelte weiter.

»Hast du etwas vergessen?«, fragte er, als er abhob.

»Hier ist Suzie, Stanley. Ich muss mit Arnold sprechen.«

»Wissen Sie, wie spät es ist?«

»Es ist dringend.«

»Wann ist es das bei Ihnen nicht?«

»Legen Sie nicht auf, Stanley. Diesmal ist es ernst, und es betrifft Arnold. Wecken Sie ihn und geben Sie ihn mir bitte.«

»Er ist noch nicht zurück und wird auch in den nächsten Tagen nicht kommen. Ich hatte die angenehme Überraschung, das von unserem Anrufbeantworter zu erfahren. Und Sie können sich vermutlich denken, dass ich nicht weiß, wo er ist. Was wollen Sie von ihm?«

»Dass er mir hilft, so schnell wie möglich nach Oslo zu gelangen, ich spreche von einem wahren Wettlauf gegen die Zeit.«

»Dann nehmen Sie doch das Flugzeug!«

»Ich kann nicht mit einer normalen Linie fliegen, das ist unmöglich.«

Stanley spielte mit der Telefonschnur und betrachtete die Fotografie auf dem Tischchen, die Arnold und ihn zeigte. Sie war während einer ihrer seltenen Urlaube, diesmal in Belize, aufgenommen worden – und dabei war sich Stanley fast sicher, dass Knopf diesen Ort nicht zufällig ausgewählt hatte.

»Gäbe es, wenn ich Ihnen helfe, nach Norwegen zu gelangen, eine winzige Chance, dass Sie dort bleiben? Norwegen ist sehr schön, Sie, die Sie die Kälte so lieben, wären dort glücklich.«

»Ich verspreche Ihnen, dass Sie und Arnold nie wieder etwas von mir hören werden, wenn Sie mir jetzt helfen.«

»Ihr Wort in Gottes Ohr! Lassen Sie mich die Sache überdenken, und treffen Sie mich in einer Stunde vor der Eisbahn im Central Park.«

Nachdem er aufgelegt hatte, ergriff Stanley den Bilderrahmen und murmelte: »Ich hoffe, du hältst dein Versprechen, mein Lieber, denn wenn nicht, wirst du mich bei deiner Rückkehr nicht mehr antreffen.«

Der Park war noch vom Mondlicht erhellt. Auf den Wegen waren einige wenige Jogger unterwegs. Man sah ihre weißen Atemwolken in der Luft schweben. Stanley ging vor der Eisbahn auf und ab und kämpfte gegen die Kälte. Als Suzie ihm die Hand auf die Schulter legte, fuhr er zusammen.

»Himmel noch mal, machen Sie so was nicht, ich habe ein schwaches Herz.«

»Tut mir leid, aber ich muss mich im Moment diskret verhalten.«

»Was haben Sie schon wieder angestellt? Ach, sagen Sie mir lieber nichts, ich will es gar nicht wissen.«

»Konnten Sie …«

»Sie haben es doch eilig, oder? Also lassen Sie mich sprechen!«

Stanley sah über Suzies Schulter.

»Was ist das für ein Typ, der uns da hinter dem Baum beobachtet?«

»Ein Freund.«

»Er ist absolut lächerlich. Stellen Sie sich um elf Uhr unter dem Namen Mrs. Clarks im Büro der Atlantic Aviation am Flughafen Teterboro vor. Wenn Sie mit diesem Idioten reisen, der sich für einen Affen hält, geben Sie ihn als Ihren Leibwächter aus. Ein Mann wird Sie dort abholen und es so einrichten, dass Sie an Bord gehen, ohne kontrolliert zu werden.«

»Und dann?«

»Dann vertrauen Sie mir, und Sie werden morgen in Oslo sein.«

»Danke, Stanley.«

»Bedanken Sie sich nicht, ich nehme an, das hätte Arnold von mir erwartet. Ich tue es für ihn, nicht für Sie, auch wenn das leider ein wenig auf dasselbe hinausläuft. Auf Wiedersehen, Suzie.«

Stanley vergrub die Hände in den Taschen und ging. Er lief an dem Baum vorbei, hinter dem Andrew stand, und zischte: »Sie sind absolut lächerlich!« Schließlich verschwand er im Nebel des Parks.

»In Ordnung«, sagte Suzie, als sie zu Andrew trat. »Wir haben unsere Tickets nach Norwegen.«

»Um wie viel Uhr geht es los?«

»Um elf Uhr ab Teterboro Airport; ich erkläre Ihnen alles unterwegs.«

Andrew zog den Umschlag aus der Tasche, den ihm Simon gegeben hatte, und reichte Suzie zehn Einhundertdollarnoten.

»Nehmen Sie ein Taxi, der Kleidermarkt in Nolita öffnet um acht Uhr, kaufen Sie warme Sachen für uns. Vorher gehen Sie in einen Drugstore und besorgen dort Waschsachen, zwei Taschenlampen und was immer Sie sonst noch für nützlich halten.«

»Geben Sie mir das Doppelte«, sagte Suzie, nachdem sie das Geld gezählt hatte.

»Sie sollen Pullover und Zahnbürsten für uns kaufen, nicht einen Smoking und ein Abendkleid!«

»Und was machen Sie, während ich einkaufe?«

»Das geht Sie nichts an. Um drei viertel neun treffen Sie mich an dieser Adresse«, sagte er und schrieb etwas auf eine Seite seines Notizbuchs. »Ich warte auf dem Bürgersteig auf Sie.«

Das Café war voller uniformierter Polizisten, was angesichts seiner Lage gegenüber den Stallungen der berittenen Polizei nicht weiter verwunderlich war.

Valery öffnete die Tür, und ihr Gesicht verhärtete sich, als sie Andrew an der Theke sitzen sah.

Sie begrüßte mehrere Männer und bahnte sich einen Weg zu ihm. Der Beamte, der neben ihm seinen Kaffee trank, überließ ihr seinen Hocker und gesellte sich zu seinen Kollegen in eine Nische.

»Was machst du hier?«, murmelte sie.

»Ich wollte dich sehen.«

»Da hast du dir nicht gerade den besten Ort ausgesucht. Du wirst überall gesucht, dein Foto hängt in schlechter Gesellschaft an der Wand des Reviers.«

»Deine Kollegen sind daran gewöhnt, die Welt von oben herab, das heißt hoch zu Ross zu betrachten, keiner hat mir Beachtung geschenkt. Wer würde auch damit rechnen, dass sich ein Mann, der zur Fahndung ausgeschrieben ist, freiwillig in die Höhle des Löwen wagt?«

»Was hast du getan, Andrew?«

»Ich habe mich für eine Akte interessiert, und das stört einige eminent wichtige Persönlichkeiten unseres Landes.«

»Hat dir Argentinien nicht gereicht?«

»Ich brauche dich, Valery.«

»Du willst, dass ich etwas für dich tue? Bist du darum gekommen?«

»Nein, ich brauche dich zum Leben. Du fehlst mir. Und ich wollte, dass du das weißt, bevor ich aufbreche.«

»Wohin fährst du?«

»Weit weg.«

»Wann kommst du zurück?«

»Das weiß ich nicht, die Sache ist gefährlicher als Argentinien.«

Andrew stellte seine Tasse ab und betrachtete den Dampf, der von ihr aufstieg.

»Ich halte das nicht aus, Andrew. Ich will nie wieder meine Nächte in einem Sessel im Krankenhaus verbringen und beten, dass du aufwachst. Alle, die sich um dein Bett gedrängt habe, haben mich gefragt, ob du in deinem Koma leidest, aber nie, wie es mir geht. Ich hingegen habe schweigend gelitten, wenn ich dich angesehen und daran gedacht habe, dass du am Tag unserer Hochzeit eine andere geliebt hast.«

»Deine Anwesenheit war der einzige Grund, warum ich mich ans Leben geklammert habe. Ich wusste, dass du da warst, manchmal habe ich deine Stimme gehört. Das hat mir die Kraft gegeben, durchzuhalten und dich um Verzeihung zu bitten. Ich konnte mich nicht bewegen und schon gar nicht sprechen. An dem Tag, als ich endlich die Augen geöffnet habe, warst du weg. Ich weiß, was ich getan habe, und es tut mir leid, aber ich habe dich nie betrogen. Ich würde alles dafür tun, dass du mir eines Tages verzeihst«, sagte Andrew. »Glaubst du nicht, dass ich ein besserer Mensch sein möchte, nämlich der, mit dem du gerne dein Leben verbringen würdest?«

»Es ist zu früh oder zu spät, ich weiß es nicht mehr«, murmelte sie.

Andrew sah auf die Wanduhr über der Bar und seufzte auf. »Ich muss los«, sagte er. »Ich wollte dir das nur sagen.«

»Was wolltest du mir sagen? Dass es dir leidtut?«

»Dass ich dir gehöre.«

Andrew erhob sich und ging zur Tür. Er rempelte einen Polizisten an und entschuldigte sich. Dieser musterte ihn eigenartig, Valery stand sofort auf und ging zu den beiden.

»Komm«, sagte sie und fasste Andrew beim Arm.

Sie klopfte dem Polizisten auf die Schulter und erkundigte sich, wie es ihm ginge, dann zog sie Andrew nach draußen.

»Danke«, murmelte dieser, als sie auf dem Bürgersteig standen.

»Wofür?«

Ein Taxi hielt vor ihnen an, auf der Rückbank saß Suzie. Valery sah sie an.

»Du fährst also mit ihr?«

Statt einer Antwort nickte Andrew nur und öffnete die Tür.

»Du wolltest wissen, was du tun kannst, damit ich dir verzeihe … Also, dann fahr jetzt nicht weg.«

»Heute bist nicht mehr du das Opfer, Valery, sondern ich, denn ich liebe dich.« Andrew sah sie lange an, dann senkte er den Blick und stieg in das Taxi.

Als der Wagen losfuhr, drehte er sich um und blickte ihr durch das Rückfenster nach.

Valery stand allein neben einer Straßenlaterne, und noch ehe das Taxi um die Ecke bog, sah er, wie sie in das Café zurückkehrte.

Wie ein Automat durchquerte sie die Gaststube und setzte sich wieder vor ihre Kaffeetasse.

Der Polizist, den Andrew angestoßen hatte, trat zu ihr. »Wer war der Typ?«, fragte er. »Sein Gesicht kommt mir irgendwie bekannt vor.«

»Ein Jugendfreund, aber meine Jugend liegt schon so weit zurück.«

»Kann ich etwas für dich tun, Valery? Es scheint dir nicht gut zu gehen.«

»Lädst du mich heute Abend zum Essen ein?«

»Die Taschen sind im Kofferraum«, sagte Suzie. »Das war ja sehr klug, ausgerechnet dieses Café zu wählen. Wenn Sie mir gesagt hätten, ich solle Sie drinnen abholen, wäre es noch diskreter gewesen.«

»Könnten Sie bitte den Mund halten, bis wir am Flughafen sind?«

Suzie schwieg die Fahrt über. Sie fuhren über die George Washington Bridge, und Andrew sah, wie sich Manhattan mehr und mehr entfernte.

Suzie stellte sich am Schalter der Atlantic Aviation unter dem Namen Clarks vor. Die Stewardess bat sie, in einer Lounge zu warten.

Kurz darauf holte ein Mann sie ab. »Kommen Sie mit«, sagte er und führte sie aus dem Gebäude.

Sie liefen an einem Gitterzaun entlang, der die Flugeinrichtungen schützte. Etwas weiter parkte ein Gepäckfahrzeug. Der Mann zog die Plane zurück, legte ihre Taschen hinein und forderte sie auf einzusteigen, ehe er den Anhänger wieder abdeckte.

Das Fahrzeug setzte sich in Bewegung. Ihr Gepäck auf dem Schoß, hockten Suzie und Andrew im Schneidersitz da und hörten, wie sich eine Eisentür quietschend auf ihrer Schiene öffnete. Der Wagen fuhr an.

Er steuerte über das Rollfeld und hielt vor einer in Texas zugelassenen Gulfstream.

Der Mann ließ sie aussteigen und deutete auf die Tür zum Laderaum. Da, wo er geparkt hatte, konnte man sie von den Terminals aus nicht sehen.

»Steigen Sie dort ein, und bleiben Sie bis zum Abflug im hinteren Teil der Maschine versteckt. Dieser Jet fliegt nach Halifax. Unterwegs wird der Pilot um eine Kursänderung nach Saint-Pierre-et-Miquelon bitten. Kurz vor der Zwischenlandung kehren Sie in den Laderaum zurück, die Maschine hebt wieder ab, nachdem ein neuer Flugplan nach Oslo festgelegt worden ist. Während des Anflugs auf Norwegen wird der Pilot ein technisches Problem vorschieben und um die Genehmigung bitten, auf einem kleinen Flugplatz dreißig Kilometer vor Oslo landen zu dürfen. Sie verlassen die Maschine, ein Wagen holt Sie ab und fährt Sie, wohin Sie möchten. Dann sind Sie sich selbst überlassen. Noch Fragen?«

»Keine«, antwortete Suzie.

»Noch eine letzte Sache«, fuhr der Mann fort und reichte Suzie einen Umschlag. »Man hat mich gebeten, Ihnen dies auszuhändigen. Wenn Sie in der Stadt sind, kaufen Sie die *Herald Tribune*, und lesen Sie die Kleinanzeigen. Ich nehme an, Sie wissen, was das zu bedeuten hat. Gute Reise und erfolgreiche Mission.«

Suzie und Andrew stiegen auf das Förderband, das sie in den Laderaum brachte. Der Mann schloss die Tür und machte dem Piloten ein Zeichen. Die Düsentriebwerke setzten sich in Gang, und die Maschine rollte zur Startbahn.

Kapitel 14

Der Wagen fuhr durch einen lichten Wald, auf den eine weiße Landschaft folgte. Mit Mäuerchen abgetrennte Felder, die so traurig waren wie ein Gefängnishof im Winter. Am Horizont zeichneten sich Weiler mit rauchenden Schornsteinen ab. Sie kamen an einem See vorbei, dann durch mehrere Dörfer und erreichten schließlich bei Tagesanbruch die Vororte von Oslo.

Suzie zog den Umschlag, den ihr der Mann kurz vor der Abreise anvertraut hatte, aus ihrer Tasche. Er enthielt einen Reiseführer, norwegische Kronen und die Adresse eines Hotels, die sie dem Fahrer nannte.

Es war ein bescheidenes Haus, aber der Besitzer verlangte weder ihre Papiere noch das Ausfüllen eines Anmeldeformulars.

Das Zimmer hatte zwei Einzelbetten mit abgenutzten Samtdecken, zwischen denen ein Nachtkästchen aus Fichtenholz stand. Das Fenster ging auf den Eingang zu einer Fabrik hinaus, in dem sich jetzt Arbeiter drängten. Suzie zog die Baumwollvorhänge zu und ging in das angrenzende Bad, um zu duschen. Es war zwar klein, aber besser als keins.

Im Speiseraum herrschte eine klösterliche Stimmung. Die Frau, die ihnen das Frühstück brachte, schien kein Alter zu haben und zog sich sogleich wortlos zurück. Außer Suzie und Andrew gab es noch ein Touristenpaar, das in der Nähe des Buffets saß. Der Mann las die Zeitung, die Frau verteilte mit großer Sorgfalt rote Konfitüre auf ihrem Zwieback. Sie nickten sich kurz zu, dann konzentrierte sich jeder wieder auf seinen Teller.

Andrew ging nach oben und holte ihre Taschen. Er bezahlte die Rechnung und griff nach einem Prospekt, auf dessen Vorderseite ein Stadtplan abgedruckt war, auf der Rückseite das Eisenbahnnetz.

Suzie, die sich oft über die Kälte in Boston beklagte, änderte in diesem Punkt ihre Meinung, als sie auf dem Bürgersteig von einer eisigen Windböe erfasst wurde, die durch den Vorort von Oslo fegte.

Sie liefen bis zur Asker-Station, und Andrew erkundigte sich an einem Schalter, von welchem Bahnsteig die Züge der Drammenbane Richtung Oslo abfuhren. Der Mann erklärte ihnen in einem sehr korrekten Englisch den Weg.

Fünfzehn Minuten später fuhr der rote Triebwagen in den Bahnhof ein. Es war ein Regionalzug, wie man sie in den Außenbezirken aller Großstädte dieser Welt findet, doch statt Graffiti zeigte er nur Spuren von grauem Schnee, die der Wind auf die Seiten geblasen hatte.

Als sie am Hauptbahnhof von Oslo ankamen, steuerte Suzie auf einen Zeitungskiosk zu. Sie kaufte zwei Exemplare der *Herald Tribune* und führte Andrew zu einem Café. Dort nahmen sie nebeneinander an einem Tisch Platz, und Suzie schlug die Zeitung auf.

Andrew beugte sich zu ihr herüber.

»Was suchen wir?«, fragte er.

»Eine belanglose Annonce.«

»Wo haben Sie all das gelernt?«

»Knopf war mein Pate, also habe ich eine gute Schule durchlaufen«, antwortete sie. »Er hat mir erzählt, während des Kalten Krieges hätten die Kleinanzeigen des *Herald* sämtlichen Geheimdiensten als Briefkasten gedient, was ihnen die Möglichkeit gab, unbemerkt mit ihren Leuten zu kommunizieren. So überquerten Informationen höchster Geheimhaltungsstufe die Grenzen, ohne dass sie jemand hätte abfangen können. Aus diesem Grund studierte auch die Spionageabwehr jeden Morgen eingehend die Anzeigen auf der Suche nach einer verschlüsselten Nachricht.« Sie hielt kurz inne, dann sagte sie: »Hier, ich habe unsere gefunden.«

Lieber Clark, alles in Ordnung.
Ich erwarte Dich in Bryggen zum
Heringsessen. Ruf Bergenhus an
und vergiss nicht, Mimosen zu
kaufen, die Saison fängt an.
Viele Grüße

»Und diese Anzeige richtet sich an uns?«

»Mimosen waren die Lieblingsblumen meiner Großmutter, das wissen nur er und ich.«

»Und was hat der Rest zu bedeuten?«

»Dass es ein Problem gibt«, antwortete Suzie. »Ich glaube, Knopf ist in Norwegen.«

»Vertrauen Sie ihm noch immer?«

»Mehr denn je.«

Andrew schlug den Reiseführer auf.

»Besichtigen wir nun dieses Museum oder nicht?«

Suzie faltete die *Herald Tribune* zusammen und steckte sie ein.

»Ich habe kein gutes Gefühl dabei. Wenn Knopf uns schreibt, dass alles in Ordnung ist, will er damit das Gegenteil sagen. Und wenn er sich auf Clark's Island bezieht, dann um uns vor einer Gefahr zu warnen.«

Andrew blätterte weiter in dem Reiseführer und hielt bei einer Norwegenkarte an, die er aufmerksam studierte. »Wenn es Ihnen mehr zusagt, Heringe zu essen – Bryggen liegt hier, an der Westküste. Wir können mit dem Wagen oder mit dem Zug hinfahren. In beiden Fällen brauchen wir etwa sieben Stunden. Ich würde für den Zug plädieren, denn ich weiß nicht, wie wir ein Auto mieten sollten, ohne unsere Papiere vorzulegen, und das würde ich lieber vermeiden«, sagte er und klappte den Führer zu.

»Oder ein Wasserflugzeug«, schlug Suzie vor und deutete auf eine farbige Werbeanzeige auf der Rückseite des Buchs.

Sie verließen den Bahnhof und nahmen ein Taxi, um zum Hafen zu fahren.

Die Wasserflugzeuge, die am Kai lagen, schaukelten auf den Wellen. Am Ende des Piers diente eine Holzhütte der Firma Nordairway Tour als Büro. Andrew öffnete die Tür. Ein wohlbeleibter Mann, der – die Füße auf einem Tischchen – in einem Sessel lümmelte, gab ein friedliches Schnarchen von sich, das an das Bullern eines alten Holzofens erinnerte.

Suzie hüstelte.

Der Mann öffnete die Augen, gähnte und bedachte sie mit einem strahlenden Lächeln. Mit seinem weißen Bart sah er aus wie der Weihnachtsmann aus einem nordischen Märchen.

Suzie fragte ihn, ob er sie nach Bryggen bringen könne.

Der Mann streckte sich und erklärte, für zehntausend Kronen wären sie in zwei Stunden dort. Aber zunächst müsse er eine Ladung Werkzeuge liefern, fügte er hinzu und sah auf seine Uhr. Er wäre am frühen Nachmittag zurück. Suzie bot ihm zweitausend Kronen zusätzlich, was ihn davon überzeugte, dass die Eisenwaren warten könnten.

Die Beaver de Havilland glich mit ihrer großen runden Nase und der dicken Kanzel dem Äußeren ihres Piloten. Auf ihren Schwimmern wirkte sie ungelenk. Suzie setzte sich nach hinten, und Andrew nahm den Platz des Kopiloten ein – nicht etwa, weil er über die geringsten Luftfahrtkenntnisse verfügte, sondern weil der Pilot so entschieden hatte. Der Motor stotterte, stieß dicke schwarze Rauchwolken aus und fand schließlich seinen Rhythmus. Der Mann löste die Anker und schloss die Tür.

Das Wasserflugzeug glitt über die Mündung und geriet jedes Mal ins Schwanken, wenn es das Kielwasser der Lastkähne kreuzte, die in den Hafen fuhren.

Nachdem sie den Leuchtturm hinter sich gelassen hatten, gab der Mann Gas, der Motor und die Kabine vibrierten. »Nehmen Sie die Füße vom Seitenruderpedal, wenn Sie nicht wollen, dass wir im Meer landen«, knurrte er. »Die Pedale, verflixt noch mal, Füße weg!«

Andrew gehorchte, und das Flugzeug hob ab.

»Gute Wetteraussichten«, fuhr der Pilot fort, »wir dürften nicht allzu sehr durchgeschüttelt werden.«

Er flog eine Kurve, und Suzie sah, wie sich der Hafen von Oslo unter der Tragfläche entfernte.

Fahles Licht drang durch die Schießscharten der Festung Bergenhus. Der Wachsaal war seit Kurzem wieder mit dem

Originalmobiliar eingerichtet. Ein Holztisch und mehrere Bänke, die von örtlichen Schreinern nachgebaut worden waren. Die Restaurierungsarbeiten waren noch nicht abgeschlossen, und so war dieser Teil des Museums der Öffentlichkeit nicht zugänglich.

Knopfs Schuhe hinterließen ihre Abdrücke auf der trockenen Erde am Boden. Hätte er nicht in der Ferne das Brummen der Fischkutter gehört, hätte er sich mehrere Jahrhunderte zurückversetzt gefühlt. Ein Traum, den er fast für wahr hielt, als er das Gesicht des Mannes sah, der soeben den Raum betrat.

»Ich dachte, Sie wären im Ruhestand«, sagte Ashton und kam näher.

»Dazu haben manche Menschen kein Recht«, antwortete Knopf.

»War dieses Treffen wirklich nötig?«

»Sie ist hier«, gab Knopf zurück, »ich habe höchstens eine Stunde Vorsprung.«

»Mathilde?«

»Mathilde ist tot, ich spreche von ihrer Tochter.«

»Weiß sie Bescheid?«

»Natürlich nicht, nur wir beide sind informiert.«

»Was führt sie dann nach Norwegen?«

»Sie versucht, ihre Haut zu retten.«

»Und ich vermute, Sie sind hier, um ihr zu helfen?«

»Ich hoffe, aber das hängt nicht zuletzt von Ihnen ab.«

»Von mir?«

»Ich brauche die Unterlagen, Ashton – als Druckmittel, um die Meute aufzuhalten, die ihr auf den Fersen ist.«

»Mein Gott, Knopf, wenn ich Sie so reden höre, fühle ich mich vierzig Jahre zurückversetzt.«

»Das ist genau der Eindruck, den ich hatte, als ich Sie

gesehen habe, wenngleich die Dinge zu jener Zeit einfacher waren. Man tötete nicht im eigenen Lager.«

»Sind Ihre Leute hinter ihr her? Wissen die, dass diese Unterlagen existieren?«

»Sie vermuten es.«

»Und Sie wollen ihnen diese Dokumente überlassen, um Lilianes Enkelin zu retten?«

»Sie ist die letzte Walker. Ich habe ihrem Großvater geschworen, sie bis zum Ende meiner Tage zu beschützen.«

»Dann hätten Sie früher sterben sollen. Ich kann nichts tun, Knopf, weder für Sie noch für das Mädchen. Und glauben Sie mir, dass es mir wirklich leidtut. Ich habe die Unterlagen nicht, und selbst wenn ich wüsste, wo sie sind, hätte ich nicht mehr das Mittel, um mir Zugang zu verschaffen.«

»Welches Mittel?«

»Den Schlüssel zu dem Safe, den niemand öffnen kann, ohne seinen Inhalt zu zerstören.«

»Dann wissen Sie also, wo sie sind.«

»Fahren Sie nach Hause, Knopf, Sie hätten diese Reise nicht unternehmen sollen, unsere Wege hätten sich nie wieder kreuzen dürfen.«

»Ich werde nicht mit leeren Händen gehen, Ashton. Selbst wenn ich …«

»Mich töten müsste? Mit Ihrem Spazierstock? Ein Kampf zwischen zwei alten Hähnen … Ich bitte Sie, Knopf, das ist lächerlich.«

Knopf packte Ashton bei der Kehle und stieß ihn gegen eine Wand. »Ich bin noch gut in Form für mein Alter, und ich lese in Ihren Augen, dass Sie noch ein paar Jährchen leben möchten. Wo sind die Unterlagen?«

Ashtons Gesicht wurde immer röter, je weniger Sauerstoff er bekam. Er versuchte, sich zu wehren, doch Knopf war stärker. Ashtons Beine gaben nach, er glitt an der Wand hinunter und zog seinen Gegner mit zu Boden.

»Ich gebe Ihnen eine letzte Chance«, sagte Knopf und lockerte seinen Griff.

Ashton hustete und rang nach Luft. »Zwei Greise, die einen tödlichen Kampf führen«, stieß er keuchend aus. »Wenn ich an unsere Laufbahn und an diejenigen denke, die uns ausgebildet haben – was für ein erbärmliches Schauspiel bieten wir ihnen hier!«

»Ich habe Ihre Lüge geheim gehalten, Ashton. Ich wusste immer, dass Sie Ihre Mission nicht bis zum Ende ausgeführt haben. Wenn ich geredet hätte, hätte Ihre Laufbahn im Knast geendet.«

»Sie wussten es, weil Edward es Ihnen gesagt hat, vielleicht eine Vertraulichkeit im Bett?«

Knopf ohrfeigte Ashton.

Der alte Geheimdienstagent fiel zu Boden. Er rappelte sich auf und rieb sich die Wange. »Ich weiß alles über das Verhältnis zwischen Ihnen und dem Senator«, sagte er.

»Hat sie es Ihnen erzählt?«

»Natürlich war sie es. Als ich sie in jenem Wald, hundert Kilometer von hier entfernt, in den Tod geführt habe, erzählte sie mir ihr Leben, auch jenen Tag, an dem sie ihr Schlafzimmer betreten und Sie mit ihrem Mann im Bett vorgefunden hat. Wie Sie sehen, habe auch ich Ihre kleinen Geheimnisse für mich behalten. Es ist rührend, dass Ihre Gefühle für den Senator mit der Zeit nicht nachgelassen haben, aber Sie können mich erwürgen, wenn Sie wollen, das wird nichts ändern. Ich kann nichts tun, um die kleine Walker zu retten. Es ist Ihr Job, sie zu schützen, nicht meiner.«

Knopf trat zu einer der Schießscharten, riss die Plastikplane weg, die sie abdeckte, und betrachtete die Aussicht.

Von seiner Position aus konnte er die Hafenmündung sehen und das flache Relief der Fjorde, die sich aus der Nordsee ins Land schoben. Er fragte sich, wie lange es noch dauern würde, bis sie überschwemmt wären. Zwanzig, dreißig, vierzig Jahre oder vielleicht etwas länger? Würde man dann von den alten Festungsmauern aus in der Polarnacht die hohen Flammen der Bohrinseln sehen, wenn sie wie Geschwader von Brandschiffen, angezündet vom menschlichen Wahnsinn, aus dem arktischen Ozean wachsen würden?

»Sie sind dort hinten, nicht wahr?«, meinte Knopf nachdenklich. »Sie haben sie in ihrem Kleid verborgen. *Snegurotschka* trägt das Geheimnis, welches sie verdammt. Das war klug, wer wäre darauf gekommen?«

»Ich«, sagte Ashton und trat zu Knopf.

Das Messer drang in der Höhe der Nieren in seinen Rücken. Ashton stieß die Klinge bis zum Heft hinein.

Der Schmerz war wie ein elektrischer Schlag, Knopf verzog das Gesicht und sackte zusammen.

»Und sie wird es bis zu ihrem Tod behalten«, flüsterte ihm Ashton zu. »Die Unterlagen werden zusammen mit ihr verschwinden.«

»Warum?«, stöhnte Knopf und sank zu Boden.

Mit fast zärtlichen Gesten half Ashton ihm, sich an die Wand zu lehnen. Er kniete sich neben ihn und seufzte. »Ich habe nie gerne getötet. Jedes Mal, wenn ich es tun musste, war es eine furchtbare Prüfung für mich. Es hat nichts Erfreuliches, einen alten Verbündeten sterben zu sehen. Es war Ihre Mission, Senator Walkers Tochter und Enkelin zu schützen, die meine war es, seine Frau zu schützen. Ihr Starrsinn hat uns zu Gegnern gemacht, ich hatte keine andere Wahl.«

Knopf lächelte, dann verkrampfte sich sein Gesicht.

Ashton ergriff seine Hand. »Leiden Sie sehr?«, fragte er.

»Weniger, als man denkt.«

»Ich bleibe bei Ihnen, bis es vorbei ist, das zumindest bin ich Ihnen schuldig.«

»Nein«, murmelte Knopf, »ich bin lieber allein.«

Ashton tätschelte seine Hand. Er erhob sich, ging schwankend zur Tür des Wachsaals und drehte sich zu Knopf um, bevor er den Raum verließ. Die Trauer in seinem Blick war nicht gespielt. »Es tut mir leid.«

»Ich weiß«, sagte Knopf. »Gehen Sie jetzt.«

Ashton hob die Hand zu einem militärischen Gruß. Eine Art Adieu für einen alten Kameraden.

»Wir sind bald da«, rief der Pilot und deutete auf die kleinen Holzhäuser von Bryggen, die man in der Ferne sah. »Das Meer ist unruhig, ich werde am Anfang des Kanals aufsetzen. Schnallen Sie sich an, in einem Wasserflugzeug gibt es bei der Landung immer ein Risiko, und bei starkem Seegang kann es recht heftig werden.«

»Wer ist dieser Bergenhus, den wir vor Ort anrufen sollen?«, fragte Andrew an Suzie gewandt.

»Ich habe keine Ahnung, das werden wir dann schon sehen … vielleicht ist es ein Restaurant, wo man Heringe essen kann. Wenn das der Fall ist, hat uns Knopf in einer benachbarten Telefonzelle eine Nachricht hinterlassen.«

»Bergenhus ist kein Restaurant«, berichtigte der Pilot und lachte. »Es ist eine alte Festung. Sie liegt zu Ihrer Rechten genau unter uns«, erklärte er und neigte die Maschine leicht. »Sie ist das älteste noch intakte Bauwerk und wurde im Jahr 1240 erbaut. Während des Kriegs ist ein mit Sprengstoff beladenes Frachtflugzeug an der Festungsmauer zerschellt. Ein wahres Gemetzel! Die Explosionen waren so heftig, dass das Feuer fast alles verwüstet hat. Aber genug gequatscht, wir setzen zur Landung an!«

Elias Littlefield schloss die Tür seines Büros ab, nahm in seinem Sessel Platz und hob den Telefonhörer ab.

»Ich bin es, Herr Vizepräsident.«

»Mein lieber Elias, Sie sind der Einzige, der mich noch ›Herr Vizepräsident‹ nennt. Wie stehen die Dinge?«

»Sie haben uns am Hafen von Oslo abgehängt, aber wir wissen, wohin sie sich begeben, und eines unserer Teams wird sie schnell eingeholt haben.«

»Ich dachte, Sie hätten ihnen eine Falle gestellt.«

»Knopf hat Verdacht geschöpft. Er hat offenbar ein Mittel gefunden, um sie zu warnen. Sie sind nicht zu dem ausgemachten Treffpunkt gegangen.«

»Wo sind sie?«

»In Bryggen. Unseren Teams blieb nichts anderes übrig, als ihnen mit dem Wagen zu folgen. Walker und ihr Journalist haben vier Stunden Vorsprung, aber ich mache mir keine Sorgen, wir werden sie erwischen.«

»Haben Sie eine Ahnung, was sie dort wollen?«

»Ich nehme an, Knopf treffen.«

»Ist der Ihnen etwa auch entkommen?«

»Er ist ein Gegner, der die Gewohnheiten des Hauses kennt. Eine schwierige Beute ...«

»Ersparen Sie mir Ihre Entschuldigungen. Hat er die Unterlagen, ja oder nein?«

»Ich hoffe, und wenn dies der Fall ist, wird er sie gegen das Leben seiner Schützlinge einsetzen wollen. Das ist auch der Grund meines Anrufs. Was sollen wir in diesem Fall tun?«

Der Vizepräsident befahl dem Butler, der in sein Zimmer

gekommen war, um Medikamente zu bringen, auf der Stelle zu verschwinden.

»Nehmen Sie die Dokumente an sich und eliminieren Sie alle – Knopf eingeschlossen. Dieser Walker-Clan hat mir das Leben schwer genug gemacht. Sie soll sich zu ihrem Großvater in die Hölle scheren. Oh, ich weiß, Sie denken, dass ich sie bald dort treffen werde, Littlefield, jeder bekommt seine Strafe. Die Akte *Snegurotschka* muss zerstört werden, es geht um die nationale Sicherheit.«

»Ich weiß, Herr Vizepräsident. Sie können sich auf mich verlassen.«

Der Vizepräsident beugte sich vor, um die Schublade des Nachtkästchens zu öffnen. Er griff nach der Bibel und betrachtete die Fotografie, die ihm als Lesezeichen diente. Eine Aufnahme, die er selbst sechsundvierzig Jahre zuvor bei schönem Wetter auf Clark's Island gemacht hatte.

»Rufen Sie mich an, wenn es vorbei ist. Ich muss aufhören, ich habe noch einen zweiten Anruf in der Warteschleife.«

Der Vizepräsident beendete das Gespräch mit Elias Littlefield, drückte auf einen Knopf und nahm das nächste Gespräch an.

»Knopf ist tot«, erklärte der Anrufer.

»Sind Sie sicher? Dieser Mann ist für so manche Überraschung gut.«

Ashton schwieg.

»Was ist los? Sie sind so merkwürdig«, fragte der Vizepräsident. »Hatte er die Unterlagen bei sich?«

»Niemand wird sie in die Hand bekommen. An unserer Abmachung hat sich nichts geändert.«

»Warum haben Sie Knopf dann umgebracht?«

»Weil er sich ihrer bemächtigen und sie als Pfand für das Leben von Lilianes Enkelin verwenden wollte.«

»Ashton, nun denken Sie doch einmal nach. Wir sind alt, und unsere Abmachung wird uns nicht überleben. Es wird andere Knopfs, andere Suzie Walkers, andere schnüffelnde Journalisten geben. Es ist unabdingbar, die Beweise für das, was wir getan haben, zu zerstören, bevor …«

»Für das, was Sie getan haben«, berichtigte Ashton. »Ich habe Knopf ermordet, weil er schwach geworden war. Er hätte Ihnen die Unterlagen vermutlich übergeben, und ich habe Ihnen nie vertraut. Lassen Sie die kleine Walker in Ruhe, ohne Knopf ist sie ungefährlich.«

»Sie vielleicht schon, aber bei dem Journalisten ist das etwas anderes, und die beiden arbeiten zusammen. Bringen Sie mir die Unterlagen, und ich veranlasse, dass man sie am Leben lässt, wenn es das ist, was Ihnen Sorgen bereitet.«

»Ich habe Ihnen doch gesagt, dass sich an unserer Abmachung nichts geändert hat. Wenn der kleinen Walker etwas zustößt, werden Sie die Konsequenzen tragen.«

»Bedrohen Sie mich nicht noch einmal, Ashton. All denen, die dieses Spielchen mit mir versucht haben, ist es nicht gut bekommen.«

»Ich schlage mich seit sechsundvierzig Jahren nicht übel.« Damit legte Ashton auf.

Wütend rief der Vizepräsident Elias Littlefield an.

Suzie und Andrew besichtigten die Festung Bergenhus zusammen mit einigen englischen Touristen, denen ein Führer die Geschichte erklärte.

»Ich sehe Ihren Freund nicht«, sagte Andrew.

Suzie fragte den Führer, ob es in der Nähe einen Ort gäbe, an dem man Heringe essen könnte.

Die Frage belustigte den Mann. Er antwortete, dazu müsse man sich in die Stadt begeben, die Küche der Festung existiere schon lange nicht mehr.

»Wo befindet sich der alte Speisesaal?«, wollte Andrew wissen.

»Die Soldaten haben im Wachsaal gegessen, aber der ist für die Öffentlichkeit geschlossen«, erwiderte der Führer. Dann gab er ihnen zu verstehen, dass sie nicht die einzigen Gäste wären und er gerne die Besichtigung fortsetzen würde. »Im Mittelalter nannte man diesen Ort Holmen, was so viel bedeutet wie ›Insel‹ oder ›Felsen‹, weil er von Wasser umgeben war«, fuhr er fort, während er eine Treppe hinaufstieg. »In der Festung gab es mehrere Kirchen, die bekannteste war Kristkirken, die Christus-Kirche, in der sich das Grabmal der mittelalterlichen Könige von Bergen befand …«

Suzie zog Andrew beim Arm und zeigte auf eine rote Absperrkordel unter einem Rundbogen, die den Zutritt verbot. Sie verlangsamten den Schritt. Der Führer setzte seinen Weg fort, um die kleine Gruppe auf den Turm zu begleiten.

»Die Halle wurde Mitte des dreizehnten Jahrhunderts unter der Herrschaft von Hakon IV. erbaut …«

Suzie und Andrew warteten, bis er außer Sichtweite war, und kehrten dann um. Sie stiegen über die Absperrkordel und liefen einen schmalen Gang entlang, dann eine kurze Treppe hinauf. Auf einem kleinen Flur angekommen, öffneten sie die Tür, die vor ihnen lag.

An die Wand gelehnt, saß Knopf am Boden. Um ihn herum breitete sich eine dunkle Blutlache aus. Er hob den Kopf und lächelte, sein Gesicht war leichenblass. Suzie stürzte zu ihm und zog ihr Handy heraus, um Hilfe zu rufen, doch Knopf hinderte sie mit einer Handbewegung daran.

»Das ist das Letzte, was Sie jetzt tun dürfen, meine Liebe«, sagte er mit schmerzverzerrtem Gesicht. »Ich habe schon gedacht, Sie kämen gar nicht mehr.«

»Sagen Sie nichts und schonen Sie Ihre Kräfte. Wir bringen Sie ins Krankenhaus.«

»Ich hätte es gerne vermieden, dass meine letzten Worte pathetisch sind, doch ich fürchte, es ist zu spät.«

»Knopf, lassen Sie mich nicht allein. Ich bitte Sie, ich habe außer Ihnen niemanden mehr.«

»Jetzt, mein liebes Kind, werden Sie schwülstig. Weinen Sie bitte nicht, das ist mir unerträglich, außerdem habe ich es nicht verdient. Ich habe Sie verraten.«

»Seien Sie still«, flüsterte Suzie mit tränenerstickter Stimme, »Sie reden Unsinn.«

»Nein, ganz bestimmt nicht, ich wollte diese Unterlagen um jeden Preis an mich bringen, und dazu habe ich mich Ihrer bedient. Ich wollte damit Ihre Sicherheit aushandeln, aber was auch immer geschehen wäre, ich hätte sie vernichtet. Die Liebe zu meinem Vaterland ist wichtiger als alles andere. Was wollen Sie, in meinem Alter ändert man sich nicht mehr. Ich habe mir die wenigen Kräfte, die mir bleiben, aufgespart, um Ihnen zu sagen, was ich weiß …«

»Wer hat das getan?«, fragte Suzie und ergriff die blutige Hand ihres Paten.

»Dazu komme ich, lassen Sie mich zuerst erzählen. Ich glaube zu wissen, wo sich die Beweise für die Operation *Snegurotschka* befinden. Sie sind Ihr Passierschein. Aber Sie müssen mir ein Versprechen geben und es auch halten.«

»Was für ein Versprechen?«, fragte Andrew.

»Eben an Sie wollte ich mich wenden. Veröffentlichen Sie nichts. Ich gebe zu, dass diese Affäre Ihnen den Pulitzerpreis garantieren würde, aber die Folgen wären verheerend. Ich appelliere an Ihren Patriotismus.«

»An meinen Patriotismus«, höhnte Andrew. »Wissen Sie, wie viele Menschen wegen dieses verdammten Patriotismus innerhalb weniger Tage den Tod gefunden haben?«

»Einschließlich meiner«, antwortete Knopf sarkastisch. »Sie sind für ihr Vaterland gestorben, eine Reihe bedauerlicher Kollateralschäden, deren Abschluss ich bilde. Wenn Sie das enthüllen, was ich Ihnen jetzt erzähle, wird unser Land in den Augen der Welt für verantwortlich erklärt. Der Zorn der Völker wird außer Kontrolle geraten, man wird unsere Botschaften verbrennen und uns verfluchen. Auch innerhalb Amerikas wird sich die Bevölkerung spalten. Unsere Nation wird in eine Sicherheitsparanoia gleiten und sich vollständig abkapseln. Lassen Sie sich nicht von den Sirenen des Ruhms verführen, denken Sie an die Konsequenzen Ihrer Enthüllungen, und jetzt hören Sie mir zu: In den 1950er-Jahren waren die Vereinigten Staaten mit Abstand der größte Erdölproduzent und Garant für die Stabilität seines Kurses. Das Barrel kostete damals einen Dollar. Als 1956 die Lieferungen aus dem Mittleren Osten durch die Suezkrise unterbrochen wurden, haben wir den europäischen Bedarf decken und so einen katastrophalen Mangel vermeiden können. Aber 1959 erließ Präsident Eisenhower unter dem Druck der amerikanischen Öllobby, die sich von den billigen Erdölpreisen des Mittleren Ostens bedroht fühlte, protektionistische Maßnahmen. Jene, denen diese Politik zugutekam, behaupteten, sie würde die amerikanische Erdölproduktion fördern. Ihre Gegner hingegen führten an, sie würde im Gegenteil zum Versiegen führen. Und genau das ist geschehen. 1960 begann die Zahl der auf amerikanischem Boden geförderten Barrel zu sinken. Innerhalb von zehn Jahren waren unsere Reserven zu siebzig Prozent erschöpft. Und schnell wurde uns bewusst, dass unsere energiepolitische Überlegenheit nur noch ein schöner Traum war und wir die Reserven des hohen Nordens würden erforschen müssen, um in dieser Hinsicht unsere Unabhängigkeit zu wahren. Standard Oil, BP, Arco haben Bohrversuche in Alaska unternommen, die sich jedoch als wenig überzeugend erwiesen haben. Im Golf von Mexiko waren unsere Bohrinseln durch die Hurrikans gefährdet, in der Arktis war das Eis unser Feind. Außer wir würden es zum Schmelzen bringen. Ihre Großmutter hat im Büro ihres Mannes Unterlagen gefunden, die sie nie hätte sehen dürfen.«

»Die der Operation *Snegurotschka*«, sagte Andrew.

»Ja, ein Größenwahn, der dem Denken jener Menschen entsprungen war, die ihren persönlichen Ehrgeiz über sämtliche Gesetze stellten. Sie nahmen von unseren Unterseebooten aus die tiefen Schichten der Eisbänke unter nuklearen Beschuss. Wenn ich Ihnen erzählen würde, wie diese Idee entstanden ist, wären Sie fassungslos. Einer der Magnaten, ein berüchtigter Whiskytrinker, hatte festgestellt, dass ein großes Eisstück bei gleicher Temperatur wesentlich länger zum Schmelzen braucht als kleinere. Der Vorgang ist unglaublich einfach. Man braucht nur das Packeis in der Tiefe zu spalten und dann abzuwarten, dass die Meeresbewegungen den Rest erledigen. Die Optimistischsten unter ihnen glaubten, wenn man sie fünfzig Jahre lang so angreifen würde, könnten sie im Winter nicht mehr zusammenwachsen. Und letztlich waren sie gar nicht mal so große Optimisten. Ihre Großmutter hatte auch den Bericht über die ökologischen Folgen eines solchen Projekts gelesen. Ein wahres Desaster für den Planeten und für Millionen Erdenbürger. Sie war überzeugt, dass sich ihr Mann dagegen aussprechen würde. Man weiß, was aus dem Regenwald des Amazonas geworden ist, seit die Menschen versucht haben, sich seiner

Holzressourcen zu bemächtigen. Also stellen Sie sich ihre Gier vor, wenn es um Erdöl geht. Liliane war ebenso naiv wie Sie. Edward war einer der führenden Forscher des Projekts *Snegurotschka*. Es war der Grund für ihr Auseinanderleben, sie haben quasi nicht mehr miteinander gesprochen. Monatelang hat Ihre Großmutter ihren Mann ausspioniert. Mithilfe eines Freundes, der zum Sicherheitsschutz des Senators gehörte, hat sie sich den Zugangscode zum Safe beschafft. Nachts schlich sie sich heimlich in sein Büro und kopierte die Dokumente, die sie dort fand. Dann beschloss sie, der Sache ein für alle Mal ein Ende zu bereiten, indem sie sich dem feindlichen Lager anvertraute. Sie war bereit, dafür mit ihrem Leben zu bezahlen. Ein junger, ehrgeiziger Politiker, der von einem der einflussreichsten Männer der Regierung protegiert wurde, erlag bei einem offiziellen Abend ihrem Charme. Er wurde ihr Geliebter. Der Senator erfuhr davon, beschloss aber hinsichtlich der Seitensprünge seiner Frau die Augen zu schließen. Es durfte keinen Skandal geben, da er als Kandidat für die Vizepräsidentschaft vorgesehen war. Unterschwellig gab er Liliane zu verstehen, sie könne ihre Leidenschaft ausleben, wie sie wolle, vorausgesetzt, dies würde heimlich geschehen. Die Familie Ihrer Großmutter besaß ein Anwesen auf Clark's Island, das zu ihrem Zufluchtsort wurde. Dort beschloss sie eines Tages, alles dem Mann zu erzählen, den sie liebte. Dieser glaubte zunächst, ein geeignetes Mittel gefunden zu haben, um seine politischen Feinde zu schwächen, und vermutete, sein Mentor wäre ihm für immer dankbar. Doch dann kam die kalte Dusche, denn Demokraten und Republikaner stecken viel mehr unter einer Decke, als man annehmen könnte, wenn es darum geht, sich einen Schatz von mehreren Milliarden Dollar zu teilen. Sein Mentor befahl ihm nicht nur, alles zu verschweigen, was er über die Operation *Snegurotschka* wusste, sondern auch über das geplante Komplott gegen Ihre Großmutter, welches verhindern sollte, dass sie weiteren Schaden anrichtete, Stillschweigen zu bewahren. So schlug der Mentor zwei Fliegen mit einer Klappe: Liliane wäre zum Schweigen verurteilt und die Karriere des Senators endgültig beendet. Die Sache war so gravierend, dass Präsident Johnson auf eine zweite Kandidatur verzichten musste. Liliane sollte wegen Hochverrats angeklagt werden, und Sie wissen, unter welchem Vorwand. Wenige Tage vor ihrer Verhaftung bekam ihr Liebhaber, der inzwischen befördert worden war, Gewissensbisse und informierte sie an einem letzten gemeinsamen Sonntag auf Clark's Island über ihre bevorstehende Festnahme. Liliane vertraute sich dem einzigen Mann an, der ihre Flucht organisieren konnte. Die letzten Tage ihrer Freiheit nutzte sie, um Beweise zu verstecken, denn sie hoffte, dass ihre Tochter Mathilde eines Tages die Operation *Snegurotschka* enthüllen könnte. So gab sie vor, sich nach Clark's Island begeben zu wollen, ließ aber in Wirklichkeit ihr Flugzeug in Kanada landen. Von dort aus schiffte sie sich mit den Unterlagen und dem Mann, der ihre Flucht organisiert hatte, nach Norwegen ein. Sie wollte die Dokumente den dortigen Behörden übergeben, die weder mit den Sowjets verbündet noch den Amerikanern ergeben waren. Doch das Schicksal war unglaublich grausam mit ihr. Denn ebendiesem Mann, Angehöriger der Sicherheitskräfte, dem sie so sehr vertraute, hatte der Senator befohlen, seine Frau in den Tod zu führen. Und als guter Soldat hat er gehorcht. Am Tag nach ihrer Ankunft in Oslo verschwand Liliane – und die Unterlagen mit ihr.«

»Wer war der Mann, der meine Großmutter ermordet hat?«

»Derselbe, der mich heute Abend erstochen hat, meine Liebe.« Knopf hustete und spie einen dickflüssigen Blutschwall aus. Er rang nach Luft, sein Atem ging stoßweise.

»Wo sind die Unterlagen?«, fragte Suzie.

Knopfs Blicke irrten umher, und seine Augen zeigten auch, dass er nicht mehr im Besitz seiner geistigen Kräfte war. »In den Taschen ihres schönen weißen Mantels«, sagte er spöttisch.

»Welcher Mantel?«

»Der von Schneeflöckchen. Er wollte, dass sie zusammen versinken. Das war der einzige Weg, um sein Geheimnis zu wahren.«

»Wovon reden Sie, Knopf?«

»Dahinten, zum Teufel«, brachte er keuchend hervor und hob mühsam den Arm zu der Schießscharte. »Der Polarkreis. Ashton kennt den genauen Ort.«

»Wer ist dieser Ashton?«

»Ich habe eine letzte Bitte. Sagen Sie Stanley nichts, wir müssen ihn schonen. Erzählen Sie ihm, ich wäre an einem Herzinfarkt gestorben, ohne zu leiden, und sagen Sie ihm, wie sehr ich ihn geliebt habe. Und jetzt lassen Sie mich allein, es ist nicht erfreulich, einen Menschen sterben zu sehen.«

Knopf schloss die Augen. Suzie ergriff seine Hand und blieb bis zu seinem letzten Atemzug bei ihm. Andrew saß neben ihr.

Fünfzehn Minuten später hauchte Knopf sein Leben aus. Suzie erhob sich und strich ihm übers Haar, dann gingen sie.

Sie flüchteten sich in ein Café in Bryggen, das voller Touristen war. Suzies Blick war zornig, sie hatte noch immer kein

Wort gesagt. Knopfs Tod hatte die Entscheidung aufzugeben, von der sie vor ihrer Reise nach Norwegen gesprochen hatte, hinfällig gemacht.

Sie öffnete ihre Tasche und suchte nach der Mappe, in der sie das Ergebnis all ihrer Recherchen aufbewahrte. Sie zog einen stark beschädigten Umschlag heraus, den Andrew sofort erkannte.

»Ist das der Brief, den Sie bei der Leiche des Diplomaten am Montblanc gefunden haben?«

»Sehen Sie sich an, wer ihn unterschrieben hat.«

Andrew faltete das Blatt auseinander und las es noch einmal.

Lieber Edward,
was zu tun war, ist getan, und ich empfinde tiefes Mitgefühl mit Ihnen. Die Gefahr ist jetzt gebannt. Die Sache befindet sich an einem für alle unerreichbaren Ort. Außer irgendwer hielte sein Wort nicht. Ich schicke Ihnen die genauen Koordinaten in zwei weiteren Briefen, die Sie über denselben Weg erreichen werden.
Ich kann mir die tiefe Verzweiflung vorstellen, in die dieser dramatische Ausgang Sie gestürzt hat, aber falls das Ihr Gewissen beruhigen kann, möchte ich Ihnen sagen, dass ich unter diesen Umständen nicht anders gehandelt hätte. Die Staatsräson hat Vorrang, und Männer wie wir haben keine andere Wahl, als ihrem Vaterland zu dienen, auch wenn sie dafür das ihnen Teuerste opfern müssen.
Wir werden uns nicht wiedersehen, und das bedaure ich sehr. Nie werde ich unsere Ausflüge nach Berlin vergessen, die wir in den Jahren 1956 und 1959 unternommen haben, und vor allem nicht den 29. Juli – jenen Tag, an dem Sie mir das Leben gerettet haben. Wir sind quitt.

Im dringenden Notfall können Sie mir an die Nummer 79 Juli 37 Gate, Apartment 71 in Oslo schreiben. Ich werde dort eine Weile bleiben.
Vernichten Sie diesen Brief, nachdem Sie ihn gelesen haben, ich rechne auf Ihre Diskretion, damit von diesem letzten Austausch keine Spur zurückbleibt.
Ihr ergebener Freund
Ashton

»Mein Großvater war in seinem ganzen Leben nicht in Berlin, es handelt sich um eine verschlüsselte Botschaft.«

»Und können Sie sie decodieren?«

»1959, 1956, 29. Juli, das ist der siebte Monat des Jahres, und dann noch 37 und 71 – diese Zahlen haben zwangsläufig eine Bedeutung.«

»Mag sein, aber in welcher Reihenfolge und wo? Ich meine was? Ich muss immer an Knopfs letzte Worte denken und an den Ort, an dem sich diese verdammten Unterlagen befinden könnten.«

Suzie sprang auf, legte die Hände auf Andrews Wangen und küsste ihn ungestüm.

»Sie sind ein Genie«, rief sie aufgeregt.

»Erstaunlich! Ich habe nicht die geringste Ahnung, was ich Geniales vollbracht habe. Aber es scheint Sie glücklich zu machen, umso besser!«

»Die Reihenfolge der Zahlen, ich habe sie tagelang in allen Variationen angeordnet, ohne zu wissen, nach was ich gesucht habe. Sie haben es gerade gesagt!«

»Was habe ich gesagt?«

»Wo!«

»Habe ich ›wo‹ gesagt?«

»Diese Zahlen geben eine Position an. Ashton hat meinem Großvater den Ort mitgeteilt, an dem er die Dokumente versteckt hat.«

»Warum hätte er das dem Senator enthüllen sollen?«

»Weil dieser Dreckskerl für ihn gearbeitet hat, und seine Absichten sind das Einzige in diesem Brief, was nicht verschlüsselt ist. Mein Großvater hat sich eine Lebensversicherung auf Kosten seiner Frau geschaffen. Nachdem er sie ermordet hat, hat Ashton die Unterlagen, statt sie zu vernichten, versteckt, und mein Großvater hatte ein Druckmittel, um sich seine Ruhe zu erkaufen. Außer dass ihn dieser Brief nie erreicht hat.«

Suzie notierte die Zahlen, die Ashtons Nachricht enthielt.

»59 Grad, 56 Minuten, 29 Sekunden, 7 Hundertstel westliche Länge, 79 Grad, 7 Minuten, 37 Sekunden, 71 Hundertstel nördliche Breite – das sind die Koordinaten des Ortes, an dem die Dokumente *Snegurotschka* versteckt sind. Wie viel Bargeld haben Sie noch?«, fragte sie Andrew.

»Fast die Hälfte von dem, was ich mir bei Simon geliehen habe.«

»Sie haben sich das Geld geliehen?«

»Ich habe getan, was ich konnte, denn es wäre wohl kaum möglich gewesen, einen Spesenvorschuss bei meiner Chefredakteurin auszuhandeln. Was wollen Sie mit den fünftausend Dollar anfangen?«

»Unseren Piloten überzeugen, uns auf den Eisberg zu bringen.«

Suzie telefonierte mit ihm, und das Versprechen, ihm viertausend Dollar in bar zu geben, reichte aus, damit er sie in Bryggen abholte.

Kapitel 15

59° 56' 29'' 7''' W – 79° 7' 37'' 71''' N

Diese Position wurde auf dem GPS-Gerät angezeigt. Das Flugzeug beschrieb eine Schleife und begann seinen Senkflug in Richtung Packeis, durchbrach die Wolkendecke, die den Boden verschleierte. In der Ferne konnte man jetzt das Wasser sehen, das die Eisblöcke mit sich führte. Der Scheinwerfer der Beaver erleuchtete die milchige Landschaft, von der eine dünne Schneeschicht aufwirbelte. Die Räder unter den Schwimmern dämpften das Aufsetzen, das Flugzeug hüpfte und kämpfte gegen den Seitenwind, der ihm zu schaffen machte. Der Pilot hielt den Kurs, die Maschine verlangsamte ihr Tempo und kam zum Stehen.

Ringsherum nur makelloses Weiß. Als sie die Tür öffneten, umgab sie eine Luft von solcher Reinheit, wie Andrew und Suzie es noch nie erlebt hatten. Die Stille wurde nur durchbrochen von einem fernen merkwürdigen Knirschen, Hohngelächter gleich. Ihre Blicke wanderten zu diesem Phänomen.

»Der Ort, den Sie suchen, muss sich ein oder zwei Kilometer von hier in dieser Richtung befinden«, sagte der Pilot. »Seien Sie vorsichtig, das Licht auf der Eiskappe ist trügerisch. Sie können sich leicht hinter einen Hügel bewegen, ohne es zu bemerken. Wenn Sie das Flugzeug aus den Augen verlieren, laufen Sie Gefahr, sich im Kreis zu drehen, die Orientierung zu verlieren und es nie wiederzufinden. In einer Stunde schalte ich meinen Scheinwerfer ein und werfe den Motor an. Versäumen Sie diese Zeit nicht. Ich spüre, dass ein Sturm aufkommt, und möchte meine Tage nicht hier beenden. Wenn Sie bis dahin nicht zurück sind, werde ich allein zurückfliegen müssen. Ich würde dann die Rettungskräfte alarmieren, aber bis die hier sind, müssen Sie sich selbst helfen. Und angesichts der Temperaturen wünsche ich Ihnen dabei viel Glück.«

Suzie sah auf ihre Uhr. Sie gab Andrew ein Zeichen, und so machten sich die beiden auf den Weg.

Der Pilot hatte recht. Wind kam auf und peitschte ihnen eisige Böen ins Gesicht. Das befremdliche Knirschen nahm an Stärke zu, und man hatte den Eindruck, eines jener alten verrosteten Windräder zu hören, wie sie einst in ländlichen Gegenden in der Nähe von Bauernhäusern quietschten.

Ihre Ausrüstung war unzureichend, Andrew fror jetzt schon. Er erwog die Möglichkeit umzukehren, sollte sich die Witterung weiter verschlechtern.

Suzie überholte ihn, ohne ihn eines Blickes zu würdigen, und zwang ihn so, den Weg fortzusetzen.

Plötzlich tauchten aus einem gespenstischen Nebel drei Baracken aus Blech einer ehemaligen Wetterstation auf wie Schiffswracks, die auf einem Meer aus Eis gestrandet waren. In ihrer Mitte erhob sich ein Mast, an dem keine Flagge flatterte. Etwas weiter entfernt ein Schuppen mit eingefallenem Dach. Der imposanteste der drei Bauten hatte die Form eines großen Iglus aus Metall mit einem Durchmesser von knapp dreißig Metern und einer Kuppel, die von zwei kleinen Schornsteinen durchbrochen war.

Die Eisentür besaß kein Schloss. Wozu sollte man auch eine Tür mitten im Nirgendwo abschließen können? Die Klinke war von einer dicken Eisschicht überzogen. Suzie versuchte vergebens, sie herunterzudrücken. Andrew bearbeitete sie mit Fußtritten, bis sie nachgab.

Das Innere war spartanisch eingerichtet. Holztische und -bänke, ein Dutzend Metallspinde, leere Kästen. Das Hauptgebäude, in dem sie sich befanden, musste die wissenschaftlichen Installationen beherbergt haben, während die beiden anderen Baracken wohl als Schlafsaal und als Kantine gedient hatten. Auf den staubbedeckten Werkbänken entdeckte Andrew diverse Geräte zum Messen von allem, was messbar ist. Waagen, Reagenzgläser, Anemometer, mehrere Trockenöfen, Filterapparate, ein paar korrodierte Pumpen und Zubehör für Kernbohrer. Material, das davon zeugte, dass diese Basis sich nicht allein auf die Erforschung meteorologischer Phänomene beschränkt hatte. In einem Gewehrhalter an der Wand hatten wohl gut zwanzig Waffen Platz gehabt, und in dem vergitterten Schrank, der mit einem Vorhängeschloss versehen war, dürfte die Munition gelagert worden sein. Schwer zu sagen, wie lange die Station schon nicht mehr in Betrieb war. Andrew und Suzie öffneten einen Schrank nach dem anderen, zogen die Schubladen eines jeden Schreibtischs auf, hoben die Deckel aller Kästen. Alles war leer.

»Es muss hier irgendwo sein!«, sagte sie mit zorniger Stimme.

»Ich will ja nicht pessimistisch sein, aber es wird Zeit. Hören Sie den Wind? Wir sollten vielleicht daran denken, zum Flugzeug zurückzukehren.«

»Dann seien Sie's auch nicht, sondern helfen Sie mir bei der Suche.«

»Aber wo denn suchen, verdammt? Schauen Sie sich doch um. Überall nur altes, unbrauchbares Zeug.«

Sie nahmen auch die beiden anderen Baracken in Augenschein.

Wenige Minuten reichten aus, um den Schlafsaal zu inspizieren. Außer zwanzig reifbedeckten Feldbetten und ebenso vielen leeren Fächern gab es hier nichts zu sehen. Die Kantine war mehr als düster. Man hatte den Eindruck, dass die ehemaligen Bewohner beim Verlassen des Orts genau wussten, dass sie niemals zurückkehren würden und deshalb das Putzen und Aufräumen der Natur überlassen hatten. Auf den Tischen konnte man noch die schmutzigen Blechnäpfe und Gabeln zählen. Auf einem Gaskocher stand ein alter Wasserkessel. Die Küchenutensilien waren wenig einladend, man dürfte hier nicht jeden Abend geschwelgt haben.

Andrew und Suzie stemmten sich gegen den Wind, um ins Labor zurückzukehren.

»Wir müssen aufbrechen«, wiederholte Andrew. »Ich weiß nicht einmal mehr, wie wir zum Flugzeug zurückkommen.«

»Gehen Sie, wenn Sie wollen.«

Suzie trat auf die Reihe von Metallschränken zu und schob den ersten mit solcher Kraft zur Seite, dass er schwankte und umfiel. Dasselbe Schicksal ereilte den zweiten und den dritten. Andrew dachte nur daran, wieder zum Flugzeug zu gelangen. Da er aber wusste, dass Suzie nicht gehen würde, ohne ihr Ziel erreicht zu haben, half er ihr, auch die restlichen Spinde umzukippen. Als der letzte zu Boden gegangen war, entdeckten sie dahinter einen kleinen Safe, der in die Wand gemauert war. Die Tür war mit einem Schloss versehen.

Suzie trat näher, um es in Augenschein zu nehmen, drehte

sich um und bedachte Andrew mit einem geradezu dämonischen Lächeln.

Sie zog den Reißverschluss ihres Blousons auf, ließ die Hand unter den Kragen ihres Pullovers gleiten und zog ein Kettchen hervor, an dem ein winziger Schlüssel hing. Ein roter Schlüssel, den der Montblanc ihr vor Monaten geschenkt hatte.

Sie holte einen kleinen Alkoholkocher, der neben den Reagenzgläsern stand, und zündete den Docht an. Sobald das Schloss enteist war, glitt der Schlüssel problemlos hinein, als hätte es seit Langem darauf gewartet.

Der Safe enthielt ein großes Heft, das in einer Plastikhülle steckte. Suzie ergriff es mit derselben Inbrunst wie ein Gläubiger eine Reliquie. Sie legte es auf den Tisch, setzte sich auf eine Bank und begann, es durchzublättern.

Alle Einzelheiten der Operation *Snegurotschka* waren darin zu finden, die Namen der Politiker, die sie gutgeheißen, und derer, die sie finanziert hatten. Das Heft enthielt auch zahlreiche Fotografien von Briefen – die Korrespondenz zwischen Regierungsmitgliedern, den Senatoren beider Lager, Leitern der Geheimdienste, Finanzbosse, Chefs von Ölgesellschaften oder Förderfirmen. Die Liste der involvierten Personen zählte über hundert, und Andrew vermochte kaum zu glauben, was er da gerade las.

Er zog sein Handy aus der Tasche.

»Ich glaube nicht, dass man hier ein Netz bekommt«, sagte er und antwortete damit auf Suzies verständnislosen Blick. Und dann begann er, jedes einzelne Dokument zu fotografieren.

Als er damit fertig war, hörten sie das Dröhnen eines Motors, das kurz darauf im Heulen des Windes unterging.

»Ich hoffe, er hält sein Versprechen und schickt uns Hilfe«, meinte Suzie, die ans Fenster getreten war und ins endlose Grau des Himmels starrte.

»Ich glaube nicht, dass das eine gute Neuigkeit für uns ist«, erwiderte Andrew. »Wer wird uns, Ihrer Meinung nach, holen?«

»Ich«, kündigte ein Mann an, der soeben eingetreten war. Er hatte einen Revolver in der Hand.

Der Mann zog seine Kapuze zurück. Sein ausgemergeltes Gesicht zeugte von seinem Alter, und hätte er nicht die Waffe auf sie gerichtet, hätte Andrew keine Mühe gehabt, ihn zu überwältigen.

»Setzen Sie sich«, sagte er mit ruhiger Stimme und schloss die Tür hinter sich.

Suzie und Andrew taten wie geheißen. Der Mann nahm an einem benachbarten Tisch Platz. Zu weit entfernt, um irgendeinen Angriffsversuch zu unternehmen.

»Verschwenden Sie keinen Gedanken daran«, fuhr er fort, als sich Andrews Hand langsam zu dem Kocher hin bewegte. »Ich bin nicht allein gekommen. Draußen ist mein Pilot und ein bewaffneter Mann, dreimal so kräftig wie ich. Übrigens bin ich nicht hier, um Sie zu töten, sonst wären Sie längst tot. Eigentlich ist das Gegenteil der Fall.«

»Was wollen Sie?«, fragte Andrew.

»Dass Sie dieses Dossier wieder an seinen Platz zurücklegen und mir den Schlüssel zu dem Safe geben.«

»Und dann?«, wollte Suzie wissen.

»Dann fliegen wir zusammen von der Insel. Ich setze Sie in Reykjavík ab, und Sie nehmen ein Flugzeug zu dem Ziel Ihrer Wahl.«

»Und die Operation *Snegurotschka* bleibt geheim?«

»Exakt.«

»Arbeiten Sie für die?«

»Ich hielt Sie für so intelligent wie Ihre Großmutter, ich bin enttäuscht. Wenn ich für sie arbeiten würde, hätte ich dieses Dossier an mich genommen, ohne Sie höflich zu bitten, es zurückzulegen, und die Sache wäre gegessen.«

»Wer sind Sie?«, fragte Andrew.

»George Ashton«, erwiderte der Mann. »Ich war ein Freund von Liliane.«

»Wie bitte!«, rief Suzie mit eiskalter Stimme. »Sie sind ihr Mörder und der von Knopf!«

Ashton erhob sich und trat ans Fenster.

»Wir haben nicht viel Zeit. Höchstens noch eine halbe Stunde, dann macht das Wetter den Abflug unmöglich. Hier können solche Stürme bis zu zwei Wochen dauern, und wir haben keinen Proviant.«

»Wie viel zahlt man Ihnen, um uns zum Schweigen zu bringen?«, fragte Suzie. »Ich biete Ihnen das Doppelte.«

»Wie ich sehe, haben Sie nichts verstanden. Diejenigen, die Sie denunzieren wollen, sind unantastbar. Sie sind nicht an das geringste Versprechen gebunden, um über die Welt zu regieren. Innerhalb weniger Generationen ist es Menschen in der richtigen Position gelungen, alle Räderwerke des Systems zu kontrollieren, ohne dass etwas oder jemand sie daran gehindert hätte. Energiekonsortien, Nahrungsmittel-, Pharma-, Elektronikindustrie, Transportwesen, Banksektor – alles gehört ihnen, selbst unsere renommiertesten Universitäten, die unsere zukünftigen Eliten die schöne Doktrin lehren, die das System erhalten wird. Wenn die Gesetze so komplex geworden sind, dass man sie unmöglich anwenden kann, gilt einzig und allein das Gesetz des Stärkeren. Wir sind Sklaven des schwarzen Goldes geworden. Wir streben nicht nach Gerechtigkeit und Wahrheit, sondern nach Elektrogeräten, Autos, Medikamenten, Elektronik jeder Art, nach Beleuchtung, um unseren Nächten den Anschein von Tageslicht zu geben, nach dieser ganzen Verschwendung einer Energie, deren Besitzer sie geworden sind. Und wir brauchen mehr, immer mehr. Energie ist das Element, welches die Gesellschaft zusammenhält, und ihre Kontrolle die stärkste aller Mächte. Auf welchen Erdteilen haben wir in diesen letzten Jahren Krieg im Namen der Demokratie geführt? Dort, wo das Öl in Strömen fließt, dort, wo die Pipelines verlaufen sollen, die es zu den Knotenpunkten und Raffinerien befördern. Haben wir die Opfer gezählt? Die Großindustriellen finanzieren die Wahlkämpfe, und die Politiker, die sie unterstützen, sind ihnen zu Dank und Gehorsam verpflichtet. Die Schlüsselpositionen werden an ihre Gefolgsleute vergeben. Zentralbanken, Staatshaushalt, Oberster Gerichtshof, Senat, Parlament, Kommissionen, alle dienen derselben Sache: der Macht, die ihnen anvertraut ist und die sie behalten wollen. Sie alle haben andere bestochen. Wenn die Nationen vorgeben, ihr Schicksal in die Hand nehmen zu wollen, und wenn ihnen dann die Dinge zu entgleiten beginnen, müssen sie nur die Märkte erschüttern. Was gibt es Besseres als eine ordentliche Wirtschaftskrise, um die Völker und die Regierungen in die Knie zu zwingen! Der freieste aller Unternehmer ist dennoch abhängig von der Bank, bei der er einen Kredit hat, und unsere schönen Demokratien stecken bis zum Hals in Schulden, während die multinationalen Konzerne mehr Gelder anhäufen, als unsere Staaten jemals haben werden. Die Bevölkerung schnürt den Gürtel enger, ist immer strengeren politischen Maßnahmen unterworfen, während die Multis sich allen Regeln entziehen. Hatten Sie den Eindruck, dass die Versprechen, Ordnung in die führenden Finanzkreise zu bringen, nach der großen Krise gehalten wurden? Und wenn Sie aufdecken würden, was die multinationale Industrie vor sechsundvierzig Jahren getan hat, um sich die Energiereserven in der Arktis anzueignen, würde das nicht sie, sondern unser Land destabilisieren.«

»Und deren Machenschaften wollen Sie natürlich aus reinem Patriotismus decken!«, höhnte Suzie.

»Ich bin ein alter Mann und seit Langem staatenlos.«

»Und wenn wir uns weigern?«, fragte Suzie. »Bringen Sie uns dann um?«

Ashton wandte sich vom Fenster ab, um ihr in die Augen zu sehen. Er seufzte und legte seine Waffe ab.

»Nein, aber wenn Sie sich weigern, dann bringen Sie sie um.«

»Wen töte ich?«

»Ihre Großmutter, Miss Walker. Sie ist inzwischen eine sehr alte Dame, und diese Unterlagen sind ihr Passierschein seit dem Tag, da ich ihr das Leben gerettet habe. Liliane schickte sich an, den norwegischen Behörden die Dokumente zu übergeben, um der Operation *Snegurotschka* ein Ende zu bereiten. Diejenigen, die sie dadurch kompromittiert hätte, hatten sie verurteilt. Ich war für den Sicherheitsdienst Ihres Großvaters verantwortlich. Ein transparenter Mensch jener Art, die unbemerkt bleibt, zu der man weder ›Guten Tag‹ noch ›Guten Abend‹ sagt. Außer wenn ich an der Seite Ihrer Großmutter war. Jedes Mal, wenn bei einem Fest, einem Cocktail oder einem Diner ein Gast an mir vorbeiging, ohne mich zu sehen, stellte sie mich ganz ostentativ vor, indem sie sagte: ›Dies ist ein Freund, der mir sehr wichtig ist.‹ Ich war wirklich ihr Freund, ihr Vertrauter. Also wer hätte sie besser verraten können als ich? Diese Männer, die so stolz auf ihren Rang waren und die so sehr fürchteten, sie könnte tatsächlich bis ans Ende gehen, wussten nicht, wo sie die Beweise, die sie belasteten, versteckt hatte. Sie zögerten, sie zu exekutieren, bevor sie der Dokumente habhaft waren. Die Mission war einfach: Ich sollte Ihre Großmutter überreden, mich auf ihrer Flucht als Begleiter mitzunehmen. Früher oder später würde sie die Dokumente wieder an sich nehmen. Ich hätte die Unterlagen entwenden, vernichten und sie töten müssen. Aber es wird Sie erstaunen, wie sehr zwei Männer, die derart konträr sind, sich zusammentun können, wenn es darum geht, die Frau zu retten, die sie lieben. Ihr Mann und ihr Geliebter sind gemeinsam vorgegangen, um auf ihre Weise den Ausgang des Komplotts zu regeln. Sobald die Dokumente zerstört wären, sollte ich Ihre Großmutter an einen Ort des Rückzugs bringen, den sie niemals verlassen dürfte, wollte sie am Leben bleiben. Ich hatte Vertrauen in die Aufrichtigkeit ihres Ehemanns, doch was ihren Geliebten betraf, war das nicht der Fall. Ich war sicher, sobald ich meine Mission erfüllt hätte, würde er sie umbringen lassen. Also habe auch ich gewisse Maßnahmen ergriffen. Ich habe Ihre Großmutter an einen Ort geführt, wo niemand sie finden würde, und das Gleiche mit den Unterlagen gemacht. Ich bin nie in die USA zurückgekehrt, bin nach Indien geflohen, und in Bombay habe ich meine Karten auf den Tisch gelegt. Das Dossier würde an einem sicheren Ort bleiben, solange niemand Liliane ein Haar krümmen würde, anderenfalls würde es auftauchen und der Presse übergeben. Und seit sechsundvierzig Jahren ist das der Status quo. Ihr ehemaliger Liebhaber hat niemals verdaut, ausnahmsweise einmal selbst erpresst zu werden. Die Folgen, die sich aus der Aufdeckung der Operation *Snegurotschka* ergeben, sind mir völlig egal, bis auf eine: dass dieser Mann, der auf dem Gipfel der Macht angelangt ist,

Rache übt und Liliane umbringen lässt. Jetzt bitte ich Sie ein letztes Mal: Legen Sie dieses Dokument zurück in den Safe, und vertrauen Sie mir den Schlüssel an.«

Ashton hatte wieder zu seiner Waffe gegriffen und richtete sie auf Suzie.

Sie wollte etwas sagen, brachte aber kein Wort heraus. »Meine Großmutter lebt?«, fragte sie schließlich mit bebender Stimme.

»Ich sagte es bereits, sie ist eine alte Dame, aber sie lebt.«

»Ich will sie sehen.«

Andrew sah auf seine Uhr und seufzte. Mit unglaublichem Feingefühl nahm er Suzie das Dossier aus den Händen und legte es an seinen Platz zurück. Er schloss den Safe, zog den Schlüssel heraus und trat auf Ashton zu. »Gehen wir«, sagte er, »aber ich möchte die Dinge auch auf meine Art regeln. Ich gebe Ihnen diesen Schlüssel, und wir fliegen an Bord Ihrer Maschine nach Oslo.« Andrew zog seinen Notizblock aus der Tasche und schob ihn Ashton zu. »Und Sie schreiben auf dieses Papier, wo sich Liliane Walker befindet.«

»Nein, kommt gar nicht infrage, aber ich bin gerne bereit, Sie dorthin zu fahren«, erwiderte Ashton und streckte die Hand aus.

Andrew legte den Schlüssel hinein, Ashton steckte ihn sich in die Jackentasche und verkündete, es sei Zeit aufzubrechen.

Die zweimotorige Maschine rollte über das Eis, nahm an Tempo zu und erhob sich in die Lüfte. Als sie eine Kurve beschrieb, sahen Andrew und Suzie, wie sich die Baracken einer Polarstation entfernten, die auf keiner Karte verzeichnet war. Zwei Kilometer von dort entfernt stieg eine Rauchwolke auf. Eine gelbe Beaver verbrannte am Boden.

Ashton hielt sein Versprechen. Zurück in Oslo, setzte er Suzie und Andrew vor einem Hotel ab. Der Mann, der mit ihnen gefahren war, blieb am Steuer sitzen.

Ashton begleitete sie bis in die Lobby.

»Morgen, kurz vor Mittag hole ich Sie ab. Wir haben eine längere Strecke vor uns. Genießen Sie die schöne Stadt Oslo, Sie können sie nach Lust und Laune besichtigen. Sie haben nichts mehr zu befürchten. Sie sind fortan frei wie die Luft. Die Lebensversicherung Ihrer Großmutter ist auch die Ihre. Vertrauen Sie mir, ich habe persönlich die Bedingungen ausgehandelt.«

Kapitel 16

Wie geplant hatte der Wagen sie vom Hotel abgeholt. Als sie Oslo verließen, verlangte Ashton, dass sie den Rest der Reise mit verbundenen Augen zurücklegten.

So fuhren sie etwa zwei Stunden in vollständiger Dunkelheit. Als der Wagen das Tempo verlangsamte, erlaubte Ashton ihnen, die Augenbinden abzunehmen. Andrew sah sich um: Ein Kiesweg führte zu einem schmucklosen, völlig entlegenen Kloster.

»Hat sie hier ihr Leben verbracht?«, fragte Suzie entsetzt.

»Ja, sie war hier sehr glücklich. Wenn Sie hineingehen, werden Sie feststellen, dass der Ort wirklich bezaubernd und das Innere gar nicht so abweisend ist, wie man von außen vermuten könnte.«

»War sie denn nie draußen?«

»Manchmal ist sie ins Dorf gegangen, aber nie sehr lange. Ich weiß, dass es Sie verwundern wird, aber sobald sie draußen war, hatte sie schnell den Wunsch zurückzukehren. Und da ist noch etwas, was Sie überraschen und sicher enttäuschen wird. Es schien mir besser, es Ihnen erst im letzten Moment mitzuteilen. Ihre Großmutter ist nicht mehr ganz bei klarem Verstand. Sie ist nicht dement, aber schon seit zwei Jahren spricht sie nicht mehr oder nur noch sehr selten und dann auch nur wenige Worte, zusammenhanglose Sätze, die keinen Bezug zu dem haben, was man ihr erzählt. Sie leidet unter einer Form der geistigen Abwesenheit, aus der sie nicht zurückfindet. Es tut mir leid, Suzie, aber die Frau, die Sie antreffen werden, ist nicht mehr die von den Fotos, die Ihre Fantasie so lange genährt haben. Jetzt zumindest nicht mehr.«

»Die Frau, die ich treffen werde, ist meine Großmutter.«

Das Auto hielt vor dem Klostereingang.

Zwei Nonnen empfingen sie und führten sie über einen Kreuzgang. Sie stiegen eine Treppe hinauf und betraten einen holzvertäfelten Flur – die beiden Nonnen vorneweg, Ashton hinter ihnen. Dann blieben sie vor einer Tür stehen.

»Wir warten hier«, sagte die ältere der beiden mit schottischem Akzent. »Sie dürfen sie nicht ermüden. Der Besuch darf nicht länger als eine Stunde dauern. Wir holen Sie dann wieder ab.«

Suzie öffnete die Tür und ging allein hinein.

Liliane Walker saß in einem Sessel, der so groß war, dass ihre Gestalt darin schmächtig wirkte. Ihr Blick war starr auf das Fenster gerichtet.

Suzie trat langsam näher. Sie kniete sich vor ihre Großmutter und umschloss ihre Hand.

Liliane wandte langsam den Kopf und lächelte ihr zu, ohne ein Wort zu sagen.

»Ich habe eine lange Reise gemacht, um zu Ihnen zu finden«, murmelte Suzie.

Sie legte den Kopf auf Lilianes Schoß und sog ihr Parfüm ein. Es war ein leichter, süßlicher Duft, der einer Großmutter, die alle Leiden der Kindheit lindert.

Ein Sonnenstrahl drang durch das Fenster und huschte über den Boden.

»Es ist schön heute, nicht wahr?«, sagte Liliane.

»Ja, es ist schön«, antwortete Suzie mit tränenerstickter Stimme. »Ich heiße Suzie Walker, ich bin Ihre Enkelin. Ich habe Sie nicht gekannt, aber Sie waren meine ganze Kindheit über präsent. Sie haben mich auf dem Weg zur Schule begleitet und meine Hausaufgaben überwacht. Ich habe Ihnen all meine Geheimnisse anvertraut. Sie haben mir so viel Kraft gegeben. Sie haben mir geholfen, die schwierige Zeit der Adoleszenz durchzustehen. Sie haben mich geführt. Wenn mir etwas gelungen ist, dann war es immer dank Ihrer Hilfe, bin ich gescheitert, war es auch Ihre Schuld. Ich habe Ihnen vorgeworfen, dass ich unkonzentriert war, weil Sie vergessen hatten, auf mich aufzupassen. Abends im Bett habe ich mit Ihnen geredet. Wie andere vor dem Einschlafen ein Gebet sprechen, habe ich mich an Sie gewandt.«

Lilianes zitternde Hand legte sich auf das Haar ihrer Enkelin.

Es folgte ein langes Schweigen, in dem nur das Ticken der Wanduhr zu vernehmen war.

Schließlich klopfte es an der Tür. Ashtons Gesicht erschien in der Öffnung. Zeit zum Aufbruch.

Suzie strich über die Wange ihrer Großmutter, umarmte sie, zog sie an sich und küsste sie.

»Ich weiß alles«, flüsterte sie ihr ins Ohr. »Ich verzeihe Ihnen, was Sie meiner Mutter angetan haben. Ich liebe Sie.«

Suzie versenkte ihren Blick in den ihrer Großmutter und entfernte sich rückwärts.

Als sie sich umwandte, um das Zimmer zu verlassen, konnte sie nicht Lilianes verstörtes Gesicht sehen, das ihr zulächelte.

Ashton begleitete sie zum Wagen.

»Mein Fahrer bringt Sie zum Hotel, damit Sie Ihr Gepäck holen können. Dann fährt er Sie zum Flughafen. Ich war so frei, zwei Tickets nach New York für Sie zu kaufen.«

»Ich möchte sie noch einmal besuchen«, sagte Suzie.

»Vielleicht ein andermal, jetzt ist es Zeit, nach Hause zu fahren. Sie können mich immer unter dieser Nummer erreichen«, erklärte er und reichte ihr einen Zettel. »Ich werde Ihnen sagen, wie es ihr geht, wann immer Sie es möchten.«

»Ich wünsche mir so sehr, dass sie mich verstanden hat«, sagte Suzie, als sie in den Wagen stieg.

»Da bin ich mir ganz sicher. Ich besuche sie jeden Tag, und ich spreche auch mit ihr. Manchmal lächelt sie mich an, und ich will glauben, dass sie dann weiß, wer bei ihr ist. Gute Fahrt.«

Ashton wartete, bis der Wagen am Ende der Allee abgebogen war, und kehrte dann ins Haus zurück.

Er betrat das kleine Wohnzimmer, in dem Liliane Walker ihn in ihrem Sessel erwartete.

»Bedauerst du nichts?«, fragte er und schloss die Tür hinter sich.

»Doch, wenn ich es mir recht überlege, wäre ich, glaube ich, gerne nach Indien gereist.«

»Ich meinte …«

»Ich weiß, was du meinst, George, aber es ist besser so. Ich bin jetzt eine alte Frau, und es ist mir lieber, dass sie die Erinnerungen und Träume von mir behält, die sie sich zusammengereimt hat. Und angesichts ihres Temperaments hätte sie, wenn ich ihr meine Gefühle gezeigt hätte, nicht darauf verzichtet, die Wahrheit ans Licht zu bringen, um meine Unschuld zu beweisen. Wenn du mich überlebst, wirst du sehen, dass sie es tun wird, sobald ich tot bin. Sie ist ebenso starrsinnig wie ich.«

»Beim Betreten der alten Wetterstation dachte ich, mein Herz würde stehen bleiben, so ähnlich sieht sie dir.«

»Dein Herz ist stark, mein lieber George, immerhin hat es all das ausgehalten, was ich ihm angetan habe, seit ich dich kenne. Also, bring mich doch jetzt bitte nach Hause, dieser Tag war wunderschön, aber auch anstrengend.«

George Ashton drückte einen Kuss auf Liliane Walkers Stirn und half ihr beim Aufstehen.

Hand in Hand liefen sie über den langen Gang des Klosters.

»Wir dürfen nicht vergessen, den Nonnen für ihre heutige Unterstützung zu danken.«

»Schon geschehen«, antwortete Ashton.

»Dann können wir ja heimfahren«, murmelte Liliane auf ihren Stock gestützt. »Nach meinem Tod gibst du ihr diesen Schlüssel, versprochen?«

»Das wirst du selbst tun, denn du wirst mich überleben«, antwortete George Ashton seiner Frau.

Kapitel 17

Das Flugzeug landete in den frühen Morgenstunden in New York. Suzie fuhr zu ihrer Wohnung, Andrew zu seiner. Zum Mittagessen trafen sie sich bei Frankie's. Suzie erwartete Andrew an seinem Stammplatz, neben ihr am Boden stand eine Reisetasche.

»Ich fahre zurück nach Boston«, sagte sie.

»Jetzt schon?«

»Es ist besser so.«

»Vielleicht«, erwiderte Andrew.

»Ich möchte mich bei Ihnen bedanken, es war eine schöne Reise.«

»Ich muss mich eher bei Ihnen bedanken.«

»Wofür?«

»Ich habe beschlossen, keinen Tropfen Alkohol mehr anzurühren.«

»Ich glaube Ihnen nicht eine Sekunde.«

»Da haben Sie ganz recht! Wollen wir anstoßen? Das sind Sie mir schuldig.«

»Okay, ich weiß zwar nicht, auf was, aber stoßen wir an, Stilman.«

Andrew bestellte bei der Bedienung die beste Flasche Wein des Hauses.

Während des Essens wurden wenig Worte, aber viele

Blicke gewechselt. Dann nahm Suzie ihre Tasche über die Schulter und bat Andrew, sitzen zu bleiben.

»Ich bin nicht sehr gut im Abschiednehmen.«

»Dann sagen Sie doch lieber Auf Wiedersehen.«

»Auf Wiedersehen, Andrew.«

Suzie gab ihm einen Kuss und ging.

Andrew sah ihr nach. Als sich die Tür des Restaurants hinter ihr schloss, schlug er die *New York Times* auf und zwang sich, die aktuellen Nachrichten zu lesen.

Am späten Nachmittag ging Andrew in die Redaktion, er war fest entschlossen, mit der Chefredakteurin zu reden und die erstbeste Arbeit anzunehmen, die sie ihm geben würde. Und um sich auf das Schlimmste vorzubereiten, beschloss er, zunächst einen kleinen Umweg über die Cafeteria zu machen.

Eine Hand legte sich so kräftig auf seine Schulter, dass er seinen Kaffee verschüttete.

»Sagen Sie mal, Stilman, ich habe eine Woche lang für Sie geschuftet wie ein Pferd und offensichtlich umsonst. Oder interessieren Sie sich noch für meine Ergebnisse?«

»Was haben Sie gefunden, Dolores?«

»So einiges, und ich bin recht stolz auf mich. Wischen Sie die Kaffeeflecken ab und kommen Sie mit.«

Dolores Salazar führte Andrew in ihr Büro. Sie ließ ihn auf ihrem Schreibtischstuhl Platz nehmen, beugte sich über seine Schulter und gab ihr Passwort in den Computer ein. Sie druckte das Ergebnis ihrer Recherchen aus und las es ihm vor.

»1945 haben die Vereinigten Staaten bedeutende militärische Übungen am Nordpol unternommen. Eine Operation namens *Musk Ox* öffnete mithilfe zahlreicher Eisbrecher eine fünftausend Kilometer lange Fahrrinne. Ziel war es, die Risiken einer sowjetischen Invasion von Norden her besser einschätzen zu können. 1950 überflog ein amerikanisch-kanadischer Verbund knapp eine Million Quadratkilometer über dem Nordpol. 1954 tauchte das amerikanische U-Boot USS Nautilus unter polarem Packeis bis zum Pol. Diese Expedition stellte die nukleare Schlagkraft der Amerikaner von der Arktis aus unter Beweis. Zwei Jahrzehnte später unternahm die Sowjetunion Unterwassernukleartests im Polarkreis, bei denen in der Nähe der Doppelinsel Nowaja Semlja mehr als achtzig Millionen Kubikmeter Eis vernichtet wurden. Sowohl die USA als auch die UdSSR zogen die Möglichkeit in Betracht, nukleare Sprengladungen zu kommerziellen und zivilen Zwecken einzusetzen. Die Sowjets haben mehrere gezündet, einmal unter dem Vorwand, erhebliche Gasaustritte in der arktischen Petschorasee abzudichten. Die drohende radioaktive Verseuchung hat sie nicht daran gehindert, ihre Forschungen zum Einsatz von Kernenergie bei der Förderung der geologischen Ressourcen in der Arktis fortzusetzen. Während der Konferenz von Anchorage erklärte der Leiter des Kurtschatow-Instituts den Teilnehmern, wie Atom-U-Boote den Transport von Flüssiggas sichern könnten. 1969 fuhr der Supertanker USS Manhattan erstmals über die Nordwestpassage von Prudhoe Bay, Alaska, zur amerikanischen Ostküste, und als die kanadische Regierung ihre Hoheitsansprüche im Eismeer um zwölf Meilen erweiterte und die Vereinigten Staaten damit vor vollendete Tatsachen stellte, ließ die Antwort nicht lange auf sich warten. Die amerikanische Regierung schob ein Problem der nationalen Sicherheit vor, um sich zu widersetzen. Die Regierung von Ottawa stellte einhundert Millionen Dollar zur Ausarbeitung einer Karte der Ölreserven in der kanadischen Arktis zur Verfügung, um so deren Förderung zu beschleunigen. Der Kreml gab seinerseits unlängst bekannt, die Förderung von Erdöl und Gas in der Arktis sei ein entscheidender Faktor für die Energievorherrschaft Russland. Sogar die Behörden Grönlands führen die Förderung der arktischen Bodenschätze als Voraussetzung für ihre Unabhängigkeit gegenüber Dänemark an. Erdöl, Gas, Nickel, Zink – alle reichen Staaten wollen an diese Rohstoffe gelangen, selbst jene, die keine territorialen Ansprüche geltend machen können und vorgeben, die Arktis sei Eigentum aller Nationen. Seit die Nordostpassage wegen der Eisschmelze in absehbarer Zeit praktikabel scheint, wachen verschiedene Nationen, darunter auch Frankreich, China und Indien, ebenso über das Packeis wie schon seit Jahren über den Panamakanal. 2008 hat Kanada bekannt gemacht, sechs Arctic Offshore Patrol Ships in Auftrag gegeben und in Nanisivik mit dem Bau eines Tiefseehafens begonnen zu haben, der 2015 in Betrieb genommen werden soll – die Gesamtkosten belaufen sich auf drei Milliarden Dollar. Im Jahr 2001, als die Bush-Regierung offiziell die These der Klimaerwärmung leugnete, hielt die US-Navy ihr erstes Symposium über die militärischen Konsequenzen eines rund ums Jahr schiffbaren Nordpolarmeers ab. Das norwegische Verteidigungsministerium äußerte Befürchtungen, dass die russischen Ölgesellschaften innerhalb der nächsten zehn Jahre beginnen könnten, außerhalb ihres Hoheitsgebiets nach Erdöl zu suchen, und versicherte, die Aufteilung der Arktis werde den Beginn eines erneuten Kalten Krieges zwischen Ost und West einläuten.«

Andrew ging zu der Weltkarte, die an der Tür befestigt war.

»Ist das Ihre einzige Reaktion?«, murrte Dolores.

»Würden Sie mir glauben, wenn ich Ihnen erzählen würde, dass dieser Wahnsinn seit über fünfzig Jahren geplant ist?«

»Wenn Sie es sagen. Werden Sie etwas dazu veröffentlichen?«

»Ich verfüge leider nicht mehr über die nötigen Beweise, um einen Artikel über die größte Sauerei zu schreiben, welche die Menschheit je ausgeheckt hat und die mir den Pulitzerpreis einbringen würde.«

»Wo sind diese Beweise?«

»Dort«, sagte Andrew und deutete mit dem Zeigefinger auf den Norden der Weltkarte. »Irgendwo in den Taschen ihres schönen weißen Mantels.«

»Von wem sprechen Sie?«

»Von *Snegurotschka*, dem Schneeflöckchen.«

»Und sind diese Beweise für immer verloren?«

»Wer weiß? Schließlich kann der Pulitzerpreis auch noch ein paar Jahre warten«, erklärte er und machte sich auf den Weg zu seinem Büro.

Im Aufzug schaltete Andrew sein Handy ein, sah sich die Fotos an und lächelte. Vielleicht bei der Vorstellung, später einen Fernet con Coca in der Bar des Marriott zu trinken, vielleicht auch wegen einer anderen Perspektive, vielleicht auch nicht.

Wie jeden Abend verließ Valery ihr Büro gegen sechs Uhr abends. Sie ging zur Subwaystation. An einem Laternenpfahl lehnte eine Frau, zu deren Füßen eine Reisetasche stand, und musterte sie. Valery erkannte sie sofort.

»Er erwartet Sie in der Bar des Marriott«, sagte Suzie. »Wenn er Sie bittet, ihm eine zweite Chance zu geben, dann überlegen Sie es sich. Andrew ist ein Mann mit unzähligen Fehlern, aber er ist wundervoll. Und er liebt Sie. Ein Zu-spät gibt es nicht, wenn man das Glück hat, dass derjenige, der einen liebt, noch da ist, um es zu beweisen.«

»Hat er Ihnen das wirklich gesagt?«, fragte Valery.

»In gewisser Weise schon.«

»Haben Sie mit ihm geschlafen?«

»Ich hätte es gerne getan, wenn er gewollt hätte. Es hat ihn sehr angestrengt, den Weg zurückzulegen, der zu Ihnen führt.«

»Und mich, mir ein neues Leben aufzubauen, nachdem er gegangen war.«

Suzie sah Valery in die Augen und lächelte. »Ich wünsche Ihnen beiden, dass Sie glücklich werden«, sagte sie dann.

»Es war mutig von Ihnen, heute Abend hierherzukommen«, fügte Valery hinzu.

»Mut ist nur ein Gefühl, das stärker ist als die Angst«, antwortete Suzie und ergriff ihre Reisetasche. Zum Abschied winkte sie Valery zu und entfernte sich.

Eine Viertelstunde später hielt ein Taxi an der Ecke Broadway/48th Street, Valery bezahlte und betrat die Bar des Marriott.

Epilog

Am 24. Januar des folgenden Jahres machte sich Suzie Walker in Begleitung von drei Bergführern an die Besteigung des Montblanc. Shamirs Leiche wurde geborgen und an die Eltern überstellt.

Suzie kehrte nie wieder nach Frankreich zurück. Nach einem harten und entschlossenen Training bestieg sie zwei Jahre später den Mount Everest. Am Gipfel angekommen, rammte sie ihren Pickel ins Eis und band einen Schal daran fest.

Diejenigen, denen der Aufstieg gelingt, können noch heute ein rotes Stück Stoff im Wind flattern sehen.

Anmerkung des Autors

Die Informationen, die Dolores Salazar Andrew in ihrem Bericht gibt, entsprechen alle der Wahrheit.

Bibliografie

Duncan Clarke, *Empires of Oil: Corporate Oil in Barbarian Worlds*, London, Profile Books, 2007.
Martha Cone, *Silent Snow: The Slow Poisoning of the Arctic*, New York, Grove Press, 2005.
Pier Horensma, *The Soviet Arctic*, London, Routledge, 1991.
Leonardo Maugeri, *The Age of Oil*, Westport, Praeger, 2006.
Charles Emmerson, *The Future History of the Arctic*, New York, Public Affairs, 2010.
»Increase in the rate of uniformity of coastline erosion in Arctic Alaska«, in *Geophysical Research Letter*, 2009.
Sowie viele andere Artikel.

Danksagung

Mein Dank gilt:
Pauline, Louis und Georges.
Raymond, Danièle und Lorraine.

Susanna Lea.
Emmanuelle Hardouin.
Nicole Lattès, Leonello Brandolini, Antoine Caro.
Élisabeth Villeneuve, Anne-Marie Lenfant, Caroline Babulle, Arié Sberro, Silvie Bardeau, Lydie Leroy sowie dem gesamten Team der Éditions Robert Laffont.
Pauline Normand, Marie-Ève Provost.
Léonard Anthony, Sébastien Canot, Romain Ruetsch, Danielle Melconian, Naja Baldwin, Mark Kessler, Stéphanie Charrier.
Katrin Hodapp, Laura Mamelok, Kerry Glencorse, Julia Wagner, Aline Grond.
Brigitte und Sarah Forissier.

»Mit *Er & Sie* kehrt Marc Levy zur romantischen Komödie zurück – mit herzergreifenden Figuren, Humor und Feingefühl.«

TF1

400 Seiten. ISBN 978-3-7645-0594-3

Es war einmal in Paris …
Sie ist Schauspielerin. Er ist Schriftsteller. Sie heißt Mia. Er heißt Paul. Sie ist eine Engländerin aus London. Er ist ein Amerikaner aus Los Angeles. Sie versteckt sich in Montmartre. Er lebt im Marais. Sie hat sehr viel Erfolg. Er nicht wirklich. Mia ist sogar ein weltweit gefeierter Star, aber Paul hat noch nie von ihr gehört, weil er in seiner ganz eigenen Bücherwelt lebt. Beide fühlen sich einsam, bis sie sich eines Tages in einem kleinen Restaurant begegnen. Obwohl Paul sie zum Lachen bringt und er Mias Ungeschicklichkeit unwiderstehlich findet, wissen beide, dass sie sich nicht verlieben dürfen …

Lesen Sie mehr unter: **www.blanvalet.de**